KB166308

을 유 세 계 문 학 전 집 · 19

아우스터리츠

AUSTERLITZ by W. G. SEBALD

Copyright © 2001, The Estate of W. G. Sebald
Korean Translation Copyright © 2009, Eulyoo Publishing Co., Ltd.
All rights reserved.
This edition published by arrangement with The Estate of W.G. Sebald
c/o The Wylie Agency (UK) Ltd through Shinwon Agency Co.
Cover idea by Peter-Andreas Hassiepen using
a photo from the author's collection © Carl Hanser Verlag
München Wien 2001

이 책의 한국어판 저작권은 신원 에이전시를 통해 저작권자와 독점 계약한 (주)을유문화사에 있습니다
저작권법에 의하여 한국 내에서 보호를 받는 저작물이므로 무단전재와 무단복제를 금합니다.

아우스터리츠

AUSTERLITZ

W. G. 제발트 지음 · 안미현 옮김

❂ 을유문화사

옮긴이 **안미현**

한국외국어대학교와 동대학원에서 독문학을 전공했다. 독일 튀빙겐 대학에서 레싱에 관한 연구로 박사 학위를 받았다. 현재 목포대학교 독일언어문화학과 교수이다. 「레싱의 초기 작품에 나타난 구조적 관련성에 관한 연구」(독문), 「레싱과 고대 그리스 로마 문학의 관련성에 관한 연구」, 「버지니아 비극의 문학적 형상화에 관한 연구」 등 독일 문학, 여성적 글쓰기, 수사학에 관한 다수의 논문이 있다.

을유세계문학전집 19
아우스터리츠

발행일·2009년 3월 20일 초판 1쇄 | 2022년 12월 30일 초판 11쇄
지은이·W. G. 제발트 | 옮긴이·안미현
펴낸이·정무영, 정상준 | 펴낸곳·(주)을유문화사
창립일·1945년 12월 1일 | 주소·서울시 마포구 서교동 469-48
전화·02-733-8153 | FAX·02-732-9154 | 홈페이지·www.eulyoo.co.kr
ISBN 978-89-324-0349-6 04850 978-89-324-0330-4(세트)

• 이 책의 전체 또는 일부를 재사용하려면 저작권자와 을유문화사의 동의를 받아야 합니다.
• 책값은 뒤표지에 있습니다. 잘못된 책은 구입하신 곳에서 바꾸어 드립니다.

차례

1960년대 후반에 나는 반쯤은 연구 목적으로, 반쯤은 나 자신도 딱히 생각해 낼 수 없는 다른 이유들로 영국에서 벨기에로 수차례 오갔는데, 때로는 하루 이틀, 때로는 몇 주 동안 머물곤 했다. 나를 항상 아주 멀리 낯선 곳으로 이끄는 듯한 이 벨기에 답사 여행 중 한번은 해맑은 초여름날, 그때까지 이름만 알고 있던 도시 안트베르펜으로 가게 되었다. 기차가 양쪽에 기이한 뾰족탑이 달린 아치를 지나 어두운 정거장으로 서서히 들어와 도착하자마자, 나는 그 당시 벨기에에서 보낸 시간 내내 떠나지 않던 불편한 감정에 사로잡혔다. 내가 얼마나 불안한 걸음으로 시내를, 예루살렘 가(街), 나이팅게일 가, 펠리칸 가, 파라디스 가, 임머젤 가, 그 밖의 많은 다른 거리와 골목들을 이리저리 돌아다녔는지, 그리고 마침내 두통과 유쾌하지 않은 생각에 시달리며 중앙역 바로 옆, 아스트리트 광장에 면한 동물원으로 들어가 쉬었던 것을 아직도 기억하고 있다. 그곳에서 나는 화려한 깃털을 단 수없이 많은 피리새들과 검은 방울새들이 푸드덕거리며 날아다니는 대형 새장 옆에 놓인, 반쯤 그늘진 벤치에 어느 정도 진정될 때까지 앉아 있었다. 해가 이미 기울 무렵, 공원을 산책하다가 마침내 몇 달 전에 처음 개장한 녹투라마 안을 들여다보았다. 내 눈이 인공적인 어스름에 익숙해질 때까지, 그리고 판유리 뒤에서 창백한 달빛을 받으며 몽롱한 삶을 이어 가는 여러 동물들을 식별하기까지는 한참이 걸렸다. 내가 당시 안트베르펜의 녹투라마 동물원에서 무슨 동물을 보았는지는 더 이상 자세히 생각나지 않는다. 아마도 이쪽 나뭇가지에서 저쪽 가지로 건너뛰거나 황회색 모랫바닥에서 잽싸게 돌아다니거나, 대나무 숲 사이로 막 사라지기도 하는 이집트나 고비 사막에서 데려온 박쥐와 날쥐들, 벨기에 산 고슴도치, 수리부엉이와 올빼미, 오스트레일리아 산 주머니쥐, 담비, 산쥐, 그리고 원숭이 들이었을 것이다. 확실하게 기억에 남아 있는 것은 북미산 너구리로, 나는 그 녀석이 작은 물가에 앉아서 진지한 표정으로 시종 똑같은 사과 조각을 씻는 모습을 오랫동안 관찰했는데, 분명히 녀석은 아무 특별한 이유도 없는 이런 행위를 통해 자신의 행동과는 무관하게 빠져든 이 잘못된 세상에서 빠져 나오려는 것 같았다. 그 밖에 녹투라마에 사는 동물들 가운데 아직도 기억에 남는 것은 유난히 큰 눈과 꼼짝하지 않는, 탐구하는 듯한 눈빛을 가진 몇몇 동물들로, 그 시선은 순수한 직관과 순수한 사고를 통해 우리를 둘러싸고 있는 어둠을 꿰뚫어 보려는 특정 화가나 철학자들에게서나 볼 수 있는 것이었다. 그 밖에도 당시 내 머릿속을 떠나지 않은 생각은 동물원이 관람객들에게 문을 닫는 진짜 밤이 찾아오면, 녹투라마에 거주하는 이 동물들에게 전깃불을 켜 주는지, 그렇게 해서 밤낮이 뒤바뀐 소우주 위로 하루가 시작될 때 이 동물들이 어느 정도는 편안하게 잠을 잘 수 있는지 하는 것이었다. 녹투라마 내부에서 받은 이런 인상들은 세월이 흐르는 동안 내 머릿속에서 안트베르펜 중앙역에 있는 대합실에 대한 기억과 뒤섞

였다. 오늘날 내가 이 대합실을 상상하려 하면 곧 녹투라마를 떠올리게 되고, 녹투라마를 생각하면 이 대합실이 떠오르는 것은 아

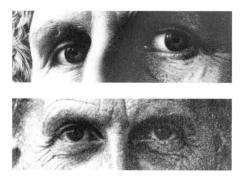

마도 그 날 오후 동물원에서 곧장 역으로 갔기 때문이든가, 아니면 역 광장에 서서, 아침에 도착했을 때는 분명하게 알아보지 못

했던 이 환상적인 건물의 정면을 한참 동안 올려다보았기 때문일 것이다. 나는 레오폴드 2세의 후원 아래 세워진 이 건물이 단순히 합목적적인 요소를 얼마나 뛰어넘고 있는지를 그제야 알게 되었고, 온통 푸른색 녹이 뒤덮인 흑인 소년상을 보고 매우 놀랐다. 단봉낙타를 타고 있는 이 소년은 아프리카 동물 세계와 원주민 세계를 기념하기 위한 것으로, 정거장 정면 왼쪽에 돌출한 탑 위에 한 세기 동안이나 혼자서 플랑드르 하늘을 배경으로 서 있었다. 60미터 높이의 둥근 지붕이 솟아 있는 중앙역 대합실에 들어섰을 때, 아마도 동물원 방문과 단봉낙타를 본 광경 때문에 떠올랐을 내 머릿속 최초의 생각은, 화려하지만 당시에 몹시 낡은 이 대합실의 대리석 벽감 속에 사자와 표범 우리, 상어와 문어, 악어 들을 위한 수족관이 있다면 어떨까 하는 것이었는데, 거꾸로 동물원에서부터 작은 기차를 타고 지구의 가장 먼 곳까지 달릴 수 있으면 하는 생각 또한 마찬가지로 떠올랐다. 안트베르펜에서 저절로 떠오른 이런 생각들 때문에, 내가 알기로 오늘날에는 구내식당으로 사용하는 이 대합실이 마치 제2의 녹투라마처럼 느껴졌고, 그것은 내가 막 대합실에 들어섰을 때 태양이 도시의 지붕들 뒤로 저무는 모습과 오버랩되었다. 창문 정면을 마주 보고 있는 거대한 반투명 벽거울에는 금빛, 은빛 광채가 아직도 완전히 사라지지 않았고, 지하 세계 같은 어스름이 대합실을 채웠으며, 대합실 안에는 몇 명의 여행객이 서로 멀리 떨어진 채 움직이지 않고 말없이 앉아 있었다. 녹투라마 안에 거주하던 들여우, 뜀토끼, 햄스터 같은 눈에 띄게 작은 종의 동물들과 비슷하게, 이 여행객들은 특별히 높은 대합실 천장 때문인지, 아니면 점점 짙어 가는 어둠 때문인지는 몰라도 어쩐지 작아 보였고, 그 자체로는 무의미한 생각이 내 머리를 스치고 지나갔는데, 이 사람들은 숫자가 감소했거나 자신의 고향에서 추방되거나 몰락한 종족의 마지막 후예로, 전체 가운데 그들만이 살아남았고, 그 때문에 동물원의 동물들과 똑같이 원한에 찬 표정을 짓고 있는 것은 아닐까 하는 생각이었다. 대합실에서 기다리던 사람들 중 하나가 아우스터리츠였는데, 그는 1967년인 당시에는 기이하게 곱슬거리는 금발을 한 청년처럼 보이는 남자로, 나는 그런 곱슬머리를 가진 사람을 프리츠 랑의 영화 「니벨룽겐」에 나오는 독일 영웅 지크프리트에게서밖에 본 적이 없었다. 우리가 나중에 만났을 때와 마찬가지로 그 당시 안트베르펜에서 아우스터리츠는 무거운 등산화를 신고, 빛바랜 푸른색 면으로 된 일종의 작업복 바지와, 맞춤복이지만 이미 오래 전에 유행이 지난 양복 윗도리를 입고 있었다. 이런 외모를 제외하고는 그가 그 밖의 여행객들과 다른 점은 유독 그만이 무심하게 앞을 응시하지 않고, 도안과 스케치에 몰두해 있었다는 것으로, 그가 그림을 그리는 것은 파리나 오스트엔데로 가는 다음 연결 기차를 기다리기보다는 오히려 국가적 대사(大事)와 관련되기라도 한 듯한, 우리가 앉아 있는 이 화려한 대합실과 관련이 있기라도 한 듯 보였고, 뭔가를 그리지 않을 때면 그의 시선은 종종 창문들의 연결선으로, 홈이 팬 벽기둥과 다른 부분들, 공간 건축의 부분들과 세부적인 것에 오랫동안 머물러 있었다. 아우스터리츠는 한 번은 자신의 배낭에서 사진기를 꺼냈는데, 그것은 넣었다 뺐다 할 수 있는 주름상자를 가진 오래된 모델로, 그는 그 사이 완전히 어두워진 거울의 형상을 여러 장 찍었는데, 나는 1996년 겨울에 우리가 다시 만났을 때 그가 내게 맡겼던, 대부분 분류되지 않은 수백 장의 사진들 가운데서 지금까지도 그 사진들은 찾아내지 못했다. 대합실과 관련이 있는 것이 분명한 그의 관심사에 대해 질문하기 위해 내가 마침내 아우스터리츠에게 다가갔을 때, 내가 그때까지 경험한 바에 따르면 혼자 여행하는 사람들 대부분은 하루 종일 계속된 침묵 뒤에 누군가가 말을 걸어 오면 고마워하곤 하던 것처럼, 그는 나의 질문이나 단도직입적인 태도에 조금도 놀라지 않았고, 전혀 망설이지 않고 응해 주었다. 경우에 따라 다르긴 하지만 심지어 이방인에게 거리낌 없이 자신을 열어 보이는 사람들도 있었다. 물론 아우스터리츠의 경우는 그렇지 않아서, 그 후로도 자신의 출신이나 살아온 여정을 털어놓는 법이 거의 없던 그는 당시 대합실에서도 마찬가지였다. 그가 나중에 때때로 안트베르펜 대화라고 부른 우리의 대화는 놀라울 정도로 풍부한 그의 전문지식에 걸맞게 건축의 역사에 대한 것으로, 거대한 둥근 천장 홀의 다른 쪽에 대기실과 정확히 마주 보고 있는 레스토랑에서 우리가 한밤중까지 앉아 있던 그 날 저녁에도 마찬가지였다. 매우 늦은 시간에 그곳에 머무르던 몇 안 되는 여행객들이 하나 둘 사라지고, 전체 구조가 거울에 비친 상처럼 대합실과 닮은 뷔페 공간에서 고독하게 페르네트*를 마시는 한 남자와, 카운터 뒤에 놓인 바의 높은 의자에 다리를 꼬고 앉아서 완전히 몰입한 채 집중해서 줄로 손톱을 갈고 있는 마담이 전부였다. 인공적인 금발을 새집 모양으로 틀어 올린 이 부인에 대해 아우스터리츠는 지나가는 말로 그녀가 한때는 여신 같은 존재였다고 덧붙였다. 실제로 그녀 뒤의 벽에, 벨기에 왕실의 사자 문양 아래에 레스토랑에서 가장 중요한 물품인 거대한 시계가 걸려 있었는데, 왕년에는 금도금을 했지만 지금은 철도의 그을음과 담배 연기로 검어진 그 시계의 숫자판에는 약 6피트 길이의 바늘이 돌고 있었다. 대화 중에 나타난 침묵의 시간 동안 우리 두 사람은 1분이 지나는 데 얼마나 오래 걸리는지 알게 되었고, 예상했음에도 불구하고 미래에서부터 한 시간의 60분의 1을 떼어낼 때마다 형리의 칼과 비슷하게 보이는 이 바늘의 움직임이, 사람의 심장을 멎게 할 정도로 위협적인 떨림이 얼마나 끔찍한지를 알아차렸다. 안트베르펜 정거장의 생성사에 대해 묻는 나의 질문에 아우스터리츠는, 19세기가 끝날 무렵 세계지도에서 거의 알아볼 수 없을 정도로 회황색 한 점에 불과하던 벨기에가 식민지 경영과 더불어 아프리카 대륙에 세력을 확대함으로써, 브뤼셀의 자금 시장과 천연자원 중개소에서 현기증이 날 정도로 많은 거래가 이루어지고, 벨기에 주민들은 무한한 낙관주의에 고무된 채 그토록 오랫동안 외세 치하에서 억압당하고 분리되고 독립적이지 못했던 나라가 바야흐로 경제 강국으로 부상하려 하고, 지금은 이미 상당히 지나갔지만 오늘날까지 우리의 삶에 영향을 미치고 있는 그 시대에, 자신의 후원 아래 겉으로 보기에는 중단 없는 발전이 이루어지고, 갑자기 넘쳐나는 돈을 부상(浮上) 중인 국가에 세계적인 명성을 가져다 줄 공공 건축물을 건립하는 데 사용하는 것이 레오폴드 왕의 개인적인 소망이었지요, 라고 이야기를 시작했다. 그처럼 최고 기관에 의해 시작된 프로젝트 중 하나가 루이 들라상세리에 의해 설계되어, 10년간의 설계 기간과 건축 기간 뒤 1905년 여름에 군주가 참석한 가운데 가동되기 시작한, 우리가 지금 앉아 있는 플랑드르 지방 대도시의 중앙역이에요, 라고 아우스터리츠는 말했다. 레오폴드 왕이 자신의 건축 기사에게 추천한 모델은 루체른의 새 역사(驛舍)였는데, 전반적으로 낮은 철도 건물 위로 인상적으로 솟아 있는 그 역의 둥근 지붕의 모양이 특별히 그의 마음에 들었고,† 들라상세리가 로마의 판테온에서 영감을 받은 이 구조물에서 오늘날의 우리들조차 입구 로비에 들어서면, 건축가가 의도한 것처럼 모든 세속적인 것을 넘어서 세계 무역과 세계 교류에 바쳐진 성당에 들어오는 것처럼 느껴져요, 라고 아우스터리츠는 말했다. 들라상세리는 이 거대한 기념비적 건축물의 주요 요소를 이탈리아 르네상스 궁전

---

† 이 설계도를 살펴보았을 때, 1971년 2월 내가 스위스에 잠시 머무르던 동안 특별히 루체른에 들렀고 그곳에서 빙하 박물관을 관람한 뒤 역으로 돌아오는 길에 상당히 오랫동안 호수 다리 위에 멈춰 서 있었던 것이 생각난 것은, 정거장 건물의 둥근 지붕과 그 뒤로 맑은 겨울 하늘에 눈이 덮여 하얗게 솟아 있는 필라투스 봉을 바라볼 때 4년 반 전에 안트베르펜의 중앙역에

서 아우스터리츠가 했던 말이 떠올랐기 때문이다. 몇 시간 뒤인 2월 5일 밤에 내가 취리히 호텔 방에서 이미 오래 전부터 곤히 자고 있을 때 화재가 발생하여 루체른 역에서 엄청난 속도로 확산되어 둥근 지붕을 깡그리 태워 버렸다. 다음날 신문과 텔레비전에서 보고 수주일 동안 내 머릿속을 떠나지 않았던 그 사진들 때문에 내 안에 뭔가 불안하고 두려운 마음이 들었는데, 그것은 루체른 화재에 내가 책임이 있거나 적어도 공동 책임이 있는 사람 중 하나라는 생각으로 모아졌다. 오랜 시간이 흐른 뒤에도 나는 종종 꿈속에서 둥근 지붕에서 불꽃이 치솟는 모습과 눈 덮인 알프스의 전체 파노라마가 나타나는 것을 보곤 했다.

들로부터 차용해 왔으나 비잔틴이나 무어 양식의 흔적도 들어 있지요, 라고 아우스터리츠는 말했고, 나 자신도 도착 직후 흰색과 회색 대리석으로 쌓아 올린, 여행객들에게 중세를 연상시키는 것이 그것의 유일한 목적인 둥글고 작은 탑을 본 것 같았다. 대리석 계단 로비와 금속과 유리를 입힌 플랫폼의 과거와 미래를 연결하는, 그 자체로는 우스꽝스러운 중앙역의 들라상세리 식 절충주의는 실은 새로운 시대의 일관된 양식이었어요, 라고 아우스터리츠는 말했고, 로마 판테온에서 신들이 방문객을 내려다보던 그런 높

은 자리에 안트베르펜 정거장의 위계질서에 따라 배열된 19세기의 성스러운 것들, 이를테면 광산, 공장, 교통, 무역과 자본은 그 양식과도 잘 어울리지요, 라고 아우스터리츠는 말을 이었다. 내가 틀림없이 보았던 것처럼 입구 로비에는 사방을 빙 둘러 중간 정도의 높이에 옥수숫단, 교차해 놓은 망치, 날개 달린 바퀴, 그리고 비슷한 심벌들을 가진 돌로 된 방패들을 부착해 놓았는데, 거기서는 그 밖에도 꿀벌통의 전령사적인 모티프가 흔히 사람들이 가장 먼저 생각하는 것처럼, 인간에게 유용한 자연을 상징하거나 공동체적인 미덕인 부지런함을 상징하는 것이 아니라 자본 축적의 원리를 상징합니다. 이런 모든 상징적 이미지들 가운데 최고의 위치에 있는 것이 바늘과 숫자판으로 대변되는 시간이지요, 라고 아우스터리츠는 말했다. 전체 건축물에서 유일하게 바로크 양식인 로비를 계단과 연결하는 십자가 형태의 계단 위 20미터 높이에, 말하자면 판테온에서는 정면 입구를 직접 연장하여 황제의 초상을 볼 수 있게 하는 바로 그 자리에 시계가 있는데, 그 시계는 새로운 전지전능의 대리자로서 왕의 문장(紋章)과, *Eendracht maakt macht*(단결은 힘을 낳는다)라는 격언 위에 위치하지요. 안트베르펜 정거장에서 이 시계가 차지하는 중심부에 의해 모든 여행객들의 움직임이 감시당하고, 거꾸로 여행자들은 모두 시계를 올려다보며 그것에 자신의 행동 방식을 맞추도록 강요받지요. 실제로 열차 시간이 표준화될 때까지는 겐트나 안트베르펜의 시계는 릴이나 리에주에 있는 시계들과 다르게 갔고, 19세기 중엽에 이루어진 표준화 이후에야 비로소 시간은 논란의 여지 없이 세상을 지배하게 되었지요, 라고 아우스터리츠는 말했다. 시간에 의해 규정된 일정을 지키는 동안 우리는 서로를 분리시키는 거대한 공간들을 서둘러 지나갔어요. 물론 여행에서 경험하는 것처럼, 시간과 공간의 관계, 즉 뭔가 환상주의적인 것과 환상적인 것은 오늘날까지 다른 곳에서 돌아올 때마다 우리가 정말 떠나 있었는지를 확실하게 알지 못하게 하는 이유이기도 하지요, 라고 잠시 후 아우스터리츠는 말했다. ─ 아우스터리츠가 약간은 멍한 상태에서 말을 하면서 어떻게 자신의 생각을 완성하고, 얼마나 균형 잡힌 말들을 전개하는지, 그리고 자신의 전문 지식을 이야기체로 전하는 것은 그에게는 일종의 역사의 형이상학에 단계적으로 접근하는 것으로, 그 속에서 기억된 것이 다시 한 번 생생하게 되살아난다는 사실이 내게는 처음부터 놀라웠다. 그래서 그가 걸어가면서 다시 한 번 희미하게 빛을 발하는 거울 표면을 올려다보며 *Combien des ouvriers périrent, lors de la manufacture de tels miroirs, de malignes et funestes affectations à la suite de l'inhalation des vapeurs de mercure et de cyanide*(수은과 청산염의 증기를 흡입한 결과 해롭고 치명적인 직무를 요구하는 그러한 거울 제조 시기에 얼마나 많은 노동자들이 죽었는지 아느냐)라고 스스로에게 질문하며, 높은 대기실 거울의 제작에 사용된 절차를 설명하기로 작정한 것이 내게는 잊히지가 않는다. 첫째 날 저녁에 이야기를 끝냈던 것처럼, 아우스터리츠는 우리가 스헬데 강가의 돌기둥 테라스에서 만나기로 약속한 다음날, 관찰하면서 이야기를 계속했다. 그는 아침 해가 반짝거리는 넓은 강물을 가리키며, 이른바 소

(小)빙하기 동안인 16세기 말경에 루카스 반 발켄보르흐가 맞은 쪽 강변에서 그린 얼어붙은 스헬데 강과 그 뒤에 아주 어둡게 안트베르펜 시가지와 해안을 향해 뻗은 평평한 육지의 띠를 볼 수 있지요, 라고 말했다. 성모 마리아 성당 탑 위의 어둠침침한 하늘에서 막 눈보라가 내리치고, 밖에는 우리가 지금 400년이 지나 내려다보는 저 강물 위에서 평범한 서민들은 흙색 작업복을 입고, 신분 높은 사람들은 목에 흰색 뾰족 칼라를 단 검은 망토를 입은 채 안트베르펜 사람들이 얼음을 즐겼어요, 라고 아우스터리츠는 말했다. 그림 앞쪽의 오른쪽 가장자리 부근에 한 부인이 넘어져 있어요. 그녀는 카나리아 색 노란 원피스를 입고 있지요. 그녀 위로 염려스러운 듯 몸을 굽힌 기사는 희미한 빛 속에서 아주 눈에 띄는 붉은색 바지를 입고 있답니다. 내가 지금 그곳을 쳐다보고 이 그림과 그 속의 아주 작은 인물들을 생각하면, 루카스 반 발켄보르흐에 의해 그려진 그 순간이 결코 지나간 것이 아니라, 카나리아 같은 노란색 옷을 입은 부인이 방금 쓰러졌거나 기절했으며, 그녀의 검은 우단 머릿수건은 머리에서 지금 막 옆으로 굴러 떨어지고, 대부분의 관찰자들이 분명히 간과했을 이 작은 불행이 반복해서 다시 일어나는 것처럼, 그리고 어떤 것에 의해서도 결코 멈추지 않고, 그 누구에 의해서도 회복될 수 없는 것처럼 느껴진다는 것이었다. 아우스터리츠는 그 날 우리가 시내로 산책을 하기 위해 야외 석주 테라스의 전망대를 떠난 후 그가 알고 있다고 말한, 무수히 섬세한 선으로 역사를 관통하는 고통의 흔적에 대해 오랫동안 이야기했다. 우리가 늦은 오후 오래 돌아다녀 피로를 느

끼며 장갑 시장의 한 간이음식점에 앉았을 때, 그는 정거장 건축에 대한 자신의 연구에서 비록 건축사에 속하는 것은 아니지만, 작별의 고통과 낯선 사람에 대한 불안감을 머리에서 결코 지울 수 없었다고 말했다. 우리 인간의 엄청난 계획들이 우리의 불안의 정도를 확연히 드러내 주는 일은 드물지 않다는 것이었다. 그래서 그에 관한 매우 탁월한 본보기 중 하나인 안트베르펜의 요새 건축은 외부 세력들이 침입할 때마다 방어 조치를 취하기 위해 외부로 위치를 옮기는 전투의 핵심적인 아이디어가 자연적인 한계에 부딪힐 때까지, 계속되는 단계마다 항상 보호벽을 유지하기 위해 그토록 오랫동안 얼마나 애를 썼는지를 잘 보여주지요. 플로리아니, 다 카프리, 산 미켈리의 요새 건축에서부터 루젠슈타인, 부르크스도르프, 쿠호른과 클렝겔을 거쳐 몽탈랑베르와 보방에 이르기까지의 변화를 연구해 보면, 전쟁 건축물의 대가들은 의심할 바 없는 탁월한 재능에도 불구하고, 오늘날 우리가 쉽게 알아볼 수 있듯이, 세대를 이어 가며 근본적으로 잘못된 생각에 얼마나 집요하게 매달렸는지 놀라울 정도인데, 말하자면 요새의 대포들로 성벽 앞에 놓인 전체 집결 지역의 방어를 가능하게 하는 둔중한 내벽과 앞으로 멀찌감치 튀어나온 외벽과의 이상적인 배치를 완성함으로써 도대체 이 세상에서 무엇을 지킬 수 있기라도 한 것처럼 한 도시를 안전하게 지킬 수 있으리라는 생각 말입니다, 라고 아우스터리츠는 말했다. 오늘날에는 요새 건축에 관한 끝도 없이 많은 문헌에 대해서나 그 속에 깔려 있는 지형학적, 삼각법적, 산술적 계산의 환상에 대해서, 그리고 과도할 정도로 비대해지는 요새 건축

과 포위술의 전문 용어에 대해 대략적인 이해를 가진 사람은 아무
도 없을 뿐 아니라, *escarpe*(내벽), *courtine*(사이벽),* *fausse-
braie*(누벽), *reduit*(외딴 성), 혹은 *glacis*(경사로) 같은 매우 간
단한 명칭들을 이해하는 사람조차 없지만, 17세기 말경에는 다양
한 시스템에 의해 탁월한 설계도로 전방 해자(垓字)를 갖춘 별 모
양의 12각형 요새가 만들어졌는데, 그것은 실제로 쿠보르덴, 뇌
프브리작 혹은 자르루이 요새 건축의 까다로운 설계도를 보았을
때 추적할 수 있는, 말하자면 황금분할을 유도하는 이상적인 본보
기로, 문외한의 이해 능력에는 한마디로 절대 권력과 업무를 담당
한 기술자의 재능의 조화로 보였다는 것은 지금의 우리 입장에서
도 인식할 수 있어요, 라고 아우스터리츠는 말했다. 실제로 전쟁
을 수행하는 데 있어서는 18세기에 어디서나 건축되고 완성된 별

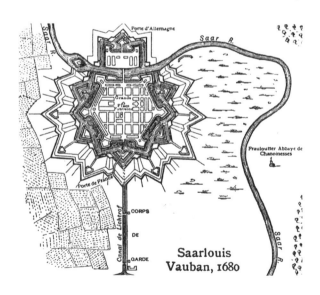

Saarlouis
Vauban, 1680

모양의 요새는 그 목적을 완수하지 못했는데, 이 구조에서 확인할 수 있는 것처럼, 엄청나게 큰 요새는 당연히 가장 강력한 외부 세력을 불러들이고, 참호를 판 정도에 따라 점점 더 깊이 방어해야 해서, 결국에는 적의 군대가 다른 쪽으로 자신들이 선택한 지역을 열고는 지나치게 많은 병사들이 포신을 노려보며 주둔하는 정식 무기고로 만들어진 요새를 간단히 옆으로 제쳐 버리는 모습을, 모든 수단을 동원하여 강화한 장소에서 속수무책으로 지켜보아야 한다는 사실을 간과한 것이지요. 그런 탓에 적에게 모든 성문을 열어 주는 결정적인 약점을 노출하는, 근본적으로 편집증적인 완벽성의 경향을 띠는 방어 조치를 취하는 일이 반복되었어요, 라고 아우스터리츠는 말했다. 점점 더 복잡해지는 건축 설계 때문에 그것이 완성되는 시간이 길어지는 것은 말할 것도 없고, 그와 더불어 요새들이 비록 그 이전은 아니라 하더라도 그것이 완성되었을 때는 늘어난 지식과 이미 그 사이 이루어진 대포들의 지속적인 발전과, 정지된 상태가 아니라 움직임 속에서 모든 것이 결정되는 전술의 발전과 비교하여 낙후될 가능성이 높아지지요. 실제로 요새의 저항력이 시험을 당할 때면, 일반적으로 엄청난 전쟁 물자를 낭비한 후에 별다른 성과 없이 끝나는 경우가 대부분이었지요. 1832년 새로운 왕조가 세워진 뒤 벨기에 영토의 일부를 둘러싼 연속적인 거래가 이루어지는 동안 그런 일이 이곳 안트베르펜에서만큼 분명하게 드러나는 곳은 없어서, 파촐로에 의해 세워졌고 웰링턴 제후가 주변을 원형으로 에워싸는 전방 참호로 더욱 안전을 꾀했던, 그 당시 네덜란드 인들에 의해 점령된 이 요새는 3주

만에 5만 명의 프랑스 군대에 포위되었는데, 12월 중순에 일어난 그 일이 있기 전에, 이미 점령당한 몬테벨로 요새로부터 반쯤 파괴된 안경 모양의 보루 생 로랑에 면한 외벽이 격렬한 공격을 받고 분쇄 소대가 성벽 바로 밑으로 전진해 오는 일이 일어났어요. 안트베르펜의 포위는 그 비용에 있어서나 격렬함에 있어 적어도 몇 년 동안은 전쟁사에서 유일무이한 것으로 남아 있었어요, 라고 아우스터리츠는 말했다. 이것은 사람들이 생각해 낼 수 있는 것의 절정에 이르지요. 파이어한스 대령이 발명한 거대한 박격포에서 천 파운드가 넘는 폭탄 7만 개가 이 요새를 향해 날아갔고, 이것들은 몇 개의 포곽을 제외하고는 남김없이 파괴한 것입니다. 항복을 허락한다는 왕의 명령이 겨우 시간에 맞춰 전달되자, 돌무더기로 변한 이 요새의 사령관직을 맡았던 노령의 네덜란드 장군 샤세 남작은 스스로를 공중에 산화시킬 탄약을 준비하게 함으로써 자신의 충성과 영웅심의 기념비를 세웠어요. 안트베르펜의 점령에서 이 같은 방어술이나 점령술이 완전히 망상임이 분명해졌음에도 불구하고, 사람들이 여기서 오로지 도시를 둘러싼 이 원형 시설물을 훨씬 더 강하게 다시 건축해야 한다는 것과 바깥으로 더 멀리 떨어지게 지어야 한다는 교훈을 얻었다는 사실은 이해할 수 없지요. 그에 따라 1859년에 이 오래된 요새와 수많은 외부 요새는 헐리고, 10마일 길이의 새로운 성곽과 이 성곽 앞에 걸어서 반시간 거리보다 더 떨어진 곳에 여덟 개의 요새 건축이 시작되었지만, 이 계획이 20년 이상 흐른 뒤에 그 사이 더 개선된 병기들의 도달 거리와 폭발물들의 막강해진 파괴력을 고려하면 무의미한 것으로 밝혀지자, 사람들은 여전히 같은 논리에 따라 성곽 앞에서 6마일에서 8마일 떨어진 곳에 점점 더 강력하게 보완한 열다섯 개 외벽으로 된 새로운 띠를 놓기 시작했지요. 전혀 달리 될 수는 없었던 만큼, 족히 30년이 걸린 건축 기간 동안 여기서 의문이 생겨난 것은 당연한데, 그 의문이란 산업과 상업의 급속한 발달에 따라 구도시 지역을 넘어서는 안트베르펜의 성장으로 인해 요새의 연결선을 3마일 정도 더 연장할 필요가 있는지 하는 것으로, 그로써 연결선의 길이는 이미 30마일 이상 되고 메헬렌의 변두리 지역까지 이르게 될 테지만, 결과적으로 이 시설물을 적절히 수비하기 위해서는 벨기에 전 군대로도 충분하지 못할 것이었지요, 라고 아우스터리츠는 말했다. 그런데 우리가 이미 알고 있는 것처럼, 사람들은 이미 건축 중에 있는, 실질적인 요구에는 이미 오래전부터 더 이상 맞지 않는 이 시설물의 보완 작업을 단순히 계속했지요. 그 연결고리의 마지막 부분이 브렌동크 요새이며, 그것의 건축은 제1차 세계 대전 발발 직전에 끝났지만, 제1차 세계 대전이 시작된 지 불과 몇 달도 지나지 않아 이 도시와 지역의 방어를 위해서 완전히 무용지물임이 드러났어요, 라고 아우스터리츠는 말을 이어 갔다. 그 같은 방어 시설의 예에서 수천 년 동안 똑같은 둥지를 짓는 새들과는 달리 사람들은 모든 이성적인 경계를 넘어 자신의 계획을 추구하는 경향이 있다는 사실을 잘 알 수 있어요, 라고 아우스터리츠는 탁자에서 일어나 륙색을 어깨에 메고 당시 안트베르펜의 장갑 시장에서 했던 이야기를 끝냈다. 우리가 언젠가 건축물을 규모에 따라 기록하는 카탈로그를 만든다면, 정상적인 주택 규모보다 아래에 배열되는 건축물들, 예를 들면 들판의 오두막, 은둔자의 움막, 수로지기의 거처, 전망대의 작은 정자, 정원에 있는 아이들의 놀이집 같은 것들은 적어도 우리에게 평화의 여운을 약속하는 데 반해, 한때 교수대 언덕에 세워진 브뤼셀의 법원 궁전 같은 거대한 건물에 대해서는 제대로 생각이 있는 사람이라면 그 건물이 마음에 든다고 할 리는 만무할 것입니다, 라고 그는 다시 말을 이었다. 우리는 기껏해야 그것에 대해 놀라워하고, 이런 놀라움이란 이미 경악의 전 단계로서, 거대하게 확대된 건축물이 어디엔가 파괴의 그림자를 미리부터 드리우고, 이후의 모습을 바라보며 처음부터 폐허로 계획되었다는 사실을 우리는 자연스럽게 알고 있는 듯하다는 것이다. 다음날 아침 그가 다시 나타날지도 모른다는 바람으로 그 전날 서둘러 작별한 장갑 시장의 같은 비스트로 안에서 커피 한 잔을 놓고 앉아 있을 때, 아우스터리츠가 저만치 멀어지면서 한 말들이 머릿속에 떠올랐다. 그리고 나는 기다리면서 『안트베르펜 잡지』였는지 혹은 『자유 벨기에』였는지 더 이상 기억나지 않는 신문을 뒤적이다가, 1940년 역사상 두 번째로 이 브렌동크 요새를 독일인들에게 내주어야 했을 때, 독일인들은 그곳에 곧바로 수용소와 강제 수용소를 세웠고, 그 수용소들은 1944년 8월까지 존재했으며, 1947년 이후 최대한 변화를 가하지 않은 채 국립 기념관과 벨기에 항쟁 박물관으로 사용하고 있다는 기사를 읽게 되었다. 그 전날 아우스터리츠와의 대화에서 브렌동크라는 이름이 등장하지 않았더라면 그 이름을 알았다 하더라도 이 기사 때문에 바로 그 날로 이 요새를 찾아가지

는 않았을 것이다. ―내가 탄 열차로 메헬렌까지의 짧은 거리를
가는 데 족히 30분은 걸렸고, 역 광장에서 버스를 타고 마치 바닷
속에 있는 한 섬처럼 흙으로 된 누벽과 철조망, 넓은 물웅덩이로
둘러싸인 채 들판 한가운데 10헥타르에 이르는 요새 대지가 놓인
빌레브루크 지역으로 향했다. 날씨는 계절에 어울리지 않게 더웠
고, 내가 입장권을 손에 쥐고 다리를 건널 때, 남서쪽 지평선 위로
커다란 뭉게구름이 피어오르고 있었다. 어제 나눈 대화 탓에 내
머릿속에는 정확한 기하학적 수평면 위로 높이 돌출한 성벽을 가
진 별 모양의 성채 이미지가 들어 있었는데, 지금 내 앞에 서 있는
것은 외벽 가장자리가 어디나 둥글게 다듬어진, 흉물스럽게 솟아

있는 형편없는 모양의 콘크리트 덩어리여서, 내게는 그것이 고래
가 파도에서 올라오는 것처럼 플랑드르 지면에서 올라온 한 괴물
의 넓은 등같이 느껴졌다. 검은 성문을 지나 요새 안으로 들어가

기가 내키지 않아 나는 우선 밖에서 섬에서 자라는 비정상적일 정도로 짙은 녹색과 거의 청색에 가까운 풀들 사이로 요새 주변을 한 바퀴 돌았다. 그 지점에서 나는 이 시설물을 눈으로 가늠하려고 애를 썼지만, 그것의 돌출부와 모서리는 계속 뒤로 멀어져서 어떤 건축 구조도 인식하지 못하게 하고, 나의 이해를 훨씬 넘어서서 결국 내가 알고 있는 인간 문명의 어떤 형태와도, 심지어 선사 시대와 원시 시대의 말없는 유물들과도 아무런 연관을 지을 수 없었다. 내가 시선을 그 요새에 두고 있으면 있을수록, 그리고 그것이 내 시선을 사로잡는다고 느끼면 느낄수록, 그것은 점점 더 이해할 수 없어졌다. 군데군데 부식되어 그 부위에서 거친 자갈이 드러나고, 바닷새 똥 흔적과 석회질 암석층으로 굳어진 채, 이 요새는 단 하나의 돌로 된, 추함과 맹목적인 힘의 소산이었다. 내가 나중에 이 요새의 기형적인 부분들과 이마에 눈처럼 튀어나온 중심부의 반원 모양의 보루와 뒷부분에 뭉뚝한 끄트머리를 가진 가위 모양의 대칭적인 설계도를 연구했을 때, 그 속에서 드러난 합리적인 구조에도 불구하고 기껏해야 일종의 가재처럼 생긴 구조일 뿐, 인간의 이성에 의해 설계된 건축물이라고는 인식할 수 없었다. 요새 주변을 둘러싼 통로는, 검게 타르를 칠한 처형장의 기둥들을 지나 수감자들이 오로지 삽과 손수레만을 이용해 담장 주변에 쏟아 부을 25만 톤 이상의 돌과 흙을 운반해야 했던 작업장으로 이어졌다. 요새의 창고에서 볼 수 있는 이 수레들은 분명 당시에도 가공할 정도로 원시적인 것이었다. 그 수레들은 한쪽 끝에 두 개의 거친 손잡이가 달린 일종의 들것으로, 다른 쪽 끝에는 쇠

를 덧입힌 나무 바퀴로 되어 있었다. 들것의 횡목 위에는 대패질 하지 않은 판자로 짜 맞춘, 비스듬히 옆으로 나뉜 상자 하나가 놓여 있는데, 전혀 다듬어지지 않은 이 구조물은 우리나라에서는 농부들이 가축 우리에서 거름을 운반하는 이른바 간이수레와 같은 것으로, 단지 브렌동크의 수레들은 두 배는 더 커서 짐을 싣지 않

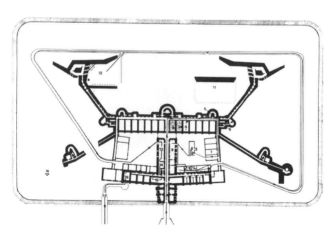

아도 족히 50킬로그램은 되었다. 아마도 체포되고 수감되기 전에
는 극히 드문 경우에만 육체 노동을 했을 죄수들이 무거운 쓰레깃
더미로 채워진 이 수레를 태양이 이글거리고 돌처럼 단단한 고랑
이 난 진흙 바닥 위로 어떻게 밀 수 있었는지, 비가 온 뒤면 곧바
로 생겨나는 늪을 지나 심장이 거의 터질 때까지, 또는 앞으로 나
가지 못하면 감독관 중 한 사람의 삽자루가 머리를 내려치는 가운
데 어떻게 밀었을지 짐작하기 어려웠다. 그러나 이와는 반대로 브
렌동크에서나 다른 모든 중앙 수용소와 옆에 딸린 간이수용소에
서 며칠 혹은 몇 년 동안 계속된 가혹 행위를 충분히 상상할 수 있
었던 것은 내가 마침내 이 요새로 직접 들어가 바로 오른쪽 문의
유리창을 통해 이른바 친위대 대원들의 카지노를 들여다보고, 탁
자와 의자들, 불룩한 불러 난로와 고딕체로 벽에 깔끔하게 그려진
격언을 보고 나서였다. 그들은 필스비부르크와 풀스뷔텔, 슈바르
츠발트와 뮌스터란트 출신의 가장들과 선량한 아들들로서, 업무
를 다한 뒤에는 이곳에 함께 앉아 카드 놀이를 하거나 집에 있는
사랑하는 사람들에게 편지를 썼으리라 상상할 수 있었던 것은 내
가 스무 살 될 때까지 그들 사이에서 살았기 때문이다. 브렌동크
에서 방문객이 현관과 출구 사이에 지나가게 되는 열네 개의 지점
들에 대한 기억은 시간이 흐르면서 내 속에서 희미해졌거나, 그렇
게 말할 수 있다면, 이 요새에 있던 날 이미 희미해진 것은 그곳에
서 본 것을 나는 정말로 보고 싶지 않아서였는지, 아니면 이 요새
안에 몇 개 안 되는 램프의 희미한 불빛으로만 비추어지고 자연광
으로부터 영원히 분리된 세계가 사물의 윤곽을 흩어지게 한 때문

인지 모르겠다. 내가 기억해 내기 위해 애를 쓰고, 브렌동크의 가
재 모양의 구조를 다시 떠올리고, 전설 속에서 *ehemaliges*
Büro(이전의 사무실), *Druckerei*(인쇄실), *Baracken*(막사),
Saal Jacques Ochs(자크 옥스 홀), *Einzelhaftzelle*(독방),
Leichenhalle(시체실), *Reliquienkammer*(유물실), *Museum*(박
물관) 같은 단어들을 읽을 때조차도 그 어둠은 사라지지 않고 오

히려 머릿속에서 더 짙어져서, 세상이 마치 스스로를 텅 비운 것
처럼 지워져 버린 삶과 함께 모든 것이, 줄곧 얼마나 많은 것이 망
각 속에 빠져 버렸는지 우리는 거의 붙들 수 없고, 그 시간 이후
지금 이 글을 쓰는 동안 처음으로 다시 생각나는, 예를 들면 그림
자처럼 차곡차곡 쌓아 올려진 나무 선반 위의 짚이 든 자루나 그
속에 들어 있는 겨가 수년이 지나는 동안 삭아서 가늘어지고 짧아

지고 수축되어, 마치 한때 여기 이 어둠 속에 누워 있던 사람들의
시체처럼 스스로는 어떤 기억의 능력도 갖지 않은 수많은 장소와
물건 속에 달라붙어 있는 이야기들은 이전에 그 누구에 의해서도
말해진 바도, 기록된 바도, 전해진 바도 없었다. 이 요새의 뼈대를
구성하고 있는 터널 안으로 계속해서 들어갔을 때, 어느 정도는
내 속에 자리 잡고 있으면서 오늘까지 종종 기분이 좋지 않은 장
소에서 나를 엄습하는 감정, 이를테면 내가 걸음을 한 발자국씩

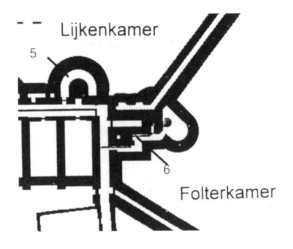

옮길 때마다 숨 쉴 공기는 적어지며 내 위를 누르는 무게가 커지
는 것 같은 느낌에 얼마나 저항해야 했는지를 기억한다. 어쨌거나
그 당시, 그러니까 1967년 초여름 단 한 사람의 다른 방문객도 만
나지 않고, 브렌동크 요새의 내부에서 보낸 그 소리 없는 정오 무
렵에 나는 두 번째의 긴 터널 끝에서, 내 기억에 따르면, 사람 키
보다 그다지 더 크지 않고 경사진 통로가 포곽들 중 하나로 이어

지는 지점에서 계속해서 앞으로 나갈 엄두를 감히 내지 못했다. 사람들이 그 안에서 수 미터 되는 강한 콘크리트 층으로 된 천장 밑에 있음을 곧바로 느끼게 되는 이 장갑실은 한쪽이 삐죽하게 뻗어 가고, 다른 한쪽은 둥글고 좁은 공간으로, 그 바닥은 그곳으로 들어오는 통로보다 족히 1피트는 낮아서, 지하 감옥이라기보다는 오히려 무덤에 가깝게 느껴졌다. 내가 점점 더 가라앉는 듯이 보이는 그 무덤의 바닥, 그 가운데 하수구 창살과 그 옆에는 양철로 된 양동이가 있는 매끄러운 회색 돌바닥을 내려다보았을 때 심연에서부터 W.에 있는 우리 동네 세탁장 모습이 떠올랐고, 동시에 천장에서 내려온 끈에 매달린 쇠갈고리는 내가 학교 가는 길에 항상 지나야 했고 점심때면 종종 고무 앞치마를 입은 베네딕트가 굵은 호스로 타일을 씻어 내리던 정육점의 모습을 생각나게 했다. 그 뒤에 어린 시절의 공포가 숨겨져 있는 문들이 열리면, 그 속에서 무슨 일이 일어날지 아무도 정확하게 설명할 수 없다. 그러나 당시 브렌동크 장갑실에서는 역한 유지비누 냄새가 코를 찔렀는데, 그 냄새는 내 머릿속의 종잡을 수 없는 지점에서 내게는 항상 반감을 주었지만 아버지가 즐겨 사용하던 "나무뿌리솔"이란 단어와 연결되었고, 검은색 칠이 눈앞에서 떨리기 시작하여 나는 푸르스름한 반점이 있는, 차가운 땀방울로 뒤덮인 것처럼 보이는 회색 벽에 이마를 기대지 않으면 안 되었다. 이런 역한 감정 때문에 내가 태어났을 무렵 이 장소에 행해진 이른바 일종의 강화된 심문에 대한 예감이 머릿속에서 떠올랐던 것은 아니고, 몇 년 후에 처음으로 장 아메리의 책에서 고통을 가하는 사람과 당하는 사람 사이의 끔찍할 정도의 신체적 가까움에 대해, 브렌동크에서 행해진 고문에 대해 읽었기 때문인데, 그 고문에서 그는 등 뒤로 손이 묶인 채 허공으로 끌어올려져, 그것을 기록할 그 시간까지 잊혀지지 않는 소란과 파편과 더불어 어깨 관절와(關節窩)에서 총알이 튀어나오고, 거의 빠져 버린 팔을 뒤로 하고 머리 위로 비틀려 묶인 채 공중에 매달려 있었다고 쓰고 있다. *la pendaison par les mains liées dans le dos jusqu' à évanouissement*(기절할 때까지 등 뒤로 묶인 손을 매달기)이라고 『식물원』이라는 책에는 쓰여 있는데, 이 책에서 클로드 시몽은 다시금 기억들의 집합소로 내려가, 235쪽에서 가스토네 노벨리라는 어떤 사람의 단편적인 인생사를 이야기하기 시작하는데, 그 사람은 아메리와 마찬가지로 이 독특한 형태의 고문을 받았다고 한다. 이 보고 앞에는 이탈리아에서 경찰이 완전히 권력을 상실했기 때문에 이제 그곳에서 직접 지휘권을 잡아야 했던 롬멜 장군의 일기 중 1943년 10월 26일자 기록이 덧붙여서 나와 있다. 시몽에 따르면, 그 후 독일인들이 도입한 조치들을 시행하는 과정에서 노벨리는 체포되었고 다카우로 보내졌다고 한다. 노벨리는 그곳에서 일어난 일에 대해서 결코 말하지 않았는데, 단 한 번의 예외는 그가 수용소에서 풀려난 후에 남자든 여자든 간에 독일인의 모습, 이른바 문명화된 인간의 모습을 참을 수 없어서 몸도 다 회복되지 않은 채 눈에 띈 첫 번째 배를 타고 남미로 갔으며, 그곳에서 다이아몬드와 금을 캐며 살았다는 것이다. 노벨리는 어느 날 잎사귀 하나 건드리지 않고 마치 무에서 나타난 것처럼 자기 옆에 서 있는 키 작고 구릿빛 나는 사람들과 함께 푸른 황야에서 한동안 살았다. 그는 그 종족 사람들의 습관을 받아들였고, 모음만으로 이루어진, 무엇보다 무한히 변형되는 억양과 강세를 가지는 A라는 소리로 이루어진 언어의 사전을 만들었는데, 상파울루의 언어 연구소에는 그 언어에 관해서는 단 한 단어도 기록되어 있지 않았다고 시몽은 쓰고 있다. 노벨리는 나중에 자신의 고향으로 돌아와 이미지들을 그리기 시작했다. 그가 항상 새로운 표현과 조합으로 사용한 주된 모티프는—*filiform, gras, soudain plus épais ou plus grand, puis de nouveau mince, boiteux*(가늘고 긴, 굵은, 갑자기 더 두꺼운 또는 더 큰, 그리고 나서 다시 가는, 절뚝거리는)—A라는 문자의 모티프였다. 그는 그것을 자신이 색칠한 표면에 한번은 연필로, 그다음에는 붓으로, 아니면 좀 더 거친 도구로, 서로서로의 사이나 아래 위로 촘촘히 배열한 것으로, 항상 동일하지만 결코 반복되지 않는, 길게 이어지는 외침처럼 파장 속에서 올라가거나 내려가게 새겨 넣었다.

AAAAAAAAAAAAAAAAAAAAAAAAAAAAAAAAAA
AAAAAAAAAAAAAAAAAAAAAAAAAAAAAAAAAA
AAAAAAAAAAAAAAAAAAAAAAAAAAAAAAAAAA

내가 결국 브렌동크로 떠난 그 1967년 6월 아침, 아우스터리츠는 안트베르펜의 장갑 시장에 더 이상 나타나지 않았지만 우리의 길은 그 당시 전혀 계획적이지 않았던 나의 벨기에 답사 여행에서 오늘까지 이해할 수 없는 방식으로 마주쳤다. 우리가 중앙역 대합실에서 처음 만나고 며칠 뒤에 리에주 시의 남서쪽 가장자리에 있는 한 공장 지역에서 그를 두 번째로 만났는데, 나는 조르주 쉬르뫼즈 가와 플레말에서 걸어오면서 저녁 무렵에 그곳에 도착했다. 태양은 몰려오는 뇌우의 잉크처럼 푸른 구름벽을 다시 한 번 관통했고, 공장 내부와 마당, 긴 대열을 이룬 노동자들의 숙소, 벽돌담, 슬레이트 지붕과 창문 들이 실내 조명에 의한 것처럼 빛을 발했다. 빗방울이 도로 위로 소리를 내며 떨어지기 시작했을 때 나는 조그만 술집으로 몸을 피했고, 술집 이름이 카페 데 에스페랑스였던 것으로 기억하는데, 적잖이 놀랍게도 거기서 레소팔* 탁자에 앉아 자신의 노트에 고개를 숙이고 있는 아우스터리츠를 발견했다. 그 후 늘 그랬던 것처럼 우리는 이 첫 번째 재회에서 우리의 대화를 이어 갔는데, 어떤 이성적인 사람도 찾지 않을 이 장소에서의 믿기 어려운 만남에 대해서는 단 한 마디도 언급하지 않았다. 그 당시 우리는 저녁때까지 앉아 있던 카페 데 에스페랑스의 그 자리로부터 뒤쪽으로 난 창문을 통해, 아주 오래 전에는 아마도 강가의 초원이었을 계곡을 내려다보았는데, 그 계곡에는 거대한 철강 공장의 용광로 그림자가 어두운 하늘을 향해 불을 뿜고 있었고, 내가 아직도 분명히 생각해 낼 수 있는 것은, 우리 두 사람이 꼼짝하지 않고 이 광경을 바라보는 동안, 아우스터리츠는 19세기가 진행되는 동안 박애주의적인 경영자들의 머리에서 생겨난 이상적인 노동자 도시에 대한 개념이 갑자기 집단 거주지라는 형태로 넘어간 것에 대해 두 시간 이상 내게 설명했고, 인간의 최선의 계획들은 실현되는 과정에서 언제나처럼 정반대로 흘러갔다고 말했다. 내가 언젠가 브뤼셀의 사형대 언덕에서, 그것도 전 유럽의 사각 석조 조형물 가운데 가장 거대한 집합체인 법원 건물의 계단에서 아우스터리츠를 전적으로 우연히 다시 마주친 것은 리에주에서 이 재회가 있은 지 몇 달 뒤였다. 건축 구조상 진기하고 기괴한 이 건물에 대해 아우스터리츠는 그 당시 논문을 집필할 생각을 하고 있었는데, 이것은 조제프 풀레르트라는 사람이 제시한 거대한 설계도가 구체적으로 완성되기도 전에 1880년대 브뤼셀의 부르주아들이 서둘러 공사에 착수한 나머지 70만 세제곱미터가 넘는 전체 건물 속에 들어 있는 복도와 계단 들은 어디로도 이어지지 못했고, 문이 없는 공간들과 홀 안으로는 그 누구도 들어

갈 수 없었으며, 사방으로 둘러싸인 공허는 모든 승인된 권력의 가장 내부적인 비밀이었다고 아우스터리츠는 말했다. 그는 프리메이슨의 입문식에 사용된 미로를 찾는 중으로, 그 미로는 지하실이나 궁전의 천장에 있다고 들었고, 벌써 여러 시간째 돌로 된 이 언덕을 헤매고 있으며, 기둥들의 숲과 거대한 조상(彫像)들 사이를 지나 계단을 오르락내리락하고 있는데, 그 동안에 그가 무엇을 원하는지 묻는 사람은 아무도 없었다고 했다. 그는 도중에 때때로 피곤해졌을 때나 하늘을 보고 방향을 잡기 위해, 벽 속으로 깊숙이 부착된 창문 안으로 팩 아이스처럼 서로서로 밀고 있는 듯한 궁전의 납회색 지붕들 위로, 혹은 아직 한 번도 햇빛이 들지 않은 협곡과 갱도 같은 내부 마당을 내려다보았다고 했다. 그는 여러 개의 복도를 지나 계속 걸었고, 한번은 왼쪽으로, 다음 번은 오른쪽으로, 그리고 끝도 없이 똑바로 걷다가, 많은 높은 문들 아래를 지나고, 삐걱거리는 임시로 만든 나무 계단을 올라가면, 이 나무 계단은 여기저기서 중앙 통로에 의해 방향이 나뉘고, 반 층 정도 올라가거나 내려가기도 하며, 어두운 막다른 곳에 도달하기도 하는데, 그 끝에는 롤 셔터가 달린 장들과 연단, 책상들, 사무실 의자들, 그 밖의 물품들이 겹겹이 쌓여 있어, 마치 그 뒤에 누군가가 점령 상황 속에 끝까지 버티고 있는 듯이 보였다는 것이다. 아우스터리츠는 이어서 심지어 이 법원 건물에는 모든 상상력을 넘어서는 내부의 꼬불꼬불함 때문에 수년이 지나도록 여전히 비어 있는 방들과 멀리 떨어진 복도에, 예를 들면 담배 가게나 돈내기 게임 접수처, 혹은 음료수 자판기 같은 작은 가게들을 설치할 수 있었을 것이며, 실제로 어느 날 아흐터보스라는 한 남자는 지하에 있는 남자 화장실 입구 안쪽에 작은 탁자와 돈 접시를 준비하고 길에서 들어오는 부단히 바뀌는 손님들을 위한 공공 화장실을 만들었고, 이어서 빗과 가위를 다룰 줄 아는 조수를 고용하여 한동안 미용실을 운영하기도 했다는 것이다. 조용한 11월 오후에 테르뉴젠에 있는 한 당구장 카페에 앉아 있을 때처럼 만남이 여전히 이어질 때면 아우스터리츠는 엄격한 사실성과 기이한 대조를 이루는 그 같은 미심쩍은 이야기들을 내게 드물지 않게 들려주었고, 나는 두꺼운 안경을 쓴 채 풀빛 양말을 뜨개질하던 여주인과, 그 옆의 난롯불 속에서 타고 있던 달걀 모양의 석탄과, 바닥에 흩어져 있던 젖은 톱밥과 매운맛 나는 치커리 냄새, 게다가 고무나무가 에워싸고 있는 전경 창문을 통해 회색 안개빛을 띤 엄청나게 넓은 스헬데 강 어귀를 내려다보던 것을 아직 기억한다. 한번은 성탄절 직전 저녁 무렵 어디서도 살아 있는 사물이라곤 볼 수 없을 때 아우스터리츠가 제브루게 가로수 길에서 나를 향해 다가왔다. 우리 두 사람은 같은 페리호의 승선권을 끊었다는 사실을 알고는 함께 천천히 항구로 되돌아가자, 오른쪽으로 텅 빈 북해(北海)와 사구(砂丘) 안으로 들어온, 텔레비전의 푸른 불빛이 기이하게 유령처럼 불안정하게 어른거리는 주거용 성들의 정면이 보였다. 우리가 탄 배가 항구를 빠져 나갔을 때는 이미 밤이었다. 우리는 뒤쪽 갑판에 함께 서 있었다. 흰 뱃길은 어둠 속으로 사라졌고, 약간의 눈송이가 등불에 나부끼는 것을 보았다고 생각한 것을 나는 아직 기억한다. 밤에 영불 해협을 건널 때 나는 아우스터리츠가 지나치며 하는 말에서 그가 런던의 미술사학과에 교직을 가지고 있다는 것을 처음으로 알게 되었다. 자기 자신이나 혹은 자신의 성격에 대해 말하는 것이 그에게는 거의 불가능했기 때문에, 그리고 아무도 그가 어디 출신인지 알지 못했기 때문에, 안트베르펜에서 처음 만난 이후부터 나는 항상 부끄러울 정도로 서투르게, 아우스터리츠는 반대로 매우 완벽하게 프랑스어만 사용해서, 나는 오랫동안 그를 프랑스인이라고 생각했다. 우리가 내게 좀더 편한 영어로 바꾸어 대화를 하자 그때까지 전혀 눈치 채지 못한 불안감이 그에게서 느껴졌던 것이 당시에는 매우 기이했는데, 그 불안감이란 가벼운 말실수와 때로는 말을 더듬는 경우에 나타나는 것으로, 그럴 때면 그는 항상 왼손에 쥐고 있던 닳아빠진 안경집을 세게 움켜잡아 팔목뼈의 살갗 밑에서 흰 근육을 볼 수 있었다.

*

다음 몇 년 동안 런던에 갈 때면 나는 대영박물관에서 멀지 않은, 블룸즈버리에 있는 그의 직장을 찾아갔다. 그럴 때면 나는 대부분 그의 좁은 연구실에서 한두 시간 머물렀는데, 그곳은 책과 논문을 쌓아 두는 창고 같았고, 바닥이나 지나치게 많은 책이 꽂힌 서가 앞에 쌓인 서류 뭉치들 때문에 학생들을 위한 자리는 고사하고 그 자신을 위한 자리조차 별로 남아 있지 않았다. 아우스터리츠는 내가 독일에서 공부를 시작했을 무렵 그곳에 재직하던,

학계에서 경력을 쌓고 권력 환상에 여전히 사로잡혀 있는 대부분 3,40대의 인문학자들에게서는 아무것도 배우지 못한 내게 초등학교 시절 이후 귀를 기울일 수 있는 최초의 스승이 되었다. 그 자신이 사고 훈련이라고 부른 것이 얼마나 쉽게 이해가 되던지 오늘까지 생생한데, 그가 학창 시절 이후 몰두해 온 법정과 교도소, 정거장, 주식 거래소, 오페라 하우스 들과 정신 요양소, 직각 구조에

따라 세워진 노동자 주거지에서 나타나는 자본주의 시대의 건축 양식, 질서에 대한 강박과 기념비적인 특징에 대해 설명할 때면 특히 그랬다. 아우스터리츠는 한번은 내게 자신의 연구가 박사 학위 논문으로 계획했던 원래의 목적을 오래 전에 뛰어넘었고, 그의 손에서 전적으로 자기 생각에 근거한, 이 모든 건물들 사이에 존재하는 계통의 유사성에 대한 끝없는 준비 작업으로 넘어갔다고 말했다. 자신이 어떻게 해서 이처럼 넓은 영역에 부딪히게 되었는

지 스스로도 알 수 없다는 것이었다. 아마도 초기의 연구 논문들을 썼을 때 잘못된 충고를 받아들인 모양이라고 했다. 그러나 그는 오늘날까지 스스로도 이해할 수 없는 충동을 좇고 있으며, 그 충동이란 일찍부터 그 자신 속에서 알아차리게 된, 예를 들면 전체 철도 시스템 같은 네트워크에 매료된 것과 관련이 있다고 말했다. 그가 공부를 시작할 때 이미, 그리고 나중에는 첫 번째 파리 시절 동안 그을음으로 시커멓게 된 유리 정거장으로 증기기관차가 들어오는 것을 보기 위해, 혹은 밤에 끝없이 넓은 바다 위로 미끄러지는 배들처럼 불이 환하게 밝혀진 비밀스러운 풀만 기차*들이 빠져 나가는 것을 보기 위해 거의 매일, 특히 아침이나 저녁 시간에 큰 정거장들 중 하나인, 주로 북부역이나 동부역을 찾아갔다고 했다. 그가 행운의 장소인 동시에 불행의 장소라고 느끼는 파리의 정거장들에서 자신이 전혀 이해할 수 없는, 매우 위험한 감정의 소용돌이에 빠진 일이 드물지 않았다는 것이다. 어느 날 오후 그가 런던의 연구소에서 자기 자신을 정거장 마니아라고 불렀던 것이 내게 하는 말이라기보다는 오히려 자기 자신에게 한 것임을 알게 되었고, 그것은 9년간 떠나 있어 낯설어진 고향에서 오래 정착할 생각으로 1975년 말에 내가 독일로 돌아갈 때까지, 그 자신의 영혼에 대해 내게 보여준 유일한 암시로 남아 있었다. 내가 기억하는 한, 나는 뮌헨에서 아우스터리츠에게 몇 차례 편지를 썼지만 답장은 한 번도 받지 못했고, 당시에는 그가 어딘가 여행 중일 것이라고 생각했지만, 지금은 독일로 편지 쓰는 것을 피하려 했기 때문이라고 여겨진다. 그의 침묵이 원인이긴 했지만 우리 사이의 연결은 끊어졌고, 내가 1년도 채 못 되어 두 번째로 이주해서 다시 영국으로 돌아올 결심을 했을 때에도 관계를 새롭게 하지 않았다. 아우스터리츠에게 내 계획이 예기치 않게 바뀐 것을 알릴 사람은 물론 내 쪽이었을 것이다. 내가 그것을 그만둔 것은 영국으로 돌아오자마자 좋지 않은 시간이 닥친 탓이었는데, 그 시간은 다른 사람의 삶에 대한 내 생각을 흐리게 했고, 나는 오랫동안 내버려 두고 있던 글쓰기 작업을 다시 시작함으로써 거기서부터 아주 서서히 빠져 나왔다. 어쨌거나 나는 이 기간 중에는 아우스터리츠에 대해 자주 생각하지 않았고, 그러고는 그를 너무 쉽게 잊어버려서, 이전에 가까우면서도 거리가 있던 우리의 관계는 실제로 20년이 지난 1996년 12월에 여러 가지 상황들의 기이한 연결로 다시 시작되었다. 나는 당시 상당히 불안한 상태에 빠져 있었는데, 전화번호부에서 주소를 찾다가 하룻밤 사이에 내 오른쪽 눈의 시력을 완전히 상실했음을 알게 되었기 때문이다. 내 앞에 펼쳐진 페이지에서 눈을 들어 벽에 걸린 액자 사진을 바라보아도 오른쪽 눈으로는 위쪽과 아래쪽으로 기이하게 휘어진 일련의 어두운 형태들을 볼 뿐, 몇 가지 친숙한 형상들과 풍경이 구별할 수 없을 정도로 위협적인 검은 선영으로 해체되었다. 그때 나는 시야의 가장자리에서는 그전과 마찬가지로 분명하게 볼 수 있고, 처음 생각으로는 갑작스럽게 약화된 시력을 되찾기 위해 주의를 다른 것으로 돌리기만 하면 될 것 같았다. 여러 차례 시도했음에도 나는 물론 그것에 성공하지 못했다. 오히려 회색빛 공간이 더 확대되는 것처럼 보였고, 시력 차이를 알아보기 위해 이따금 눈을 떴다 감앗다 하면 왼쪽으로도 얼마간의 시력 장애가 나타나는 것처럼 느껴졌다. 나는 두렵기도 하고 적지 않게 당황해서, 사람들이 19세기까지 오페라 여가수들이 무대에 서기 전이나 젊은 여성을 구애하는 남성에게 데려가기 위해 밤의 그늘에서 자라는 식물인 벨라도나에서 증류한 액체 몇 방울을 각막에 넣어, 그것으로 그녀의 눈이 거의 초자연적일 정도로 헌신적인 빛을 발하지만 그녀 자신들은 거의 아무것도 알아보지 못했다고 한 것을 언젠가 읽은 기억이 났다. 이런 회상이 그 어두운 12월 아침 내 머릿속에서 아름다운 외양의 환상과 일찍 찾아온 소멸의 위험과 관련이 있었다는 것과, 그래서 내 작업을 지속할 수 있을지를 염려하면서도, 동시에 그렇게 말할 수 있다면, 영원히 뭔가를 쓰고 읽어야 한다는 강박관념에서 풀려나 윤곽이 없이 오로지 희미한 색깔만을 인식할 수 있는 세계에 둘러싸인 채 정원의 대나무 소파에 앉아 있는 자신을 보는 환상으로 차 있었다는 것을 제외하고는 어떻게 나 자신의 상황과 연결했는지 더 이상 기억할 수 없다. 뒤이은 며칠 동안에도 상태는 전혀 나아지지 않아 나는 크리스마스 직전에 체코 안과 의사를 소개받아 런던으로 찾아갔고, 혼자 런던으로 갈 때면 매번 그런 것처럼, 12월의 그 날에도 내 속에서는 일종의 무거운 좌절감이 느껴졌다. 나는 나무가 거의 없는 밋밋한 풍경을 바라보았고, 광활한 갈색 농지와 한 번도 내려 본 적 없는 정거장과 여느 때처럼 입스위치 시가지 가장자리의 축구장 마당에 모여 있는 갈매기 떼와 주말 농장 지역들, 경사면에서 자라는 황량하고 죽어 버린 야생 포도나무들로 뒤덮인 기형적인 나무, 매닝트리* 옆의 수은 같은 썰물 바다와 개펄의 물줄기들, 옆으로 가라앉은 보트들, 콜체스터의 물탑, 첼름즈퍼드에 있는 마르코니 공장, 롬포드의 텅 빈 야생 물개 경주장, 대도시의 외곽 지대로 향하는 열차 선로가 지나가는 연립주택들의 보기 흉한 뒷면, 매너 공원의 묘지들이 늘어선 들판과 해크니의 주거용 탑들, 이 모든 것들 위로 내가 런던으로 갈 때면 내 옆을 지나 돌아가는, 영국에 온 뒤로 보낸 많은 햇수에도 불구하고 친숙하지 않고 낯설고 무시무시하게 보이는 항상 똑같은 광경들이 있었다. 기차가 리버풀 스트리트 정거장에 도착하기 직전 여러 차례의 스위치 시점을 넘어 좁은 협궤를 꼬불꼬불 지나갈 때면, 선로의 양쪽으로 솟아 있는 녹과 디젤유로 검어진 둥근 아치들과 기둥과 벽감이 있는 벽돌담들이 이 날 아침에는 지하 세계의 납골당을 기억나게 했던 마지막 구간을 달릴 때면 나는 매번 불안해졌다. 내가 오로지 정형외과, 피부과, 비뇨기과, 산부인과, 신경과, 정신과, 이비인후과와 안과 의사들이 차지하고 있는 할리 가의 자주색 벽돌집들 중 하나에서 부드러운 가로등불로 채워진 약간 더울 정도로 난방이 된 즈데네크 그레고르의 대기실 창가에 섰을 때는 오후 세 시경이었다. 도시 위로 낮게 걸린 잿빛 하늘에서부터 약간의 눈발이 흩날려서는 뒤편으로 난 마당의 어두운 심연 속에서 사라졌다. 나는 산 속에서 시작되는 겨울을 생각했고, 아무런 소리도 없는 상태와 내가 어린 시절 항상 가졌던 소망, 이를테면 마을 전체를 포함하여 계곡에서부터 가장 높은 꼭대기까지 모든 것이 눈으로 덮여 버렸으면 하는 소망을 생각했으며, 그러다가 봄이 되면 다시 녹아서 얼음에서 빠져 나올 수 있다면 어떨까 하고 상상했던 것을 생각했다. 대기실에 있는 동안 나는 알프스 산맥의 눈과 눈에 의해 사라져 버린 침실의 유리창과 복도 앞에 있는 산등성이에 쌓인 눈, 전봇대의 절연체 위에 수북이 쌓인 눈, 그리고 종종 수개월 동안 얼어붙은 우물가의 항아리를 생각했고, 그때 머릿속에는 내가 가장 좋아하는 애송시의 첫 구절들이 떠올랐다. *And so I long for snow to sweep across the low heights of London*(그리고 나는 런던의 낮은 곳을 지나 쓸고 가는 눈을 그리워한다). 나는 그곳 바깥에서 점점 더 짙어 가는 어둠 속에 수없이 많은 거리들과 철로가 가로지르는 도시의 지표면을 보고 있는 것처럼 상상했고, 그것들이 동쪽으로, 북쪽으로 서로 층을 지어 지나가고, 집들로 이루어진 모래톱이 할러웨이, 하이버리를 훨씬 지나서까지 다음 번, 그다음 번으로 이어지는 모습을 보고, 이 거대하고 단단한 기형적인 형태 위로 모든 것이 파묻히고 덮여 버릴 때까지 천천히 그리고 규칙적으로 눈이 내린다면 하고 상상했다. *London a lichen mapped on mild clays and its rough circle without purpose*(부드러운 흙과 그 흙의 거친 테두리 속에 목적도 없이 놓여 있는 이끼 같은 런던). 즈데네크 그레고르는 진찰을 한 뒤 내 오른쪽 눈에 회색 부분이 확대된 현상을 설명하려고 애쓰면서, 종이에 가장자리가 흐릿하게 보이는 원을 하나 그렸다. 그는 이것이 대부분은 일시적인 결함으로, 종이에 투명한 액체가 흘러 들어가 벽지 밑에 생긴 수포와 같은 것이라고 말했다. 즈데네크 그레고르는 관련 서적에 중앙혈청 질환이라고 기술된 이 같은 장애의 원인에 대해서는 여전히 확실치 않다고 말했다. 단지 알 수 있는 것은 그것이 유독 지나치게 글을 많이 쓰고 읽는 중년 남성에게만 나타난다는 것이었다. 이 검사에 이어 좀 더 정확히 밝혀내기 위해서는 아직도 망막 속의 훼손된 부분에 이른바 형광 혈관 촬영을 해야 하는데, 내가 그것을 제대로 이해했다면, 홍채, 수정체, 그리고 유리체를 통해 눈의 이면에 일련의 사진을 찍어야 하는 것을 말했다. 이런 절차를 위해 따로 준비된 좁은 공간에서 이미 나를 기다리고 있던 기술직 조수는 말할 수 없이 고상한 남자로, 나는 흰 터번을 두른 그가 마치 예언자 마호메트 같다는 터무니없는 생각을 했다. 그는 조심스럽게 내 옷소매를 걷어 올렸고, 내가 조금도 느끼지 못하는 사이에 바늘 끝을 팔 아랫부분에 솟아 있는 혈관에 찔러 넣었다. 그는 대조 물질을 내 피 속으로 흘려 넣으면서 한동안 가벼운 불쾌감이 생길지도 모른다고 말했다. 어쨌거나 내 피부는 몇 시간 뒤 노랗게 염색될 것이라고 했다. 열차의 침대칸처럼 희미한 불빛으로 밝혀진 방 안에서 얼마간을 각자 자기 자리에서 말없이 기다린 다음, 그는 나에게 가까이 다가와 일종의 스탠드처럼 탁자에 부착된 프레임에 머리를 갖다 대고, 턱은 얄팍하고 오목한 부분에, 이마는 쇠로 된 밴드에 갖다 대라고 했다. 이 글을 쓰고 있는 지금 나는 넓게 벌려진 내 눈 속에서 셔터를 누를 때마다 명멸하던 작은 광점(光點)들을 다시 보는 것 같다. ─30분쯤 후 나는 리버풀 가에 있는 그레이트 이스턴 호텔 살롱 바에 앉아 집으로 가는 다음 기차를 기다렸다. 나는 어두운 구석 자리를 찾았는데, 그 사이 정말로 피부가 누렇게 되었기 때문이다. 택시를 타고 오는 동안 루나 파크를 지나 넓은 리본 속으로 가는 듯한 생각이 들고, 앞 유리창에서 도시의 불빛들이 회전하는 것 같더니, 이제는 희미한 풍선 모양의 조명들과 바 뒤에 있는 거울 표면과 늘어선 알록달록한 음료수 병들이 마치 회전목마를 탄 것처럼 눈앞에서 돌기 시작했다. 속이 메스꺼워져서, 나는 벽에 머리를 기대고 가끔씩 길게 숨을 들이쉬면서 모두가 비슷하게 군청색 양복을 입고 줄무늬 셔츠와 번쩍거리는 넥타이를 매고 이 초저녁 시간에 그들의 익숙한 술집에 자리를 잡고 앉은 이 도시의 금광에서 나온 노동자들을 잠시 동안 관찰했는데, 어떤 우화에도 기술되지 않은 이 동물류의 수수께끼 같은 습관, 이를테면 서로 밀착해 서 있는 모습과 반쯤은 사교적이고 반쯤은 공격적인 태도, 잔을 비울 때면 식도를 드러내는 것, 점점 더 흥분해 가는 뒤섞인 목소리들, 이 사람 저 사람이 갑작스럽게 넘어지는 것을 이해하려고 애쓰는 동안, 갑자기 흥청거리는 무리의 가장자리에서 혼자 떨어져 있는 한 사람을 보았는데, 그는 내가 그 순간 알아차렸던 것처럼 거의 20년 동안 보지 못한 바로 그 사람, 아우스터리츠였다. 그의 외모와 자세와 옷차림새는 전혀 변하지 않았고, 심지어 어깨에 멘 륙색조차 그대로였다. 단지 그의 머리에서 기이한 형태로 난 중심부의 금발의 곱슬머리가 색이 좀 더 바랬을 뿐이었다. 그것을 제외하고는 과거에는 늘 나보다 열 살 정도는 많을 것이라고 생각한 그가 지금은 나보다 열 살은 더 젊게 보인 것은 나 자신의 좋지 않은 상황 때문인지, 아니면 그가 마지막 순간까지 뭔가 소년 같은 면을 지니고 있는 독신자의 부류에 속했기 때문인지 모르겠다. 내가 아직도 기억하고 있는 것은 예기치 않은 아우스터리츠와의 재회에 놀라 한동안 몹시 당황했다는 것이다. 어쨌거나 내가 그에게 다가가기 전에 그의 모습이 루트비히 비트겐슈타인과 비슷하다는 그때 처음으로 떠오른 생각이 한참 동안 떠나지 않았던 것, 그 두 사람의 얼굴에 담긴 놀

란 듯한 표정에 대해 잠시 생각한 것을 기억한다. 나는 무엇보다 륙색 때문이었다고 생각하는데, 나중에 그것에 대해 아우스터리츠는 자기가 대학 공부를 시작하기 바로 직전에 채링 크로스 로드에 있는 서플러스 가게에서 과거 스웨덴 군대의 재고품을 10실링을 주고 샀으며, 이 륙색이야말로 자기 삶에서 유일하게 진짜 믿

을 만한 것이라고 말했고, 이 륙색이 아우스터리츠와 1951년 케임브리지에서 암으로 세상을 떠난 철학자 사이에 어떤 신체적인 친족성이 있다는 일면 엉뚱한 생각이 들게 만든 것 같았다. 비트겐슈타인 역시 항상 륙색을 가지고 다녔고, 푸흐베르크, 오터탈이나 노르웨이로 갈 때, 아일랜드 혹은 카자흐스탄에 갈 때, 알레 가에서 크리스마스 휴가를 보내기 위해 고향에 있는 누이들에게 갈 때도 가지고 갔다. 그 륙색은 항상 그리고 어디에나 있었고, 마르가레테가 자기 오빠에게 보낸 편지에서 오빠에게만큼이나 그녀 자신에게도 정겹다고 했던 그 륙색은 항상 그와 함께 여행을 했고, 심지어 대서양을 넘고, 정기 여객선 퀸 메리 호를 탔으며, 그런 다음에는 뉴욕에서 이타카로 건너갔다고 나는 생각한다. 내가 어디선가 비트겐슈타인의 사진과 마주치면, 그 사진에서 아우스터리츠가 나를 쳐다보는 것 같고, 혹은 아우스터리츠를 볼 때면, 자신의 논리적 사고의 명백함이나 감정의 혼란 속에 사로잡힌 불행한 사상가를 보는 것 같은 생각이 점점 더 짙어질 정도로, 두 사람 사이에는 외모뿐 아니라 눈에 보이지 않는 경계를 넘어 연구하는 그들의 방식이나, 오로지 임시방편으로 지내는 생활 방식이나 거의 도달할 수 없는 소망이나 어떤 준비된 것을 견디지 못하는 성격 같은 유사성이 눈에 띄었다. 그래서인지 아우스터리츠는 이날 저녁 그레이트 이스턴 호텔 바에서 그처럼 오랜 세월 후에 순전히 우연히 이루어진 만남에 대해서는 단 한 마디도 언급하지 않고, 대화는 과거에 중단된 대략 그 시점에서 다시 시작되었다. 그는 조만간 근본적으로 수리하게 될 그레이트 이스턴 호텔을, 특히

나 세기 전환기에 철도 회사의 권력자들에 의해 당시 막 완성되었고 가장 사치스럽게 꾸며진 호텔로 건축된 프리메이슨 사원을 약간 둘러보는 데 오후 시간을 보냈다고 말했다. 나는 오래 전에 건축 연구를 중단했고, 비록 지금은 더 이상 스케치나 기록은 하지 않고, 인간들에 의해 만들어진 기이한 물건들을 놀라움을 가지고 바라보기만 하지만, 종종 다시 옛날 습관으로 빠지게 되지요, 라고 그는 말했다. 오늘도 다르지 않아서, 그는 그레이트 이스턴 호텔 옆을 지나가게 되자, 갑작스럽게 떠오르는 생각을 좇아 입구로 들어왔으며, 이미 입증되었듯이, 분명 일상적이지 않은 그의 관심사와 특이한 모습에도 불구하고 그곳에서 페레이라라는 이름의 한 포르투갈 인 영업 책임자로부터 정중한 대접을 받았다는 것이다. 페레이라가 2층으로 가는 넓은 계단까지 자신을 동행해 주었고, 큰 열쇠를 가지고 사원으로 들어가는 입구를 열어 주었으며, 검은색과 흰색의 정사각형 모양을 한 바닥과 아치형 천장을 가진, 그리고 그 중심에 몇 개의 금빛 별 모양이 사방으로 에워싼 어두운 구름들 속으로 빛을 발하는, 모래색 대리석 판과 붉은 모로코 마노로 덮인 홀로 안내해 주었지요, 라고 아우스터리츠는 이야기를 계속했다. 이어서 나는 페레이라와 함께 대부분 이미 영업이 중단된 호텔을 관통해 지나갔고, 유리로 된 높은 둥근 천장 아래에 있는 300명 이상의 손님을 수용하는 만찬장을 지나고, 끽연실과 당구장, 복도 맨 끝 방과 계단을 지나 이전에 부엌이 있던 4층까지 올라갔다가, 이전에 라인 산(產), 보르도 산, 샴페인 산 포도주를 저장하던, 수천 가지에 달하는 과자류를 준비하고 채소와 붉

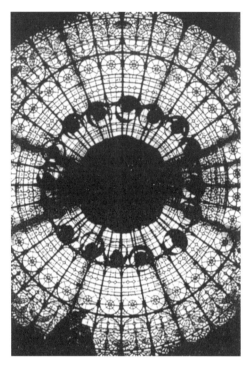

은 육류와 흰 가금류를 다듬던 서늘한 미로인 지하 1층과 2층까
지 내려갔지요. 농어, 가시고기, 가자미, 해삼, 장어 들이 끊임없
이 신선한 물을 끼얹는 검은 슬레이트 판으로 된 탁자에 쌓여 있
는 생선 창고는, 페레이라가 말한 것처럼, 그 자체가 죽은 사물의
영역이었으며, 너무 늦지만 않았다면 그는 나와 함께 다시 한 바
퀴 돌아볼 수 있었을 거예요, 라고 아우스터리츠는 말했다. 그는
무엇보다 내게 사원을 기꺼이 보여주고 싶어했고, 이 사원 안에
금색으로 그려진 상징적 장식물, 즉 무지개 아래에서 흔들리고 있
는 3층으로 된 방주와 부리에 푸른 가지를 문 비둘기가 막 그곳으

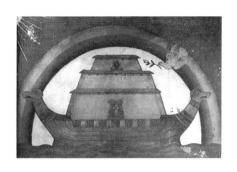

로 돌아오는 모습을 보여주고 싶어했어요. 오늘 오후 페레이라와 함께 이 아름다운 모티프 앞에 서 있을 때, 기이하게도 아득히 먼 과거에 우리가 벨기에에서 만났던 일을 생각했고, 그 당시에 안트베르펜, 리에주, 그리고 제브루게에서 그랬던 것과 비슷하게, 지난 몇 년 동안 있었던 자신의 이야기를 들어 줄 사람을 찾아야 한다는 생각을 했지요, 라고 그는 말했다. 그리고 자기 생애에 한 번도 들어가 본 적 없는 이곳 그레이트 이스턴 호텔 바에서 나를 만난 것은 모든 통계학적인 가능성과는 상반되지만, 놀라우면서도 뭔가 피할 수 없는 내적인 논리에 의한 것이라고 했다. 아우스터리츠는 이 말을 하고 나서 침묵하며, 한동안 먼 곳을 응시하는 것처럼 보였다. 그는 다시 내 쪽으로 시선을 돌리며, 유년 시절과 청소년기 이후 내가 실제로 누구인지 몰랐어요, 라고 말을 시작했다. 오늘날의 시점에서 보면 내 이름과 그 이름이 열다섯 살 되던 해까지 쓰이지 않았다는 사실만이 나로 하여금 나 자신의 근원에 대한 자취를 좇도록 했다는 사실을 알고 있지만, 그러나 지나간 시간 동안 나의 사고 능력 이전이나 혹은 그 위에 위치하고, 분명 내 두뇌 속 어딘가에서 엄청난 분별력을 가지고 다스리는 심급이

왜 항상 나 자신의 비밀을 유지해 주었고, 대단히 중요한 것을 추론하고, 그 추론에 합당한 뒷조사를 하는 것을 체계적으로 저지했는지가 분명해졌어요. 이렇게 나 자신에 사로잡힌 상태에서 벗어나는 것은 쉽지 않았고, 이들을 지금 어느 정도 정돈된 순서로 배열하는 것도 쉽지 않을 듯하군요. 나는 웨일스 지방의 한 시골 도시 발라에서, 칼뱅파 목사이자 이전의 선교사 집에서 자랐는데, 그 분의 이름은 에미르 일라이어스라고 하고, 그의 아내는 잉글랜드 가정 출신으로 겁이 많은 분이었어요, 라고 아우스터리츠는 그날 저녁 그레이트 이스턴 호텔 바에서 이야기를 시작했다. 마을에서 약간 떨어진 외곽의 언덕에 홀로 선, 어른 두 사람과 아이 하나가 살기에는 너무 컸던 이 불행한 집에 대해 회상하는 것은 내겐 언제나 불가능했어요. 위층에는 여러 개의 방이 있었는데, 그 방들은 해가 바뀌어도 항상 잠겨 있었지요. 오늘날에도 나는 종종 그 잠긴 문들 가운데 하나가 열리고, 내가 문지방을 지나 좀 더 정겹고 덜 낯선 세계로 들어가는 꿈을 꾼답니다. 잠겨 있지 않은 방들 가운데서도 몇 개는 사용하지 않았어요. 오직 침대 하나, 궤짝 하나 같은 옹색한 가구와 낮 동안에도 커튼이 쳐진 그 방들은 어스름 속에서 희미한 빛을 발했고, 그 어스름은 내 속에 있는 모든 자의식을 금세 사라지게 했어요. 그래서 발라에서의 나의 유년 시절에 대해서는 거의 아무것도 생각나지 않고, 오로지 생각나는 것이라곤 내가 갑자기 다른 이름으로 불리게 되었을 때 얼마나 고통스러웠는지, 그리고 내 물건이 사라진 뒤, 자꾸만 내려가는 무릎까지 오는 양말과 그물망 같은 속옷, 너무 가벼운 쥐색 셔츠와 이 영국식 짧은 바지로 돌아다녀야 하는 일이 얼마나 끔찍했는지 하는 것이에요. 나는 나 자신의 잘못으로—그래서 나는 두려웠지요—떠나온 사람들의 얼굴을 떠올리기 위해 이 목사관의 좁은 침대 위에서 종종 몇 시간씩 깨어 있었다는 것을 알아요. 그러나 피로감이 내 의식을 마비시키고 어둠 속에서 눈꺼풀이 감길 때에야 비로소 나는 이해할 수 없는 한 순간에 내 쪽을 내려다보고 있는 어머니나 웃으면서 모자를 쓰는 아버지를 보았답니다. 그것으로 위로를 받은 뒤에 이른 아침에 깨어나는 것, 그리고 내가 더 이상 우리 집에 있지 않고 아주 멀리 일종의 포로 상태에 있다는 것을 매일 새롭게 깨달아야 하는 것은 더욱 좋지 않았어요. 일라이어스 부부의 집에서 보낸 시간 내내 한 번도 창문을 열지 않았다는 것이 얼마나 나를 우울하게 만들었는지를 최근에야 다시 생각해 내었고, 아마도 그래서 내가 몇 년 후 어느 여름에 어디선가 길을 가던 중 창문이 모두 열려 있는 집 앞을 지날 때 이해할 수 없는 방식으로 내 속에서 벗어난 듯 느꼈던 것 같아요. 이 같은 해방의 경험에 대해 생각하는 가운데 나는 내 침실의 창문 두 개 중 하나는 밖에서 고정된 채 안으로 봉해져 있으며, 사람은 안에 있는 동시에 밖에 있을 수 없다는 내가 처한 상황을 나는 열세 살 혹은 열네 살 때 처음으로 깨달았으며, 그럼에도 불구하고 나를 불안하게 만든 그 같은 상황이 발라에서의 어린 시절 내내 계속되었다는 것을 며칠 전에 처음으로 다시 기억해 내었지요. 목사관에는 부엌의 화덕에만 불을 지폈을 뿐 입구의 돌로 된 바닥이 서리로 덮이는 일이 드물지 않았던 겨울뿐 아니라 가을과 초봄까지도, 그리고 심지어 어김없이 비가 많이 오는 여름철에도 나는 줄곧 추위에 떨었어요. 라고 아우스터리츠는 이야기를 계속했다. 그리고 추위가 발라의 그 집을 지배한 것과 마찬가지로 침묵 또한 그 집을 지배하고 있었지요. 목사의 아내는 항상 집안일로 분주했는데, 먼지를 털거나 타일을 닦고, 빨래를 삶고, 문에 붙은 놋쇠 손잡이를 닦거나, 우리가 대부분 말없이 받아들인 보잘것없는 식사를 준비하느라 바빴어요. 이따금 그녀는 집 안에서도 돌아다니면서, 모든 것이 움직이지 않은 채 늘 있어야 할 자리에 있는지를 살펴보곤 했어요. 한번은 그녀가 위층의 반쯤 비어 있는 방 안에서 눈물을 글썽이며, 구겨지고 젖은 손수건을 쥔 채 의자에 앉아 있는 모습을 보았지요. 그녀는 내가 문간에 서 있는 것을 보자 일어나서 아무 일도 아니며 감기에 걸렸을 뿐이라고 말하고는, 방을 나가면서 손가락으로 내 머리카락을 쓰다듬었는데, 그것은 내가 아는 한 단 한 번 있었던 일입니다. 그 사이 목사는 그 자신의 변함없는 습관에 따라 정원의 어두운 구석 쪽으로 난 서재에 앉아 다음 주일에 할 설교를 구상했지요. 그는 그 설교 중 단 하나도 기록한 적이 없었고, 머릿속으로만 작업을 했는데, 적어도 나흘간은 그 일로 고통을 받았답니다. 저녁이면 그는 완전히 기진맥진한 채 자기 방에서 나왔다가 다음날 아침이면 다시 그 안으로 사라졌지요. 일요일이면 집회실에 모인 신자들 앞으로 나가 종종 한 시간 동안 지금도 여전히 들리는 듯한 정말로 끔찍한 말의 힘으로 모든 사람들 앞에 놓인 단죄와 연옥의 색깔과 저주의 고통, 지극히 황홀한 별과 하늘의 모습과 의인들이 영원한 지복으로 들어가는 것을 눈앞에 그려낼 때면 그는 완전히 다른 사람이 되었지요. 그는 겉보기에는 전혀 힘들이지 않고 가장 끔찍한 것을 즉흥적으로 생각해 내고, 청중을 후회하는 마음으로 채우는 데 성공해서, 예배가 끝나면 그들 중 적지 않은 사람이 분필처럼 창백한 얼굴이 되어 집으로 돌아가곤 했지요. 그에 반해 설교자 자신은 남은 일요일 동안에는 비교적 밝은 분위기였어요. 항상 자고 수프로 시작하는 점심 식사 동안 그는 요리를 하느라 힘이 다 빠진 아내에게 반쯤 농담 섞인 투로 몇 가지 교훈적인 지적을 하고는, 대부분은 *"And how is the boy?"* 라는 질문으로 나의 상태를 물으면서, 빈약한 대답에서 얼마간 나를 끌어내 보려고 시도했지요. 식사의 마지막은 항상 라이스 푸딩이 나왔는데, 그것은 설교자가 가장 좋아하는 음식으로, 그것을 즐기는 동안에는 대부분 말이 없었어요. 식사가 끝나면 한 시간 정도 소파에 누워 휴식을 취하거나, 날씨가 좋을 때면 앞뜰에 있는 사과나무 밑에 앉아 계곡을 내려다보며 여호와께서 세상을 창조하신 것과 다르지 않은, 일주일 동안 자신이 행한 일에 대해 만족해했지요. 저녁이면 그는 기도 시간에 가기 전에 덧문 앞 책상에서 양철통을 꺼냈는데, 통에는 웨일스의 칼뱅파 감리교회에서 발간한 상당히 낡고 작은 회색 수첩 하나가 들어 있었고, 거기에는 1928년부터 1948년까지 일요일과 축일이 표시되어 있었는데, 매주 날짜에 따라 수첩 등에서 가느다란 잉크심을 꺼내어, 그 끝을 혀로 축여서는 감독받고 있는 학생처럼 아주 천천히, 그리고 깔끔하게 자신이 그 날 설교한 집회소와 인용한 성경 구절을, 예를 들면 1939년 7월 20일자 밑에는 길보아의 우샤프 예배당―스바냐 3장 6절 "내가 그 나라들을 끊어 버렸노라: 그들의 탑은 파괴되었고, 그 거리는 황폐해지고 아무도 지나다니지 않더라"라든가, 혹은 1944년 5월 21일자 밑에는 코르윈의 베데스다 예배당―이사야서 48장 18절 "네가 나의 명령에 주의하였더라면 네 평강이 강과 같았겠고 너의 공의가 바다 물결과 같았을 것이리라!"라고 항상 기록했지요. 이 소책자 안의 마지막 기록은 여분으로 덧붙여진 페이지들에 기재되었는데, 그것은 설교자가 세상을 떠난 뒤 그의 소유물 중 내게 넘겨진 몇 안 되는 유품에 속하는 것으로, 나는 이전에 종종 그것을 뒤적여 보았지요, 라고 아우스터리츠는 말했다. 그것은 1952년 3월 7일자로 되어 있었고, 발라 예배당―시편 102장 6절 "나는 광야의 펠리칸 같고, 사막의 올빼미 같나이다"라고 적혀 있었어요. 그것은 물론 주일 설교들로, 나는 그것에 대해 500번 이상 들었고, 어린아이였던 내게는 대부분 머릿속을 스쳐 지나가 버렸지만, 몇몇 단어와 문장 들의 의미는 오랫동안 깊이 남아서, 일라이어스가 영어를 사용하든 웨일스어를 사용하든 간에, 인간들의 죄악과 처벌에 대한 이야기이고, 불과 재와 다가오는 세상의 종말에 대한 것임을 알 수 있었지요. 물론 오늘날 내 기억에 남아 있는 것은 칼뱅파의 종말론과 결부된 성서의 파괴적인 장면이 아니라, 일라이어스와 함께 밖에 나가면 내 눈으로 직접 보는 것들이었지요. 그의 젊은 동료들 가운데 많은 사람들은 전쟁이 시작되자 군복무의 의무를 다해야 해서, 일라이어스는 적어도 매달 두 번째 주일이면 상당히 멀리 떨어진 다른 공동체에서 설교를 해야 했지요. 우리는 처음에는 좌석이 두 개인, 눈처럼 흰 조랑말이 끄는 작은 마차를 타고 시골을 지나갔는데, 그곳으로 가는 동안 일라이어스는 늘 마차 안에서 자신의 습관대로 매우 어두운 기분으로 앉아 있었지요. 그러나 돌아오는 길에는 일요일 오후에 집에 있을 때처럼 기분이 밝아져서, 심지어 혼자서 콧노래를 흥얼거리기도 하고, 이따금씩 조랑말의 귓가에 채찍 소리를 내기도 했지요. 그리고 설교자 일라이어스의 이 같은 밝고 어두운 측면은 우리 주변의 구릉진 풍경과도 일치하곤 했지요. 한번은 우리가 끝도 없는 타네이트 계곡을 지나 올라가던 모습을 기억하는데, 비탈길의 좌우로 휘어진 나무들과 고사리, 녹슨 빛깔의 잡초들, 고개로 올라가는 마지막 부분, 그러고는 잿빛 바위와 떠다니는 안개뿐이어서, 나는 우리가 지구의 맨 가장자리를 향해 다가가는 것이 아닌가 두려웠어요, 라고 아우스터리츠는 말했다. 또 한번은 정반대 상황을 경험했는데, 우리가 페넌트 고갯길에 막 도달했을 때 서쪽에서 층을 이룬 벽 모양의 구름 사이로 틈이 생기고, 태양빛들이 가느다란 통로를 지나 우리 앞에 놓인 현기증이 날 정도의 계곡 저 아래까지 비치는 것이었어요. 바닥 없는 어둠침침함 외에는 아무것도 없는 바로 그곳에서부터 검은 그림자에 둘러싸인 채, 몇 개의 과수원과 풀밭과 들판이 있는 한 작은 마을이 마치 망자(亡者)의 섬처럼 녹색으로 빛을 발하며 드러나기 시작했고, 고갯길을 넘어 말과 마차 옆에서 걸어 내려왔을 때는 모든 것이 점점 더 밝아졌고, 산의 측면들은 어둠에서부터 밝게 드러나고, 멀리 바람에 누운 풀들이 빛을 발하며, 그 아래 시냇물의 가장자리에서는 은빛 버드나무들이 반짝거렸고, 우리는 금세 텅 빈 언덕에서부터 다시 덤불과 나무들 사이로, 나지막이 바스락거리는 떡갈나무와 단풍나무, 그리고 사방 붉은 열매들이 잔뜩 매달린 마가목들 사이로 내려왔어요. 한번은 내가 아홉 살 때라고 기억하는데, 일라이어스와 함께 한동안 웨일스 남쪽 아래 지방에 있었는데, 그곳은 산들의 가파른 측면이 길 양쪽으로 갈라지고, 숲들은 훼손되고 죽어 있었어요. 우리가 밤이 될 무렵에 도착한 그곳의 지명이 무엇인지 나는 잘 알지 못해요. 그곳은 경사면으로 둘러싸여 있었고, 경사의 끝자락들은 부분적으로는 골목에까지 닿았지요. 사람들은 교회 감독관 중 한 사람의 집에 우리가 묵을 방을 마련해 주었는데, 그 방에서 우리는 엄청나게 큰 바퀴가 달린 석탄 운반 탑을 볼 수 있었고, 그 바퀴는 짙어지는 어둠속에서 한번은 이쪽으로, 한번은 다른 쪽으로 회전했으며, 멀리 계곡 아래쪽으로는 매번 3, 4분의 규칙적인 간격으로 높은 불더미와 불꽃더미가 주물 공장의 용광로에서부터 하늘 높이까지 치솟아 올랐어요. 내가 잠자리에 들었을 때 일라이어스는 오랫동안 창가의 의자에 앉아 말없이 밖을 내다보았지요. 나는 그가 바라본 것이 거듭해서 불빛 속에서 나타났다가 금방 다시 어둠 속으로 가라앉는 계곡의 광경이었다고 생각하는데, 그 광경은 일라이어스가 다음날 아침에 한 하나님의 복수와 전쟁과 황폐해진 인간들의 주거지에 대한 계시록의 설교에 영감을 주었고, 감독관이 헤어질 때 그에게 말한 것처럼, 그는 이 설교에서 자기 자신의 능력을 훨씬 뛰어넘었지요. 청중들은 설교를 듣는 동안 두려움으로 거의 몸이 굳어졌고, 일라이어스가 같은 날 저녁 기도 시간의 진행을 맡

58

기로 했던 계곡 입구의 작은 도시에서 아직 환한 오후 시간에 극장식 영화관에 폭탄이 터졌다는 사실 때문에 그가 불러낸 하나님의 권능이 아마도 내게 더 이상 각인되지 않은 것 같아요. 우리가 그 마을 한가운데 도착했을 때 폐허에서는 여전히 연기가 나고 있었지요. 사람들은 무리를 지어 길가에 서 있었고, 많은 사람들은 아직도 놀라서 손으로 입을 막고 있었어요. 소방대는 원형으로 된 꽃밭을 가로질러 달렸고, 잔디 광장에는 일라이어스가 내게 여러 차례 설명한 것처럼 주일 복장을 한 채 성스러운 안식일의 계명을 어기고 죄를 지은 사람들의 시체가 널려 있었지요. 구약의 복수 신화가 내 머릿속에는 점차 자리 잡아 갔는데, 그것의 중심 부분은 내게는 항상 레인딘 마을이 바이러니 인공 호수 속으로 가라앉은 것이었지요. 내가 기억해 낼 수 있는 한, 애버트리드인지 폰트로젤인지에서 출장을 마치고 돌아오는 길에 일라이어스는 마차를 호수 가장자리에 세우고 제방 둑 한가운데까지 나를 데리고 간 뒤, 검은 물 아래 족히 100피트는 될 만큼 깊은 곳에 놓여 있을 자기 부모의 집에 대해, 그리고 부모의 집뿐만 아니라 적어도 40가구는 되는 다른 집들과 농장, 예루살렘의 성 요한 교회와 세 개의 예배당, 그리고 세 개의 맥주집이 댐이 완공된 1888년 가을 이후 기이하게도 모두 홍수에 잠겼다는 이야기를 해 주었어요. 레인딘이 몰락하기 몇 년 전에 그 마을의 잔디구장에서는 여름철에 보름달이 비치면, 일부는 이웃 마을에서 건너온 100명이 넘는 모든 연령대의 아이들과 성인들이 동시에 밤새 축구를 했다는 사실로 특히 유명했다고 일라이어스는 말했어요, 라고 아우스터리츠는 말했다. 일라이어스가 내 앞에서 그 전에도 또 그 후에도 자기 자신의 삶에 대해 그 어떤 언급도 하지 않았기 때문에 레인딘의 축구 이야기는 오랫동안 나의 상상력을 확실하게 사로잡았지요, 라고 아우스터리츠는 말했다. 설교자가 바이러니의 제방댐 위에서 의도적이었든 부주의에서든 간에 내게 자신의 속마음을 들여다보게 한 순간, 다른 사람들 모두, 그의 부모와 형제들, 일가친척들, 이웃집 사람들과 나머지 마을 주민들이 그 아래 깊은 곳에서 계속해서 눈을 크게 뜬 채 말은 할 수 없이 집 안에 앉아 있거나 골목을 돌아다니는 동안, 의인(義人)인 그는 레인딘의 홍수 참사에서 유일하게 살아남은 자처럼 보인다는 느낌을 받았어요. 레인딘 주민들의 물 밑의 삶에 대해 내 속에 생겨난 이 같은 상상은 우리가 집으로 돌아오던 저녁 일라이어스가 물결 속에 가라앉은 자신의 출생지에 관한 몇몇 사진을 넣어 둔, 내게 처음으로 보여준 앨범과도 관련이 있었어요. 설교자의 집에는 그 밖에는 단 하나의 사진도 없었기 때문에 나중에 칼뱅파 수첩과 함께 나의 소유가 된 이 몇 장 안 되는 사진 속에서 나를 쳐다보는 가죽 앞치마를 입은 대

장장이, 일라이어스의 부친인 우체국장, 양들과 함께 마을길을 지나가는 목동, 특히나 작은 강아지를 품에 안고 정원의 안락의자에 앉아 있는 소녀는 내게 매우 친숙해져 마치 내가 호수 바닥에서 그들과 함께 사는 듯한 생각이 들 때까지 계속 바라보았어요. 추운 내 방에서 밤에 잠들기 전이면 나는 나 자신이 그 어두운 물 속에 가라앉은 느낌과, 내 위로 높이 있는 약한 불빛과 숲을 이룬 강가에 홀로 서 있는 몹시 무섭게 보이는 돌탑의 그림자가 물결에 흩어지는 것을 보기 위해 눈을 크게 뜨고 있는 바이러니의 혼령인

것 같은 느낌이 들었어요. 때로는 심지어 앨범에서 나온 이런저런 사진의 인물을 발라의 길거리에서나 특히 더운 여름날이면 길 주변에 아무도 없고 공기만 반짝이는 마을 밖의 들판에서 보았다는 상상을 했지요. 일라이어스는 내가 그런 것에 대해 말하지 못하도록 했어요. 대신 나는 시간이 날 때면 구두 수선공인 에반의 집에 갔고, 영혼을 보는 사람이란 소문이 난 그의 작업장은 설교자의 집에서 그다지 멀지 않았어요. 에반에게서 나는 금세 웨일스 말을 배웠는데, 그가 하는 이야기들이 내가 주일학교에서 외워야 했던 끝도 없는 시편이나 성경 구절보다 훨씬 귀에 잘 들어오기 때문이었어요. 질병과 죽음을 시험과 마땅히 받아야 할 처벌과 죄와 결부시키던 일라이어스와는 반대로, 에반은 적절하지 않은 때 죽을 운명을 가졌던 망자들이 자신들의 몫을 받을 때 속은 것을 알고는 다시 삶으로 돌아오기를 엿보고 있다고 말했어요. 그들을 보는 눈을 가진 사람은 종종 그들을 알아볼 수 있다고 에반은 말했지요. 그들은 첫눈에는 정상적인 사람들처럼 보이지만, 좀더 자세히 보면 얼굴이 흐릿하거나 가장자리가 약간 깜박거린다고 했어요. 그리고 아마포를 처음 빨면 약간 줄어드는 것처럼 죽음의 경험이 키를 작게 만들기 때문에 그들은 살아 있을 때보다 대부분 한 뼘 정도 작다고 에반은 말했지요. 죽은 사람들은 대부분 혼자 다니지만, 때로는 작은 무리를 지어 돌아다니기도 한다고 했어요. 얼룩덜룩한 유니폼 상의나 회색빛 망토를 걸친 채 야전 성벽에 가려 보일까 말까 하게, 나지막이 북을 치면서 마을 위의 언덕으로 행진하는 것을 보았다는 것이지요. 에반은 자기 할아버지가 한번은 프론가스텔에서 피르소로 가는 길에 뒤따라 오던, 온통 난쟁이 같은 존재들로 이루어진 귀신들의 행렬이 지나가도록 길을 비켜 준 적이 있었다고 이야기했지요. 그들은 몸을 앞으로 약간 숙이고 가성(假聲)으로 서로 이야기하며 급히 그곳을 지나갔대요. 에반의 나지막한 작업용 의자 위의 벽에 검은 베일이 걸려 있었는데, 복면을 쓴 그 작은 형상들이 그의 옆으로 운반하던 들것에서 할아버지가 집어 온 것으로, 오로지 그 같은 비단천 하나가 우리를 다음 세계와 갈라 놓는다고 말한 사람이 분명히 에반이었지요. 라고 아우스터리츠는 말했다. 실제로 나는 발라에 있는 목사관에서 보낸 그 여러 해 동안 뭔가 대단히 중요하고 그 자체로는 분명한 것이 내게는 숨겨져 있다는 느낌을 한 번도 떨칠 수 없었지요. 종종 나는 꿈에서부터 현실을 인식하려고 애쓰는 것이 느껴졌고, 그러다가는 보이지 않는 쌍둥이 형제, 말하자면 그림자와는 반대되는 것이 내 옆에서 같이 걷고 있다는 생각이 들었지요. 내가 여섯 살 때부터 주일학교에서 읽기 시작한 성경 이야기에서도 집게손가락으로 한 줄 한 줄 따라가다 보면 나 자신과 관련되는 의미, 즉 성서에서 생겨난 것과는 완전히 다른 의미를 추측하곤 했어요. 나는 맹세하듯 혼자 중얼거리며, 미스 패리가 내게 선물해 준 아이들이 사용하도록 특별히 크게 인쇄된 성경책에서 모세의 이야기를 늘 새로 한 자 한 자 읽어 내려갔는데, 그때 암송해야 했던 장(障)을 혀가 꼬이지 않고 자유롭고 그럴듯하게 강조해 가며 읊는 데 마침내 성공하는 모습을 아직도 보는 것 같아요, 라고 아우스터리츠는 말했다. 당시에 그 책을 몇 장만 넘기면, 레비의 딸이 갈대로 상자를 만들어 수지와 역청으로 봉한 다음 아이를 넣어 물가의 갈대 속으로 떠내려 보내는 것이 기록된 장면에서 나는 불안해했는데, 단어의 소리가 *yn yr besg ar fin yr afon*이었다고 생각해요, 라고 아우스터리츠는 말했다. 모세 이야기에서는 나중에도 특별히 한 단락이 내 마음을 끌었는데, 보이는 것이라고는 하늘과 모래밖에 없던 여러 날 걸리는 길고 넓은 끔찍한 황야를 이스라엘 백성들이 어떻게 건너가는지를 상세하게 보고하는 부분이었어요. 나는 기이하게 표현된 대로 유랑하는 민족보다 앞서 간 구름 기둥을 상상하려고 애썼고, 내 주변의 모든 것을 잊은 채, 서로 어긋난 헐벗은 산등성이와 내가 때로는 바다로, 때로는 대기 중의 공간이라고 여겼던, 내가 자란 지역과 아주 흡사한 잿빛 배경이 있는 시나이 사막이 그려진, 한 면을 가득 채운 삽화에 몰입했어요. 나중에 어떤 기회에 아우스터리츠는 이 웨일스의 어린이 성경을 내 앞에 펼쳐 보이면서, 실제로 그가 천막들에서 살고 있는 아주 작은 인물들 가운데서 진짜 있을 곳을 찾은 그 자신을 알아보았다고 말했다. 나는 바로 이처럼 친숙하면서도 으스스하게 보이는 이 그림을 평방졸* 단위로 철저히 연구했지요. 오른쪽으로 가파르게 내려오는 산의 측면의 약간 밝은 표면에서 채석장을 알아볼 수 있고, 그 아래 균등하게 구불거리는 선들 속에서는 철도의 선로가 있다고 생각했어요. 그러나 한가운데 울타리가 쳐진 광장과 흰 연기구름이 피어오르는 뒤쪽 끝부분의 텐트 같은 건물이 내게 가장 많이 생각할 거리를 주었지요. 그 당시 내 속에서 일어난 것, 즉 황무지 산악에 위치한 히브리 민족의 진영이 매일매일 점점 더 이해할 수 없게 된 발라에서의 생활보다 적어도 내게는 더 가깝게 느껴졌으리라는 것을 오늘날에도 생각할 수 있어요. 그레이트 이스턴 호텔 바에서 보낸 그 날 저녁, 그는 발라에 있는 목사관에는 라디오도 신문도 없었다고 말했다. 일라이어스와 그의 아내 그웬덜린이 유럽 대륙에서 벌어진 전쟁 행위에 대해 한 번이라도 언급한 적이 있었는지 나는 잘 모르겠어요, 라고 그는 말했다. 웨일스 바깥 세상을 나는 상상할 수 없었지요. 그것은 전쟁이 끝나고 나서야 서서히 달라졌어요. 알록달록한 국기로 장식한 길거리에서 사람들이 춤을 추던 승전 축제와 더불어 발라에도 새로운 시대가 열리는 것처럼 보였어요. 내게는 금지된 일이지만 처음으로 영화관에 갔고, 그때부터 매주 일요일 오전에 영계(靈界)를 보는 능력을 가진 에반의 세 아들 중 하나인 영화 상영자 오윈의 집에서 이른바 유성 주간 뉴스를 보기 시작했어요. 그 무렵 그웬덜린의 건강 상태가 처음에는 거의 눈치 채지 못할 정도였지만, 곧 점차 빠른 속도로 나빠졌어요. 항상 고통스러울 정도로 질서를 유지하는 그녀는 이제 처음으로 집을, 그다음에는 자기 자신을 소홀히 하기 시작했어요. 그녀는 점점 더 부엌에서도 멍하니 서 있었고, 일라이어스가 나름대로 식사를 준비해도 그녀는 거의 아무것도 먹지 않았어요. 분명 이 같은 상황 때문에 나는 1946년 가을 학기에 열두 살의 나이로 오스웨스트리 근처에 있는 사립 학교에 보내졌어요. 대부분의 그런 교육 기관과 마찬가지로 스토워 그레인지는 성장기의 아이들에게는 가장 어울리지 않는 장소였어요. 낡은 관복을 입은 채 이른 아침부터 밤늦도록 쉬지 않고 학교 건물 안을 돌아다

니던 펜리스-스미스 교장 선생님은 절망적일 정도로 산만한, 거의 정신이 나간 사람이었고, 전쟁이 끝난 직후 그 밖의 교사들도 하나같이 기이하기 짝이 없는 인물들로, 대부분 예순 살이 넘거나 어떤 형태의 손상에 시달리고 있었어요. 학교 생활은 스토워 그레인지에서 활동하는 교사들 덕분이라기보다는 그들에도 불구하고 어느 정도는 저절로 운영되었지요. 그것은 언제나처럼 타락한 에토스 때문이 아니라 여러 세대를 거슬러 올라가는 학생들의 윤리와 습관 때문으로, 그 중에서 많은 것은 심지어 동양적인 특성을 가졌지요. 엄청난 독재와 작은 독재, 강요된 업무와 노예화, 복종과 비호, 무시와 영웅 숭배, 추방, 처벌과 사면 같은 여러 가지 형태가 있었고, 그것들을 통해 생도들은 상부의 감시 없이도 교사를 포함한 전체 기관을 스스로 지배했다고 말할 수 있지요. 심지어 주지할 만큼 선량하던 펜리스-스미스 교장 선생님이 자신에게 알려진 어떤 사건 때문에 교장실에서 우리들 가운데 한 아이를 마구 때렸을 때도, 그 아이는 처벌을 감행하는 자 앞에서 오로지 자신에게, 즉 처벌받는 사람에게 속한 우선권을 양보하는 것 같은 인상을 주곤 했지요. 때로는, 특히 주말에 교사들이 전원 빠져 나가고 나면, 시내에서부터 족히 2마일은 떨어져 있는 이 기관에 맡겨진 생도들은 자신들의 운명에 내맡겨 버린 것처럼 보였지요. 그러면 우리들 중 몇몇은 아무런 감시도 없이 주변을 산책하고, 다른 아이들은 자신의 권력적 위치를 확보하기 위해 음모를 꾸미거나, 또는 이유는 알 수 없지만 홍해라고 불리던 어두운 지하실 복도 끝에 있는 삐걱거리는 걸상 몇 개와 긴 의자가 있는 실험실에서 낡고 달콤한 냄새가 나는 가스레인지의 불꽃에 빵조각을 그슬리거나, 무엇보다 화학 시간에 사용하는 물질로서 벽장 속에 많이 비축되어 있던 유황처럼 노란 대용 가루를 휘저어 달걀 요리를 만들었지요. 스토워 그레인지를 지배하던 분위기에서 학창 시절 내내 불행에서 빠져 나오지 못한 생도들도 적지 않았지요. 예를 들면 로빈슨이란 한 소년을 기억하는데, 그 아이는 이 같은 학교 생활의 고단함과 기이함에 적응하지 못하고 여러 차례 달아날 시도를 했고, 아홉 살인가 열 살의 나이로 한밤중에 지붕의 빗물 하수관을 타고 내려와 들판을 가로질러 달아났어요, 라고 아우스터리츠는 말했다. 그러면 그는 다음날 아침 매번 기이하게도 도주를 위해 손수 입은 줄무늬 잠옷 바람으로 경찰관에 의해 되돌려 보내졌고, 비참한 범죄자처럼 교장 선생님에게 넘겨졌지요. 그러나 스토워 그레인지에서 보낸 해들이 나 자신에게는 불쌍한 로빈슨과는 달리 포로로 붙잡힌 시간이 아니라 해방의 시간이었어요. 우리들 가운데 대부분이, 심지어 자기 나이 또래를 괴롭히는 아이들조차도 집으로 돌아갈 때까지 남은 날들을 달력에서 지워 나간 반면, 나는 더 이상 발라로 돌아가지 않기를 바랐어요. 첫 주부터 나는 이 학교가 몇 가지 어려움을 제외한다면 나의 유일한 출구라는 것을 알았고, 무수한 불문율과 종종 카니발에 가까운 무법천지처럼 기이한 혼돈에 적응하기 위해 온 힘을 다했지요. 내가 럭비 필드에서 두각을 나타낸다는 사실은 곧 많은 도움이 되었는데, 아마도 내 내부에서 둔탁한 소리를 내지만 당시에는 아직 의식하지 못한 고통 때문이었는지 나는 머리를 숙인 채 적의 대열로 돌진했는데, 어떤 다른 학생과 비교되지 않을 정도였지요. 내 기억으로는 항상 차가운 겨울 하늘 아래 혹은 퍼붓는 빗속에서 벌어진 시합에서 입증해 보인 대담함이 얼마 지나지 않아 부하들을 얻거나 약한 소년들을 굴복시켜 겨우 얻을 수 있는 특별한 지위를 내게 마련해 주었던 것 같아요. 그 밖에도 학교에서 나의 눈부신 발전에 결정적인 역할을 한 것은 내가 공부하고 읽는 것을 한 번도 부담스럽게 느끼지 않았다는 점이에요. 나는 그때까지 웨일스의 성경과 설교에 갇혀 있던 것과는 정반대로, 이제는 사방에서 다른 문이 열리는 것처럼 보였어요. 나는 제멋대로 수집된 학교 도서관이 제공해 주는 모든 책을 읽었고, 선생님들에게서 빌리는 형식으로 구한 지리, 역사서, 여행 기록, 소설, 전기 들을 읽었으며, 저녁때까지 참고 서적과 지도 앞에 앉아 있었지요. 이렇게 해서 내 머릿속에는 점점 더 일종의 이상적인 풍경이 생겨났는데, 아라비아 황무지, 아스테카 제국, 남극 대륙, 눈 덮인 알프스, 북서 항로*, 콩고 강과 크림 반도가 거기에 거주하는 여러 형상들과 함께 하나의 파노라마 속에서 나란히 존재했지요. 나는 아무 때라도, 라틴어 시간이든 예배 시간이든 혹은 끝없는 주말이든 이 세계 속에 빠져들 수 있었기 때문에 스토워 그레인지에서 많은 아이들이 시달린 절망감에 전혀 빠지지 않았어요. 방학이 되어 다시 집으로 가야 할 때면 비로소 비참함이 나를 감쌌지요. 위령절에 발라로 처음 돌아왔을 때, 내가 기억해 낼 수 있는 한 나를 따라다니던 불행한 운명에 내 인생이 다시 빠져드는 것 같았어요. 내가 떠나 있던 두 달 사이에 그웬덜린의 상태는 훨씬 더 나빠진 듯했어요. 그녀는 이제 하루 종일 침대에 누워 멍하니 천장을 올려다보았어요. 일라이어스는 매일 아침 저녁 잠시 그녀에게 다가갔지만, 그도 그웬덜린도 한 마디도 하지 않았어요. 돌이켜보면 그녀는 가슴 속에 있는 냉기에 의해 서서히 죽어 간 것 같아요, 라고 아우스터리츠는 말했다. 나는 그웬덜린이 어떤 병으로 세상을 떠났는지 알지 못하지만, 그녀 스스로도 그것을 말할 수 없었으리라고 생각해요. 어쨌거나 그녀는 그 질병에 맞서기 위해 하루에도 몇 차례씩, 그리고 아마도 밤 동안에도 한 가지 독특한 욕구에 사로잡혔는데, 그것은 침대 옆 작은 탁자에 놓인 커다란 분통에서 싸구려 파우더를 뿌리는 것이었어요. 그웬덜린은 먼지처럼 부드럽고 약간 기름기가 있는 이 가루를 상당히 많이 사용해서, 침상 주변의 리놀륨 바닥과 머지않아 방 전체와 위층 복도가 공기중의 습기와 결합해 미끈거리는 하얀 층으로 뒤덮였어요. 설교자의 집을 하얗게 칠하던 그 현상이 최근에 다시 생각난 것은 한 러시아 작가의 어린 시절과 청소년기에 대한 기록에서 비슷한 가루분 집착증에 대해 읽었기 때문인데, 작가의 할머니는 대부분을 소파에 누워 오로지 포도주 껌과 아몬드 우유만으로 영양을 섭취했고, 강철 같은 체질을 자랑하며 항상 창문을 활짝 열어 놓고 잠을 잤는데, 한번은 바깥에 밤새 폭풍우가 몰아치던 날 아침, 눈 덮인 이불 밑에서 폭풍우로 인한 아무런 피해도 입지 않은 채 잠에서 깨어났다는 거예요. 설교자의 집에서는 물론 그렇지 않았어요. 환자의 방 창문들은 항상 닫혀 있었고, 미량으로 도처에 쌓여 있던, 그리고 그 사이로 제대로 통로를 만든 흰 가루분에는 반짝거리는 눈〔雪〕이라곤 전혀 들어 있지 않았어요. 그것은 오히려 에반이 내게 이야기했던 심령체(心靈體)를 생각나게 했는데, 그것은 여자 예언자들의 입에서 커다란 풍선처럼 나와서 그다음에는 바닥에 가라앉아 재빨리 말라서 먼지로 변한다는 것이었지요. 아니, 설교자의 집 안으로 불어들어오는 것은 금세 내린 눈이 아니었어요. 집 안을 채운 것은 어디서 왔는지 알 수 없는 좋지 못한 것이었고, 그에 대해 나는 훨씬 뒤에야 다른 책에서 이해할 수는 없었지만 내게는 금세 분명해지는 "비소(砒素) 공포증"이란 명칭을 찾아내었어요, 라고 아우스터리츠는 말했다. 내가 두 번째로 오스웨스트리의 학교에서 집으로 온 것과 그웬딜린이 거의 목숨만 유지하고 있었던 것은 인간이 기억할 수 있게 된 이후 가장 추웠던 겨울이에요. 환자의 방 난로에서는 석탄불이 타고 있었지요. 빛을 발하는 석탄 부스러기에서 나와 제대로 빠지지 않는 누런 연기는 온 집안에 남아 있는 석탄 냄새와 뒤섞였어요. 나는 몇 시간 동안 창가에 서서, 유리창의 가로창살 위로 흘러내리는 물 때문에 생겨난 2졸 혹은 3졸 높이의 얼음산의 경이로운 형태를 살펴보았지요. 눈 덮인 바깥 풍경에서 이따금 몇몇 형상들이 나타났어요. 그들은 어두운 숄과 담요로 어깨를 감싸고 흩날리는 눈보라에 저항하며 우의(雨衣)를 펼친 채 비틀거리며 언덕을 내려왔어요. 나는 그들이 아래쪽 현관에서 장화에 쌓인 눈을 터는 소리를 들었고, 설교자를 위해 집안 살림을 하는 이웃집 딸과 함께 천천히 계단을 올라오는 소리를 들었어요. 그들은 얼마간 망설이면서 마치 어떤 물체 때문에 몸을 굽혀야 하는 것 같은 자세로 문지방을 넘어와서는 병에 담은 붉은 양배추한 통과 곡물을 넣은 비프 깡통 혹은 대황근 술병을 서랍장에 내려놓았어요. 그웬덜린은 더 이상 이 방문객들을 알아보지 못했고, 방문객들 편에서는 감히 그녀를 바라볼 엄두를 내지 못했어요. 그들은 대부분 잠시 창가에 있는 내 옆에 서서 나처럼 바깥을 내다보며, 이따금 약간씩 잔기침을 했지요. 그들이 다시 떠나고 나면 이전처럼 쥐죽은 듯 조용했고, 내 뒤에서 들려오는 얕은 숨소리에서 다음 번 숨소리까지는 매번 영원히 긴 시간처럼 느껴졌어요. 크리스마스에 그웬덜린은 무척 힘들게 다시 한 번 일어났어요. 일라이어스는 설탕을 넣은 차 한 잔을 갖다 주었지만, 그녀는 그것으로 입술을 축일 뿐이었어요. 그런 다음 그녀는 거의 알아들을 수 없을 정도로 나직하게, 이 세상을 이렇게 어둡게 하는 것은 무엇이었나요? 하고 말했어요. 일라이어스가 그녀에게 대답했지요. 잘 모르겠소, 여보. 난 모르오. 새해까지 그웬덜린은 아직 그렇게 연명하고 있었어요. 그러나 그리스도 공현축일*에 그녀는 마지막 단계에 이르렀어요. 바깥의 추위는 점점 더 심해졌고, 점점 더 아무 소리도 들리지 않았지요. 그 해 겨울은 온 나라가 추위로 마비 상태에 이르렀다는 것을 나는 나중에 알았지요. 심지어 내가 웨일스에 도착했을 때 큰 바다처럼 느껴지던 발라 호수조차 두꺼운 얼음층으로 덮였어요. 나는 그 깊은 곳에 있는 황어와 뱀장어, 그리고 방문객들이 뻣뻣하게 언 채 나뭇가지에서 떨어졌다고 말하던 새들을 생각했어요. 이런 날은 하루 종일 한 번도 제대로 밝아지지 않았고, 태양이 마치 마지막인 것처럼 엄청나게 멀리 떨어져서 푸르스름한 안개 속에서 잠시 나왔을 때, 죽어 가는 그웬덜린은 눈을 크게 뜨고는 유리창을 통해 들어오는 약한 빛으로부터 더 이상 시선을 돌리려 하지 않았어요. 어두워져서야 그녀는 비로소 눈꺼풀을 내리고, 그 후 얼마 되지 않아 숨을 쉴 때마다 그르렁거리는 소리가 그녀의 목구멍에서 올라왔어요. 나는 밤새 설교자와 함께 그녀 옆에 앉아 있었지요. 새벽이 희끄무레해질 무렵 그르렁거리는 소리가 멈추었어요. 그웬딜린은 위로 약간 솟아올랐다가 다시 자기 속으로 가라앉았어요. 그것은 이전에 내가 상처 입은 토끼를 논두렁에서 꺼내 주었지만 공포로 인해 심장이 멎었을 때 처음 느낀 것과 같은 일종의 스트레칭이었어요. 그러나 죽음의 경직 후 곧바로 그웬딜린의 몸이 한움큼 줄어드는 것처럼 느껴져서 나는 에반이 이야기했던 것을 생각해야 했어요. 밖에는 오랜만에 처음으로 아침 여명이 발라의 지붕들 위를 스쳐가는 동안, 나는 눈이 동공 속으로 꺼지는 것을 보았고, 서로 비스듬하게 난 아래쪽 치아의 배열이 가늘고 뻣뻣하게 뒤로 당겨진 입술로부터 반쯤 드러났어요. 죽음의 시간 뒤에 따라온 그 날 하루가 어떻게 지나갔는지 나는 더 이상 정확히 알지 못해요, 라고 아우스터리츠는 말했다. 나는 지쳐서 쓰러졌고, 아주 깊이, 그리고 아주 오래 잠을 잤어요. 내가 다시 일어났을 때 그웬딜린은 이미 앞방의 네 개의 마호가니 의자에 올려진 관 속에 누워 있었어요. 그녀는 오랜 세월 동안 위층의 한 궤짝에 간직되어 있던 결혼식 복장을 하고, 한 번도 본 적 없는 작은 진주 단추가 많이 달린 흰 장갑을 끼고 있었는데, 그 모습을 보자 나는 설교자의 집에서 처음으로 눈물이 났어요. 서리 때문에 신음하는 텅 빈 헛간 안에서 조랑말을 타고 코

웬에서 온 젊은 보조 목사가 완전히 혼자서 장례식 추도사를 준비하는 동안, 일라이어스는 관 옆에 앉아 죽은 사람을 지키고 있었어요. 일라이어스는 아내의 죽음을 극복하지 못했어요. 그녀가 죽어 가며 누워 있은 뒤부터 그가 빠져든 상태를 묘사하기에 슬픔이란 단어는 적합하지 않았어요, 라고 아우스터리츠는 말했다. 당시 열세 살 난 소년이던 나는 이해하지 못했지만, 오늘날은 그의 내부에 쌓여 있던 불행이 신앙이 가장 많이 필요하던 바로 그 시간에 그의 신앙을 파괴해 버렸다고 생각해요. 내가 여름에 다시 집에 왔을 때, 그는 몇 주 전부터 이미 설교자 직책을 감당할 수 없는 상태였어요. 한번은 그는 설교단에 올라갔지요. 그가 성경을 펼치고 떨리는 목소리로 마치 자기 자신만을 위해 읽는 것처럼 애가(哀歌)의 한 구절을 읽었어요. 그는 나를 오랫동안 죽은 사람처럼 어둠 속에 살게 만들었노라. 일라이어스는 더 이상 그것에 대한 설교를 하지 않았어요. 그는 단지 잠시 동안 거기 서서, 놀라서 굳어 버린 신자들의 머리 위를 스치듯 바라보았는데, 그것은 내게는 장님이 움직이지 않는 눈으로 바라보는 것처럼 여겨졌어요. 그런 다음 그는 서서히 다시 설교단에서 내려와 집회소에서 나가 버렸어요. 여름이 아직 끝나기 전에 사람들은 그를 덴바이로 데려갔어요. 나는 크리스마스 전에 교회 책임자와 함께 단 한 번 그곳으로 그를 방문했어요. 환자들은 돌로 지은 큰 집에 묵고 있었지요. 나는 우리가 녹색으로 칠해진 공간에서 기다려야 했던 것을 기억해요, 라고 아우스터리츠는 말했다. 약 15분쯤 지나자 관리인이 와서는 우리를 일라이어스에게 안내했어요. 그는 얼굴을 벽으로 향한 채 격자 침대에 누워 있었어요. 관리인이 목사님, 아드님이 당신을 보러 왔어요, 라고 말했지만, 일라이어스는 두 번 세 번 불러도 아무 대답도 하지 않았어요. 우리가 다시 그 방을 떠날 때, 백발에 더벅머리를 한 다른 입원자 한 사람이 내 소매를 잡아당기며 손으로 입을 가린 채 그는 온전한 정신이 아니에요, 라고 속삭였는데, 그것이 당시에는 기이하게도 나를 안심시켜 주는, 이 절망적인 상황을 견딜 수 있게 만들어 주는 하나의 진단처럼 느껴졌어요. 덴바이에 있는 요양소를 방문한 지 1년도 더 지나 1949년 여름 학기가 시작될 무렵, 우리는 상급반에 진급하기 위해 중요한 시험을 한창 준비중이었는데, 펜리스-스미스 교장 선생님이 어느 날 아침 나를 불렀어요, 라고 잠시 후에 아우스터리츠는 다시 이야기를 이어 갔다. 나는 단이 풀린 관복을 입은 그가 유리창의 납창살을 통해 비스듬하게 들어오는 태양빛 속에서 잎담배를 넣은 파이프의 푸르스름한 연기에 둘러싸여 서 있는 모습을 지금 내 앞에서 보는 것 같고, 그가 특유의 산만한 방식으로 앞으로 왔다 뒤로 갔다를 여러 차례 반복하면서, 지난 2년간의 사건들을 고려해 볼 때 내가 모범적으로, 경우에 따라서는 아주 모범적으로 행동했으며, 다음 몇 주 동안 선생님들이 내게 확고하게 걸고 있는 희망에 보답한다면, 상급 과정 동안 스토워 그레인지 기탁 장학금이 수여될 것이라고 말했어요. 물론 그 전에 내가 답안지에 데이비드 일라이어스가 아니라 자크 아우스터리츠라고 써야 한다는 것을 밝힐 의무가 자신에게 있다고 했어요. 그것이 자네의 진짜 이름인 것 같아, 라고 펜리스-스미스가 말했어요. 내가 학교에 들어올 때 그가 상당히 오래 이야기를 나눈 나의 양부모는 졸업 시험이 시작되기 전 적당한 때에 나의 출신에 대해 밝히고, 가능하다면 입양할 의향을 가지고 있었지만, 지금은 상황이 상황이니만큼 그것은 유감스럽게도 가능하지 않게 되었다고 펜리스-스미스는 말했지요, 라고 아우스터리츠는 말했다. 그 자신은 단지 일라이어스 부부가 전쟁 초기에 내가 아직 어린아이였을 때 집에 데려온 것을 알고 있을 뿐이며, 더 자세한 것은 말해 줄 수 없다고 했지요. 일라이어스의 상황이 호전된다면 분명히 다른 것들도 모두 결정될 것이라고 했지요. 그러나 다른 아이들과도 관련이 있는 만큼 자네는 당분간 데이비드 일라이어스로 남아 있게. 단지 자네가 시험 답안지에 자크 아우스터리츠라고 써야 한다는 것뿐이고, 그렇지 않으면 자네 답안은 무효로 간주될 것일세. 펜리스-스미스는 메모지에 이름을 썼고, 그 메모지를 내게 건네주었을 때, 나는 "고맙습니다, 선생님"이라고 말하는 것 외에 다른 방도가 없었지요, 라고 아우스터리츠는 말했다. 처음에는 내가 아우스터리츠라는 이름에 대해 전혀 아무것도 상상할 수 없는 것이 나를 가장 불안하게 만들었지요. 새 이름이 모건 혹은 존스였다면 나는 현실과 관련지을 수 있었을 거예요. 심지어 자크라는 이름을 나는 한 프랑스 노래에서 알고 있었지요. 그러나 아우스터리츠란 성(姓)은 이전에 한 번도 들어 본 적이 없었고, 그래서 처음부터 나 외에는 웨일스에도 브리튼 섬에도, 그 밖의 세상 어디에도 그런 성을 가진 사람은 없을 것이라고 확신했어요. 실제로 나는 몇 년 전 나의 이야기를 추적하기 시작한 이후로 어디서도, 런던이나 파리, 암스테르담과 안트베르펜의 전화번호부에서도 아우스터리츠란 이름을 가진 다른 사람을 만나지 못했어요. 그런데 얼마전 내가 아무 생각 없이 라디오를 켠 순간, 아나운서가 내가 그때까지 전혀 알지 못했던 프레드 아스테어의 진짜 성이 아우스터리츠라고 말하는 것을 들었어요. 이 기이한 방송에 따르면 빈 출신인 아스테어의 아버지는 양조 전문가로 네브래스카의 오마하에 일자리를 가지고 있었대요. 아스테어도 그곳에서 태어났지요. 아우스터리츠 가족이 살았던 집의 베란다에서는 화물열차가 이 도시의 조차(操車) 편성역에서 왔다 갔다 하는 소리를 들을 수 있었대요. 밤에도 멈추지 않고 계속된 이 조차 소음과 그것과 관련되어 그 열차를 타고 멀리 떠나는 상상은 아주 어린 시절 그의 유일한 기억이었다고 아스테어는 나중에 말했지요. 그리고 내가 전혀 몰랐던 이 삶의 이야기를 접한 며칠 뒤 나는 자신을 카프카의 열렬한 독자라고 부르는 한 이웃집 여자에게서 카프카의 일기에 작가의 조카에게 할례를 해 준, 나와 같은 성을 가진 키가 작고 다리가 휜 남자가 나온다는 이야기를 들을 수 있었어요. 나는 이런 흔적들이 무엇인가로 이어지리라고는 생각하지 못했는데, 이는 얼마 전 안락사 실시를 위한 기록에서 라우라 아우스터리츠란 사람이 1966년 6월 28일 이탈리아 예심 판사 앞에서 1944년 트리에스테 근처의 산 사바 반도의 쌀방앗간에서 행해진 범죄에 대해 진술했다는 사실에서도 마찬가지였어요. 어쨌거나 나와 같은 성을 가진 이 여성을 찾는 일은 지금까지 성공하지 못했어요, 라고 아우스터리츠는 말했다. 그녀가 증언한 후 30년이 지난 오늘 그녀가 아직 살아 있는

지조차 나는 알지 못해요. 나 자신의 이야기에 대해서는 이미 말한 대로 펜리스-스미스 교장 선생님이 자기가 적은 메모지를 내게 건네주던 1949년 4월 그 어느 날까지 아우스터리츠란 이름은 한 번도 들은 적이 없었어요. 나는 그것의 철자가 어떻게 되는지조차 생각할 수 없었고, 이 기이하고 비밀스러운 패스워드처럼 보이는 단어를 서너 번 음절에 따라 읽어 보고는 고개를 들고 죄송하지만 선생님, 이것이 무슨 뜻이지요? 하고 물었더니, 펜리스-스미스 선생님은 그것이 유명한 전투 장소인 모라비아에 있는 작은 지명임을 자네가 곧 배우게 되리라고 생각하네, 라고 대답했지요. 그러고 나서 다음 학년이 진행되는 동안 모라비아의 아우스터리츠 마을에 대해 아주 상세하게 다루어졌어요. 최종 학년에 올라가기 1년 전의 교과 과정에 유럽 역사가 들어 있었는데, 이것은 전반적으로 복잡하고도 위험한 대상으로 여겨졌기 때문에, 영국의 위대한 활동이 끝나는 1789년부터 1814년 사이의 시기로 제한되었어요. 이 시대를 우리에게 가르치던 선생님은 위대하면서도 동시에 끔찍한 시대라고 종종 강조했는데, 그는 앙드레 힐러리라는 분으로 군에서 제대하자 곧바로 스토워 그레인지에 첫 부임을 했고, 곧 드러난 것처럼 나폴레옹 시대에 대해서는 아주 세부적인 것까지 꿰고 있었지요. 앙드레 힐러리는 오리엘 칼리지에서 공부했지만, 어릴 때부터 그의 집안은 여러 세대로 거슬러 올라가면서 나폴레옹에 대한 열광으로 휩싸여 있었어요. 그 선생님이 언젠가 내게 설명하기를 자신의 아버지는 리볼리의 대공이던 마세나 원수를 기념하여 자기에게 앙드레라는 이름으로 세례를 주게 했다는 것이에요. 실제로 힐러리는 코르시카의 혜성*이 하늘을 지나간 경로를 전혀 아무런 준비 없이, 처음부터 남대서양에서 사라질 때까지 그 유성이 가로지른 위치와 그것에 의해 비춰진 사건들과 인물들의 시작과 몰락의 모든 세부적인 것들을 마치 자기가 직접 그곳에 있었던 것처럼 설명할 수 있었지요. 황제가 아작시오에서 보낸 어린 시절, 브리엔에서의 사관학교 수업 시절, 툴롱의 점령, 힘겨웠던 이집트 탐험, 적의 선박으로 가득한 바다를 건너는 귀환, 성(聖)베르나르 큰 고개를 넘던 일, 마렝고 전투, 예나와 아우어슈테트, 아일라우와 프리틀란트 전투, 바그람 전투, 라이프치히와 워털루 전투 등, 힐러리는 이 모든 것을 생생하게 우리들 앞에 그려 내었는데, 때로는 그가 이야기하면서 ― 그때 그는 종종 극적으로 묘사하거나 역할을 나눈 일종의 연극으로 넘어가곤 했는데, 놀라울 정도로 능숙하게 이 역들 사이를 이리저리 오갔지요 ― 때로는 나폴레옹과 그의 적들의 체스 게임을 편견을 갖지 않은 전략가의 차가운 지능으로, 그 기간의 전체 장면을 높은 곳에서 관망하면서, 그가 언젠가 자랑스럽게 언급한 것처럼 독수리 같은 눈으로 연구했어요. 우리들 대부분은 힐러리가 아마도 디스크 통증으로 인해 종종 바닥에 등을 대고 누워서 자신의 소재를 우리에게 가르쳐 주었다는 사실 때문에 그의 역사 수업을 더 잘 기억하고 있는데, 우리가 그것을 전혀 우스꽝스럽게 느끼지 않은 것은 힐러리가 그럴 때면 특별히 분명하고 권위를 가지고 이야기했기 때문이에요, 라고 아우스터리츠는 말했다. 힐러리의 최고작은 의심할 바 없이 아우스터리츠 전투였지요. 멀리서부터 이야기를 끌어오면서 그는 우리에게 브륀에서부터 동쪽으로 올뮈츠로 이어지는 국도, 그 왼쪽으로는 모라비아의 구릉 지대, 오른쪽으로는 프라첸 언덕, 나폴레옹 병사들 가운데 나이든 자들에게 이집트의 피라미드를 생각나게 하는 기이한 원추형 산, 벨비츠, 스콜니츠, 코벨니츠 마을들과 야생 공원과 그 부근에 있는 꿩 사냥 지역, 골트바흐 시냇물의 흐름과 남쪽에 있는 못과 호수들, 9마일 너머까지 펼쳐진 프랑스 인들의 야전 진영과 9만 명의 동맹군 진영에 대해 묘사했지요. 아침 일곱 시면 바다에서 섬들이 나타나는 것과 함께, 가장 높은 등성이의 정상이 안개로부터 드러나고, 윗부분이 점점 밝아지는 동안, 계곡 아래에는 우윳빛 농무가 눈에 띄게 짙어져 간다고 힐러리는 말했지요, 라고 아우스터리츠는 말했다. 러시아와 오스트리아 군대들은 느린 눈사태처럼 산의 측면에서 내려와서는 곧 자신들의 행동 목표에 점점 더 자신감을 잃고 경사면과 초원 평지에서 길을 잃는 반면, 프랑스 인들은 단 한 번에 몰려가서 프라첸 언덕 위의 이미 반쯤 버려진 출발 지점을 차지하고, 그곳에서부터 적의 후면을 공격했다는 것이지요. 힐러리는 전투가 진행되면서 마치 만화경 속에 있는 유리 수정체처럼 점점 새로운 무늬로 섞여 드는 흰색, 붉은색, 녹색, 청색 군복을 입은 연대들의 배열 모습을 우리에게 그려 보였어요. 우리는 콜로브라트, 브라가티온, 쿠투조프, 베르나도트, 밀로라도비치, 수, 뮈라, 반담, 쾰러만 같은 이름들을 반복해서 들었고, 대포들 위로 걸린 검은 연기구름과 병사들 머리 위로 대포알이 바람 소리를 내며 날아가는 것과 최초의 햇살이 안개를 뚫고 나올 때면 총검이 번쩍거리는 것을 보았지요. 우리는 육중한 기병대가 부딪치는 소리를 실제로 듣는 듯했고, 물결처럼 몰려오는 적들 사이에서 전체 대열이 무너지는 것을 자기 몸의 약점처럼 느꼈지요. 힐러리는 1805년 12월 2일에 대해 몇 시간에 걸쳐 말할 수 있었지만, 그럼에도 불구하고 자신이 모든 것을 지나치게 압축해서 묘사했다고 생각했는데, 그것은 그가 여러 차례 말한 것처럼, 그와 같은 날에 일어난 것과 누가 정확히 어디에 있었으며, 어떻게 죽었고, 어떻게 살아서 달아났는지, 아니면 밤이 시작될 무렵 전쟁터는 어떻게 보였는지, 부상자들과 죽어 가는 사람들이 부르짖고 신음하는 모습을 전혀 생각할 수 없는 어떤 체계적인 형태로 보고해야 하기 때문에, 끝없는 시간이 필요하다고 말했어요. 결국 알지 못하는 것을 "전투는 이쪽저쪽으로 요동쳤다"라는 우스꽝스러운 문장이나 그와 비슷하게 서투르고 쓸데없는 표현으로 요약하는 것 외에는 다른 방도가 없다는 것이었지요. 우리 모두는, 그리고 스스로 가장 사소한 것까지 주목했다고 믿는 사람들까지도 이미 다른 사람들에 의해 자주 무대 위에서 이리저리 옮겨 다닌 소도구 역할을 하지요. 우리는 현실을 재현하려고 애쓰지만, 애를 쓰면 쓸수록, 과거의 역사극에서 볼 수 있던 것, 예를 들면 쓰러진 고수(鼓手), 방금 다른 사람을 찔러 쓰러뜨린 보병, 말의 찢어진 눈, 응집되어 가는 싸움의 소용돌이 한가운데 장군들에 둘러싸인 채 부상을 면한 황제 등이 점점 더 우리에게 몰려오지요. 힐러리의 주장에 따르면 우리가 역사를 배우는 것은 우리 머릿속에 이미 완성되어 새겨진 그림들을 다루는 것으로, 진리가 어딘가 다른 곳에서 그 누구에 의해서도 아직 발견되지 않은 가장자리에 놓여 있는 동안, 우리는 계속해서 그 그림들을 응시한다는 거예요. 내게도 삼왕전투(Dreikönigschlacht)는 그것에 대해 읽은 무수한 기록에도 불구하고 동맹군들의 패배라는 그림만이 기억 속에 남아 있어요. 이른바 전쟁의 사건 경위를 이해하려는 모든 시도는 러시아 병사와 오스트리아 병사의 무리가 걸어서, 그리고 말을 타고 얼어붙은 자첸 호수 위로 달아나는 이 한 장면으로 불가피하게 넘어가지요. 나는 어떤 대포알들은 영원히 허공에 멈춰 서 있는 것, 다른 대포알들은 얼음 속으로 빠지는 것, 그리고 팔을 쳐든 채 뒤집히는 유빙에서 미끄러지는 불행한 사람들을 보고, 그런데 기이하게도 나 자신의 눈으로가 아니라 자신의 연대와 함께 강행군하여 빈으로부터 올라온, 근시의 다부 원수(元帥)의 눈으로, 이 전투의 한가운데서 마치 최초의 자동차 운전자나 비행사처럼 두 개의 끈으로 머리 뒤로 묶은 안경을 통해 본답니다. 내가 오늘날에도 앙드레 힐러리의 설명을 회고해 보면, 프랑스 민족의 명예로운 과거와 기이한 방식으로 연결되어 있는, 그당시 내 속에서 떠올랐던 생각도 역시 다시 기억납니다. 힐러리가 교실에서 아우스터리츠란 말을 자주 하면 할수록 그것은 차츰 내 이름이 되어 갔고, 이전에는 내게 하나의 오점으로 느껴지던 것이 항상 내 앞에 떠도는 12월의 안개 너머로 아우스터리츠 자체에서부터 떠오르는 태양처럼 많은 것을 약속해 주는 발광체로 점점 더 분명하게 변해 갔어요. 그 학년 내내 나는 선택받은 자처럼 느꼈고, 동시에 내가 알고 있던 것처럼, 나의 의심스러운 상태와 결코 일치하지 않는 상상에 거의 일생 동안 매달렸지요. 스토워 그레인지의 동급생 중에서 나의 새 이름을 아는 사람은 아무도 없었다고 생각하고, 펜리스-스미스 교장 선생님으로부터 나의 이중 정체성에 대해 들은 교사들도 나를 계속해서 일라이어스라고 불렀어요. 내 진짜 이름이 무엇인지 내가 직접 말한 유일한 사람이 앙드레 힐러리예요. 그것은 우리가 제국과 민족의 개념에 대해 작문을 제출한 직후였는데, A와 별 세 개로 평가된 내 과제물을 돌려주기 위해 힐러리는 정규 시간 외에 나를 개인적으로, 그리고 그가 말했듯이 다른 형편없는 과제물과 함께 돌려주지 않기 위해 자기 방으로 불렀을 때였지요. 역사 전문지에 이런저런 글을 발표하던 그 자신도 이처럼 날카로운 연구를 상대적으로 그렇게 짧은 기간 안에 쓰는 것은 불가능하다고 말하면서, 내가 혹시 집에서부터 아버지나 형을 통해 역사학과 친숙한지를 알려고 했지요. 나는 힐러리의 말에 부인을 하면서 자제력을 잃지 않으려고 애썼고, 내게는 더 이상 참을 수 없어 보인 그 상황에서 내 진짜 이름에 대한 비밀을 고백하자, 그는 한참 동안 진정하지 못했어요. 그는 여러 차례 이마를 감싸면서, 마치 운명이 마침내 그에게 이전부터 바라던 한 제자를 보내 주기라도 한 것처럼 놀라움의 탄성을 내질렀어요. 힐러리는 내가 스토워 그레인지에 남아 있는 동안 모든 가능한 방법으로 나를 도와주고 지지해 주었어요. 나는 무엇보다 졸업 시험 과목인 역사와 라틴어, 독일어와 프랑스어에서 남은 학년을 끝내고, 그 당시에는 낙관적으로 생각한 것처럼 충분한 장학금을 받고 바깥으로 나갈 수 있었던 것에 대해 그에게 가장 고맙게 생각해요. 헤어질 때 앙드레 힐러리는 자기가 수집한 나폴레옹 기념품

중에서 황금색 테두리가 쳐진 어두운 빛깔의 상자를 주었는데, 그 위에는 반짝거리는 유리 뒤에 세인트헬레나 섬의 한 나무에서 따 온 바스러질 듯한 버드나무 잎사귀 세 개가 붙어 있었고, 빛바랜 산호 가지와 비슷한 해초가 든 석판에 조그맣게 쓴 서명에서 알 수 있듯이, 그 석판은 힐러리의 선조 중 한 분이 1830년 7월 31일 에 네이 사령관의 무덤 위 무거운 화강암 판에서 떼어낸 것이었어 요. 자체로는 아마도 무가치한 그 기념물은 오늘날까지 내 소유물 속에 들어 있어요, 라고 아우스터리츠는 말했다. 그것은 내게 모 든 다른 이미지보다 더 많은 것을 의미하는데, 우선은 이 얇은 돌 비늘과 창 모양의 말린 나뭇잎사귀들이 부서질 듯한 속성에도 불 구하고 100년이 넘게 훼손되지 않고 남아 있었다는 것과 다른 하 나는 그것이 매일 내게 힐러리를 기억하게 해 주었다는 것인데, 그가 아니었다면 나는 발라의 설교자 집의 그림자에서 빠져 나올 수 없었을 거예요. 힐러리는 1954년 초 덴바이의 요양소에서 돌 아가신 내 양아버지의 옹색한 유품을 정리해 주었고, 이어서 일라 이어스가 나의 출신에 대한 모든 참고 사항을 삭제한 사실 때문에 적지 않은 어려움에 빠진 내 시민권 소송을 시작해 준 장본인이었 어요. 그 자신 이미 나보다 먼저 오리엘 칼리지에서 공부한 만큼, 당시 그는 그 대학으로 규칙적으로 나를 찾아왔고, 우리는 전후에 옥스퍼드 주변 도처에 버려지고 무너져 가는 시골집으로 가능한 대로 함께 답사를 갔지요. 내가 아직 학교에 있을 동안 힐러리의 도움 외에는 특히 제럴드 피츠패트릭과의 우정이 때때로 나를 억 누르던 자신에 대한 회의에서 빠져 나오도록 도움을 주었어요, 라고 아우스터리츠는 말했다. 제럴드는 기숙사 학교의 일반적인 관습에 따라 내가 상급반에 들어갈 때 나의 당번으로 배당되었어요. 그의 임무는 내 방을 정돈하고, 내 구두를 닦고, 차를 마실 수 있도록 차 도구가 담긴 쟁반을 날라다 주는 것이었어요. 앞줄 맨 오른쪽 바깥에 내가 나와 있는 럭비부의 새 사진 한 장을 달라고 그가 부탁하던 첫 날부터 나는 제럴드가 나와 마찬가지로 외로움을 느끼고 있다는 사실을 알았어요, 라고 아우스터리츠는 말했고, 우리가 그레이트 이스턴 호텔에서 다시 만난 후 채 일주일이 지나기 전에 자기가 언급한 사진의 복사본을 아무런 설명 없이 내게 보냈다. 그러나 그 12월 저녁에 이미 조용해진 호텔 바에서 아우스터리츠는 제럴드에 대한 이야기를 계속했다. 제럴드는 스토워 그레인지에 온 후, 원래 명랑함과는 상반되는 심한 향수병에 시달렸다고 했어요. 그는 비는 시간이 생길 때마다 과자 상자에 집에서 가져온 물건들을 정리했고, 그가 나를 돕는 임무를 맡은 지 얼마 되지 않아 밖에는 가을비가 쏟아지는 아주 우울한 토요일 오후에 그

86

가 복도 끝에서 뒷마당으로 이어지는 열린 문 옆의 돌바닥에 신문지를 쌓아 놓고 불을 붙이려 하는 것을 목격했어요. 나는 잿빛 역광 속에서 웅크리고 있는 그의 작은 형체와 제대로 타지 않은 채 신문지 가장자리에서 날름거리는 불꽃을 보았어요. 내가 그에게 말을 시키자 그는 불을 질러 학교 건물이 폐허와 잿더미로 변했으면 좋겠다고 말했지요. 그때부터 나는 제럴드를 돌보았고, 청소와 구두 닦는 일을 면제해 주었고, 직접 차를 끓여 그와 함께 마셨는데, 이것은 대부분의 동급생이나 감독관이 동의하지 않는 규칙 위반으로, 말하자면 정상적인 규정에 어긋나는 것이었지요. 저녁 시간이면 제럴드는 종종 나와 함께 내가 당시에 처음으로 사진 작업을 시도하던 암실로 갔지요. 화학 실험실 뒤의 비좁은 공간은 수년 동안 아무도 사용하지 않았지만, 벽장과 서랍에는 아직 롤 필름이 든 상자가 몇 개 있었으며, 인화지와 여러 잡동사니 기구들이 상당히 많이 비축되어 있었는데, 그 중에는 내가 나중에 직접 소유한 것과 같은 사진기도 있었지요. 중요한 것은 계단 난간의 곡선이나 돌로 된 성문 아치의 홈통, 건초 다발 속에 이해할 수 없을 정도로 정확히 뒤섞인 줄기와 같은 사물의 형태와 폐쇄성이 처음부터 나를 사로잡았다는 것이지요. 스토워 그레인지에서 나는 그 같은 수백 장의 사진을 대부분 정사각형 크기로 인화했지만, 그에 반해 개별 인물에 카메라의 파인더를 맞추는 것은 내게는 늘 용납되지 않는 것처럼 느껴졌어요. 사진 작업에서는 현실의 그림자가 무에서부터 감광지에 나타나는 것처럼 보이는 순간이 항상 나를 사로잡았는데, 그것은 한밤중에 내 속에서 떠오르다가 붙잡

으려 하면 너무나도 빨리 사라져 버리는 기억처럼, 오랫동안 현상
욕조에 담가 둔 인화지와 다름없었어요, 라고 아우스터리츠는 말
했다. 제럴드는 암실에서 기꺼이 나를 도와주었고, 아직도 나보다
머리 하나는 작은 그가 불그스름한 램프만으로 희미하게 밝혀진
방에서 내 옆에 서서 핀셋을 가지고 물이 담긴 싱크대에서 사진을
이리저리 헹구던 모습이 떠올라요. 그는 그럴 때면 종종 내게 자
기 집 이야기를 들려주었는데, 그 중에서도 그가 보고 싶어하는
만큼이나 그가 돌아오기를 고대하고 있는 통신용 비둘기 세 마리
에 대해 이야기하기를 가장 좋아했지요. 약 1년쯤 전, 그의 열 번
째 생일에 알폰소 아저씨가 회청색 두 마리와 눈처럼 흰 놈 한 마
리를 사 주었다고 제럴드는 말했어요, 라고 아우스터리츠는 말했

다. 누군가가 그 마을에서 마차를 타고 마을 위쪽이나 아래쪽으로 갈 때면 그는 가능하면 이 세 마리 비둘기를 날려 보냈는데, 그들은 매번 틀림없이 다시 자기들의 산꼭대기에 도달했다는 거예요. 그런데 흰색 틸리는 지난 여름이 끝날 무렵 몇 마일 계곡 위에 놓인 돌겔 초원에서 시험 비행을 보낸 뒤 시간이 훨씬 지나도 돌아오지 않아, 이미 희망을 접은 다음날에야 비로소 한쪽 날개가 부러진 채 집 입구의 자갈길을 걸어서 돌아왔다고 했어요. 나는 혼자서 먼 길을 거쳐 집으로 돌아온 이 새에 대해, 그 새가 가파른 지대와 수많은 방해물들을 돌아 어떻게 목적지에 제대로 도달할 수 있었는지 나중에도 종종 생각하지 않을 수 없었고, 어딘가에서 비둘기가 나는 것을 볼 때면 오늘날까지 내 속에서 일어나는 이 질문은 엉뚱하게도 제럴드가 마지막에 어떻게 죽었을까 하는 생각과 항상 결부되었어요. 제럴드가 나와 맺고 있는 특권적인 관계에 대해 자기 어머니 아델라에게 매우 자랑스럽게 소개한 것은 두 번째 혹은 세 번째 학부모 방문 때였다고 생각하는데, 그녀는 당시 채 서른 살도 넘지 않았고, 어린 아들이 초반의 어려움을 겪은 뒤 내게서 보호자를 만난 것을 무척 기뻐했어요, 라고 아우스터리츠는 한참 후에 말을 이었다. 제럴드는 전쟁 마지막 해 겨울에 아르덴 숲에서 전사한 아버지 올더스에 대해 이미 이야기한 바 있었고, 나는 그의 어머니에 대해서도 알고 있었으며, 그 후부터 그녀가 나이든 삼촌과 더 나이가 많은 종조부와 함께 호반 도시 바머스 외곽의, 웨일스 해안 전체에서 가장 아름다운 지역에 있는 시골 별장에서 산다는 사실을 제럴드에게 들어 알고 있었어요. 아델라가 제럴드로부터 내게 부모와 친척이 전혀 없다는 것을 알게 된 후, 나는 계속해서 심지어 군대 시절과 대학 시절 동안에도 여전히 이 시골 별장에 초대를 받았고, 오늘날에도 항상 그곳을 지배하던 평화로움 속에서 흔적 없이 사라졌더라면 하고 바라지요, 라고 아우스터리츠는 말했다. 방학이 시작되어 우리가 작은 증기열차를 타고 랙섬에서부터 서쪽으로 디 계곡을 향해 올라갈 때면 나는 벌써 가슴이 트이기 시작하는 것을 느낄 수 있었지요. 우리가탄 기차는 굽이굽이 강줄기의 굴곡을 쫓아갔고, 열린 창문을 통해 푸른 초원과 돌로 된 회색 지붕과 회칠한 집들, 반짝거리는 슬레이트 지붕들과 물결치던 은빛 버드나무, 좀 더 어두운 색의 오리나무 숲, 그 뒤로 올라가던 양들이 흩어진 초원과 좀 더 높은 아주 푸른 산들과 그 위로 항상 구름이 동쪽에서 서쪽으로 움직이던 하늘을 바라보았지요. 그 바깥으로는 증기 조각들이 지나가고, 증기 기관이 경적을 울리는 소리를 들었으며, 기차가 달리면서 일으키는 바람이 이마를 시원하게 해주었지요. 나는 나중에도 기껏해야 70마일의 거리를 가는 데 세 시간 반이나 걸린 그 당시보다 더 멋진 여행을 결코 경험할 수 없었답니다. 라고 아우스터리츠는 말했다. 중간역인 발라에 멈출 때면 물론 저 너머 언덕에 보이는 목사관에 대해 회상해야 했지만, 내가 그때까지 그 집의 불행한 거주인에 속했다는 사실은 전혀 상상할 수 없었어요. 발라 호수를 바라볼 때마다, 특히 폭풍이 몰아치는 겨울에는 구두장이 에반이 들려준 원천을 이루는 두 강, 드와이 포르와 드와이 파치에 대해, 그 강들이 한참 아래 어둡고 깊은 곳에 있는 호숫물과 섞이지 않은 채 길이로 그 호수를 가로질러 흐른다고 했던 이야기가 다시 떠올 랐어요. 이 두 개의 강은 과거 성경에 기록된 홍수에서 몰락하지 않고 구조된 유일한 사람들의 이름을 딴 것이라고 에반이 말해 주 었지요, 라고 아우스터리츠는 말했다. 기차는 발라 호수의 이쪽 끝에서 봉우리 사이의 낮은 부분을 지나 알폰 모데이크 계곡으로 나아갔지요. 산들은 높아지고 점점 더 철로 가까이 다가오다가 돌 겔 초원을 향해 내려갔고, 그곳에서 다시 뒤로 물러나고 부드러운 비탈들은 피오드르처럼 넓게 육지 안으로 들어오는 모데이크 어 귀에서 가라앉았어요. 우리가 느린 속도로 남쪽 해안에서부터 강 력한 참나무 기둥 위에 놓인 거의 1마일 길이의 다리를 지나 다른 편으로 건너가서, 오른쪽으로 만조 때면 바다에서 넘쳐난 강 바닥 과 왼쪽으로는 밝은 지평선까지 바머스 만으로 기차를 타고 갈 때 면, 나는 좋아서 어디를 보아야 할지 알 수 없을 정도였지요. 아델 라는 대부분은 검은 광택이 나는 작은 마차를 타고 바머스 정거장 으로 우리를 마중 나왔고, 그런 다음 30분 정도 가면 안드로메다 별장 입구의 자갈길이 바퀴 밑에서 뽀드득거리며 여우색 조랑말 이 멈춰 서고, 우리는 방학 동안 묵을 숙소에 내렸지요. 밝은 회색 벽돌 담장을 한 2층 집은 북쪽과 남동쪽으로는 그 자리에서 가파 르게 낙차를 보이며 연결되는 로우어 레치 언덕으로 둘러싸여 있 었지요. 남서쪽으로는 반원 형태의 지형이 넓게 펼쳐져서, 시야가 앞 공간으로부터 돌겔 초원의 전체 길이로 난 강 어귀를 넘어 바 머스까지 펼쳐졌지만, 이 장소들조차도 한편으로는 바위가 많은 돌출부 때문에, 다른 한편으로는 월계수 수풀 때문에 사람들의 거주 지역이 거의 보이지 않는 파노라마에서 제외되어 있었지요. 단지 강 저편에만—우리가 영원을 생각할 수 있다면 특정한 대기 조건에서는 영원히 떨어진 채 아르톡 마을이 아주 조그맣게 놓인 것을 볼 수 있었으며, 그 마을 뒤로는 거의 3천 피트 정도까지 멀리 외곽에서 빛을 내는 바다 위에 케이더 아이드리스의 그늘진 측면이 솟아 있는 것을 볼 수 있었어요, 라고 아우스터리츠는 말했다. 이 전체 지역의 기후는 대체로 온화해서, 기온은 우호적인 지점에서는 바머스의 평균보다 몇 도 정도 높았지요. 전쟁이 계속되던 해에 완전히 멋대로 자라 버린 정원은 집 뒤쪽에서 비탈로 올라갔는데, 그곳에는 내가 이전에 웨일스 지방의 어디에서도 본 적 없는 식물들과 관목들, 대황과 사람 키보다 더 큰 뉴질랜드 산 고사리와 워터캐비지, 들국화와 대나무 숲과 야자수가 자랐고, 암벽 위에서는 시냇물이 계곡을 향해 떨어져, 키 큰 나무들의 가장 높이 달린 잎사귀 밑의 얼룩얼룩한 어스름 사이로 언제나 가루 같은 흰 물방울이 흩날렸지요. 그러나 다른 세상에 와 있다는 느낌을 갖도록 하는 것은 따뜻한 지역에 사는 식물들만은 아니었어요. 안드로메다 별장에서 이국적인 것은 무엇보다 흰 날개를 가진 앵무새들이었는데, 그것들은 이 집 주위로 2,3마일 반경까지 날아다녔고, 수풀 속에서 우는 소리를 내며, 미세한 물방울이 가는 비처럼 흩날리는 시냇물에서 저녁 시간까지 몸을 담그며 놀았지요. 제럴드의 증조 할아버지가 몰루켄*으로부터 몇 쌍을 가져와 온실에 살게 했는데, 그곳에서 녀석들은 곧 수많은 서식처로 번식해 갔지요. 녀석들은 옆쪽 한 벽면에 피라미드처럼 쌓아 놓은 작은 셰리

통 속에서 살았고, 이 집 식구들은 그 새들의 고향의 관습과는 반대로 그 셰리 통 안에 아래쪽 강변에 있는 목공소에서 나온 대팻밥을 직접 깔아 주었지요, 라고 아우스터리츠는 말했다. 심지어 1947년의 극심한 겨울에도 녀석들 대부분이 살아남은 것은 아델라가 얼음장같이 추운 1월과 2월 두 달 동안 녀석들을 위해 낡은 온실 난로에 불을 피웠기 때문이에요. 이 새들이 부리로 몸을 지탱하면서 격자 울타리 속으로 올라갔다가 내려올 때는 줄타기 곡예같이 회전하는 모습을 여러 가지로 보여주었지요. 녀석들은 열린 창문으로 날아 들어왔다 나갔다 하거나 바닥에서 종종걸음으로 내달리며 항상 부산하고, 늘 뭔가를 조심하는 듯한 인상을 주었지요. 그것들은 여러 면에서 사람과 비슷했어요. 우리는 녀석들이 한숨 쉬는 것, 웃는 소리, 재채기를 하고 하품하는 것을 들을 수 있었어요. 그 녀석들은 앵무새의 언어로 말하기 전에 목청을 가다듬었고, 주의 깊고, 계산적이고, 약삭빠르고, 기만적이고, 거짓되고, 사악하고, 복수심에 찼거나 싸움을 좋아하는 것처럼 보였지요. 그 녀석들은 특정한 사람들, 누구보다 아델라와 제럴드에게는 호의적이었지만, 예를 들면 밖에서는 자주 볼 수 없는 웨일스 출신의 가정부에게는 심한 적개심을 가지고 뒤쫓았고, 그녀가 어느 시간에 머리에 검은 모자를 쓰고 손에는 검은 우의를 들고 기도실로 가는지를 아는 것처럼 보였고, 규칙적으로 찾아오는 그 기회마다 매번 숨어서 기다렸다가 뒤에서 아주 거칠게 울어 댔지요. 녀석들이 계속 바뀌면서 무리를 지어 모이거나 그런 다음에는 다시 쌍쌍이 나란히 앉아 있는 모습, 단결밖에 모르고 영원히 분리

될 수 없는 것 또한 인간들이 가진 사회성의 거울이었지요. 딸기나무들로 둘러싸인 빈터에는 녀석들 스스로 관리하지는 않지만 일련의 무덤이 있는 그들의 공원묘지가 있었고, 안드로메다 별장 위층에 있는 방들 중 하나에는 분명 이 목적을 위해 손수 만든 벽장이 있었는데, 그 속에는 짙은 녹색 상자에 상당수의 죽은 앵무새의 동족들, 이를테면 형제라고 할 수 있는 붉은 가슴에 누런 머리를 가진 히아신스 앵무새와 진홍 앵무새, 마카 앵무새, 주둥이 앵무새와 흙 앵무새 들이 보관되어 있었는데, 이것들은 모두 제럴드의 증조부와 고조부가 먼 항해에서 가져왔거나 상자에 든 비상식량에 표시해 둔 것처럼 기니 금화나 루이 금화 몇 닢을 주고 르아브르에 있는 테오도르 그라스라는 이름의 상인으로부터 커미션으로 받은 것들이었지요. 그 중에는 토종 딱따구리, 개미핥기, 솔개와 꾀꼬리도 몇 마리 들어 있었는데, 이 모든 새들 중 가장 아름다운 것은 이른바 잿빛 앵무새였어요. 초록색 마분지 뚜껑이 달린 관 위에 *Jaco, Ps. eritbacus L.*이라고 쓰인 글자를 나는 지금도 똑똑히 보고 있는 것 같아요, 라고 아우스터리츠는 말했다. 그 녀석은 콩고 산으로 그 옆에 함께 넣어 둔 조사(弔辭)에 쓰인 것처럼 웨일스로 망명 와서 66세의 고령을 누렸지요. 그 놈은 아주 온순하고 충직했으며, 쉽게 배웠고, 여러 가지 말을 혼자서나 다른 사람들과 함께 했고, 휘파람으로 많은 노래를 부를 줄 알았으며, 부분적으로는 작곡도 했지만, 가장 좋아하는 것은 아이들의 목소리를 흉내 내고 그들에게서 배우는 것이었다고 그 조사에는 쓰여 있었지요. 녀석의 단 한 가지 나쁜 버릇은 자기가 아주 쉽게 깔 수 있는 살구씨나 딱딱한 열매들을 충분히 주지 않으면 기분이 나빠져 이리저리 돌아다니면서 가구를 온통 물어뜯어 놓는 것이었지요. 제럴드는 이 특별한 앵무새를 종종 상자에서 꺼내었어요. 녀석은 길이가 약 9졸이었고, 이름에 걸맞게 잿빛 날개를 가졌으며, 그 밖에도 적벽색 꼬리와 검은 부리, 깊은 슬픔이 배어 있는 듯한 흰 얼굴을 하고 있었지요. 그 밖에도 안드로메다 별장의 거의 모든 공간에는 일종의 자연물 진열대와 부분적으로는 유리를 끼운 많은 서랍이 달린 상자들이 있었는데, 그 안에는 거의 공 모양의 앵무새 알들이 수백 개 진열되어 있었고, 조개 수집, 화석 수집, 풍뎅이와 나비 수집, 포르말린에 담긴 발 없는 도마뱀, 살무사와 도마뱀, 달팽이집, 불가사리, 가재와 게, 나뭇잎과 꽃잎과 풀 들이 들어 있는 커다란 식물 표본 상자들이 있었지요, 라고 아우스터리츠는 말을 계속했다. 안드로메다 별장이 일종의 자연사 박물관으로 변한 것은 앵무새를 소유한 제럴드의 조상이 1869년 찰스 다

원과 알게 된 것과 더불어 시작되었는데, 다윈은 이 별장에서 멀지 않은 돌겔 초원의 한 셋집에서 인간의 유래에 대해 연구하고 있었다고 아델라가 내게 이야기한 적이 있었지요, 라고 아우스터리츠는 말했다. 당시에 다윈은 안드로메다 별장으로 피츠패트릭 집안을 종종 방문했고, 이 가족이 전하는 바에 따르면 이 위에서 누리는 천국과 같은 전망을 매번 칭찬했다고 하더군요. 매 세대마다 항상 두 아들 중 하나는 가톨릭에 등을 돌리고 자연과학자가 된, 오늘날까지 지속되는 피츠패트릭 집안의 혈통의 분리는 이때부터 시작되었다고 아델라가 이야기한 적이 있어요, 라고 아우스터리츠는 말했다. 어쨌거나 제럴드의 아버지 올더스는 식물학자가 되었고, 반면 스무 살 이상 나이가 많은 그의 형 이블린은 웨일스의 모든 도착 행위 중 가장 악명 높은 교황 절대주의라는 전통적인 신앙을 신봉했지요. 실제로 이 가문의 가톨릭 노선 또한 항상 극단적이고 광적이었는데, 이블린 삼촌의 경우에서 잘 볼 수 있지요. 그는 해마다 내가 제럴드의 집에서 여러 주일 머무를 당시 아마도 50대 중반쯤이었을 터이지만, 베치테류 질병에 심하게 시달려서 노인네 같은 모습을 하고 있었고, 등이 완전히 굽어 겨우 움직일 수 있었어요. 바로 그 때문에 그는 관절이 전부 녹슬지 않도록 마치 댄스 스쿨에서처럼 벽을 따라 일종의 난간이 부착된 위층 실내에서 항상 걷고 있었지요. 그는 머리와 앞으로 굽은 상체를 손보다 겨우 높이 유지한 채 이 난간을 붙들고 나지막이 탄식을 하며 조금씩 앞으로 나아갔지요. 침실 주변을 한 바퀴 돌아서 거실로 들어오고, 거실에서 복도로, 복도에서 다시 침실로 돌아오기 위해 족히 한 시간이 걸렸지요. 당시 이미 가톨릭으로부터 등을 돌린 제럴드는 한번은 이블린 삼촌이 순전히 인색함 때문에 그렇게 등이 굽었으며, 매주 자기 자신이 지출하지 않은, 대부분은 12 혹은 13실링의 돈을 아직도 불신앙으로 고통당하고 있는 검은 영혼들을 구제하기 위해 콩고 선교 단체에 이체함으로써 그 인색함을 스스로에게 정당화하려 했다고 내게 말했어요. 이블린의 방에는 커튼도 없고, 그 밖의 다른 가구도 없었는데, 비록 이미 오래 전에 산 물건이고, 집 안의 다른 곳에서 가져오기만 해도 되는 것이라 하더라도 어떤 것도 불필요하게 사용하기를 원치 않았기 때문이지요. 그는 항상 걷는 벽을 따라 놓인 마룻바닥을 보호하기 위해 수년 전에 그다지 넓지 않은 줄무늬 리놀륨을 깔게 했는데, 그것은 그 사이 질질 끄는 발걸음에 의해 심하게 닳아서 이전의 꽃무늬를 더 이상 알아볼 수 없는 지경이 되었지요. 창틀에 붙여 놓은 온도계의 기온이 며칠 동안 계속해서 대낮에도 화씨 50도 이하로 내려가는 경우에만 가정부는 벽난로에 약간의 불을 지폈는데, 그 불은 어떤 것에 의해서도 거의 타지 않았어요. 비록 누워 있는 것이 그에게는 걷는 것보다 더 큰 고통일 수 있고, 그래서 멈추지 않는 산책 후에 빠져드는 탈진 상태에도 불구하고 대부분은 오랫동안 잠을 이룰 수가 없었지만, 그는 전기를 절약하기 위해 어둠이 몰려올 때쯤이면, 그러니까 겨울에는 오후 네 시경이면 항상 잠자리에 들었지요. 그러고 나면 사람들은 그의 침실과 1층에 있는 거실과 연결된, 의도하지 않았지만 일종의 의사소통 장치로 작동하는 환풍기 관의 창살을 통해 여러 시간 동안 그가 온갖

성인들을 부르며, 특히 내 기억이 잘못되지 않았다면, 끔찍한 방식으로 죽음을 맞은 여자 순교자들, 카타리나와 엘리자베스를 불렀고, 그의 표현에 따르면, 자기가 하나님의 심판대 앞으로 나갈 때를 위해 그들에게 중보 기도를 청하는 소리를 들었지요. ─ 이블린 삼촌과는 반대로 약 열 살쯤 나이가 많은, 자연에 정통한 피츠패트릭의 계열을 이어 간 알폰소 종조부는 거의 청년처럼 보였지요, 라고 자기 재킷 호주머니에서 우편엽서만 한 크기의 사진 몇 장이 들어 있는 일종의 폴더를 꺼내면서 아우스터리츠는 안드로메다 별장에 대한 기억에 사로잡힌 듯 잠시 후 다시 이야기를 이어 갔다. 그는 항상 침착한 기분으로 대부분의 시간을 밖에서 보냈고, 심지어 날씨가 나쁜 날에도 멀리까지 조사를 하러 나가거나, 날씨가 좋을 때면 흰 가운을 입고, 머리에는 밀짚모자를 쓴 채, 집 주변의 어딘가에서 작은 야전 의자에 앉아 수채화를 그렸어요. 그때 그는 항상 안경을 꼈는데, 안경에 렌즈 대신 회색 비단 천을 끼워서 고운 면사포 뒤에서 풍경을 보았고, 그로 인해 색깔은 창백해지고 세상의 무게가 눈앞에서 사라졌지요. 알폰소가 종이에 그린 그림들은 원래는 이쪽은 바위 언덕, 저쪽은 수풀과 쏀 구름[積雲]을 암시하는 것 이상은 아니어서, 몇 방울의 물과 1그란*의 산록색 혹은 잿빛이 섞인 유약으로 포착된 거의 무채색의 단편적인 그림들이었지요. 알폰소가 한번은 자기 조카의 아들과 내게, 우리 눈앞에서 모든 것이 창백해지고 아름다운 색채들은 대부분 이미 사라졌거나 아니면 아무도 보지 않는 곳에서만, 즉 바다 표면 밑의 엄청나게 깊은 해저 정원에서나 볼 수 있을 뿐이라

고 말했던 것이 아직 생각나요, 하고 아우스터리츠는 말했다. 어린 시절에 그는 저 아래 데번셔와 콘월에 있는, 수백만 년 전부터 파도에 부딪혀 돌이 우묵하게 패거나 수반(水盤)이 깨지고 닳은 석회석 절벽에서 매일 두 번씩 물결에 씻기는, 긴 해초에 휘감겼다가 물이 빠지면 다시 빛과 공기에 노출되는 암반이 녹색과 진홍색, 유황색 그리고 우단 같은 검은색 스펙트럼의 온갖 색깔을 띤 개충(個蟲)과 산호와 말미잘, 산호충, 깃털 모양의 코랄린, 화충류, 갑각류 등, 식물과 동물, 그리고 무기물 사이의 무한히 다양한 성장과 경이롭게 빛을 발하는 전개되는 생명을 보고 감탄했다고 말했어요. 조수 간만과 더불어 밀려왔다 밀려 나가는 화려한 물거품은 당시에 그 섬의 남서 해안 전체를 둘러싸고 있었지만, 50년도 안 된 지금 그 화려함은 인간의 수집욕과 측량할 수 없는 다른 방해와 영향에 의해 거의 완전히 사라져 버렸지요. 다른 한번은 종조부 알폰소와 함께 바람이 자고 달도 뜨지 않은 밤에 집 뒤의 언덕으로 올라가 몇 시간 동안 나방들의 비밀스러운 세계를 관찰했지요, 라고 아우스터리츠는 말했다. 대부분의 사람들은 나방이 양탄자나 옷을 갉아먹기 때문에 장뇌와 나프탈렌으로 쫓아야 한다는 것밖에는 알지 못하지만, 그 녀석들은 실제로는 자연의 역사에서 가장 오래되고 가장 경이로운 종의 하나이지요. 어둠이 찾아들자마자 우리는 곧 안드로메다 별장에서 한참 떨어진 언덕에 앉아 있었는데, 우리 뒤로는 더 높은 언덕들이, 그리고 앞으로는 거대한 어둠이 바다 위로 펼쳐져 있었고, 알폰소가 가장자리에 헤더 관목이 자라난 평평한 웅덩이 속에 백열등을 세워 놓고 불을 붙이자, 올라오는 동안에는 단 한 마리도 보지 못한 밤나방들이 마치 무(無)에서 나온 것처럼 무리를 지어 나와 수천 가지 궁형과 나선형과 줄무늬를 이루거나, 눈송이처럼 불빛 주변으로 소리 없는 흐름을 이루고, 다른 녀석들은 이미 날개를 파닥이며 램프 밑에 펼쳐 둔 아마포 위로 가거나 세찬 회전 운동으로 힘이 빠져 알폰소가 그들을 보호하기 위해 궤짝에 넣어 둔 잿빛 달걀 상자에 깊숙이 내려앉았어요. 제럴드와 내가 평소에는 눈앞에 보이지 않던 이 척추 없는 존재의 다양함에 경탄하여 도무지 빠져 나오지 못하던 것과 알폰소는 우리가 바라보고 놀라도록 한참 동안 그냥 내버려 두었던 것을 나는 잘 기억하지만, 어떤 종류의 나방들이 우리 옆에 왔는지, 아마도 차이나 마크와 다크 포슬린, 마블드 뷰티, 스케어스 실버라인, 버니쉬트 브래스, 라이트 아치, 그린 아델라, 화이트 플럼, 그린 포레스터, 올드 레이디, 고스트 모스 등이었는지는 지금은 더 이상 기억하지 못해요. 어쨌거나 그것들은 수십 종이었는데, 그 다양한 모양과 형상을 제럴드도 나도 파악할 수 없었지요. 저 녀석들은 고상한 신사들처럼 깃을 세운 칼라와 망토를 걸치고 오페라에 가는 길이군 하고 제럴드가 말했지요. 다른 녀석들은 단순한 기본 색상을 하고, 날개를 비빌 때면 환상적인 속무늬와 대각선과 물결선을 보여주며, 그림자와 낫 모양의 얼룩, 좀 더 밝은 색 패치, 물방울무늬와 톱니 모양의 리본들, 보풀, 줄무늬와 도무지 묘사할 수 없는 색깔들, 이를테면 푸르스름함이 섞여 있는 이끼의 초록색, 여우의 갈색, 사프란 적색, 황토색과 윤기 있는 흰색, 그리고 가루 같은 놋쇠나 혹은 금에서 나오는 금속성 광채 등이었지요. 그들 중 많은 녀석들은 나무랄 데 없는 옷을 입어 눈에 띄었고, 짧은 목숨을 거의 다한 다른 녀석들은 닳고 해진 채 그곳으로 왔지요. 알폰소는 이 모든 이상야릇한 피조물들은 각자 자신의 특성을 가지고 있으며, 많은 녀석들은 오리나무 밑에서만 살고, 다른 것들은 뜨거운 바위 언덕이나 좁은 가축 통로나 늪에 산다고 말해 주었지요. 그들의 생애에서 이미 지나간 유충 상태에서는 개밀 뿌리든, 갯버들 잎사귀든, 매자나무나 시든 나무딸기 잎이든 간에 거의 모두가 오로지 한 가지 먹이만으로 영양을 공급받는데, 거의 의식하지 못한 상태에서 항상 선택한 먹이만 먹는 반면, 나방들은 살아 있는 동안 더 이상 아무것도 먹지 않고 오로지 생식이란 과업을 가능하면 빨리 완수하는 것만 생각한다고 알폰소가 말했지요. 나방들은 아주 이따금 갈증에 시달리는 것처럼 보이는데, 밤에 이슬이 내리지 않는 건기 동안에는 마치 한 덩어리의 구름처럼 함께 일어나서 가까운 강이나 냇가를 찾아가고, 그곳에서 흐르는 물에 내려앉으려고 애쓰는 동안 많은 수가 익사한다고 말했지요. 나방들의 엄청나게 예민한 청각에 대해 알폰소가 말한 것이 아직 기억에 남아 있어요, 라고 아우스터리츠는 말했다. 그들은 멀리 떨어져서도 박쥐의 울음소리를 알아들을 수 있고, 알폰소 스스로 관찰한 바에 따르면 가정부가 쇳소리가 섞인 목소리로 고양이 이니드를 부르기 위해 마당에 나오는 저녁 시간이면, 항상 수풀에서 나와 어두운 나무들 사이로 날아간다는 것이었어요. 녀석들은 낮 동안에는 돌멩이 밑이나 바위 틈새, 바닥의 지푸라기와 나뭇잎 사이에 숨어서 잠을 잔다고 알폰소는 말했어요. 사람들이 그것을 들추어도 녀석들은 죽은 듯이 꼼짝하지 않고, 날기 시작하기 전에는 우선 몸을 흔들어 잠에서 깨어나 날개와 다리의 떨리는 동작으로 땅바닥에서 빙빙 돈다는 것이에요. 그들의 체온은 포유동물이나 고래, 전속력으로 달리는 오징어의 체온과 마찬가지로 36도에 해당한다고 했어요. 36도는 자연에서 가장 이상적이라고 입증된 수위계, 즉 일종의 마술적 경계로, 인간의 모든 불행은 언젠가 이 규범에서 이탈한 것과 인간이 항상 빠져 있는 약간 열에 들뜬 상태와 관련된다는 생각이 머릿속에 떠올랐다고 알폰소는 말했지요, 라고 아우스터리츠는 말했다. 우리는 그 여름밤에 아침이 밝을 때까지 모데이크 어귀 높이 있는 산 우묵지에 앉아 아마도 수만 마리는 될 거라고 알폰소가 추정한 나방들이 우리 곁으로 날아오는 것을 바라보았지요, 라고 아우스터리츠는 말했다. 무엇보다 제럴드가 경탄한 여러 가지 구불거리거나 흐르는 듯하거나 나선형을 뒤로 잡아끄는 것처럼 보이는 광선들은 실제로는 전혀 존재하는 것이 아니라 단지 수십분의 1초 동안 램프의 반사 불빛에서 빛났다가 다시 사라져 버리는 지점에서 일종의 후광을 보았다고 믿는 우리 눈의 관성으로 야기된 환영의 흔적이라고 설명했지요. 그것은 그런 비현실적인 현상에서, 말하자면 비현실적인 것이 현실 세계에서 번쩍이거나, 우리 앞에 펼쳐진 풍경 속에서 혹은 사랑하는 사람의 눈 속에서 특정한 빛이 효과를 발하거나, 우리의 깊숙한 감정에 불을 붙이거나 어쨌거나 우리가 그렇게 믿는 것이라고 알폰소가 말했지요. 나는 나중에 자연 연구에 몰두하지는 않았지만, 알폰소 종조부의 식물과 동물에 대한 설명들 중 많은 것이 기억에 남아 있어요, 라고 아우스터리츠는 말했다. 그가 이전에 내게 보여준 대목을 며칠 전에 처음으로 다윈의 책에서 찾아보았는데, 그것은 남아메리카 해안으로부터 10마일 떨어진 곳에서 여러 시간 동안 쉬지 않고 해안으로 옮겨 가는 나방의 무리에 대한 기록으로, 비틀거리는 나방들 사이의 어딘가에서 빈 틈새를 알아보는 것이 심지어 망원경으로도 불가능하다는 것이었어요. 그러나 특별히 잊을 수 없는 것은 알폰소가 당시에 우리에게 나방들의 삶과 죽음에 대해 해준 이야기로, 나는 오늘날에도 모든 피조물 가운데 그들에게 가장 커다란 존경심을 가지고 있지요. 기온이 높은 몇 달 동안에는 우리 집 뒤에 있는 작은 정원에서부터 길을 잃고 나방들이 내 쪽으로 날아오는 일이 드물지 않게 일어났지요. 그래서 아침 일찍 일어나 보면 그들이 벽 어딘가에 여전히 붙어 있는 것을 보지요. 그것을 조심스럽게 밖으로 보내 주지 않는 이상 마지막 숨결이 끊어질 때까지 꼼짝 않고 머물러 있는 것을 보면 내 생각으로는 녀석들은 자기들이 잘못 날아왔음을 아는 것 같아요. 녀석들이 죽음의 경련으로 경직된 미세한 발톱으로 매달린 채 목숨이 끝날 때까지 불행의 장소에 달라붙어 있으면, 공기의 흐름이 그들을 떼어내어 먼지 쌓인 구석으로 날려 보내지요. 내 방에서 죽어 가는 그런 나방들의 모습을 보면서 나는 종종 이 혼돈의 시간에 그들은 어떤 불안과 고통을 느꼈을까 하고 자문하곤 하지요. 알폰소에게 들은 바로는 아무리 사소한 미물이라도 그들의 영적인 생명을 부인할 이유가 원래는 없다는 거예요, 라고 아우스터리츠는 말했다. 인간이나 수천 년 전부터 인간의 감정 상

태와 밀접한 개와 다른 가축들만 밤에 꿈을 꾸는 것이 아니라, 좀
더 작은 포유동물들, 즉 쥐나 두더지도 그들의 눈의 움직임에서
알 수 있듯이 잠을 자면서 오로지 그들 내면에만 존재하는 세계에
머물고 있으며, 나방이나 채소밭의 상추도 밤에 달을 쳐다보면서
어쩌면 꿈을 꿀지도 몰라요, 라고 아우스터리츠는 말했다. 나 자
신도 피츠패트릭 가(家)에 머무르던 몇 주나 몇 달 동안 심지어
낮에도 꿈을 꾸는 것 같은 일이 드물지 않았어요, 라고 아우스터
리츠는 말했다. 아델라가 항상 내 방이라고 부르던 푸른색 천장의
방에서 내다보는 전망은 정말이지 실제적인 것을 넘어서는 경계
에 있었지요. 나는 위에서부터 푸른 언덕 지대처럼 보이는, 집 아
래쪽 길에서부터 강변으로 내려가는 대부분은 푸른 언덕처럼 보
이는 히말라야 삼목과 잣나무 들의 꼭대기를 내려다보았고, 다른
쪽으로는 산들 사이의 어둡게 접힌 부분들을 보았으며, 하루의 시
간과 날씨 상태에 따라 계속해서 변하는 아일랜드 바다를 여러 시
간 동안 내려다보았어요. 결코 반복되지 않는 이 장면 앞에서 내

가 얼마나 자주 넋을 놓은 채 서 있었는지 모른답니다. 그곳에는 아침이면 세상의 절반인 그림자가, 회색빛 공기가 물 위로 층층이 덮여 있었지요. 오후에는 종종 남서쪽 지평선에서 연기구름이 피어올랐는데, 서로 밀치며 겹쳐서 드러나는 눈처럼 흰 언덕들과 가파른 담벽들이 점점 더 높이 올라와서 한번은 제럴드가 안데스 산맥의 정상이나 카라코룸 꼭대기만큼 높다고 말한 적이 있지요, 라고 아우스터리츠는 말했다. 그러고 나면 다시 멀리서 극장의 무거운 커튼처럼 소나기가 드리운 채 바다에서부터 뭍으로 다가오고, 가을날 저녁이면 안개가 해안으로 몰려와 산 모서리에 모여서는 계곡 아래로 몰려갔지요. 그러나 특별히 환한 여름날이면 바머스 만 전체에 아주 균일한 광채가 덮여서 모래와 물, 육지와 바다, 하늘과 땅의 표면을 더 이상 구분할 수 없었어요. 회색 진줏빛 같은 증기 속에서 모든 형태와 색채는 해체되었어요. 더 이상 대조도 없으며, 차이도 없고, 오로지 빛이 관통하는 유동적인 변화 과정, 모든 찰나적인 현상들이 다시 한 번 나타나는 윤곽의 흐려짐, 그리고 기이하게도 이 모든 현상들의 순간성이 그 당시의 내게 영원이란 감정을 불러일으키던 것을 나는 똑똑하게 기억하고 있지요. 어느 날 저녁, 바머스에서 몇 가지 물건을 구한 뒤 아델라와 제럴드, 그리고 토비라는 이름의 개와 나는 긴 다리를 지났는데, 그 다리는 철로 옆을 지나갔고, 이미 말한 대로 바로 그 자리에서 1마일이 더 되는 모데이크의 넓은 어귀를 건너갔지요, 라고 아우스터리츠는 말했다. 그곳에서 한 사람당 반 페니의 요금을 내면, 등을 육지 쪽으로 하고 시선은 바다로 향한 채 삼면을 바람과 기후로부터 보호해 주는 캐비닛처럼 생긴 휴식용 벤치에 앉을 수 있었지요. 때는 아름다운 늦여름날의 끝이어서, 소금기를 머금은 시원한 바람이 우리를 감쌌고, 밀물은 저녁빛 속에서 빽빽이 몰려온 고등어 떼처럼 다리 밑에서 빛을 발하며 강 위쪽으로 엄청난 힘과 속도로 흘러가서, 사람들은 거꾸로 보트를 타고 넓은 바다로 나갈 수 있을 것 같다고 생각했지요. 우리 넷은 해가 질 때까지 모두 말 없이 앉아 있었어요. 얼굴 주변에 화환 모양의 기이한 털이 바이러니 소녀의 개와 비슷한, 평소에는 가만히 있지 못하는 토비조차 우리 발치에서 움직이지 않고 생각에 잠겨, 수많은 제비가 공중을 날고 있는 아직 밝은 언덕 쪽을 올려다보았어요. 한참이 지나 활 모양의 궤도 속에 있는 검은 점들이 점점 더 작아졌을 때, 제럴드는 이 새들이 뭍에는 전혀 잠자리를 가지고 있지 않다는 사실을 아는지 물었어요. 그들은 한번 날아오르면 다시는 땅에 접촉하지 않는다고 그는 토비를 자기 쪽으로 당겨 녀석의 턱을 쓰다듬으며 말했지요. 그래서 제비들은 밤이 되면 2,3마일 높이까지 올라가 그곳에서부터 이따금 펼친 날개를 움직이며 곡선으로 활주하다가 날이 밝으면 다시 우리 쪽으로 내려온다는 것이었지요. 이렇게 아우스터리츠가 웨일스 이야기를 하는 동안, 그리고 나는 나대로 이야기를 듣는 동안 모든 것을 잊어버린 채 시간이 얼마나 되었는지 알지 못했다. 마지막 술잔은 이미 오래 전에 따라졌고, 우리 두 사람을 제외한 마지막 손님들도 사라졌다. 웨이터는 술잔들과 재떨이를 모으고 천 조각으로 탁자를 닦고, 의자를 제자리에 정돈하며, 우리가 나가면 문을 잠그기 위해 입구에 있는 전기 스위치에 손을 대고 기다렸다. 피로감으로 눈빛이 흐릿해진 이 사람이 머리를 약간 옆으로 기울인 채 *Good night, gentleman*(안녕히 가세요, 신사분들), 이라고 우리에게 말하는 모습은 각별한 존경이나 거의 해방이나 축복의 표시처럼 생각되었다. 우리가 프런트 홀로 들어섰을 때 그레이트 이스턴 호텔의 지배인인 페레이라도 마찬가지로 친절했으며 호감을 주었다. 풀을 먹인 흰 셔츠와 회색 천 조끼를 입고 머리에 빈틈없이 가르마를 탄 그는 거의 기대감에 차서 프런트 뒤에 서 있었다. 나는 그를 보면서 자신의 위치에서 전혀 빈틈이 없으며, 한 번이라도 눕고 싶은 욕구를 가졌다고는 상상하기 어려운 기이하고 신비하게 보이는 사람 가운데 하나라고 생각했다. 아우스터리츠와 다음날 만나기로 약속하고 나자, 페레이라는 내게 원하는 것이 있는지 물으면서 2층으로 올라가는 계단까지 동행했고, 적포도주색 우단과 문직(紋織) 천과 검은 마호가니 가구로 장식한 방에서 나는 저녁 내내 아우스터리츠가 한 이야기들 중 핵심적인 단어와 연결되지 않는 문장들을 가급적 많이 기록하기 위해 가로등이 희미하게 비치는 접이식 책상 앞에 세 시 정도까지 앉아 있었다. 주철 난방 장치에서는 나지막이 탁탁거리는 소리가 났고, 바깥의 리버풀 가에는 아주 드물게 검은 택시들이 한 대씩 지나갔다. 다음날 아침 나는 늦게 잠이 깨었고, 아침 식사를 한 후 오랫동안 신문을 보며 앉아 있었는데, 신문에서 이른바 그 날의 사건이나 세계의 시간 같은 일상적인 뉴스들 외에, 오랜 중병을 앓는 동안 매우 헌신적으로 돌본 아내가 죽자 심히 상심한 나머지, 자기 집 지하 계단의 사각지대에 손수 조립한 기요틴으로 스스로 목숨을 끊은 핼리팩스의 소박한 한 남자에 대한 기사를 접하게 되었는데, 다른 가능성들을 철저히 고려한 결과 그의 수공업적인 감각에는 기요틴이 자신의 계획을 수행하기에 가장 믿을 만한 도구처럼 보였고, 실제로 이 짧은 기사에 따르면 엄청나게 단단하고 세부적인 것까지 깔끔하게 만들어진 이 단두 장치 속의 비스듬한 도끼는 힘센 장정 둘이서도 들어올릴 수 없을 정도였고, 떨어진 목과 함께 그가 당김줄을 잘랐던 절단기가 굳어진 손에서 함께 발견되었다고 했다. 열한 시경에 나를 데리러 온 아우스터리츠에게 화이트채플과 쇼어디치를 지나 걸어 내려가면서 이 이야기를 들려주자, 그는 한동안 아무 말도 하지 않았는데, 이 사건의 터무니없는 측면들을 끄집어낸 것을 천박하게 여겼기 때문이라고 생각한 나머지 나는 스스로를 질책했다. 우리가 강둑의 아래쪽에 한동안 멈춰 서서 육지 쪽으로 굽이치는 회황색 물결을 내려다보는 동안, 그는 여러 차례 그랬던 것처럼 놀라움에 찬 듯 크게 뜬 눈으로 똑바로 바라보면서 불행한 삶을 끝내는 것에서마저 실패하는 것보다 더 나쁜 일이 있을지, 자기는 핼리팩스의 이 목수를 아주 잘 이해할 수 있다고 그제야 말했다. 우리는 말없이 남은 길을 걸어, 와핑과 섀드웰에서부터 계속 강 아래쪽으로 선박장의 사무실 탑들이 반사되는 조용한 저수지까지, 그리고 강이 휘어지는 아래쪽에 이어지는 보행자 터널까지 걸어갔다. 다른 쪽에서 우리는 그리니치 공원을 관통해 왕립 천문대로 올라갔는데, 그 천문대에는 추운 크리스마스 전날에 우리 외에 방문객이 거의 없었다. 어쨌거나 나는 우리가 그곳에서 각각의 유리칸에 전시해 놓은 섬세한 관찰 도구와 측정 도구, 사분의와 육분의, 시간 측정기와 균형자를 살펴보는 동안 누군가를 만났는지는 알지 못한다. 과거 궁정 천문학자의 집 위에 놓인 팔각형의 천체 관측실에서 아우스터리츠와 내가 끊긴 대화를 조금씩 다시 이어 가는 사이에, 내 생각이 맞다면 고독하게 세계 여행을 하는 한 일본인이 나타났는데, 그는 문지방에서 갑자기 소리 없이 나타난 후 텅 빈 팔각형 속에서 한번은 원으로, 다음에는 녹색 화살표 방향을 따라 걷다가 금방 다시 사라져 버렸다. 아우스터리츠가 자신에게는 이 상적인 공간이라고 언급한 이곳에서 나는 여러 가지 넓은 바닥 목 재의 아름다움과 보통 이상으로 높고 납으로 테두리가 쳐진 각각 122평방미터의 유리로 나뉜 창문을 보고 경탄했는데, 과거에는

이 창문을 통해 긴 망원경이 일식과 월식, 별들의 궤도가 자오선과 겹치는 것과 사자 자리 유성군의 빛소나기와 꼬리를 그리며 우주를 지나가는 유성들을 관찰했다. 아우스터리츠는 평소의 습관

대로 천장을 따라 이어지는 꽃무늬 타일 속에 있는 흰 눈 같은 장식 석고 장미와 사각형 납유리를 관통해 공원 지대 저 너머에 북쪽과 북서쪽으로 펼쳐진 도시의 파노라마를 보고 사진을 몇 장 찍었고, 여전히 카메라를 만지면서 시간에 대해 상당히 긴 설명을 시작했는데, 그것은 내 기억에 똑똑히 남아 있다. 시간이란 인간의 모든 발명들 중에서 단연 가장 인위적인 것이며, 자신의 축을 자전하는 행성들과의 연관성에서 보면 어떤 계산보다도 훨씬 더 자의적인 것으로, 우리가 스스로를 맞추는 태양일*은 정확한 척도를 제시할 수 없는 까닭에 시간 측정이란 목적을 위해서도 운동 속도가 변하지 않고 회전 궤도에서 적도를 향해 기울어지지 않는 환상적인 평균 태양을 생각해 내야만 했다는 사실을 제외하고도, 나무들의 성장과 석회석이 부식되는 기간에서 출발하는 계산만큼이나 자의적이라고 아우스터리츠는 그리니치의 천체 관측실에서 설명했다. 뉴턴이 정말로 시간을 템스와 같은 강이라고 생각했다면, 시간의 근원은 어디이며 그것은 어떤 바다로 흘러 들어가나요 하고 아우스터리츠는 말하면서, 창문 아래로 그 날의 마지막 반사광 속에서 반짝거리는, 일명 개들의 섬을 감싸는 물결을 가리켰다. 우리가 알다시피 모든 강들은 필연적으로 양쪽으로 경계를 갖지요. 그렇게 본다면 시간의 강변이란 무엇일까요? 유동적이고 상당히 무겁고 투명한 물의 특성에 상응하는 시간의 특성이란 무엇인가요? 시간 속으로 잠기는 사물들은 시간에 의해 한 번도 건드려지지 않은 다른 사물들과 어떤 차이가 날까요? 빛의 시간과 어둠의 시간이 동일한 원 속에서 나타난다는 것은 무엇을 의미하나요? 왜 시간은 한 곳에서는 영원히 정지하거나 점차적으로 사라지고, 다른 장소에서는 곤두박질을 치나요? 우리는 시간이 수백 년 혹은 수천 년 동안 일치하지 않았다고 말할 수는 없을까요, 라고 아우스터리츠는 말했다. 그리고 오늘날까지 지구상의 많은 곳은 시간보다는 기후 상황에 의해 지배받고, 그와 더불어 수량화할 수 없는, 직선적인 균등을 알지 못하고 항상 진전하는 것이 아니라 소용돌이 속에서 움직이고 정체와 돌연한 흐름에 의해 결정되며, 지속적으로 변하는 형태로 되돌아와서 어디로 향하는지 아무도 알지 못하는 크기에 의해 발전되는 것은 아닐까요? 시간 밖에 존재한다는 것, 다시 말해 얼마 전까지 자기 나라에서 남겨지고 잊혀진 지역이나 발견되지 않은 해외의 대륙에 적용된 것이 예나 지금이나 런던 같은 시간의 수도에서조차 적용되는 것이지요. 죽은 사람들이나 죽어 가는 사람들, 자기 집이나 병원에 누워 있는 많은 환자들은 그러니까 시간 밖에 있는 것이고, 단지 그 사람들만이 아니라 우리를 모든 과거와 모든 미래로부터 단절시키기 위해서는 개인적인 불행으로도 충분하지요. 실제로 나는 한 번도 시계를 가진 적이 없는데, 벽시계나 자명종, 주머니 시계, 손목시계도 가져 본 적이 없어요, 라고 아우스터리츠는 말했다. 시계가 내게는 항상 우스꽝스러운 것처럼, 근본적으로 뭔가 기만적으로 보이는 것은 아마도 내가 스스로도 전혀 이해할 수 없는 내면의 충동에서 시간의 권위에 항상 저항하고, 오늘날 생각하는 것처럼 시간이 흐르지 않고, 흘러가지 않아서 내가 그 뒤로 돌아갈 수 있다면, 거기서 모든 것이 과거처럼 그렇게 될 수 있다면, 좀 더 정확히 말해 모든 시간의 순간들이 동시에 나란히 존재하거나 혹은 역사가 이야기하는 것 중 그 어느 것도 옳지 않았으면, 일어난 것이 아직 일어나지 않고 우리가 생각할 수 있는 다른 순간에 비로소 일어났으면 하는 바람으로 이른바 시대적 사건에서 나를 배제시킨 때문일 테지만, 다른 한편으로는 계속되는 비참함과 결코 끝나지 않은 고통의 절망적인 미래를 열어 주기 때문이에요, 라고 아우스터리츠는 말했다. 시간은 오후 세 시 반이 다 되었고 내가 아우스터리츠와 함께 천문대를 떠났을 때는 황혼이 지고 있었다. 우리는 담장이 쳐진 앞 광장에서 얼마 동안 좀 더 서 있었다. 멀리서부터 도시의 둔탁한 분쇄음이 들려왔으며, 공중에서는 큰 기계들의 윙윙거리는 소리가 거의 1분도 안 되는 간격으로 아주 낮고 믿을 수 없이 천천히 북동쪽에서부터 그리니치 너머로 몰려와 서쪽으로 히스로를 향해 다시 사라지는 것처럼 생각되었다. 저녁이면 자신의 잠자리로 돌아오는 낯선 괴물처럼 그 소리들은 몸통에서부터 뻣뻣하게 나 있는 날개와 함께 우리 위에서 어두워 가는 공중에 걸려 있었다. 공원 비탈에 선 앙상한 플라타너스 나무들은 땅으로부터 자라난 그림자 속에 이미 깊숙이 서 있었다. 밤처럼 검고 넓은 잔디밭이 두 개의 밝은 모랫길과 대각선으로 교차하는 우리 앞의 언덕 둔치에는 항해 박물관 건물의 흰 정면과 주랑(柱廊)식 통로가 있었고, 개들의 섬에는 강물 저편에 재빨리 증가하는 어둠의 마지막 빛 속으로 번쩍거리는 유리로 된 탑이 솟아 있었다. 그리니치를 향해 내려가는 동안 아우스터리츠는 내게 이 공원이 지난 세기들 동안 종종 그림으로 그려졌다고 말해 주었다.

그 그림들에서는 일반적으로 초록색 잔디밭과 나무 꼭대기의 화관 모양의 잎사귀들, 아주 작은 몇몇 사람들의 모습과 대부분은 파라솔을 쓰고 색깔 있는 크리놀린 원피스를 입은 여성들, 그 밖에 당시에 공원 울타리 안에 갇혀 있던 반쯤 길들여진 몇 마리의 흰 야생 동물을 볼 수 있었지요. 그러나 그림의 뒷면에는 나무들과 해양 학교의 이중 원형 천장 뒤로 강이 휘어지는 모습이 보이고, 말하자면 세계의 가장자리를 향해 그어진 희미한 선으로 무수한 영혼들의 도시, 뭔가 정의할 수 없는 것, 웅크리거나 잿빛이나 석고색으로 된 것, 일종의 곱사등이나 땅 표면의 딱지를 볼 수 있고, 그 뒤로는 전체 표현의 절반이나 그 이상에 해당하는 하늘 공간을 볼 수 있는데, 그 하늘의 공간에서부터 뒤쪽으로는 어쩌면 비가 걸려 있는 것 같아요. 내 기억으로는 몰락의 위기에 처한 어느 영지에서 그 같은 그리니치의 파노라마를 처음으로 보았다고 생각하는데, 어제 말한 대로, 옥스퍼드 학창 시절 동안 힐러리와 함께 종종 그 영지를 찾아갔지요. 답사 중에 한번은 어린 도토리 나무와 자작나무가 빽빽이 자란 공원을 오랫동안 돌아다니다가 버려진 집들 가운데 한 채를 발견했는데, 내가 당시에 한 계산에 따르면 1950년대에는 2,3일에 한 채씩 그 집들 중 하나는 허물어졌지요, 라고 아우스터리츠는 말했다. 우리는 당시에 얼마 남지 않은 집들을 보았는데, 사람들은 그 집 안의 책장과 패널, 계단 손잡이와 놋쇠로 된 난방용 파이프, 그리고 대리석 난로 등 실제로 모든 것을 헐어 버렸지요. 천장이 내려앉고 잔해와 쓰레기와 먼지, 양들의 배설물과 새똥, 그리고 천장으로부터 부서져 내려앉은 흙더미와 짓이겨진 석고 등을 말이지요. 그러나 아이버 그로브는 약간 남쪽으로 기울어진 언덕의 발치에 있는 야생 공원 한가운데서 적어도 겉으로는 여전히 손상을 입지 않은 것처럼 보였어요, 라고 아우스터리츠는 말했다. 그럼에도 불구하고 우리가 양치식물과 그 밖의 잡초들로 무성한 넓은 돌계단에 멈춰 흐릿한 창문 쪽을 올려다보았을 때, 그 집은 곧 다가올 치욕적인 종말 앞에서 소리 없는 경악에 사로잡혀 있는 듯 보였어요. 그 안의 평평한 흙바닥으로 된 커다란 접견실 가운데 하나에서 우리는 타작마당에서처럼 곡물 낟알들이 흩어져 있는 것을 발견했지요. 바로크 식 석고 조각으로 장식한 두 번째 방에는 수백 개의 감자 자루가 나

란히 기대어져 있었어요. 우리는 이 광경을 보면서 사진 몇 장을 찍으려고 마음먹고 한참 동안 머물고 있었는데, 이 아이버 그로브의 소유주라고 알려진 제임스 말로드 애시먼이 서쪽으로 향한 테라스를 지나 집 쪽으로 오고 있었어요. 사방 무너진 집들에 대한 우리의 관심을 이해한 그 사람과 긴 대화를 나누면서 우리는 전쟁

기간 동안 회복 환자 수용실로 압수당했던 이 집의 시급한 복구에 드는 비용만도 자신의 재산을 훨씬 능가하고, 그 때문에 그는 그로브 농장에 속하는, 공원의 다른 쪽 끝에 있는 외떨어진 영지로 옮겨 갔고, 이것을 직접 관리하기로 작정했다는 것을 알게 되었지요. 애시먼은 그래서 감자 자루들과 흩어진 곡물들이 여기 있다고 말했지요, 라고 아우스터리츠는 말했다. 애시먼의 설명에 따르면, 아이버 그로브는 불면증에 시달린 채 지붕 위에 직접 설치한 천문대에서 여러 가지 천문학적 연구들, 특히 월리학(月理學)이나 달을 측정하는 데 몰두한 애시먼의 한 선조에 의해 1780년경에 세워졌으며, 그 선조는 영국 국경을 넘어서까지 유명한 세밀화 화가이자 파스텔 화가인 길포드의 존 러셀과 지속적인 친분을 가지고 있었는데, 존 러셀은 과거의 모든 지구 그림들, 즉 리촐리와 카시니, 토비아스 마이어와 헤벨리우스의 그림을 정확성과 아름다움에서 훨씬 능가하는 5×5피트 크기의 달 지도를 수십 년 동안 작업한 사람이기도 하지요, 라고 아우스터리츠는 말했다. 달이 뜨지 않거나 구름에 가려진 밤이면 그의 선조는 당구장에 들어갔는데, 그는 스스로 마련한 이 공간에서 아침이 다가올 때까지 자기 자신을 상대로 당구 게임을 하곤 했지요, 라고 우리가 함께 한 바퀴 돌며 이 집을 구경하는 것이 끝날 무렵 애시먼이 말했어요. 1813년에서 1814년으로 바뀌던 그믐날 밤 그가 세상을 떠나자 이곳에서 큐를 잡는 사람은 더 이상 없게 되었고, 여자들은 말할 것도 없고 그의 할아버지도, 아버지도, 그 자신도 큐를 잡지 않았다고 애시먼은 말했어요. 실제로 모든 것은 150년 전과 그대로라고 아우스터리츠는 말했다. 튼튼한 마호가니 탁자는 그 속에 들어 있는 슬레이트 판의 무게에 눌린 채 꿈쩍하지 않고 그 자리에 놓여 있었어요. 점수 계산기와 금장식의 벽거울, 큐를 꽂는 받침대, 연장용 큐, 많은 서랍이 달린 캐비닛, 그리고 그 서랍 속에는 상아로 된 당구공과 분필과 솔, 광택 내는 천과 당구를 위해 없어서는 안 되는 물건들이 간직되어 있었지만, 그 어떤 것도 더 이상 건드려지거나 어떤 방식으로 변하지 않았어요. 벽난로 위에는 터너의 「그리니치 공원에서 본 풍경」에 따라 그려진 판화 하나가, 그리고 높은 책상 위에는 여전히 점수 장부가 펼쳐져 있었는데, 달 연구가는 그 속에 자기 자신을 상대로 이기거나 진 게임을 매우 아름다운 필체로 기록해 두었어요. 안쪽 덧문은 항상 잠겨 있어 햇빛이 전혀 들어오지 않았어요. 이 공간은 집의 다른 부분들과는 완전히 분리되어 있어서 한 세기 반이 흐르는 동안 돌림띠 위에나 검고 흰 사각 석조 타일 위에도, 초록으로 덮인 분리된 우주와 같은 천 위에도 옅은 먼지층조차 거의 쌓이지 않았어요, 라고 아우스터리츠는 말했다. 그 밖의 다른 곳에서는 우리가 뒤로 한 세월이 여전히 미래에 놓여 있는 것처럼 거역할 수 없이 흘러가는 시간이 이곳에서는 정지한 것 같았고, 우리가 애시먼과 함께 아이버 그로브의 당구대가 놓인 방에 서 있을 때, 힐러리는 시간과 날의 흐름으로부터, 그리고 세대가 바뀌는 것으로부터 그렇게 오래 차단된 공간 속에서 역사가에게까지 엄습해 온 기이한 감정의 혼란에 대해 언급했지요, 라고 아우스터리츠는 말했다. 이에 대해 애시먼은 자신이 1941년 이 집을 복구할 때, 당구대가 있는 방으로 향한 문과

위층에 있는 아이들 방문이 가짜로 설치된 벽으로 숨겨져 있었고, 1951년과 1952년 큰 상자로 막아 둔 칸막이를 가을에 제거한 후 10년 만에 처음으로 아이들 방으로 다시 들어가자, 그곳은 아무것도 달라지지 않은 것을 보고 정신을 잃을 뻔했다고 말했어요. 그레이트 웨스턴 철도 회사가 제작한 차량들로 된 장난감 기차와 홍수로부터 구조된 동물들이 쌍쌍이 얌전하게 내다보는 방주를 보는 것만으로도 자기 앞에 시간의 심연이 열려 있는 듯, 그리고 여덟 살 때 예비 학교로 보내지기 전날 밤에 말할 수 없는 분노로 침대 옆에 놓인 탁자의 가장자리에 칼로 새겼던 긴 자국들을 손가락으로 따라가 본 것을 애시먼은 기억했는데, 똑같은 분노가 다시 일어나 자기가 무엇을 하는지 깨닫기도 전에, 뒤뜰로 나가 공기총으로 창고의 작은 시계탑을 여러 차례 맞혔고, 그 시계의 숫자판에는 오늘날에도 여전히 그 흔적을 볼 수 있다고 말했어요. 어두워지는 공원의 잔디 언덕으로 올라가 우리 앞에 켜지는 도시 불빛들의 넓은 반원 속에 서 있는 동안, 내가 애시먼과 힐러리, 아이버 그로브와 안드로메다 별장에 대해 생각한 모든 것은 내 속에서 분리된다는 느낌과 바닥 없는 심연의 느낌을 불러 일으켰어요, 라고 아우스터리츠는 말했다. 1957년 10월 초였다고 생각하는데, 내가 이미 그 전해에 쿠르토 연구소에서 시작한 건축사 연구를 계속하기 위해 파리로 갈 생각을 하고 있을 무렵, 알폰소는 바깥 정원에서 자기가 가장 좋아하는 사과를 따다가 벼락을 맞아서, 그리고 이블린은 불안과 고통으로 웅크린 채 차가운 침대에서 거의 하루 사이에 차례로 세상을 떠났고, 이블린 삼촌과 종조부 알폰소의 이

중 장례식에 참석하기 위해 나는 바머스에 있는 피츠패트릭 가로 마지막으로 갔었지요. 항상 자기 자신의 세계와 싸우던 이블린과 행복한 균형감으로 가득 찬 알폰소의 장례식이 치러진 그 날 아침에는 가을 안개가 전 계곡을 가득 채우고 있었지요, 라고 그는 잠시 후 이야기를 이어 갔다. 장례 행렬이 커티유 묘지로 옮겨 가고 있을 바로 그때, 태양은 모데이크 위로 면사포 같은 안개를 꿰뚫고, 미풍이 강변을 따라 불었어요. 몇 명의 어두운 형체들, 포플러들과 수면 위의 빛의 홍수, 다른 쪽에서 케이더 아이드리스의 산들은 내가 기이하게도 몇 주 전에 다시 발견한 터너의 수채화 스케치 중 하나에서 이별 장면을 이루는 요소들로, 화가는 현장에서나 혹은 차후에 과거를 회상할 때 종종 자기 눈앞에 나타나는 것을 포착해서 재빨리 그렸는데, 「로잔에서의 장례식」이란 제목의 실체가 거의 없는 이 그림은 터너가 더 이상 여행을 할 수 없게 된 시기인 1841년 작품으로, 자신의 죽음에 대한 생각에 점점 더 많이 사로잡히고, 어쩌면 이 로잔의 작은 장례 행렬처럼 어떤 것이 기억에서 떠오를 때, 몇 번의 붓질로 금방 다시 사라지는 환상들을 재빨리 붙잡아 두려는 시도였지요. 그러나 터너의 이 수채화에서 특별히 나를 사로잡은 것은 로잔의 풍경과 커티유 풍경의 유사성뿐 아니라 그것이 내 안에 불러 일으켰던 기억, 다시 말해 내가 제럴드와 1966년 초여름 제네바 호숫가의 모르주 위쪽의 포도원을 가로질러 걸었던 마지막 산책에 대한 기억이었어요, 라고 아우스터리츠는 말했다. 그 후 터너의 스케치북과 생애에 계속적으로 몰두해 있는 동안 나는 그 자체로는 전적으로 무의미하지만, 그럼

에도 나 자신에게는 독특하게 감동을 주는 한 가지 사실에 부딪혔는데, 그것은 터너가 1798년에 웨일스를 통과하는 시골 여행에서 모데이크 어귀도 지나갔으며, 그 시기에 커티유의 장례식에 갔던 때가 나와 같은 나이였다는 사실이었지요. 지금 이 이야기를 하면서 내가 바로 어제 안드로메다 별장의 남쪽 측면에 있는 미술실 안의 조문객들 사이에 있으면서, 그들의 소리 죽인 속삭임과 아델라가 그 큰 집에서 완전히 혼자서 어떻게 살아야 좋을지 모르겠다고 말하는 것을 듣는 듯해요, 라고 아우스터리츠는 말했다. 그 사이 마지막 학년이 되고, 장례식을 위해 직접 오스웨스트리에서 건너온 제럴드는 그의 표현대로 생도들의 영혼을 영원히 망가뜨리는 끔찍한 잉크의 얼룩이라고 부른 스토워 그레인지의 개선할 수 없는 상황에 대해 들려주었지요. 공군 사관 후보생의 조종사 분과에 가입한 후 일주일에 한 번 칩멍크에서 모든 비참함을 넘어 비

행할 수 있다는 사실만이, 오로지 그것만이 그에게 투명한 이성을 가져다준다고 제럴드는 말했지요. 지면으로부터 높이 올라가면 갈수록 점점 더 좋아지기 때문에 그는 천문학을 공부할 결심을 하게 되었다고 했지요. 네 시경에 나는 바머스에서 정거장으로 가는 제럴드를 배웅했어요. 내가 거기서 다시 돌아왔을 때 이미 저녁놀이 지고 있었는데, 가는 가랑비는 떨어지지 않고 공중에 걸려 있는 것 같았고, 안개 낀 정원의 깊숙한 곳에서 아델라가 면옷으로 얼굴을 가린 채 나를 향해 다가왔는데, 그 면옷의 가장자리에는 날려 갈 듯 섬세하게 곱슬곱슬한 수백만 개의 아주 미세한 물방울이 일종의 은빛 광채를 형성하고 있는 것 같았어요, 라고 아우스터리츠는 말했다. 그녀는 오른쪽 팔에 녹슨 빛깔의 커다란 국화 다발을 안고 있었고, 우리가 말없이 서로를 지나쳐 마당을 지나 문지방에 섰을 때, 그녀는 자유로운 팔을 들어 내 이마의 머리카락을 쓰다듬었는데, 이 동작에서 그녀는 자기가 다른 사람의 기억에 남는 재능을 가지고 있음을 아는 것 같았어요. 그래요, 나는 당시의 아름다운 아델라를 여전히 기억하고, 그녀는 내게 변하지 않은 채 남아 있어요, 라고 아우스터리츠는 말했다. 긴 여름날이 끝날 무렵이면 제럴드가 밤 시간을 위해 자기 비둘기를 돌보는 동안, 우리는 종종 전쟁 이후 치워진 안드로메다 별장의 구기실(球技室)에서 함께 배드민턴을 치곤 했지요. 배드민턴 공은 한번 한번 칠 때마다 이쪽저쪽으로 날아갔지요. 공기를 가로지르는 소리를 내면서 어떻게 해서인지 모르게 방향을 바꾸는 공의 궤도는 저녁 시간 동안 하얗게 선을 그렸고, 내가 장담하건대, 아델라는 종종 중력이 허락하는 것보다 더 오랫동안 마룻바닥 위의 허공에 몇 뼘 정도 높이 떠 있었지요. 배드민턴 게임이 끝나면 우리는 대부분 한동안 홀에 머물면서 서양산사나무의 움직이는 가지들 사이로 수평으로 몰려오는 태양의 마지막 빛이 높은 뾰족 아치 창문과 마주하고 있는 벽에 던지는 형상들을 그것이 사라질 때까지 바라보았지요. 그곳에서 밝은 표면 위에 지속적으로 나타나는 가는 무늬들은 말하자면 생성의 순간을 결코 넘어서지 못한 채 재빨리 사라지는 것, 흩어지는 요소를 가지고 있었고, 항상 새롭게 결합하는 태양과 그림자의 짜임, 빙하와 빙판을 가진 산의 풍경을 볼 수 있었으며, 고원과 초원, 황무지의 알들과 꽃의 씨앗, 호수의 섬들, 산호절벽, 군도(群島)와 환초(環礁), 폭풍으로 휘어진 숲과 방울내풀, 그리고 흩날리는 연기를 볼 수 있었지요. 한번은 우리가 함께 서서히 어두워지는 세상을 바라보고 있을 때, 아델라가 내 쪽으로 몸을 굽히면서 저 야자나무의 꼭대기가 보이니, 저기 모래언덕을 지나오고 있는 대상들이 보이니 하고 물었던 것을 나는 아직도 기억하고 있어요, 라고 아우스터리츠가 말했다. ―아우스터리츠가 그에게 잊히지 않은 채 남아 있는 아델라의 질문을 반복했을 때, 우리는 이미 그리니치에서 시내로 돌아가는 중이었다. 택시는 저녁의 밀집한 교통 상황에서 아주 천천히 움직였다. 비가 오기 시작했고, 전조등 불빛은 아스팔트 위에서 번쩍거렸으며, 은빛 구슬로 덮인 유리창을 가로질렀다. 우리는 3마일도 채 되지 않는 거리를―그리크 로드, 이블린 스트리트, 로워 로드, 자마이카 로드를―지나 타워 브리지까지 가는 데 한 시간이 걸렸고, 아우스터리츠는 뒤로 기댄 채 팔로 륙색을 껴안고 말없이 앞을 바라보았다. 아마도 그는 눈을 감고 있었을 거라고 생각되었지만, 나는 옆으로 그를 바라볼 엄두가 나지 않았다. 그가 맥도날드 점에서 내가 탈 기차가 출발할 때까지 나와 함께 기다리던 리버풀 스트리트 정거장에서야 비로소 아우스터리츠는 그림자의 자취를 허용하지 않는 눈부신 조명에 대해 지나가는 투로 언급한 다음, 번개 같은 찰나적인 순간이 여기서는 영원으로 변하고, 이곳에는 낮이, 특히나 밤은 존재하지 않는다고 말하면서 자신의 이야기를 다시 시작했다. 물론 내 탓이지만 나는 장례식 이후 아델라를 다시는 보지 못했는데, 왜냐하면 파리 체류 기간 내내 나는 단 한 번도 영국으로 돌아가지 않았고, 런던의 직장에 들어간 뒤에는 그 사이 공부를 마치고 연구 논문을 시작한 제럴드를 만나러 케임브리지로 갔으며, 안드로메다 별장은 팔리고 아델라는 윌로비라는 이름의 곤충학자와 노스캐롤라이나로 가 버렸기 때문이지요, 라고 그는 이야기를 계속했다. 제럴드는 당시 케임브리지의 비행장에서 멀지 않은 콰이라는 조그만 지방에 오두막 하나를 세내고, 소유지가 해체될 때 그에게 지급된 상속분으로 세스나 한 대를 샀는데, 그것은 우리가 무엇에 대해 이야기를 하든 모든 대화 속에 들어와서 대화는 항상 그의 비행에 대한 열정으로 되돌아갔지요. 예를 들면 그가 한번은 스토워 그레인지의 학창 시절에 대해 이야기할 때, 내가 옥스퍼드로 떠난 뒤에는 끝도 없는 수업 시간의 대부분을 조류학의 체계를 작업하는 데 보냈다는 것, 그것의 가장 중요한 분리 기준은 비행 능력이었다는 것, 그리고 어떤 방식으로 이 체계를 수정했는지를 상세히 설명하던 것을 기억하고 있어요, 라고 아우스터리츠는 말했다. 비둘기는 엄청나게 먼 거리를 날 때의 속도 때문만 아니라 다른 모든 생물들을 능가하는 항해 기술 때문에 항상 위에 배치한다고 제럴드는 말했어요, 라고 아우스터리츠는 말했다. 그래서 사람들은 눈보라가 몰아치는 북해 한가운데 있는 배의 갑판에서도 비둘기를 날려 보낼 수 있으며, 그들은 힘이 닿는 한 틀림없이 집으로 돌아오는 길을 찾을 수 있다는 것이지요. 자신이 극복해야 할 분명히 엄청난 거리에 대한 예감으로 두려워서 심장이 터질 것 같은, 그처럼 위험한 허공을 항해하도록 보내진 이 새들이 어떻게 자신의 근원지를 찾는지는 오늘날까지 아무도 알지 못한다는 것이지요. 어쨌거나 그가 알고 있는 과학적인 설명에 따르면 비둘기들이 별이나 공기의 흐름 혹은 자장(磁場)에 자신을 맞춘다는 설명은 그가 열두 살 난 소년 시절에 이 문제를 풀 수 있으리란 희망으로 비둘기들을 역방향으로, 그러니까 예를 들면 바머스로부터 오스웨스트리에 있는 유배의 광장으로 날아가게 하면, 매번 비둘기들이 갑자기 공중에서부터 그를 향해 하강했다가 펼친 채 움직이지 않는 비상의 날개 속에 걸러진 태양빛을 가르며, 목구멍에서 나지막한 소리를 내며 창문의 선반 위에 도달하기까지 몇 시간을 기다리는 동안 생각해 낸 여러 가지 이론들보다 더 믿을 만한 것은 아니라고 말했지요. 제럴드는 조종사단의 기내에서 처음으로 기체(機體) 밑에서 공기의 부력을 느꼈을 때 그를 사로잡은 해방감은 이루 다 말로 표현할 수 없는 것이었다고 했고, 1962년인가 1963년 늦여름 저녁 비행을 위해 우리가 함께 케임브리지 비행장 활주로에서 날아올랐을 때 제럴드가 얼마나 자랑스럽게 빛났는지 아직 기억하고 있다고 아우스터리츠는 말했다. 태양은 우리가 출발하기 조금 전에 이미 가라앉았지만, 높이 올라가자마자 곧 눈부신 밝음이 다시 우리를 둘러싸다가, 남쪽으로 서포크 해안의 하얀 해안선을 따라 날아가자, 그림자가 바다 깊은 곳에서부터 솟아올라 점점 더 우리 위로 기울어져 마침내 서쪽 세계의 가장자리에서 마지막 광채가 꺼질 때에야 비로소 사라졌지요. 우리 밑으로는 곧 육지의 형체를, 이를테면 숲과 추수가 끝난 창백한 들판을 아주 흐릿하게 알아볼 수 있을 뿐이었고, 나는 우리 앞에 마치 무에서 솟아오른 것 같은 템스 강 어귀의 만곡을, 그리고 캔비 섬과 시어니스와 사우스엔드 온 시에서 나오는 불빛들이 만들어 낸, 다가오는 밤을 관통해 이어지는 마차의 윤활유처럼 검은 용무늬 꼬리를 결코 잊지 못할 거예요. 우리가 나중에 어둠 속에서 피카르디를 넘어 한동안 날아가다가 다시 영국 쪽으로 방향을 돌렸을 때, 야광 숫자와 계기판에서 눈을 들자 조종석의 유리판을 통해 완전히 멈춰 있는 듯한, 그러나 실은 서서히 움직이는 이전에는 한 번도 보지 못한 하늘의 아치를 보았고, 백조 자리, 카시오페이아 자리, 북두칠성, 마부 자리, 북쪽 왕관 자리의 형상과 그 이름이 무엇인지 모르는 것들이 사방에 흩어져 반짝거리는 이름없는 별들의 먼지 속에서 사라져 버린 것을 보았지요. 제럴드가 오늘날 우리가 알고 있는 뱀 자리 성좌 속의 이른바 독수리 안개에 대해 개척적인 연구를 시작한 것은 1965년 가을이었지요, 라고 아우스터리츠는 한동안 깊이 회상에 잠겨 있다가 말을 이었다. 그는 우주 공간에서 여러 광년 동안 소나기 구름 같은 돌출한 형태로 뭉쳐지고, 중력의 영향 아래에서 계속 강화되는 압축 과정에서 새로운 별들이 생겨나는 성간(星間) 가스의 거대한 지역에 대해 말했지요. 그 바깥에 별들로 이루어진 아이들의 방이 진짜로 존재한다는 제럴드의 주장이 생각나는데, 최근에 허블 망원경이 움직이면서 지구로 전송한 인상적인 사진에 덧붙인 한 신문 기사에서 그의 주장이 입증된 것을 알게 되었지요. 어쨌거나 제럴드는 그 당시에 자신의 작업을 계속하기 위해 케임브리지에서 제네바에 있는 천체 물리 연구소로 옮겨 갔는데, 나는 여러 차례 그곳으로 그를 방문했고, 우리가 함께 도시에서 나와 호숫가를 거니는 동안 나는 별들과 마찬가지로 안개처럼 돌고 있는 그의 물리학적 상상력에서 그의 생각이 어떻게 차츰 형성되어 가는지에

대한 증인이 되었지요, 라고 아우스터리츠는 말했다. 제럴드는 그
때 세스나를 몰고 눈이 반짝이는 산악 지방과 퓌 드 돔 화산의 정
상을 넘어 아름다운 가론을 내려와 보르도 지방까지 이어졌던 비
행들에 대해 들려주었지요. 그가 이렇게 비행하던 중 언젠가 더
이상 돌아오지 못한 것은 아마 그에게 미리 예정되어 있었던 것
같아요, 라고 아우스터리츠는 말했다. 내가 사보이 알프스에서의
추락 사건을 알게 된 것은 최악의 날이었고, 그것은 어쩌면 시간
이 흐르면서 점점 더 병적으로 자기 속에 갇혀 간 나 자신의 몰락
의 시작이기도 했어요.

*

내가 다시 런던으로 가서 올더니 가에 있는 아우스터리츠의 집
을 방문할 때까지는 거의 석 달 정도가 지나갔다. 우리가 12월에

서로 헤어질 때, 내가 그의 소식을 기다리기로 의견을 모았었다. 몇 주가 지나자 나는 다시 그로부터 소식을 들을 수 있을지 점점 더 회의가 들었고, 그에게 사려 깊지 못한 말을 했는지 아니면 그렇지는 않더라도 그에게 불쾌감을 주지는 않았는지 여러 가지 생각이 들었다. 나는 또 그가 어쩌면 이전의 습관대로 목표도 정하지 않은 채 언제 돌아올지 알 수 없는 여행을 떠났을지도 모른다는 생각을 했다. 그 당시 내가 아우스터리츠에게는 시작도 끝도 없는 순간이 있다는 것, 그리고 다른 한편 그에게는 자신의 전 생애가 아무런 지속도 없는 하나의 맹목적인 순간처럼 보인다는 것을 알았더라면 좀 더 침착하게 기다릴 수 있었을지도 모른다. 어쨌거나 하루는 우편물 속에 1920년대 혹은 30년대의 그림엽서가 들어 있었는데, 그것은 이집트 사막에 있는 하얀 텐트촌을 보여주는, 아무도 더 이상 기억할 수 없는 캠페인 사진으로, 그 뒷면에는 오로지 '3월 19일 토요일 올더니 가'와 물음표 하나 그리고 아우스터리츠를 의미하는 A라고만 적혀 있었다. 올더니 가는 런던의

동쪽 끝에서부터 상당히 멀리 떨어져 있다. 항상 교통 체증이 일고 토요일이면 옷 상인들과 천을 파는 상인들이 보도에 가판을 차리고 수백 명의 사람들이 몰려드는 이른바 마일 엔드 교차로에서 멀지 않은 곳에 눈에 띄게 조용한 골목인 올더니 가는 넓은 간선도로와 나란히 달리고 있다. 나는 지금도 어렴풋하게 그 모퉁이와 풀빛의 간이 판매대를 기억하는데, 그 안에는 물건이 그냥 펼쳐져 있음에도 주인을 볼 수 없었던 것과 그 간이매점 옆에 주철 울타리로 둘러싸여 이전에 아무도 들어간 적이 없는 잔디 광장이 있고, 오른쪽으로는 사람 키 높이로 약 50미터는 됨직한 벽돌담이 있으며, 그 끝에서 예닐곱 줄 중 한 줄의 첫 번째 집이 아우스터리츠의 집이었다. 아주 넓어 보이는 내부에는 꼭 필요한 가구만 있을 뿐, 커튼도 양탄자도 없었다. 벽은 밝은 회색으로, 그리고 마루는 좀 더 짙은 불투명 회색으로 칠해져 있었다. 아우스터리츠가 맨 먼저 나를 데리고 들어간 문간방에는 기이하게 길어 보이는 유행이 지난 침상 하나와 마찬가지로 불투명 회색 래커 칠을 한 긴 탁자만 놓여 있었고, 그 위에는 똑바로 줄을 맞추고 서로 정확히 간격을 맞춘 수십 장의 사진이 놓여 있었는데, 대부분은 날짜가 오래되고 가장자리가 약간 닳아 있었다. 그 중에는 내가 이미 아는 사진들도 있었는데, 그것은 벨기에의 텅 빈 지역 사진과 파리의 정거장들, 지하철 구름다리들, 그리고 파리 식물원의 야자수로 만든 집을 찍은 사진, 여러 가지 밤나방들과 좀나방들, 예술적으로 지어진 비둘기집들, 콰이 근처의 비행장에 있는 제럴드 피츠패트릭 사진, 그리고 여러 장의 무거운 문과 대문 사진이었다. 아우스터리츠는 종종 이곳에 몇 시간씩 앉아 이 사진들을 보거나 자기가 보관하고 있는 것 중에서 가져온 다른 사진들을 페이션스 게임*에서처럼 뒷면이 위로 오게 펼쳐 놓고, 그런 다음 매번 새롭게 놀라면서 그 사진들을 하나씩 뒤집어 가며 하나의 군(群)을 이루는 배열 속으로 여기저기 밀어 넣거나 위에 올려놓고, 탁자의 회색 표면 외에 더 이상 아무것도 남지 않을 때까지 혹은 생각과 회상 작업에 지쳐 침상에 누울 때까지 게임을 계속한다고 내게 이야기했다. 저녁이 될 때까지 나는 종종 여기 누워, 시간이 내 안에서 어떻게 뒤로 돌아가는지를 느껴요, 라고 아우스터리츠는 같은 층에 있는 두 개의 방 중에서 뒤에 있는 방으로 들어가며 말했는데, 그 방에서 그는 가스불을 켜고, 난로 양쪽에 세워진 의자 중 하나에 앉기를 권했다. 이 방에도 그 밖에 배치된 다른 물건들은 거의 없고, 회색 마루와 벽들뿐이었는데, 그 벽에는 이제 점차 짙어 가는 어둠 속에서 푸른빛을 내며 타오르는 불꽃의 그림자가 비치고 있었다. 내 귀에는 지금도 가스가 흘러나오는 나지막한 소리가 들리는 것 같고, 아우스터리츠가 부엌에서 차를 준비하는 동안 유리가 달린 베란다 문 저편에서 집으로부터 얼마간 떨어진 정원의 이미 밤처럼 검은 수풀 사이에서 타오르는 듯이 보이는 작은 불꽃 그림자가 줄곧 나를 얼마나 사로잡았는지를 기억한다. 아우스터리츠가 차 쟁반을 들고 들어와서 얇게 썬 흰 빵을 토스팅 포크에 끼워 푸른 가스불에 그을리는 동안 내가 이해할 수 없는 그림자에 대해 언급하자, 그는 종종 밤이 시작되면 여기 이 방에 앉아 바깥의 어둠 속에서 반사되는, 겉으로는 움직이지 않는 한 점 빛을 바라볼 때면 여러 해 전에 암스테르담 국립 미술관의 렘브란트 전시회에서 무수히 복제된 큰 대작 앞에 머무는 대신, 그가 기억하기에 더블린의 소장품에서 나온 약 20에서 30센티미터 정도의 그림 앞에 서 있던 생각이 떠오르는 것을 피할 수 없으며, 제목에 따르면 이집트로의 도피를 표현하고 있는 그 그림에서 그는 예수의 부모나 아기 예수도, 나귀도 알아보지 못했지만, 단지 어둠의 검게 빛나는 니스 칠 속에서 아주 작은, 내 눈에서 오늘날까지 사라지지 않는 불꽃만을 보았어요, 라고 대답했다. ─그런데 내가 어디서 이야기를 이어 가야 하지요, 하고 그는 잠시 후에 덧붙였다. 프랑스에서 돌아왔을 때 나는 이 집을 오늘날 시세로는 거의 하찮은 가격인 950파운드에 샀고, 그런 다음 내가 확실히 알고 있는 것처럼 대학에서 행해지는 점점 더 많은 어리석은 짓거리들 때문에, 그리고 부분적으로는 오래 전부터 내 앞에서 맴돌던 건축사와 문명사 연구를 종이에 기록하기를 원했기 때문에, 1991년 규정보다 빨리 은퇴를 할 때까지 거의 30년 동안 교직을 유지했지요, 라고 아우스터리츠는 말했다. 우리의 안트베르펜 대화 이후 이미 그의 관심의 다양함에 대해, 그리고 그의 사고의 방향과 항상 즉흥적으로 이루어지는, 어떤 경우라도 임시적인 형태로 기록해 두고, 결국은 수천 장으로까지 확대되는 언급들과 주석 방식에 대해 내가 아마도 이미 눈치 챘을 것이라고 아우스터리츠는 말했다. 이미 파리에서 나는 내가 한 연구들을 한 권의 책으로 요약해 보려는 생각을 품고 있었지만, 결과적으로 집필은 계속 연기되었지요. 내가 쓸 책에 대해 상이한 시점에 했던 많은 생각들은 여러 권의 체계적으로 기록된 책에서부터 위생과 개량, 형 집행을 위한 건축과 세속적인 사원 건물, 수치료 기법, 동물원, 출발과 도착, 빛과 그림자, 증기와 가스 등과 같은 주제에 이르렀지요. 물론 연구소에서 올더니 가로 옮겨 온 내 서류들을 한번 펼쳐 보기만 해도 벌써 그것들 대부분은 지금은 이용할 수 없는, 잘못되고 잘못 그려진 초안이라는 것이 이미 입증되었지요. 나는 앨범 속에서 여행자가 지나가는, 거의 망각에 빠져 있는 풍경 사진을 다시 한 번 눈앞에 떠올리는 것처럼 어느 정도 쓸 만한 것들을 새로 오려 내고 배열

하기 시작했지요. 그러나 내가 몇 달에 걸쳐 이 계획에 몰두하는 수고가 크면 클수록 그 결과는 점점 더 옹색하게 보이고, 서류 뭉치를 열거나 시간이 흐르면서 내가 기록한 무수한 페이지들을 펼치기만 하면 이미 반감과 구역질이 점점 더 나를 사로잡아요, 라

고 아우스터리츠는 말했다. 그럼에도 독서와 글쓰기는 항상 그가 가장 좋아하는 일이라는 것이었다. 내가 얼마나 기꺼이 어두워질 때까지, 더 이상 아무것도 해독할 수 없게 될 때까지, 그리고 생각들이 빙빙 돌기 시작할 때까지 한 권의 책에 머물러 있었는지, 그리고 밤에 어두운 집 안에서 책상 앞에 앉아 램프의 불빛 속에서 연필 끝이 말 그대로 저절로, 전적으로 성실하게 왼쪽에서 오른쪽으로, 한 줄 한 줄 그어진 페이지를 내달리는 그림자를 쫓는 것을 바라보며 안도감을 느꼈을까요. 그러나 이제 글 쓰는 일은 내게 너무 어려워져서 종종 한 문장을 위해 하루 종일 걸리기도 하고 몹시 힘들게 생각해 낸 문장을 기록할 수 없을 때면, 고통스럽게도 나의 구상이 진리가 아니라는 것과 내가 사용한 모든 단어들의 부적절함이 드러나지요. 그럼에도 불구하고 자신을 기만하며 때때로 하루 분량이 채워진 것처럼 보일 때라도, 다음날 아침에 그 페이지에 처음 눈길을 던지자마자 매번 심각한 오류와 부조화, 궤도를 벗어나는 것들을 보게 되는 거예요. 기록된 것이 많든 적든 간에 그것을 읽어 보면, 근본적으로 잘못된 것처럼 보여서 그 자리에서 그것을 없애 버리거나 새로 시작해야 했지요. 나는 곧 첫걸음을 시작하는 것이 불가능해졌지요. 한 발을 다른 발 앞으로 어떻게 옮길지 알지 못하는 공중 줄타기 곡예사처럼 나는 내 밑에서 플랫폼이 흔들리는 것을 느꼈고, 시야의 가장자리에서 훨씬 벗어나 번쩍거리는 균형 막대의 끝이 더 이상 이전처럼 나의 등불이 되지 못한 채, 나를 밑으로 떨어지게 하는 불길한 유혹이라는 사실을 경악하며 깨닫게 되었지요. 때때로 내 머릿속의 생각이 멋지

고 분명하게 나타나는 일이 아직 있지만, 그것이 일어나는 동안에
도 포착할 수 없다는 사실을 이미 알고 있는데, 내가 연필을 붙들
기만 하면 이전에는 편안하게 나를 맡길 수 있었던 언어의 무한한
가능성이 이제는 가장 매력 없는 문구의 잡동사니로 변해 버렸기
때문이지요. 그러고 나면 문장 속의 그 어떤 표현도 처량한 절름
발이처럼 보이지 않는 것이 없었으며, 공허하거나 거짓으로 들리
지 않는 단어는 하나도 없었지요. 이처럼 수치스러운 정신 상태에
서 나는 몇 시간 혹은 며칠 동안 벽 쪽으로 얼굴을 돌린 채 앉아
서, 영혼을 소진시키고, 예를 들면 여러 가지 물건들이 들어 있는
서랍을 치우는 것과 같은 아주 사소한 일이나 용무조차 우리의 힘
을 넘어설 수 있다는 것이 얼마나 끔찍한지를 점차 깨닫게 되었지
요. 그것은 이미 오래 전부터 내 속에서 진행되던 질병이 나타난
것으로, 내 속에 뭔가 둔감하고 고집스러운 것이 자리 잡아서 점
점 더 모든 것을 마비시키는 것이었지요. 이미 나는 내 머리 뒤에
서 인격의 몰락을 불러오는 사악한 공허를 느꼈고, 내가 실은 기
억력이나 사고력을, 애초에는 존재조차 갖고 있지 않다는 것, 일
생 동안 오로지 소멸되어 가는 세상과 나 자신에게 계속적으로 등
을 돌려 왔다는 것을 알아차렸지요. 만약 그 당시에 누군가가 나
를 처형장으로 데려가려 했다면 나는 한 마디도 하지 않고, 마치
카스피 해를 지나는 증기선에서 몹시 심하게 멀미를 앓는 사람이
다른 사람들이 자기를 갑판 밖으로 던져 버리겠다고 했을 때 아무
런 저항도 보이지 못하는 것처럼, 눈도 뜨지 않은 채 그 모든 일이
일어나게 내버려 두었을 거예요. 내 속에서 계속해서 일어난 것은

당혹감으로, 그 감정과 함께 이 문장을, 아니면 어떤 임의의 문장을 어떻게 시작해야 할지 알지 못한 채 나는 모든 쓰여져야 할 문장의 시작 부분에 있었고, 그것은 곧 훨씬 간단한 독서 행위로까지 확대되어서, 전체 페이지를 관망하려는 시도에서 엄청난 혼란 상태에 빠져드는 것을 막을 수 없었지요. 우리가 언어를 골목과 광장, 시간 속으로 멀리 되돌아가는 구역들의 여러 구석을 가진, 무너지거나 개량되었거나 새로 만들어진 구역과 훨씬 넓게 교외로까지 커져 간 외곽 지역을 가진 오래된 도시로 생각할 수 있다면, 나 자신은 오랫동안 부재했던 탓에 이 집결 상태에 더 이상 적응하지 못하고, 정류소가 무엇에 사용되는지, 뒷마당과 교차로, 대로나 다리가 무엇인지를 알지 못하는 사람 같았지요. 언어의 전반적인 구조, 개별적인 부분들의 문장론적인 순서, 문장부호, 접속사와 심지어 습관적인 물건들의 이름, 그 모든 것이 꿰뚫어 볼 수 없는 안개 속에 감춰져 있었지요. 무엇보다 나 자신이 과거에 썼던 것들을 나는 더 이상 이해할 수 없었어요. 그런 문장은 여전히 뭔가 의미심장한 것인데, 실제로는 기껏해야 보조적인 것, 우리의 무지가 기형적으로 발전한 것으로서, 그것과 더불어 우리는 마치 촉수를 가진 많은 바다 식물이나 바다 동물 들이 우리를 둘러싸고 있는 어둠을 맹목적으로 더듬는 것처럼 생각되었지요. 평소에는 목적이 분명한 명석한 인상을 불러 일으켰을 바로 그런 것들, 문체상의 완성도를 가지고 아이디어를 표현하는 것이 내게는 완전히 임의적이거나 망상적인 시도로밖에는 보이지 않았어요. 나는 어디서도 더 이상 연관 관계를 보지 못했고, 문장들은 단순히 개개 단어들로 해체되고, 단어들은 철자의 고의적인 연속이었으며, 철자들은 깨어진 기호이자 납회색과 여기저기 은색으로 빛나는 흔적들로 해체되었는데, 이 흔적들은 어떤 기어다니는 생물을 격리시키고 자기 뒤로 끌어당겼으며, 그 광경은 나를 점점 더 공포와 수치심으로 채우는 것이었어요. 어느 날 저녁, 나는 모든 묶여 있거나 흩어진 종이들과 노트, 수첩, 서류철과 강의록 등 내 글씨로 채워진 것들을 모두 집 밖으로 끌어내어 정원 아래쪽 끝에 있는 퇴비더미 속에 던져 넣고 몇 차례 삽질하여 썩은 나뭇잎과 흙을 끼얹어 층층이 덮어 버렸지요. 게다가 그 후 몇 주 뒤에 방을 치우고 바닥과 벽을 새로 칠하는 동안 내 삶의 무게로부터 가벼워진 것을, 그러나 동시에 그림자들이 내 위로 내려오는 것을 알아차렸지요. 특히나 내가 평소에 가장 좋아한 저녁놀이 지는 시간이면, 처음에는 모호하지만 점점 더 짙어지는 불안이 나를 엄습했고, 그 불안감 때문에 희미한 빛깔들의 아름다운 유희가 사악하고 빛없는 창백함으로 변하고, 가슴속의 심장은 원래의 4분의 1 정도의 크기로 위축되고, 머릿속에 든 유일한 생각이라고는 내가 몇 년 전에 의사를 찾아갔다가 기이한 발작이 일어나 그레이트 포틀랜드 가에 있는 어느 집 4층 계단에서 굴러 떨어져 구덩이 속의 깊은 어둠으로 곤두박질친 일이었어요. 애초에 많지 않은 지인 중의 누군가를 찾거나 정상적인 감정으로 사람들 사이에 섞이는 것은 그 당시 내게는 불가능했지요. 누군가의 말에 귀를 기울이는 것이 두려웠고, 더군다나 스스로 말해야 하는 것은 더 심했으며, 그것이 계속되는 동안 나는 웨일스 사람들 사이에서나 영국인들,

프랑스 인들 사이에서 내가 얼마나 고립되어 있는지, 그리고 이전부터 그래 왔다는 것을 점차 깨달았지요. 나의 진짜 출신에 대한 생각은 한 번도 들지 않았어요, 라고 아우스터리츠는 말했다. 나는 학교와 직장, 혹은 친분 관계에서 한 번도 소속감을 갖지 못했어요. 예술가들이나 지식인들 사이에서도 시민적인 삶에서와 마찬가지로 한 번도 편안하게 느끼지 못했고, 개인적인 우정을 맺는 일을 오랫동안 하지 못했지요. 누군가를 채 알기도 전에 나는 그에게 너무 가까이 다가간다고 생각했고, 누군가가 내게 관심을 보이자마자 그를 멀리했지요. 극단적인 정중함만이 최종적으로 나를 사람들과 묶어 놓았는데, 그것은 오늘날 생각해 보면 그때그때 몇 안 되는 상대방에게 적용되어서, 그들은 항상 피할 수 없는 절망감의 바닥에 서 있다는 생각으로 나 자신을 닫아 버리는 것을 허락해 주었지요, 라고 아우스터리츠는 말했다. 정원에 묻어 버린 일과 방을 치운 일이 있은 후 불면증은 점점 더 나를 괴롭혔고, 거기서 빠져 나오기 위해 런던을 가로질러 밤 산책을 한 것도 그 무렵이었지요. 1년 이상 나는 어둠이 몰려올 무렵 집을 나가 계속해서 마일 엔드와 바우 로드, 스트랫퍼드와 치그웰과 롬포드를 지나 베스날 그린과 캐논버리를 지나고, 할러웨이와 켄티시 타운을 거쳐 햄스테드 언덕으로까지, 남쪽으로는 강을 지나 페컴과 덜위치까지, 서쪽으로는 리치몬드 파크까지 계속 걸었지요. 실제로 우리는 걸어서 하룻밤에 이 거대한 도시의 한쪽 끝에서 다른 쪽 끝에 거의 도달할 수 있고, 고독하게 걷는 것과 이 길에서 몇몇 밤의 유령들을 만나는 것에 일단 습관이 되면, 그다음에는 그리니치나 베이스워터 혹은 켄싱턴에 있는 수많은 집들의 어디서나 런던 사람들은 매일 저녁 오래 전에 정해진 약속처럼 자신의 침대에 누워 이불을 덮고 안전한 지붕 밑에 있다고 믿지만, 실제로는 단지 누워 있을 뿐, 마치 과거에 광야에 난 길에서 휴식을 취하는 것과 같은 두려운 얼굴을 하고 땅을 향하고 있다는 사실에 놀라게 되지요, 라고 아우스터리츠는 말했다. 나의 산책은 이전이라면 한 번도 오지 않았을 교외의 아주 멀리 떨어진 지역으로까지 나를 이끌고 갔고, 날이 새면 이 무렵 외곽에서 중심으로 쏟아져 들어가는 다른 가난한 영혼들과 함께 지하철을 타고 다시 화이트채플로 돌아왔지요. 그때 나는 여러 정거장들을 반복적으로 지나가서 타일이 깔린 통로 속으로 마주 보고 오가거나, 가파르게 깊숙이 내려가는 에스컬레이터 위에서, 혹은 막 출발한 지하철의 회색 창문 뒤에서 이전부터 내게 친숙한 얼굴들을 알아보았다고 생각했지요. 나는 이 낯익은 얼굴들이 항상 모든 다른 것들, 뭔가 사라진 것들을 간직하고 있다고 말하고 싶고, 그들은 종종 여러 날 동안 나를 추적하고 나를 불안하게 만들었어요. 실제로 나는 당시에 밤의 탐험에서 집으로 돌아올 때면 흩날리는 일종의 연기나 베일을 통해 이른바 줄어든 육체의 색채와 형태를 보기 시작했는데, 그것은 빛바랜 세계에서 나온 형상들, 저녁 빛에 반짝이는 템스 강 어귀에서 바다 위의 그림자 속으로 나가는 범선의 편대와 머리에 실린더 모자를 쓴 마부가 모는 스피톨필즈의 마차, 내 옆을 지나갈 때면 시선을 내리까는 1930년대의 의상을 입은 여자 행인들이었지요. 그 같은 감각의 착각은 더 이상은 어쩔 수 없다고 생각되는 특별히 나약해진 순간들에 일어났지요. 그런 다음 종종 주변에서 도시의 윙윙거리는 소리가 사라지고, 차도 위에서 차들이 소리 없이 흘러가거나, 누군가가 내 소매를 당기는 것처럼 느껴졌지요. 그리고 등 뒤에서 외국어로, 리투아니아어, 헝가리어, 혹은 그 밖의 아주 이국적인 말로 나에 대해 수군거리는 소리가 들리는 것 같은 생각이 들었지요, 라고 아우스터리츠는 말했다. 내가 산책하는 동안 거역할 수 없이 항상 나를 끌어당겼던 리버풀 스트리트 정거장에서 나는 여러 번 그런 경험을 했어요. 건물 중앙의 정면이 길 표면에서 15에서 20피트 아래에 놓인 이 정거장은 1980년대 말 전에 개축이 시작된, 런던에서 가장 어둡고 음산한 장소 가운데 하나로, 여러 차례 언급된 것처럼 일종의 지하 세계로 들어가는 입구였지요. 선로 사이의 자갈들, 금이 간 문턱, 벽돌 담장, 돌로 된 받침대, 높은 측면 창문의 몰딩과 유리창, 검표원들을 위한 목조 간이 건물, 야자 잎사귀로 장식할 기둥머리를 가진 높이 솟은 금속 주조 기둥들, 이 모든 것이 한 세기가 흐르는 동안 석탄 먼지와 녹, 증기와 납과 디젤유로 된 기름층에 의해 검게 변했지요. 해가 나는 날조차 유리로 된 역사 천장을 통해서는 둥근 전등의 불빛에도 그다지 밝아지지 않는 희미한 잿빛만이 흘러 들어오고, 뒤섞인 쉰 목소리들과 나지막이 긁어 대는 소리, 딸그락거리는 소리로 채워진 이 영원한 어스름 속에서 객차에서 내리거나 타려고 갖은 애를 쓰는 수많은 사람들이 무리 지어 몰려왔고, 이들은 함께 모이거나 서로 흩어지며, 제방에 부딪히는 물결처럼 철책과 좁은 통로에 몰려 있곤 했지요. 나는 돌아오는 길에는 항상 리버풀 스트리

트 정거장 동쪽 끝에서 내려 한두 시간 그곳에 머물렀고, 아침 일찍부터 벌써 피곤한 다른 여행객들과 노숙자들과 함께 벤치에 앉아 있거나 난간에 기댄 채 서 있으면, 그때 내 속에서 지속적인 당김, 혹은 일종의 심장의 고통 같은 것이 느껴졌는데, 그것은 흘러간 시간의 소용돌이에서 나온 것임을 예감하기 시작했어요, 라고 아우스터리츠는 말했다. 정거장이 서 있는 이 지역에는 한때 도시의 성벽에 이르기까지 늪의 초원이 펼쳐져 있었고, 그것은 이른바 소빙하기의 차가운 겨울 동안 몇 달씩 얼어붙었으며, 안트베르펜 사람들이 종종 스헬데 강 여기저기에 만들어 놓은 아궁이에서 한밤중까지 장작들이 타닥거리는 소리를 내는 가운데 스케이트를 타던 것처럼, 런던 시민들은 그 위에서 신발 밑창에 짐승의 뼈로 된 날을 묶어 스케이트를 타던 곳이지요. 나중에 이 늪지대 초원에 하수 시설이 들어왔고, 느릅나무들이 심겼으며, 채소밭과 물고기 연못과 흰 모랫길이 만들어져서, 시민들은 휴일 저녁이면 그위에서 산책을 할 수 있었고, 곧 정자와 별장 들도 지어지고, 마침내 포레스트 파크와 아르덴까지 이어졌지요. 오늘날 이 정거장의

중앙 입구와 그레이트 이스턴 호텔의 부지에 17세기까지는 베들 레헴의 성 마리아 수도원이 있었는데, 이 수도원은 사이먼 피츠메리라는 사람이 십자군 원정에서 사라센 사람들의 도움으로 기적적으로 구조받은 후에 세운 것으로, 그 후 계속해서 경건한 수사들과 수녀들이 창시자와 그의 선조들, 그의 후손들과 친척들의 영혼 구원을 위해 기도했지요, 라고 아우스터리츠는 이야기를 계속했다. 비숍스게이트 외곽의 이 수도원에는 정신이상자와 그 밖에도 곤경에 빠진 사람들을 위한 병원도 있었는데, 이 병원은 베들램(아수라장)이라는 이름을 얻은 채 이미 역사 속으로 사라지고 말았지요. 이 정거장에 멈출 때마다, 나중에 다른 담들이 세워지고 지금은 다시 달라진 공간에서 그 병원 수용자들의 방이 어디였을지 나는 거의 강박적으로 상상하려고 애를 썼고, 그곳에 수세기동안 쌓여 온 고통과 통증이 언젠가 정말로 사라졌는지, 내가 때때로 이마에 차가운 공기를 느낀다고 생각하는 것처럼 홀과 계단을 가로지르는 길에서 오늘날에도 여전히 그들을 볼 수 있지 않을까 자문하곤 해요, 라고 아우스터리츠는 말했다. 나는 베드람에서 서쪽으로 펼쳐진 표백 작업을 하던 들판을 보는 상상도 하고, 푸른 잔디 위에 길처럼 흰 아마포들과 길쌈하는 사람들과 세탁부들의 작은 모습도 보았고, 들판 위의 표백장 저편에서 광장을 보는 것 같았는데, 런던의 교회 묘지가 죽은 사람을 더 이상 수용할 수 없게 된 뒤부터 사람들은 그 광장에 죽은 사람들을 묻었지요. 죽은 사람들도 살아 있는 사람들과 마찬가지로 너무 비좁으면 덜 비좁은 곳을 향해 밖으로 나왔는데, 거기서 그들은 서로 적당한 거리를 두고 자신들의 안식을 찾을 수 있었지요. 그러나 항상 새로 죽는 이들이 끝도 없이 뒤따라 와서, 모든 장소가 다 차게 되면 결국 그들을 묻기 위해 무덤들 사이로 다시 무덤을 파서 전체 대지에 뼈들이 가로세로로 뒤엉키게 되었지요. 한때 묘지이자 표백 작업장이던, 1865년 세워진 브로드스트리트 정거장 지역에서 1984년 철거 작업이 진행되는 동안 한 택시 승강장 밑을 파자 400구 이상의 해골들이 드러났지요. 나는 당시에 한편으로는 건축사적인 관심으로, 다른 한편으로는 내가 이해할 수 없는 또 다른 이유로 자주 그곳에 가서, 죽은 사람들의 잔해를 사진으로 찍었는데, 대화를 나눈 한 고고학자가 내게 했던, 이 발굴에서 1세제곱미터의 공간에 평균 여덟 구의 해골이 발견되었다는 말을 생각했지요. 먼지와 뼈들과 함께 침전한 시신들 위에 쌓인 토양층 위로 17세기와 18세기가 지나는 동안 대들보와 진흙 덩어리들, 그 밖에 런던의 가장 비천한 주민들이 사용했던 재료들로 뒤섞인 냄새 나는 골목들과 집들이 점점 더 어지럽게 뒤섞이는 가운데 이 도시는 커져 갔지요. 1860년과 1870년경 북동쪽 두 정거장 공사가 시작되기 전에 이 빈민 지역은 강제로 철거되고, 엄청난 흙덩어리가 그속에 묻혀 있는 것들과 함께 파헤쳐지고 옮겨졌으며, 기술자들에 의해 설계가 완성되자 해부학 지도의 근육과 신경다발처럼 철도 노선이 이 도시의 가장자리까지 이어지게 되었지요. 비숍스게이트 교외는 곧 유일한 회황색 소택지(沼澤地)로, 그 안에는 더 이상 그 누구도 살지 않는 무인 지대가 되었지요. 웰브룩 시냇물과 수로(水路), 연못과 뜸부기들과 도요새들, 왜가리와 느릅나무, 뽕나

무, 폴 핀더의 사슴 농원, 베들램의 정신병자들, 엔젤 앨리의 굶어 죽어 가는 거지들, 피터 스트리트와 스윗 애플 법정. 스완 야드도 그곳에서 사라졌고, 한 세기 내내 밤낮으로 브로드게이트와 리버풀 스트리트 역들을 지나다니던 수백만 명에 달하는 무리도 이제는 다 사라졌지요. 그러나 그것은 내게는 죽은 사람들이 부재에서 돌아와 내 주변의 여명을 그들 고유의 휴식 없는 긴 활동으로 채우는 시기였지요. 예를 들면 나는 한번은 조용한 일요일 아침에 하위치에서 배를 실은 기차들이 들어오는 몹시 어둠침침한 승강장의 한 벤치에 앉아 오랫동안 한 사람을 바라보았는데, 그는 낡아 빠진 철도원 유니폼을 입고 눈처럼 흰 터번을 쓴 채 빗자루로 한번은 여기, 또 한번은 저기 보도에 흩어진 쓰레기들을 쓸어 담는 것이었어요. 목적 없는 행위가 흔히 그렇듯, 우리의 삶 뒤에 견뎌야 하는 영원한 벌을 경고하는 듯한 이 일에서 자기 자신을 잊은 채 계속해서 똑같은 행동을 하고 있는 이 남자는 제대로 된 쓰레받기 대신 한쪽 면이 찢어진 마분지 상자 뚜껑을 사용했는데, 그는 그것을 발로 조금씩 앞으로 밀었고, 처음에는 승강장 위로 갔다가 다음에는 출발점인 정거장의 내부 정면에서 3층으로까지 올라가는, 자기가 30분 전에 나왔던 공사장 가림막이의 나지막한 문까지 내려가더니, 그 문을 통해 순식간에 휙 사라져 버린 것처럼 보였어요. 무엇이 나로 하여금 그를 뒤쫓아 가게 했는지 오늘날까지 내게는 밝혀지지 않은 채 남아 있어요. 우리는 확실치 않은 내적인 움직임에 따라 생애의 거의 모든 결정적인 걸음을 내딛게 되지요. 어쨌거나 나는 그 일요일 아침에 갑자기 그 높은 공사

현장 울타리 뒤에 서 있었고, 게다가 정거장의 이 구석진 부분은 내가 그때까지 전혀 알지 못했던 이른바 여성용 대기실 입구 바로 앞이었어요. 터번을 쓴 남자는 어디서도 더 이상 보이지 않았어요. 건물 골조 위에서도 아무것도 움직이지 않았고요. 회전문을 통해 들어가기가 망설여졌지만, 그 놋쇠 손잡이에 손을 얹자마자 나는 이미 내부의 공기 흐름에 저항해 걸려 있던 펠트 휘장을 지나 수년 전부터 이미 사용하지 않는 홀 안으로 들어오게 되었고, 그 순간 마치 무대에 나가자마자 자기가 외운 대사를 그렇게 자주 연기한 배역과 함께 되살릴 수 없이, 깡그리 잊어버린 배우 같은 느낌이 들었어요, 라고 아우스터리츠는 말했다. 몇 분 아니 몇 시간이 지나갔을 수 있는데, 그 동안 나는 그 자리에서 전혀 움직이지 않은 채 엄청나게 넓게 위로 연결되는 홀 안에 서 있었고, 둥근 천장 아래를 지나가는 다락을 통해 들어와서는, 그물망인지 아니면 부분적으로 해진 성긴 천처럼 내 위에 걸려 있는 얼음이나 달빛 같은 회색빛을 향해 얼굴을 들고 있었지요. 그럼에도 불구하고 일종의 먼지 속의 광택 같은 빛은 그 높이에서는 매우 밝았다고 말할 수 있는데, 그것은 내려앉는 동안에 마치 벽 표면과 그 공간의 더 낮은 곳에 흡수되어 단지 어둠만 증가하고, 빗물이 너도밤나무의 곧은 가지나 혹은 쇠 콘크리트로 된 건물 정면에서 흘러내리는 것처럼 검은 띠를 이루며 흘러내렸지요. 바깥에서 도시 위의 구름 천장이 갈라질 때면 종종 몇 줄기의 빛이 대기실로 들어왔지만, 대부분은 도중에 이미 사라져 버렸지요. 다른 빛들은 다시 물리학적 법칙에 위배되는 기이한 궤도를 그리며, 지선에서부터 출발하여 자기 주변으로 나선형이나 회오리 형태로 회전하고는 다시 흔들리는 그림자에 의해 집어삼켜졌어요. 눈 깜빡할 사이에 나는 그 가운데 거대한 공간들이 열리는 것을 보았고, 아주 멀리까지 이어지는 기둥들의 대열과 주랑, 둥근 천장과 층층이 벽과 이어지는 아치, 돌 계단과 나무 계단, 시선을 훨씬 위로 향하게 만드는 사다리와 판자 다리, 깊은 심연을 가로질러 내 생각으로는 그 위로 이 감옥에서부터 출구를 찾는 갇힌 자들의 작은 형상들이 몰려오는 듯한 연결 다리, 그리고 내가 한동안 고통스러울 정도로 머리를 뒤로 젖히고 높이 올려다볼수록 점점 더 내가 있던 그 내부 공간이 확대되는 것처럼, 그 공간은 지극히 불가능할 정도로 원근법적으로 축소되면서 끝도 없이 계속되고, 동시에 그 같은 가짜 우주 속에서만 가능한 양 자기 속으로 휘어져 들어가는 것처럼 보였어요. 한번은 아주 멀리 떨어진 위쪽에서 구멍난 둥근 천장을 보았다고 생각했는데, 그것의 가장자리에 있는 난간에는 고사리가 자라고 어린 버드나무와 그 속에 왜가리가 크고 무질서한 둥지를 튼 다른 나무들이 자란다고 생각했고, 그것들이 회전하면서 넓고 푸른 공중을 향해 날아가는 것을 보았어요, 라고 아우스터리츠는 말했다. 이 감옥의 환상이자 해방의 환상 속에서 내가 이 폐허 가운데 있는지 아니면 막 생겨나려는 미완성 건물 속에 있는지 하는 질문이 나를 괴롭혔어요. 리버풀 가의 오래된 폐허에서 새 정거장이 세워지고 있던 그 당시에 어떤 관점에서 보면 둘 다 옳은 것이었고, 중요한 것은 근본적으로는 내 생각을 다른 방향으로 돌려 놓는 이런 질문에 있는 것이 아니라 내 의식의 외곽 부분을 통해 움직이기 시작하던 기억의 조각들, 예를 들면 1968년 11월 늦은 오후의 이미지 같은 것인데, 그때 나는 파리 시절부터 알았고 아직 더 많은 이야기를 하게 될 마리 드 베르뇌유와 함께 경이롭고 넓은 들판에 홀로 솟아 있는 노포크의 솔 교회 본당에 있었는데, 그녀에게 해야 할 말들을 꺼낼 수가 없었어요. 밖에는 풀밭으로부터 흰 안개가 올라왔고, 그 안개는 말없이 입구의 문지방을 넘어 서서히 기어들어 낮게 움직이더니, 굽이치는 구름떼가 돌로 된 바닥으로 퍼져 가며 점점 더 짙어지고 눈에 띄게 높이 올라와서, 마침내 우리 몸의 절반 정도만 그 위로 벗어나 있게 되었고, 우리는 곧 숨을 쉬지 못하게 되지는 않을지 염려해야 할 지경이었지요. 이 같은 기억은 리버풀 가의 열려 있는 숙녀용 대합실에서 떠오르던 기억과 같은 것으로, 그 기억 뒤에서 그리고 그 기억 안에서 훨씬 더 이전까지 거슬러 올라가는 사물들이, 희끄무레한 빛속에서 알아볼 수 있던 미로 같은 아치형 천장처럼, 줄곧 하나가 다른 것 안에 숨겨진 채 끝도 없이 계속되었어요. 실제로 내가 미혹당한 사람처럼 한가운데 서 있었던 그 대합실은 마치 내 과거의 모든 시간들과 이전부터 억눌리고 사라져 버린 불안과 소망을 포함하고, 내 발 아래 돌로 된 바닥의 검고 흰 다이아몬드 무늬가 내 생애 마지막 게임을 위한 운동장인 듯한, 시간의 전 차원으로 펼쳐져 있는 듯한 느낌을 받았어요, 라고 아우스터리츠는 말했다. 아마도 그래서 나는 이 홀의 반쯤 침침한 빛 속에서 1930년대 스타일의 옷차림새를 한 중년 부부를 보았는데, 부인은 손질한 머리 위에 비스듬히 모자를 쓰고 가벼운 개버딘 외투를 입었으며, 그녀 옆에는 검은 양복과 목 주변에 로만 칼라를 한 말라 보이는 신사가 있었어요. 나는 그 사제와 부인뿐 아니라 그들이 데리러 온 남자아이도 보았어요, 라고 아우스터리츠는 말했다. 그 아이는 혼자 옆쪽을 쳐다보며 벤치에 앉아 있었지요. 무릎까지 오는 흰 양말을 신은 그의 다리는 바닥에 닿지 않았고, 가슴에 안고 있는 배낭이 없었다면 나는 그를 알아보지 못했을 거라고 생각해요, 라고 아우스터리츠는 말했다. 그러나 바로 그 작은 배낭 때문에 나는 그를 알아보았고, 내가 회상할 수 있는 한 처음으로 그 순간에 나 자신을, 반세기도 더 전에 영국에 도착해서 내가 이 대합실에 분명히 와 본 적이 있었다는 사실을 기억해 낼 수 있었어요. 이것을 통해 내가 빠진 상황이란 많은 다른 것들과 마찬가지로 정확히 기술할 수 없는, 내 속에서 느끼는 일종의 강탈이고, 수치와 염려, 혹은 당시 그 낯선 두 사람이 내가 이해하지 못하는 말로 다가왔기 때문에 말문이 막혔던 것처럼 그것에 대한 말이 존재하지 않기 때문에 말로 할 수 없는, 완전히 다른 무엇이었어요, 라고 아우스터리츠는 말했다. 나는 단지 벤치에 앉아 있는 소년을 보았고, 뻣뻣하게 마비된 채 내버려진 상태가 과거의 많은 세월이 흐르는 동안 내 속에 가져온 파괴를, 그리고 한 번도 진짜로 살지 않았거나 그렇지 않으면 이제 처음으로 태어난 것 같은 생각 속에서 어떤 의미에서는 죽기 전날 같은 엄청난 피로감이 몰려오는 것을 알게 되었지요. 1939년 여름, 나를 입양하기로 설교자 일라이어스와 그의 창백한 아내의 마음을 움직인 이유에 대해 나는 단지 추측만 할 뿐이었어요. 아이가 없던 그들은 매일매일 점점 더 견딜 수 없게 되어 가는 감정의 경직을 해소해 보고자 당시 네 살 반 된 남자 아이를 키우는 데 함께 헌신하거나 아니면 더 높은 심판 앞에서 일상적인 선행의 정도를 넘어서는 개인적인 헌신과 희생과 관련된 일을 할 의무가 있다고 착각한 것이지요. 그 분들은 어쩌면 기독교 신앙을 접하지 못한 내 영혼을 영원한 저주로부터 구원해야 한다고 생각했을 수도 있어요. 나 역시 발라에서의 처음 얼마간 일라이어스의 보호 아래 무슨 일이 일어났는지 전혀 알 수 없어요. 나를 몹시 불행하게 만들던 새 옷을, 그리고 초록색 배낭이 이해할 수 없이 사라져 버린 것을 기억하고, 결국 나는 모국어가 사라지는 것과 주의를 기울이면 매번 놀라서 중단되고 침묵하는, 한동안 내 안에 갇힌 그 뭔가가 긁거나 두드리는 소리가 한 달 한 달 점차 잠잠해져 가는 것을 느낄 수 있었다고 생각해요. 그리고 내가 그 일요일 아침 여러 가지 상황이 연결되어 개축 공사를 위해 영원히 사라지기 불과 몇 주 전 리버풀 스트리트 정거장의 낡은 대합실에 들어가지 않았다면, 짧은 기간 안에 그 속에 속하는 모든 것과 함께 완전히 잊혀 버린 단어들이 내 기억의 심연 속에 흩어진 채 남아 있었을 거예요, 라고 아우스터리츠는 말했다. 내가 얼마나 오래 그 대합실에 서 있었는지, 어떻게 다시 밖으로 나왔으며, 어느 길을 통해 베스날 그린 혹은 스텝니를 걸었는지 기억할 수 없고, 어둠이 시작될 무렵 완전히 지친 채 집에 도착해서 흠뻑 젖은 옷을 입고 그대로 누워서, 깊고 고통스러운 잠에 빠졌으며, 다음날 밤이 되어서야 비로소 다시 깨어났다는 것을 여러 번 생각한 끝에 다시 떠올리게 되었지요. 내 몸이 죽은 상태와 같던

154

그 잠 속에서 열에 들뜬 생각이 내 머릿속을 회전하는 동안 나는 별 모양 요새의 가장 깊숙한 내부에, 모든 세상으로부터 단절된 지하 감옥에 갇혀 있었고, 과거에 내가 방문했고 기록한 건축물로 이어지는 길고 낮은 통로를 통해 그곳에서 밖으로 나가려고 애를 썼던 것 같아요. 그것은 도무지 끝날 것 같지 않은 악몽으로, 주된 줄거리는 다른 에피소드들에 의해 여러 차례 끊겼지만, 그 속에서 나는 높은 곳에서 빛이 없는 풍경을 내려다보고 있었는데, 그 풍경 속으로 아주 작은 기차가 달리고, 12량의 흙 색깔의 미니 차량과 석탄처럼 검은 기관차가 뒤쪽으로 깃발처럼 매달린 연기를 내뿜었으며, 그 꼭대기에는 커다란 타조 깃털 같은 연기가 차가 달리는 빠른 속도 때문에 시종 이리저리 흩어지고 있었지요. 그런 다음 객실 창문을 통해 나는 어두운 전나무 숲과 양쪽으로 깊이 나뉜 강의 계곡, 지평선의 구름덩어리, 지평선 주변에 몰려 있는 집들의 지붕보다 훨씬 높이 솟아 있는 풍차들과 그것의 넓은 날개가 끝없이 아침 여명을 가르는 것을 보았어요. 꿈의 한가운데서 압도당할 정도로 가까이 보이는 이 그림들이 자신 속에서 분명히 솟아나오는 것을 보았지만, 그러나 잠이 깨면 더 이상 그 윤곽들 중 어느 하나도 붙잡을 수 없었어요, 라고 아우스터리츠는 말했다. 나는 이제 기억하는데 내가 얼마나 훈련되어 있지 않은지, 반대로 가능한 한 아무것도 기억하지 않고 이런저런 방식으로 나 자신이 알지 못하는 나의 근원과 관련된 모든 것을 피하기 위해 항상 얼마나 애를 써 왔는지를 알게 되었지요. 그래서 나는 오늘날에도 상상할 수 없는 독일인들의 유럽 정복에 대해, 그들이 세운 노예 국가들에 대해, 내가 피해 나온 박해에 대해 아무것도 알지 못했고, 혹은 내가 뭔가 알았더라도 시골 처녀가 예를 들면 페스트나 콜레라에 대해 아는 것과 다름없다는 사실을 깨달았지요. 내게 세상은 19세기의 종식과 더불어 끝난 것이었지요. 나는 감히 그것을 넘어서려 하지 않았지만, 그럼에도 불구하고 내가 연구한 시민 세기의 전체 건축사와 문명사는 당시 이미 나타나기 시작한 파국을 향해 치닫고 있었지요. 오늘날 알고 있는 것처럼 나는 불행한 소식을 두려워했기 때문에 신문을 읽지 않았고, 특정한 시간 외에는 라디오도 켜지 않았으며, 나의 방어 자세를 점점 더 구체화하고 일종의 격리 혹은 면역 체계를 형성해서, 점점 더 좁아지는 공간에 간직된 나 자신의 과거사와 아주 멀리 떨어졌다 하더라도 조금이라도 관련이 있는 모든 것에서 스스로를 지켰지요. 그것을 넘어 나는 일종의 대체적 혹은 보상적 기억으로 작용해 온, 수십 년 동안 계속해 온 지식 축적에 계속해서 몰두했지만, 모든 안전 장치에도 불구하고 완전히 배제할 수 없는 것처럼 위험한 정보가 내게 이를 때면, 나는 눈멀고 귀먼 상태를 취하는 능력을 가지고 있어서, 그런 일은 그 밖의 다른 불유쾌한 것들과 마찬가지로 금세 잊혀졌지요. 내 사고의 이 같은 자기검열, 다시 말해 내 속에서 시작되는 기억에 대한 지속적인 거부는 그 사이 점점 더 많은 노력을 요구했고, 결국은 어쩔 수 없이 내 언어 능력을 완전히 마비시키고, 나의 모든 스케치들과 기록들을 없애 버렸으며, 런던을 관통하는 끝없는 밤의 산책과 점점 더 자주 찾아오는 환각들과 더불어 1992년 여름에는 마침내 쓰러지는 지경에까지 이르렀지요,

라고 아우스터리츠는 이야기를 이어 갔다. 내가 그 해의 나머지 시간을 어떻게 보냈는지에 대해서는 아무것도 알지 못해요, 라고 아우스터리츠는 말했다. 내가 알고 있는 것이라고는 이듬해 봄에 상태가 어느 정도 호전되어 처음으로 시내에 나가 브리티시 박물관 근처에 있는 고서점에 들렀는데, 이전에 내가 정기적으로 가서 건축 관련 동판화를 찾던 곳이지요. 나는 정신이 멍한 상태에서 여러 서점들과 가게들을 뒤적였고, 무엇을 왜 보는지도 모른 채 별 모양의 둥근 천장을 응시하거나 혹은 다이아몬드 프리즈, 암자, 모놉테로스, 혹은 기념비를 한참 동안 응시했어요. 이 고서점의 여주인인 피넬러피 피스펄은 수년 동안 내가 경탄해 온 매우 아름다운 여성으로, 그녀는 아침 시간의 습관대로 서류와 책 들이 쌓인 책상 앞에 비스듬히 앉아 「텔리그래프」의 마지막 페이지에 있는 낱말 퀴즈를 풀고 있었어요. 그녀는 이따금 나를 쳐다보고 미소를 지은 뒤, 다시 생각에 잠겨 골목을 내려다보곤 했지요. 고서점 안은 조용했고, 단지 피넬러피가 항상 옆에 두고 있는 작은 라디오에서 낮은 목소리가 흘러나왔는데, 그것은 거의 알아들을 수 없었지만, 내게는 지나칠 정도로 분명한 목소리가 앞에 놓인 책장을 완전히 잊고 꼼짝 않고 서서, 약간 윙윙거리는 기계에서 나오는 그 소리의 한 음절도 놓치지 않을 듯이 귀를 기울이도록 나를 사로잡았어요. 내가 들은 것은 대화를 나누는 두 여성의 목소리로, 이들은 1939년 여름 어린아이이던 그들이 어떻게 특별 수송차로 영국으로 이송되었는지를 이야기했어요. 그들은 빈, 뮌헨, 단치히, 브라티슬라바, 베를린 같은 일련의 도시들을 언급했지만, 두 사람 중 한 사람이 먼저 자신을 태운 기차가 이틀 동안 계속된 여행 후 독일 제국을 가로지르고, 기차에서 풍차의 커다란 날개들을 보았던 네덜란드를 거쳐, 마지막으로는 대형 연락선인 프라그(PRAGUE) 호를 타고 후크에서부터 북해를 지나 하위치까지 간 것을 이야기했을 때, 나는 이 기억의 조각들이 의심할 바 없이 나 자신의 삶과도 관련된다는 것을 알았지요. 나는 갑작스럽게 밝혀진 이 같은 사실에 놀란 나머지 방송 끝에 나온 주소와 전화번호를 적을 경황이 없었지요. 나는 단지 어느 부두에서, 대부분 배낭이나 등짐을 진 아이들이 두 줄로 서서 기다리는 모습을 보았을 뿐이에요. 다시 내 발 밑에서 거대한 마름돌과 돌 속의 운모, 항구 수조에 있는 거무튀튀한 물과 비스듬히 올라오는 밧줄들과 닻의 체인들, 집채보다 큰 뱃머리, 머리 위에서 거친 울음소리를 내며 회전하던 갈매기들과 구름 사이로 비쳐들던 햇살과 기차를 타고 어두운 육지를 지나오는 동안 우리 칸에 있던 좀 더 어린 아이들을 돌보아 주던 스코틀랜드 식 모자와 우단 바레트*를 쓴 소녀를 보았고, 지금 기억하기로는 나는 몇 년 동안 그 소녀에 대해 여러 번 꿈을 꾸었는데, 꿈속에서 그녀는 나를 위해 푸르스름한 야등이 켜진 방에서 일종의 반도네온*을 가지고 재미있는 노래를 연주해 주었어요. 괜찮으세요?—나는 갑자기 멀리서부터 들려오는 소리를 들었고, 내가 어디에 있는지를 깨달을 때까지, 그리고 내가 갑작스럽게 굳어지는 것을 보고 피넬러피가 염려스럽게 여긴다는 것을 깨닫기까지는 한참이 걸렸지요. 나는 생각에 잠겨 단지 겉으로만 그녀에게 사실은 네덜란드 후크에서, 라고만 대답한 것이 기억나는데, 피넬러피는 아름다운 얼굴을 가볍게 들어 올리며, 그 삭막한 항구 광장에 그녀 역시 자주 가 보았다는 듯 이해심이 가득 찬 미소를 지어 보였어요. 그런 다음 곧 이어서 볼펜 끝으로 접힌 신문지의 낱말 퀴즈 부분을 두드리며, 값싸고 눈물 없이 사는 방법은? 하고 물었지만, 내가 그런 뻐딱한 영국식 낱말 퀴즈 중 가장 간단한 것을 푸는 것조차 불가능하다고 고백하려 했을 때, 그녀는 그렇지, 이건 렌트 프리*야! 라고 말하면서, 비어 있는 마지막 네모 칸 속에 신속히 여덟 개의 철자를 끼적여 넣었지요. 그녀와 헤어진 뒤 나는 한 시간가량 러셀 광장에 있는, 아직도 완전히 헐벗은 키 큰 플라타너스 나무 밑의 한 벤치에 앉았지요. 해가 난 날이었어요. 한 무리의 찌르레기가 잔디밭을 가로질러 이리저리 특유의 바쁜 모습으로 줄을 지어 나아가고, 크로커스 꽃잎을 조금씩 물어뜯고 있었지요. 나는 그들의 검은 날개에서 푸르고 노란색이 빛을 발하는 것을 보았고, 상황에 따라 녀석들이 빛의 반대방향으로 몸을 돌리는 것을 보며 내린 결론은 내가 당시에 프라그 호인지 아니면 다른 배로 영국에 왔는지를 여전히 알지 못한다는 것과, 그러나 지금 주어진 상황에서 이 도시의 이름을 언급하는 것만으로도 그곳으로 가 보기로 결심하기에 충분하다는 것이었지요. 나는 스토워 그레인지의 마지막 몇 달 동안 나의 시민권 취득 문제가 어려움에 봉착했을 때, 힐러리가 웨일스의 여러 사회복지 부서와 외무부, 그리고 피난민 아이들이 영국에 오도록 도움을 준 구조 위원회에서도 아무것도 알아내지 못했다는 사실과, 그들의 서류들 중 일부가 여러 차례 런던 공습의 어려운 상황에서 훈련을 받지 못한 보조 인력들에 의해 이사가 이루어지고 안전한 곳으로 이송하던 도중에 분실되었기 때문에 힐러리가 부딪혀야 했던 어려움에 대해 생각했어요. 나는 체코 대사관에 가서 나와 같은 상황에서 문의해 볼 만한 곳의 주소를 알아보았고, 그런 다음 아주 밝은, 심지어 지나치게 밝아서 모든 사람들이 죽을 날이 얼마 남지 않은 만성 흡연자인 양 병들고 회색으로 보이던 어느 날, 택시를 타고 소구역에 있는 카르멜리츠카 가로 갔는데, 거기에는 이 도시의 많은 건물들이 그런 것처럼 완전히 시간의 외부에 존재하거나 그렇지 않으면 시간을 훨씬 거슬러 올라가는 듯

한 매우 독특한 건물 안에 국립 문헌 보관소가 위치해 있었어요. 중앙 입구의 좁은 문을 통해 안으로 들어가면 먼저 어둠침침한 아치로 들어오게 되는데, 이 아치문을 통해 이전에는 마차들과 접이식 덮개 달린 소형 탈것이 유리로 된 둥근 천장이 솟아 있는, 최소한 20×50미터 크기의 안마당으로 들어왔고, 그 안마당은 3층으로 된 행랑으로 둘러싸였으며, 행랑 위로는 사무실로 들어가는 입구가 있었고, 그 사무실의 창문을 통해 골목을 내려다보면 가장 먼저 시립 궁전처럼 보이는 건물 하나가 내부 공간을 둘러싸고 똑같이 환상적인 방식으로 쌓아 올린 3미터도 채 안 되는 깊이의 네 개의 측면으로 세워져 있었는데, 그 측면 안에는 복도나 통로가 없어서 시민 시대의 감옥 건물을 보는 듯했고, 직각이나 둥근 마당 주변에 세워진 안쪽으로 올라가는 계단이 붙은 그런 감방 건물은 처벌 행위를 하는 데 가장 적절하게 만들어진 것 같았어요. 그러나 이 카르멜리츠카 문헌 보관소의 내부 공간은 감옥만이 아니라 수도원, 승마 학교, 오페라 극장이나 정신병원을 연상시키기도 했는데, 이 모든 상상들은 내가 높은 곳에서 내려오는 희미한 빛을 바라보는 동안, 그 빛 사이로 배열된 행랑 위에 빽빽이 몰려 있는 사람들의 무리를 보는 것 같고, 언젠가 출항하는 증기선의 갑판에서 승객들이 그런 것처럼 어떤 사람들은 모자를 흔들거나 손수건을 흔드는 것 같다고 여겨지는 내 머릿속에서 뒤죽박죽 섞여 버렸어요, 하고 아우스터리츠는 말했다. 어쨌거나 내가 다시 어느 정도 정신을 차리고 문지방을 넘고는 내부 공간의 빛에 이끌려 아무런 주의도 기울이지 않은 채 그 옆을 지나친 뒤에도 줄곧 내게

서 눈을 떼지 않던 문지기가 있는 출입구 근처의 창구로 향하기에는 한참이 걸렸지요. 이 문지기와 말을 하려면 지나치게 낮은 창구를 향해 몸을 많이 굽혀야 했는데, 문지기는 모양새에 따르면 바닥에 있는 자신의 작은 방에서 무릎을 꿇고 있는 듯이 보였어요. 나 역시 같은 자세를 취했음에도 불구하고, 내 말을 전혀 이해시킬 수 없었고, 문지기 또한 일장 연설을 했지만 그가 여러 번 특별히 강조해서 반복한 *anglický*와 *Angličan*이란 단어 외에는 내가 전혀 알아듣지 못하자, 그는 건물 내부로부터 문헌소의 한 여직원에게 전화를 했고, 내가 수위실 옆에 있는 책상에서 방문객용지에 기입하는 동안 여직원은 마치 땅에서 솟아난 듯 어느새 내 옆에 서 있었어요, 라고 아우스터리츠는 말했다. 테레자 암브로소바라고 자신을 소개한 그녀는 창백하고 거의 투명한 얼굴을 한 마흔 살가량의 여성으로 약간 딱딱하지만, 그 밖에는 아주 정확한

영어로 나의 관심사에 대해 물었어요. 우리가 한쪽은 통로를 향해 있는 매우 좁고 덜거덕거리는 엘리베이터 안에서 피할 수 없었던 서로간의 부자연스러운 신체적인 가까움 때문에 당황한 채 말없이 4층으로 올라갈 때, 나는 그녀의 오른쪽 관자놀이 피부 밑에서 푸른빛 혈관이 가볍게 뛰는 것을 보았는데, 그것은 햇볕을 받으며 돌 위에서 움직이지 않고 웅크린 도마뱀 목 부위의 혈관처럼 매우

빨리 뛰었어요. 우리는 마당 주변으로 이어지는 행랑 중 하나를 따라 암브로소바 부인의 사무실에 도착했어요. 나는 난간에서 감히 아래쪽을 내려다볼 수 없었지만, 밑에는 두세 대의 자동차가 주차해 있었고, 그것들은 위에서 보니 기이하게 길게, 어쨌거나

길에서보다 훨씬 길어 보였어요. 행랑으로부터 곧장 들어간 사무실에는 롤 셔터가 달린 장 속과 휘어진 선반과 아마도 직접 서류를 운반하는 데 사용하는 작은 수레 위, 그리고 벽 쪽에 놓인 고풍스런 팔걸이가 달린 안락의자와 마주 보는 두 개의 책상 위 등, 노끈으로 묶인 채 사방에 높이 쌓인 서류뭉치는 광선에 의해 적지 않게 어둡게 변했고 가장자리가 찢겨 있었어요. 이러한 산더미 같은 서류들 사이에 단순한 질그릇 화분이나 화려한 마욜리카* 화분에 심긴 족히 여남은 개는 되는 실내용 식물들이 자리를 차지하고, 미모사와 은매화, 잎사귀가 두꺼운 알로에, 그리고 치자나무와 격자받침대를 여러 차례 휘감고 올라오는 또 다른 식물이 있었어요. 매우 친절하게 서류 책상 옆에 있는 의자를 내밀어 주던 암브로소바 부인은 내가 생전 처음으로 누군가에게 논의하기 시작하자, 머리를 약간 옆으로 기울인 채 내 말을 주의 깊게 들었고, 나는 여러 가지 상황으로 내 출신이 숨겨져 있었고, 다른 이유에서 나 자신의 신원에 대해 조사하는 것을 항상 중단했지만, 지금은 의미심장한 일련의 사건들의 결과로 내가 네 살 반 때 전쟁이 발발하기 몇 달 전 당시 이곳에서부터 시작된 이른바 어린이 수송 작전과 더불어 프라하 시를 떠났다는 확신이나 적어도 추측을 하게 되었으며, 그래서 1934년과 1939년 프라하에 살았던 분명 그다지 많지 않을 것으로 여겨지는, 나와 같은 성을 가진 사람들의 주소를 등재부에서 찾을 수 있을까 하는 희망으로 이 문헌 보관소에 왔다고 말했지요. 매우 기이할 뿐 아니라 내가 보기에도 거의 우스꽝스러운 설명에 나는 말을 더듬기 시작하고 더 이상 한 마디

164

도 내뱉을 수 없는 심한 패닉 상태에 빠졌지요. 나는 활짝 열린 창문 밑에 놓인, 조악한 유약을 여러 겹으로 두껍게 칠한 난방 기구에서 나오는 열기를 갑자기 느꼈고, 카르멜리츠카 가에서 올라오는 소음들, 전차가 둔중하게 굴러가는 소리, 경찰의 사이렌 소리와 멀리 어딘가에서 나는 사이렌 소리를 들었고, 테레자 암브로소바가 기이하게 깊은 바이올렛 눈빛으로 염려스러운 듯 쳐다보면서 내게 물 한 잔을 건넸을 때, 나는 두 손으로 그 유리컵을 잡아야 했고 천천히 다 마시고 나자 다시 진정을 되찾을 수 있었는데, 그녀는 이 의심스러운 시기 동안의 주민 명부는 온전하게 남아 있고, 아우스터리츠는 실제로 상당히 특이한 성에 속해서 내일 오후까지 그 사본을 마련하는 데 특별한 어려움이 있지는 않을 것이라고 말했어요. 그녀 자신이 이 일을 직접 맡겠다고요. 나는 어떤 말로 암브로소바와 작별을 했는지, 어떻게 이 문헌 보관소에서 나와 그 후에는 어디로 갔는지 더 이상 알 수 없어요. 나는 단지 카르멜리츠카 거리에서 멀지 않은, 캄파 섬에 있는 작은 호텔에 방 하나를 잡고 거기서 어두워질 때까지 창가에 앉아 느릿하게 흐르는 회황색 몰다우 강물을 바라보았고, 내가 두려워한 대로, 내게는 완전히 미지의, 그리고 나와는 아무런 연관도 없는 강 저편의 도시를 바라보았어요. 분명하지 않고 이해할 수 없는 생각들이 하나씩 하나씩 고통스러울 정도로 서서히 머릿속으로 떠올랐어요. 나는 밤새 잠들지 못한 채 누워 있거나 불길한 꿈에 시달렸는데, 그 꿈속에서 나는 계단 아래 위를 오르내리며 수백 집 대문의 초인종을 눌러야 했고, 마침내 거의 이 도시에 속하지 않는 가장 외곽에 있는 한 집에서 낡고 구겨진 카이저 재킷을 입고 옆으로 가로지르는 금시계줄이 달린 꽃무늬의 환상적인 조끼를 입은 바르톨로메이 스메츠카라는 이름의 주인이 일종의 지하 감옥에서 나와서, 내가 내민 메모지를 살펴보더니 유감스럽다는 듯이 어깨를 추켜올리며, 아스텍 종족은 유감스럽지만 수년 전에 이미 멸종했고 기껏해야 늙은 앵무새 한 마리가 살아남아 그들 언어 중 몇 마디 단어를 알아듣는다고 말했어요. 다음날 나는 다시 카르멜리츠카 가의 문헌 보관소로 갔고, 그곳에서 처음에는 정신을 좀 집중하기 위해 커다란 안마당과 행랑으로 올라가는 계단을 대상으로 사진 몇 장을 찍었는데, 비대칭적인 형태의 그 계단은 많은 영국 귀족들이 특정한 목적 없이 자기 정원이나 공원에 자체적으로 세우게 했던 탑 건물을 기억나게 했지요. 어쨌거나 나는 이 계단을 지나 위에까지 갔는데, 그것의 각 계단참에서 균등하지 않은 담장의 틈을 통해 흰색 실험실 복장을 하고 오른쪽 다리가 안쪽으로 약간 휜 문헌 보관소 하인이 단 한 번 지나간 텅 빈 마당을 한참 동안 내려다보았지요. 내가 테레자 암브로소바의 사무실에 들어갔을 때, 그녀는 마침 안쪽 창문과 바깥쪽 창문 사이의 받침대에 올려 둔 여러 개 화분에 심은 제라늄 모종에 물 주는 일을 하고 있었어요. 이것들은 아직도 봄의 냉기가 지배하는 집에서보다 난방이 많이 된 이곳에서 더 잘 자라요, 하고 암브로소바 부인이 말했어요. 증기 난방은 이미 오래 전부터 더 이상 조절이 되지 않아 이곳은 특히 이 계절에는 온실 같아요. 아마 그래서 당신은 몸이 좋지 않게 느꼈을지도 모르죠, 하고 그녀는 말했어요. 저는 이미 아우스터리츠

성을 가진 사람들의 주소들을 명부에서 찾아 적어 두었어요. 추측한 대로 대여섯 명밖에 되지 않았어요. 암브로소바 부인은 초록색 물뿌리개를 옆으로 치우고 책상에서 종이 한 장을 꺼내 내게 내밀었어요. 아우스터리츠 레오폴트, 아우스터리츠 빅토르, 아우스터리츠 토마슈, 아우스터리츠 예로님, 아우스터리츠 에드바르트와 아우스터리츠 프란티셰크란 이름이 아래로 나열되어 있고, 끝에는 아마도 미혼녀인 아우스터리초바 아가타라는 이름이 적혀 있었어요. 각각의 이름 다음에는 포목 도매상인, 랍비, 붕대 공장 사업주, 사무 책임자, 은 세공업자, 인쇄소 주인, 가수 등의 직업이 거주지와 U 보조프키 7구, 베틀렘스카 2구 등의 주소와 함께 제시되어 있었어요. 암브로소바 부인은 내게 강을 건너기 전에, 여기에서 10분도 되지 않는 작은 지역인 슈포르코바에서, 쉰보른 궁전으로부터 약간 산으로 올라가는 작은 골목에서 찾는 일을 시작하라고 일러 주었는데, 1938년 주민 명부에 따르면 그 골목 12번지에 아가타 아우스터리초바의 집이 있다는 것이었어요. 이렇게 해서 프라하에 도착하자마자 생각해 낼 수 있는 범위 내에서는 기억 속의 모든 흔적이 깡그리 지워져 버린 내 첫 번째 유년 시절의 장소를 다시 찾게 되었지요. 블라슈스카와 네루도바 사이의 집들과 마당 사이로 난 골목을 꺾어 들어가자, 한 걸음 한 걸음 비스듬히 올라가면서 발 밑에서 고르지 않은 보도석(步道石)을 느끼는 동안 언젠가 내 발 밑에서 이 길을 걸어 본 적이 있는 것 같은, 생각해 내려고 애쓸 필요도 없이 그렇게 오랫동안 마비되었다가 이제야 다시 깨어나는 감각들을 통해 내게 기억이 열리는 것 같았어요. 아무것도 확실하게 알아볼 수는 없었지만, 그럼에도 불구하고 이따금씩 걸음을 멈추어야 했는데, 아름답게 연마된 유리창살과 초인종 끈의 쇠로 된 손잡이, 정원의 담장을 넘어 자라고 있는 아몬드 나뭇가지가 내 시선을 사로잡았기 때문이에요. 한번은 내가 어느 집 입구에 한참 동안 서서 아치형 대문의 홍예머리 너머로 매끄럽게 발라진 1평방피트 남짓한 반각 부조(浮彫)를 올려다보았는데, 그것은 별 모양의 바다색 같은 배경에 입에 가지를 물고 있는 푸른색 개를 나타낸 것으로, 그 개는 머리끝이 쭈뼛해질 정도로 나의 과거에서 그 가지를 끄집어내는 듯이 보였어요. 그런 다음 슈포르코바 12번지에 있는 복도에 들어설 때의 냉기와 입구 바로 옆 담장에 내려치는 번개의 심벌이 그려진 양철로 된 전기 안전 장치, 물방울 무늬가 있는 입구의 인공 바닥재에서 비둘기 같은 회색이나 눈처럼 흰 색으로 여덟 개의 꽃잎을 가진 모자이크 꽃, 습기진 석회 냄새, 부드럽게 올라가는 계단, 난간의 모서리에

일정한 간격으로 놓인 헤이즐넛 모양의 쇠로 된 손잡이 등 모두가 잊혀진 물건들의 활자 상자에서 나온 문자와 기호 들이라고 나는 생각했고, 그것들로 인해 행복한 동시에 불안한 감정의 혼란에 빠져 여러 차례 조용한 계단에 앉거나 벽에 머리를 기대어야 했어요. 내가 마침내 맨 위층에 있는 오른쪽 집의 초인종을 누르기까지는 한 시간 정도가 흘러갔고, 안에서 뭔가가 움직이는 소리가 들리더니 문이 열리고 베라 리샤노바가 내 앞에 마주 보고 서 있을 때까지는 내게는 거의 영원처럼 느껴졌는데, 그녀는 나중에 곧 이야기한 것처럼, 1930년대에 프라하 대학에서 로만어문학을 공부했고 우리 어머니 아가타의 이웃이자 나의 유모이기도 했어요. 그녀는 노쇠했음에도 근본적으로는 전혀 변하지 않아서 내가 그녀를 즉각 알아보지 못한 것은 내 눈을 거의 믿을 수 없을 정도로 흥분 상태에 빠져 있었기 때문이에요, 라고 아우스터리츠는 말했다. 그래서 나는 전날 힘들게 익힌 문장만을 더듬거렸어요. *Promiňte, prosím, že Vás obtěžuji. Hledám paní Agátu Austerlitzovou, která zde možná v roce devatenáct set třicet osm bydlela*(저는 아마도 1938년에 이곳에 살았을 아가타 아우스터리초바라는 부인을 찾습니다). 베라는 놀란 몸짓으로 나를 살펴보더니 친숙한 두 손으로 자신의 얼굴을 감싼 채, 펼쳐진 손가락 끝 너머로 나를 응시하고는 아주 나지막하게, 그러나 내게는 놀라울 정도로 분명한 프랑스어로 *Jacquot, dis, est-ce que c'est vraiment toi*(자코야, 정말 네가 맞아)? 라고 말했어요. 우리는 서로를 얼싸안았고, 떨어져 손을 잡았다가, 다시 껴안기를 몇 번

반복했는지 모르고, 그런 다음 베라는 어두운 현관 통로를 지나 모든 것이 거의 60년 전 그대로인 방으로 나를 데리고 갔어요. 베라가 1933년 그녀의 작은할머니로부터 집과 함께 물려받은 가구와 왼쪽에는 탈을 쓴 마이센 도자기로 된 풀치넬로와 오른쪽에는 그의 애인 콜롬비네 인형, 진홍색의 작은 55권짜리 『인간 희극』이

꽂힌 유리 달린 책장과 책상, 발치에 낙타털 덮개를 포개 놓은 등받이 없는 긴 의자, 보헤미안 지방의 산악을 그린 푸른빛 나는 수채화, 창틀에 놓인 화분들, 그 모든 것은 막 내 속에서 몰려오는 내 인생의 모든 시간 동안 제자리를 지키고 있었는데, 베라가 말한 것처럼, 그녀는 자신과 자매나 다름없던 우리 어머니를 잃은 뒤 아무런 변화도 가하지 않았기 때문이에요, 라고 아우스터리츠는 말했다. 나는 그 3월의 늦은 오후와 저녁 내내 베라와 내가 어떤 순서로 이야기를 나누었는지 알지 못하지만, 세월이 흐르는 동안 나를 그렇게 억누르던 모든 것에 대해 짧게 보고한 후에는 무엇보다 실종된 나의 부모 아가타와 막시밀리안에 대한 이야기가 나왔다고 생각되어요, 라고 아우스터리츠는 말했다. 아버지 막시밀리안 아이헨발트는 할아버지가 혁명 시기까지 향신료 무역을 했던 상트 페테르부르크 출신으로, 체코 사회민주당에서 가장 활동적인 당원 가운데 한 분이었고, 당시에 배우 경력의 초창기로 그 지역의 여러 도시에서 출연했던 그보다 열다섯 살 어린 어머니는 아버지가 공식 행사나 직장 회합 연사로 다닌 숱한 여행 중에 니콜스부르크에서 서로 알게 되었다고 베라는 말했어요. 1933년 5월, 내가 슈포르코바 가로 이사를 오자마자 그들은 지치지 않고 반복했던, 아름다운 경험으로 가득 찬 파리 체류에서 돌아와 비록 결혼하지 않은 상태이긴 했지만 이 집에서 살림을 차렸지, 하고 베라는 말했어요. 아가타와 막시밀리안은 둘 다 프랑스적인 것을 대단히 선호했어, 라고 베라는 말했어요. 막시밀리안은 근본적으로 공화주의자였고, 유럽 도처에서 끊임없이 확산되어 가는 파시

즘 물결의 한가운데서 체코슬로바키아를 제2의 스위스처럼 자유의 섬으로 만들기를 꿈꾸었고, 아가타는 그녀대로 더 나은 세계에 대해, 무엇보다 경탄했던 자크 오펜바흐로부터 영감을 받은 훨씬 다채로운 표상을 가지고 있었으며, 그런 이유에서 나 역시도 체코인들 가운데서는 그다지 흔치 않은 이름을 갖게 되었다고 베라는 말했지요. 열광적인 로만어문학 전공자인 자신이 아가타와 막시밀리안과 공유했던, 모든 표현 방식에서 드러난 프랑스 문화에 대한 관심은 그녀가 이사를 들어온 날 처음으로 나눈 대화에서 곧바로 우정이 생기게 했고, 이런 우정에서 자연적으로 아가타와 막시밀리안과는 반대로 시간을 자유롭게 사용할 수 있었던 그녀가 내가 태어나자 초등학교에 들어갈 때까지 몇 년 동안 유모 역할을 맡기로 자청했다고 베라가 말했다고 아우스터리츠는 말했다. 그 제의에 대해 그녀는 단 한 번도 후회하지 않았는데, 왜냐하면 이미 나 자신이 반쯤은 말을 할 수 있었고, 항상 누구보다 그녀를 잘 이해했으며, 세 살이 채 되기도 전에 대화 능력을 발휘하여 그녀를 아주 즐겁게 해 주었기 때문이라고 베라는 말했지요. 학교 정원의 배나무와 자두나무 사이로 언덕진 풀밭 위를 걷거나 따뜻한 날 쇤보른 궁전 공원의 그늘진 뜰을 거닐 때면 아가타와 한 약속에 따라 우리는 프랑스어로 대화를 나누었고, 오후 늦게 다시 집에 돌아오면 그녀가 저녁 식사를 준비하는 동안에는 좀 더 가정적이고 어린아이다운 것에 대해서 체코어로 이야기했대요. 이렇게 말하는 가운데 베라 자신도 의식하지 못한 채 하나의 언어에서 다른 언어로 넘어갔다고 나는 생각하는데, 공항에서도 국립 문헌소에서도 엉뚱한 곳에서는 깡그리 외운 질문조차 전혀 도움이 되지 않은 채 언젠가 체코어를 접한 적이 있다는 생각조차 하지 못했던 내가 기적을 통해 청각을 되찾은 귀머거리처럼 베라가 하는 말을 거의 대부분 알아들을 수 있었고, 나아가서는 눈을 감은 채 여러 음절이 뒤따라 나오는 그녀의 단어들에 계속해서 귀를 기울이고 있었어요, 라고 아우스터리츠는 말했다. 특히 날이 좋은 계절에는 매일 하는 산책에서 돌아오면 그녀는 가장 먼저 창틀에 놓인 제라늄 화분을 옆으로 치워야 했는데, 그것은 내가 가장 좋아하는 장소인 창문 옆 긴 의자 위에서 라일락 정원과 등이 굽은 재단사 모라베츠의 작업장이 있는 맞은편 낮은 집을 내려다볼 수 있도록 하기 위해서였고, 그녀가 빵을 썰고 찻물을 끓이는 동안 나는 그녀에게 모라베츠가 지금 무슨 일을 하고 있는지, 그가 재킷의 닳은 솔기를 수선하는 것, 단추 상자를 뒤지는 것, 혹은 반코트에 안감을 대는 것을 계속 보고했다고 베라는 말했지요. 그러나 모라베츠가 바늘과 실, 큰 가위와 다른 도구들, 펠트로 덮인 작업대를 치우고 그 위에 신문지 두 장을 펼치고는, 분명 오래 전부터 고대했을, 계절에 따라 바뀌면서 약간의 흰 치즈와 실파, 무 하나, 양파를 곁들인 토마토 몇 개, 훈제 청어나 찐 감자로 이루어진 야식을 차리는 순간을 놓치지 않는 것이 내게는 가장 중요했다고 베라가 말했다고 아우스터리츠는 말했다. 이제 그는 소매받침대를 상자 위에 놓고 있어요, 지금 그는 부엌으로 나가요, 이제 맥주를 가지고 오네, 그가 칼을 갈아 딱딱한 소시지를 한 겹 썰고는 잔을 깊이 들이켜고 있어요, 입에 문 거품을 손등으로 닦아요, 라고 언제나 같지만 조금은 다르게 이 재단사의 저녁 식사에 대해 나는 그녀에게 매일 저녁 보고했고, 그로 인해 길쭉하게 썬 버터 바른 빵을 먹는 것을 잊지 말라는 경고를 받아야 했다고 베라는 말했지요. 나의 기이한 관찰술에 대해 이야기하는 동안 베라는 일어나서, 막 시작되는 황혼 속에서 봄의 한가운데 눈이 내리는 것같이 희고 빽빽하게 라일락이 한창 피어 있는 이웃집 정원을 내려다보도록 안쪽 창문과 바깥쪽 창문을 열어 주었지요. 담장이 둘러 쳐진 정원에서 올라오는 달콤한 공기와 이미 지붕들 위로 올라온 커져 가는 달과 아래 시내에서 들리는 교회 종소리, 오래 전부터 이미 살아 있지 않은 모라베츠가 그 당시에는 타오르는 숯으로 채워진 무거운 다리미를 허공에 흔드는 모습을 드물지 않게 볼 수 있던 초록빛 발코니를 가진 재단사 집의 노란 정면, 이런저런 이미지들이 하나씩 줄을 이었는데, 내 속에 깊이 가라앉고 감춰져 있던 것들이 창문 너머로 내려다보는 동안 선명하게 떠올랐고, 베라가 말없이 방문을 열자, 그 안에는 빙 둘러 기둥들과 높이 올려진 베개가 있는 왕고모로부터 물려받은 침대 옆에 부모님이 집에 없을 때면 내가 항상 자던 작은 소파가 아직 놓여 있었어요. 초승달이 어두운 방 안으로 비쳐들고, 흰 블라우스가 반쯤 열린 창문 손잡이에 걸려 있고(과거에도 종종 그랬던 것이 기억났어요 하고 아우스터리츠는 말했다), 나는 그녀가 내 옆 침대 의자에 앉아 거대한 산들과 보헤미아 숲에서 나온 이야기들을 들려주고, 해피 엔드에 이르면 안경을 벗고 내 쪽으로 몸을 숙일 때, 약간은 황혼에 잠긴 보기 드물게 아름다운 눈을 보던 것처럼 그녀를 바라보았지요. 내가 기억하기에 나중에 그녀가 옆에서 자기 책을 읽는 동안 나는 한동안 잠들지 않고 누워 있는 것을 좋아했으며, 내가 잘 알고 있던 대로, 사려 깊은 유모인 그녀와 책을 읽으며 앉아 있는 둥근 반경의 흰빛으로 보호를 받았지요. 나는 힘들이지 않고도 이제 분명 자기 방에 누워 있을 등이 굽은 재단사와 집 주변을 돌고 있는 달과 양탄자와 벽걸이의 무늬, 심지어 높다란 난로의 타일 위에 가는 틈새가 생겨나는 그 모든 것을 상상할 수 있었지요. 이 놀이에 피곤해져 잠이 들기를 원하면 베라가 옆에서 책장을 넘길 때까지 귀를 기울이기만 하면 되었고, 문의 반투명 유리 사이로 가장 가까이 다가온 잎사귀가 나지막이 바스락거리는 소리를 듣기도 전에 문들의 우윳빛 유리 속으로 새겨 넣은 양귀비 꽃잎들과 넝쿨 사이에서 내 의식이 해체되는 것을 지금도 여전히 혹은 비로소 다시 느낄 수 있어요, 라고 아우스터리츠는 말했다. 다시 거실에 앉자 베라는 힘없는 두 손으로 내게 박하차 한 잔을 내밀면서, 우리가 산책을 할 때면 대학 정원과 호텍 정원 시설, 그리고 다른 중요하지 않은 지역의 잔디 광장 너머로는 거의 가지 않았지, 하고 말을 이었어요. 단지 여름철에는 종종 알록달록한 바람개비가 붙어 있는 작은 유모차를 가지고 좀 더 먼 소풍을 계획했고, 소피아 섬이나 몰다우 강변에 있는 수영 학교, 혹은 페트르진 산에 있는 전망대까지 가서, 족히 한 시간 이상 우리 앞에 펼쳐진 많은 탑이 솟아 있는 시가지를 내려다보았는데, 나는 그 탑들을 깡그리 외울 수 있었고, 빛을 발하는 강물 위로 펼쳐진 일곱 개의 다리 이름 또한 다 외우고 있었다고 했어요. 내가 집 밖으로 잘 나가지 못하고, 그래서 내게 더 이상 새로운 것이 일어나지 않자, 그 당시 우리를 그렇게 즐겁게 만들었던 이미지들이 점차 분명해지며, 마치 상상처럼 내 속으로 되돌아왔어, 라고 베라는 말했지요. 나는 그때 종종 어릴 적 한때 라이헨베르크에 있을 때처럼 다시 디오라마*를 들여다보고, 기이한 분위기로 채워진 상자 속에서 움직임의 한가운데 미동도 없이 머물러 있는 인물들을 보았는데, 그것들이 진짜 살아 있는 듯 보이는 것은 극단적으로 축소된 그들의 모습 때문이었다는 사실은 참 이해할 수 없는 노릇이지. 나는 이후에도 당시 라이헨베르크 디오라마에 나타나 있던 노란색의 시리아 황무지, 희게 빛을 발하면서 어두운 전나무 숲 위로 솟아 있는 칠러 계곡의 알프스 정상이나 시인 괴테가 바이마르에서 커피색 외투를 펄럭이며 이미 여행 가방을 꽉 묶은 우편마차에 막 올라타는 영원화된 순간보다 더 환상적인 것을 보지 못했어, 라고 베라가 말했지요. 그리고 이제 그 같은 어린 시절에 대한 회상과 더불어 슈포르코바에서 함께했던 소풍들에 대한 기억이 떠올랐어. 뭔가가 기억이 날 때면, 사람들은 투명한 산을 통해 지난 시간들을 바라본다고 믿고, 내가 네게 이것을 이야기하는 지금 눈을 아래로 향하면, 우리 두 사람이 기이할 정도로 확대된 눈동자로 전망대 탑에서부터 축소된 페트르진 산의 푸른 언덕들을 내려다볼 때, 거기서 뚱뚱한 번데기 같은 케이블카가 막 산을 올라가고, 훨씬 바깥쪽 시내 저 너머에서는 비셰흐라트의 발치에 놓인 집들 사이에서 네가 항상 열렬히 기다리던 기차가 나타나서 천천히 흰 증기 구름을 뒤로 날리면서 강 위의 다리를 건너갔지. 날씨가 좋지 않을 때는 우리는 종종 셰리코바에서 세계 대전 전부터 장갑 가게를 운영하던 오틸리에 아주머니에게 갔는데, 그 가게는 모든 억눌린 세속적인 생각을 몰아내는 분위기로 가득 찬, 축성(祝聖)된 집이나 사원 같았지. 결혼하지 않고 혼자 살던 오틸리에 아주머니는 불안할 정도로 가녀린 몸매를 가지고 있었지. 그녀는 항상 하얀 레이스로 된, 뗄 수 있는 깃이 달린 주름 잡힌 검은 비단 상의를 입고 은방울꽃 향기가 만드는 작은 구름 속에서 움직였지. 그녀가 항상 말했듯이 자기가 존중하는 여자 손님들을 맞이하지 않을 때면, 수천 켤레까지는 아니더라도 수백 켤레의 다양한 장갑을 취급하는 소매상에서 면실로 된 일상용 장갑, 파리나 밀라노 우단이나 부드러운 가죽으로 된 고급 장갑, 수십 년 동안 역사의 모든 격동을 넘어 그녀가 유지해 온, 그리고 오로지 그녀만이 제대로 알 수 있는 장갑의 순서와 위계질서를 정리하는 일에 쉬지 않고 몰두했지. 하지만 우리가 찾아가면 그녀는 항상 너를 보살펴 주었고, 네게 이런저런 것을 보여주며, 믿을 수 없이 가볍게 열리는 얕은 서랍에서 장갑을 한 켤레씩 꺼내게 내버려 둘 뿐 아니라 심지어 껴 보게 하면서, 모든 모델에 대해 아주 인내심 있게 설명해 주어서, 마치 너를 그 가게의 후계자로 여기고 있는 것처럼 보일 정도였지. 네가 세 살 반쯤 되었을 때 유독 네 마음에 들어한 중간 길이의 우단 장갑에 달린 여러 개의 검은빛 작은 공작석(孔雀石) 단추를 세는 것을 오틸리에 아주머니로부터 배우던 일이 생각나는구나. ─단추 하나하나를, 하나, 둘 하고 베라가 세면 셋, 넷, 다섯, 여섯 하고 내가 계속해서 세었는데, 그때 나는 마치 불안한 걸음으로 얼음 위를 걷는 듯한 느낌이었지요, 라고 아우스터리츠는 말했다. 내가 처음으로 슈포르코바에 갔을 때처럼 얼마나 흥분했는지, 오늘은 베라가 한 모든 이야기가 더 이상 정확히 기억나지 않지만, 우리는 무슨 말을 하다가 오틸리에 아주머니의 장갑 가게에서 세레나데 극장으로 이야기가 넘어갔는데, 그 극장에서 아가타는 1938년 가을 프라하 첫 공연에서 무대 경력을 시작한 이후 꿈꾸어 온 올림피아 역을 맡게 되었지요, 하고 아우스터리츠는 말을 이었다. 이 오페레타 연습이 충분히 끝난 10월 중순에 우리는 함께 리허설에 갔는데, 무대 입구를 통해 극장에 들어서자마자 조금 전 시내로 오는 길에는 계속 종알거리던 내가 경외심에 찬 침묵에 빠지더라고 그녀는 말했어요. 다소 인위적으로 배열된 장면들을 공연하는 동안, 그리고 나중에 전차를 타고 집으로 돌아오는 동안에 내가 유달리 말없이 내 속에 빠져 있었다고 하더군요. 베라의 이 같은 부차적인 언급 때문에, 나는 다음날 아침 혼자서 세레나데 극장에 가서 당시에 막 복구된 시청각실에서 몇 가지 녹음할 수 있는 허락을 받아 내기 위해 문지기에게 적지 않은 팁을 준 다음, 혼자서 둥근 천장의 꼭대기 바로 밑 아래층 앞자리에 앉아 있었지요. 주위의 어스름 속에서 금박 치장으로 반짝거리는 관람석이 한 계단씩 높아지며 배열되어 있었지요. 한때 아가타가 섰던 무대 앞부분이 마치 꺼진 눈처럼 내 앞에 놓여 있었어요. 그 광경에서 내 속에서 적어도 한 가지 예감이라도 발견하려고 애를 쓰면 쓸수록 극장 공간은 점점 더 좁아지는 것처럼 보였고, 마치 나 자신이 쪼그라 들어서 커버나 우단으로 속을 채운 주머니 한가운데 있는 골무처럼 갇힌 채 앉아 있는 것 같았어요. 한참이 지나자 닫힌 커튼 뒤에서 누군가가 무대로 급히 달려와 무거운 천 두루마리 속에서 파도 같은 움직임을 일으켰는데, 그런 다음에는 그림자들이 움직이기 시작했고, 나는 무대 아래에 있는 오케스트라 석에서 연미복을 입고 풍뎅이처럼 생긴 지휘자와 여러 가지 악기를 다루는 다른 검은 형체들을 보았고, 그들이 조율하면서 뒤섞여 연주하는 것을 들었을 때, 연주자들 가운데 한 사람의 머리와 베이스 바이올린 주자의 목 사이로 무대의 나무 바닥과 커튼에 달린 술 사이의 밝은 빛줄기에서 하늘색 장식을 넣어 짠 신발을 언뜻 보았다고 생각했어요. 나는 그 날 저녁 무렵 두 번째로 베라의 집을 찾아갔고 아가타가 올림피아 복장에 실제로 그런 하늘색 장식 신발을 신었다는 것을 그녀가 입증해 주었을 때, 내 머릿속에서 뭔가가 튀어나올 것만 같았어요. 베라는 내가 아마도 세레나데 극장의 총연습에서 무척 감동을 받았나 보다고, 그녀가 추측컨대 무엇보다 아가타가 정말로 마술적인, 그러나 내게는 완전히 낯선 인물로 변했을까 봐두려워했기 때문일 거라고 말했지만, 나 자신은 취침 시간을 훌쩍 넘어서까지 어둠 속에 눈을 크게 뜨고 베라의 침대 발치에 있는 소파에 누워 탑의 시계들이 15분 간격으로 종을 치는 소리를 들으며 아가타가 집에 오기를 기다리면, 그녀를 다른 세계로부터 데려오는 마차가 대문 앞에 멈추는 소리를 들었고, 그녀가 기이하게 퍼져 나가는 향수와 먼지가 뒤섞인 극장 냄새에 싸여 마침내 방안으로 들어와 내 옆에 앉을 때, 그때까지 알지 못하던 염려가 내마음을 채운 듯한 생각이 들었어요, 라고 아우스터리츠는 말을 계속했다. 그녀는 앞으로 묶은 잿빛 비단 보디스*를 입었지만, 나는 그녀의 얼굴을 알아보지 못하고, 단지 피부에서 무지개색으로 낮게 떠도는 희끄무레한 우윳빛 베일만 보았을 뿐이고, 그녀가 손으로 내 이마를 쓰다듬었을 때 숄이 오른쪽 어깨에서 미끄러지는 것을 보았어요, 하고 아우스터리츠는 말을 이었다. —내가 프라하에 온 지 사흘째 되는 날, 이른 아침에 대학 정원으로 올라갔어요, 라고 아우스터리츠는 약간 자신을 추스른 다음 이야기를 계속했다. 베라가 이야기했던 버찌나무와 배나무 들은 베어지고, 그 대신 여윈 가지에 아직 아무것도 달리지 않은 새 나무들이 심겨 있었어요. 길은 이슬에 젖은 잔디 사이로 꾸불거리며 산 쪽으로 이어졌어요. 중간쯤 되는 높이에서 나는 살찐 여우색 다켈을 데리고 가는 나이든 부인을 만났는데, 그 개는 다리가 좋지 않은지 이따금 멈춰 서서, 눈썹에 불안감을 드러내며 멍하니 땅바닥을 바라보았어요. 그 녀석의 모습은 베라와 함께 산책을 갈 때 대부분 철사로 부리망을 하고, 아마도 그래서 그렇게 침묵하고 화가 났을 작은 개를 데리고 가는 나이든 부인들을 종종 보았던 것을 생각나게 했어요. 그런 다음 나는 저녁 무렵까지 햇볕이 비치는 벤치에 앉아 저개발 지역의 집들과 몰다우 강 너머로 도시 전경을 바라보았는데, 그 모습은 꼭 그려진 그림 속의 니스 칠처럼 지나간 시간의 구불구불한 틈과 균열에 의해 관통되고 있는 것처럼 보였어요. 인식할 수 없는 법칙에 의해 생겨난 두 번째 무늬를 잠시 후 급경사가 진 지점에 서 있는 밤나무의 뒤엉킨 뿌리에서 발견했는데, 어릴 때 나는 그 나무에 기어오르기를 좋아했다고 베라가 들려주었

지요. 높은 나무들 밑에서 자라는 검푸른 주목 또한 4월인 지금 이미 꽃이 핀, 숲의 바닥을 덮은 무수히 많은 관목 줄장미들과 마찬가지로 골짜기의 바닥에서 나를 감싸던 차가운 공기처럼 친숙했고, 그제야 나는 수년 전 힐러리와 별장을 탐사하던 중 모든 구조가 쉰보른 정원과 유사한 글로스터셔 공원에서 부드러운 솜털이 난 잎사귀들과 눈처럼 흰 아네모네 네모로사의 3월 꽃잎으로 뒤덮인 북쪽 언덕 앞에 무심코 섰을 때 왜 목이 막혀 말을 할 수 없었는지 알게 되었지요. ─ 이렇게 해서 우리가 올더니 가에 있는 집 안에서 깊이를 측정할 수 없는 정적에 둘러싸여 앉아 있던 1997년 늦은 겨울 밤, 그늘진 아네모네라는 식물명과 더불어 아우스터리츠는 자신의 이야기의 다른 한 단락을 끝냈다. 푸르고 균등하게 날름거리는 가스 불꽃 속에서 15분이나 반시간 정도가 지나자, 아우스터리츠는 일어나 내가 그 날 밤을 자기 집에서 묵는 것이 좋겠다고 말하면서 앞장 서서 계단을 올라가 어느 방으로 나

를 안내했는데, 아래층의 방과 마찬가지로 거의 비어 있었다. 한쪽 벽에는 일종의 야전 침대만 펼쳐져 있었는데, 양쪽 끝에 손잡이가 달려서 들것과 비슷해 보였다. 침대 옆에는 검은색으로 문장(紋章)을 낙인한 샤토 그뤼오 라로즈의 배달 상자가 놓여 있었고, 상자 위에는 갓이 달린 램프의 부드러운 불빛 속에 물컵 하나, 유리 물병과 진황색 합성수지 케이스 속에 든 구식 라디오가 있었다. 아우스터리츠는 내게 편히 쉬라고 말하고는 조심스럽게 자기 뒤로 문을 닫았다. 나는 창가로 다가가 텅 빈 올더니 가를 내려다보았고, 다시 방 안으로 몸을 돌려 침대에 앉아 신발끈을 풀고는 옆방에서 왔다 갔다 하는 소리가 들리는 아우스터리츠를 생각하다가, 다시 한 번 위를 올려다보았을 때, 반쯤 어둠 속에서 벽난로 선반에 일곱 개의 서로 다른 모양의 2 혹은 3졸도 되지 않는 합성수지 통들을 모아 놓은 것을 보고는 하나씩 차례로 열어서 램프 불빛 밑에 가져오자, 그것들 각각에는 이 집에서 생을 마감한 나

방들의 죽은 잔해가 든 것을 볼 수 있었다. 그 중 하나는 어떻게 짜였는지 알 수 없는 물질로 된 접은 날개를 가진 무게도 없는 상아색 물체였는데, 나는 그것을 합성수지 상자에서 꺼내어 오른손 바닥에 얹어 보았다. 은빛 비늘이 덮인 몸통 아래, 마치 마지막 장애물을 넘으려는 듯 오그라든 발은 하도 가늘어서 채 알아볼 수 없을 정도였다. 전체 몸통 너머로 높이 휘어진 더듬이 또한 거의 알아볼 수 없이 떨리고 있었다. 수년 전에 이미 죽었지만 아무런 파괴의 흔적도 남지 않은 나방을 그것의 좁은 무덤에 다시 넣어 주기 전에 한참 동안 살펴보자 검은 머리에서 약간 솟아오른 눈은 반대로 뚜렷했다. 자리에 눕기 전에 나는 침대 옆 보르도 상자 위에 놓인 라디오를 켰다. 둥근 다이얼을 맞추자 어린 시절에 대단히 이국적인 상상력을 불러 일으켰던 몽테 체너리, 로마, 류블랴나, 스톡홀름, 베로뮌스터, 힐버쉼, 프라하 등의 도시와 역 이름들이 들려왔다. 나는 소리를 낮추고 나로서는 이해할 수 없는 언어를 말하는 멀리 공중에 떠도는 여자 목소리에 귀를 기울였는데, 그 목소리는 종종 음파들 사이에서 사라졌다가 다시 나타나고, 내가 알지 못하는 장소에서 뵈젠도르퍼나 플라이엘* 피아노 건반 위에서 움직이면서 잠 속으로 나를 동행하는 선율을 만들어 내는 조심스러운 두 손의 연주와 교차되었는데, 나는 그것이 『평균율』의 악절이었다고 생각한다. 내가 아침에 잠에서 깨었을 때, 촘촘한 황동 격자로 된 스피커에서는 약하게 윙윙거리는 소리만 들려왔다. 곧 이어 아침 식사를 할 때, 내가 이 비밀스러운 라디오에 대해 말하자 아우스터리츠는 오래 전부터 어둠이 시작될 때면 허공에서 윙윙거리는 목소리들 중에 오로지 최소한의 것만 잡을 수 있는데, 그것은 마치 박쥐들이 밝은 대낮을 피해서 살아가는 것과 비슷하다는 생각이 든다고 말했다. 지난 여러 해 동안 잠을 이루지 못한 긴 밤 동안 내가 종종 부다페스트나 헬싱키, 혹은 라 코루냐의 여자 아나운서들의 소리에 귀를 기울이며, 멀리 떨어진 허공에서 박쥐들이 불규칙적인 궤도를 그리는 것을 볼 때면, 나 자신이 그들의 사회에 속하기를 갈망했지요. 나 자신의 역사로 되돌아오기 위해서 말이지요. 우리가 쇤보른 정원을 가로질러 걷고 나서 다시 그녀의 집에 함께 앉았을 때, 베라는 내 부모에 대해 그녀가 알고 있는 한도 내에서 그 분들의 출신과 삶의 여정, 그리고 몇 년 사이에 그들의 존재가 말살되어 버린 것에 대해 처음으로 상세히 이야기했어요. 네 어머니 아가타는 내 생각으로는 검고 약간은 멜랑콜리한 외모에도 불구하고 매우 신뢰할 만하고, 때로는 약간은 쾌활한 성격을 가진 여성이었어, 라고 그녀는 말을 시작했어요, 라고 아우스터리츠는 말했다. 그녀는 그 점에서는 아직도 오스트리아 제국 시절에 슈테른베르크에 페즈모(帽)*와 덧신 공장을 소유하고 모든 혐오스러운 것을 간단히 무시할 줄 알았던 그녀의 아버지 노(老) 아우스터리츠와 똑같았지. 한번은 그가 이 집을 방문했을 때, 무솔리니 쪽 사람들이 동양식 두건 비슷한 것을 쓰자 그가 그것을 충분히 감당할 수 없을 정도로 많이 생산하여 이탈리아로 보낸 후 그의 사업이 상당히 번창했다고 말하는 것을 들었지. 당시에 아가타 역시 오페라와 오페레타 가수로서의 경력에서 자신이 기대한 것보다 훨씬 빨리 인정받자 고무된 채 더 나아지기 위해 한동안 모든 것을 헌신할 생각이었지만, 그에 반해 막시밀리안은 아가타와 마찬가지로 타고난 유쾌한 성격에도 불구하고, 내가 그를 안 이후로는, 독일에서 권력을 잡은 벼락출세자들과 그들의 지휘 아래 전혀 예상할 수 없는 그 무엇을 향해 몰려드는 단체들과 사람들의 무리는, 그가 종종 말한 것처럼, 정말로 끔찍하며, 처음부터 맹목적인 정복욕과 파괴욕에 사로잡혀 있고, 그들의 핵심은 사람들이 라디오에서 들을 수 있던 것처럼 제국 총리가 연설에서 계속해서 수천만 번도 더 반복하는 마력적인 말에 있다고 확신하고 있었지. 천 번, 만 번, 2만 번, 10만 번, 그리고 수십만 번 그 쉰 목소리로 독일인들에게 주입하는 운(韻)은 그들 자신의 위대함과 이미 그들 앞에 닥쳐와 있는 종말에 대한 것이라고 말이지. 그럼에도 불구하고 막시밀리안은 독일 국민이 다른 사람에 의해 불행으로 내몰렸다고는 결코 생각하지 않았다고 베라는 말했어요, 라고 아우스터리츠는 말을 이어 갔다. 오히려 그의 생각으로는 그것은 바닥에서부터 저절로, 모든 개별적인 소망으로부터, 가족들 사이에 품고 있는 감정으로부터 매우 변태적인 형태로 새롭게 생겨났으며, 이후에는 막시밀리안이 예외 없이 미친 사람이나 게으름뱅이라고 믿었던 나치 위인들을 자신의 내적 변화의 상징적인 대변자로 내세웠다고 말했단다. 막시밀리안은 한번은 1933년 초여름에 테플리츠에서의 노동 조합 집회 후 에르츠 산맥* 쪽으로 얼마간 들어갔을 때 그곳의 한 음식점 정원에서 몇몇 소풍객들을 만났는데, 그들은 독일 지역 한 마을에서 갖가지 쇼핑을 했으며, 무엇보다 라즈베리 색깔의 설탕 덩어리를 부어서 만든 실제로 혀에서 녹는 하켄크로이츠 모양의 새로 나온 사탕을 샀다고 말하더라고 한 것을 베라는 아직 기억하고 있었다고 아우스터리츠는 말했다. 이런 나치스 군것질거리를 볼 때 독일인들이 중공업에서부터 그처럼 몰취향적인 것을 만들어 내는 데에 이르기까지 자신들의 모든 생산 방식을 새로 조직했고, 그것도 윗사람들이 그들에게 마련해 주어서가 아니라 각자가 자신의 자리에서 민족의 부흥에 대한 열광에서 그렇게 한다는 것이 그에게는 순간적으로 분명해졌다고 막시밀리안은 말했지. 막시밀리안은 1930년대에는 전반적인 변화를 더 잘 파악하기 위해 여러 차례 오스트리아와 독일로 여행을 했고, 뉘른베르크에서 돌아온 직후에는 그곳 사람들이 제국 전당 대회에 나타난 총통에게 보낸 엄청난 열광을 설명하던 것이 생생히 기억난다고 베라는 계속 이야기했지요. 총통이 도착하기 몇 시간 전에 이미 모든 뉘른베르크 사람들과 프랑켄과 바이에른뿐 아니라 이 나라의 아주 멀리 떨어진 지역들, 홀슈타인과 폼메른, 슐레지엔과 슈바르츠발트 산림 지방 등 사방에서 온 사람들이 빽빽이 몰려 기대와 흥분으로 가득 차 미리 정해진 통로를 따라 서 있었고, 마침내는 둔중한 메르세데스 차량 행렬이 터질 듯한 환호를 받으며 나타나서, 만면에 미소를 띠고 얼굴을 높이 쳐들고 갈망하듯 팔을 내뻗은 채 인산인해를 이룬 사람들 사이의 좁은 통로로 느린 속도로 미끄러져 들어왔다는 거지요. 베라는 또 막시밀리안이 단 하나의 생명체로 통합되고 기이하게 응집되고 사로잡힌 무리들이 정말이지 금방이라도 부서지고 떨어져 나갈 것 같은 이물질처럼 느꼈다고 말했어요. 그는 자기가 서 있던 로

렌츠 교회 앞 광장에서 주민들이 포도송이처럼 창문 밖으로 매달린 뾰족한 혹은 휘어진 박공을 가진 집들이 절망적으로 가득 찬 게토 같은 구시가 안으로 천천히 물결치는 군중들 사이로 행렬이 길을 내어 내려가는 모습과 그 사이로 그렇게 오래 기다려 온 구원자가 서서히 들어오는 모습을 지켜보았다고 했어요. 그와 비슷하게 막시밀리안은 후에 뮌헨의 한 영화관에서 본 대규모 제국 의회 영화에 대해서도 거듭 이야기했는데, 그 영화는 독일인들이 극복하지 못한 자신들의 굴욕감에서 세계를 구원하기 위해 선택된 민족이라는 생각을 스스로에게 발전시켰다는 의구심을 강화했다는 것이지요. 경외심에 사로잡힌 관중들은 총통의 비행기가 구름산을 지나 차츰 땅으로 하강하는 것을 목격하는 증인이었던 것만은 아니지요. 막시밀리안이 우리에게 묘사했듯, 그들은 모두에게 공통되는 비극적 전사(前史)가 히틀러와 헤스와 히믈러에 사로잡혀 전 민족의 영혼을 내부 가장 깊숙한 곳까지 흔들어 놓는 장송곡의 울림에 맞춰 실처럼 구불거리는 좁은 통로를 지나 유동적이지 못한 독일적 육체만으로 이루어진 종대와 중대로 된 새로운 국가 권력에서부터 걸어 나오는 사자(死者) 숭배의 예식에 사로잡혀 있었던 것만이 아니었다고 해요. 사람들은 거대하고 불가사의하게 흔들리는 깃발의 숲, 횃불의 불빛 속에서 조국을 위해 스스로를 죽음에 바친 전사들이 밤 속으로 들어가는 것을 보았을 뿐 아니라, 위에서 조망하면 아침 여명에 지평선까지 펼쳐진 흰 천막의 도시를, 그 도시로부터 약간 밝아져, 몇 명씩 짝을 짓거나 작은 무리를 이룬 독일인들이 나와서 침묵하며 점점 더 좁게 연결되는 대열 속에서 마치 높은 분의 부름을 좇아가는 것처럼 모두가 한방향으로 움직이고, 광야에서의 오랜 세월 후에 마침내 약속의 땅으로 들어가는 길에 있는 것 같았다고 막시밀리안이 전했다고 베라는 말했어요. 막시밀리안이 뮌헨에서 그 영화를 경험한 후, 빈의 영웅 광장으로 물밀듯 모여들고 피난 물결처럼 몰려오는 수십만을 헤아리는 오스트리아 인들의 여러 시간에 걸친 함성을 라디오에서 듣게 될 때까지는 불과 몇 달밖에 걸리지 않았다고 베라는 말했지요. 막시밀리안은 빈 군중들의 집단적인 발작이 결정적인 전환점을 이룬 것으로 보았다고 그녀는 말했어요. 그것은 아직도 우리 귓속에 섬뜩한 물소리처럼 남아 있으며, 여름이 채 지나가기도 전에 벌써 동쪽 국경 지역에서 한때 같은 동네 사람들에게 마지막 실링까지 다 빼앗긴, 맨 먼저 추방된 피난민들이 이곳 프라하에 나타났고, 그들은 이렇게 낯선 곳에서 생명을 부지하려는 것이 헛된 희망임을 잘 알면서도, 한때 자신의 선조들이 등짐을 지고 갈리치아, 헝가리, 티롤 등으로 온 나라를 돌아다니던 것처럼 행상(行商)을 하며 이 집 저 집 다니면서 머리핀과 머리장신구, 연필과 편지지, 넥타이와 다른 잡화들을 헐값에 팔았는데, 그런 행상인 중 하나인 살리 블라이베르크는 양차 대전 사이의 힘든 시기 동안 프라터의 회전식 관람차에서 멀지 않은 레오폴트 시에서 창고업을 하고 있었는데, 아가타가 함께 커피를 마시자고 그를 초대하자, 그는 빈 사람들의 야비한 행동 중 가장 끔찍한 이야기들을 들려주었어, 라고 베라가 말했다고 아우스터리츠는 말했다. 사람들이 그의 사업을 어떤 방법으로 하젤베르거란 남자에게 넘겨주었는지, 그 남자가 나중에 정말 말도 안 되는 가격으로 어떻게 사취했는지, 그의 은행 자금과 유가증권 들을 어떻게 속이고, 가구들과 슈타이어 자동차를 몰수했는지, 마지막으로는 그들이 어떻게 살리 블라이베르크 자신과 그의 식구들이 술 취한 집주인과 빈집을 보러 온 갓 결혼한 젊은 부부 사이에 하는 거래를 현관에 세워진 트렁크 위에 앉아 함께 들어야 했는지를 말해 주었지. 아무런 힘도 없이 격분해서 손에 들고 있던 손수건을 계속해서 구기던 불쌍한 블라이베르크의 이런 이야기는 뮌헨 조약 후 상황이 상당히 절망적이었다 하더라도 사람들이 했던 최악의 상상을 훨씬 능가하는 것이었지만, 그때 특별히 다급한 정당 업무 때문인지, 그 모든 것에도 불구하고 법이 사람을 보호하리라는 믿음을 포기하지 않아서인지 막시밀리안은 겨울 내내 프라하에 머물렀다고 베라는 말했지요. 그가 거듭 충고했음에도 아가타 역시 그보다 먼저 프랑스로 넘어갈 준비가 되어 있지 않아서, 당시 특별히 위협을 받던 아버지는 3월 14일 오후에야 비로소 루지네에서 혼자 파리로 피신했지만 그때는 이미 늦었다고 베라는 내게 말했어요, 하고 아우스터리츠는 이야기를 이어 갔다. 나는 그가 작별할 때 멋진 자두색 더블 재킷을 입고 푸른 띠를 두른, 창이 넓은 검은색 펠트 모자를 쓰고 있던 것을 아직 기억하고 있어, 라고 베라는 말했지요. 다음날 아침, 날이 채 밝기도 전에 짙은 눈보라가 몰아치는 가운데 정말로 독일인들이 프라하에 진입했는데, 눈보라 때문에 그들은 마치 무(無)에서 나타난 것처럼 보였고, 그들이 다리를 건너서 나로드니로 탱크를 몰고 왔을 때는 깊은 침묵이 온 도시를 누르고 있었지. 사람들은 등을 돌리고, 이 시간부터 잠든 상태에서 걷는 것처럼, 그리고 어디로 가는지 더 이상 알지 못하는 것처럼 점점 느려졌지. 무엇보다 차량이 우측 통행을 하도록 즉각 규정을 바꾼 것은 우리를 당황하게 만들었어, 라고 베라는 말했다고 아우스터리츠는 말했다. 차도 오른쪽에서 자동차가 다가오는 것을 볼 때마다 종종 심장이 멈추는 듯한 느낌은 우리가 앞으로 잘못된 세상에서 살아가야 한다는 생각을 피할 수 없게 만들었기 때문이야, 라고 그녀는 말했지요. 새로운 정권에 적응하기란 물론 내게보다는 아가타에게 훨씬 어려웠지, 라고 베라는 말을 계속했어요. 독일인들이 유대인에게 적용되는 관련 규정을 통과시킨 후, 유대인들은 정해진 시간에만 물건을 살 수 있었고, 택시를 타서는 안 되었으며, 전차도 맨 뒤칸에만 타야 했고, 커피숍이나 영화관, 음악회, 그 밖의 다른 모임에도 갈 수 없었지. 그녀 자신도 이제 더 이상 무대에 설 수 없었고, 그렇게 좋아하던 몰다우 강변이나 정원, 공원에 가는 것도 금지되었어. 녹지가 있는 곳은 어디도 가서는 안 되었고, 걱정 없이 하상(河上) 증기선의 난간에 서 있는 것이 얼마나 아름다운 일인지 그녀는 그제야 처음 알게 되었다고 덧붙였지. 매일매일 길어지는 제한 목록에 따라 곧 공원 쪽 포장도로로 가는 것이 금지되고, 빨래방이나 세탁소에 들어가는 것, 공중전화를 사용하는 것도 금지되자, 아가타는 곧 절망의 언저리까지 갔다고 베라가 말한 것을 들었지요, 라고 아우스터리츠는 말했다. 나는 지금 그녀가 방 안을 오락가락하면서 손을 펴 이마를 치면서 음절 하나하나에 힘을 주며 난 이-해-할 수 없어, 난 이-해-할 수 없다고! 난 절-대로 그걸 이-해-하지 않을 거야!! 라고 소리치는 모습을 보는 것 같아, 라고 베라는 말했지요. 그럼에도 불구하고 그녀는 가능할 때마다 시내에 갔고, 나는 어딘지 그리고 얼마나 많은지도 모르는 장소들에 대해 말했고, 전보 하나를 치기 위해 4만 명의 프라하 유대인들에게 허용된 단 하나의 우체국 앞에서 몇 시간 동안 서 있었으며, 정보를 얻고, 관계를 맺고, 돈을 맡기고, 증명서와 보증서를 가져가고, 다시 돌아오면 밤늦도록 온 머리를 짜내어야 했어. 그녀가 오랫동안 그리고 더 많이 애를 쓰면 쓸수록 희망은 점점 희박해져서, 우리가 일촉즉발의 전쟁과 더불어 의심할 여지가 없어 보이던 제한 강화에 대한 소문을 들었던 여름, 그녀는 마침내 극장 지인 중 한 사람의 중재로 몇 달 후에 프라하에서 런던으로 가는 어린이 호송 작전에 내 이름을 등록하는 데 성공하고는 최소한 나만이라도 영국으로 보내기로 결심했다고 베라가 말했어요. 베라는 아가타가 자신의 수고가 처음으로 이 같은 결실을 얻은 것에 흥분해서 좋아했지만, 채 다섯 살도 되지 않은, 항상 보살핌을 받던 아이가 긴 기차 여행과 그다음 낯선 나라에서 낯선 사람들 사이에서 어떤 느낌을 받게 될지를 그려 볼 때면, 그 흥분한 기분이 염려와 걱정으로 어두워지던 것을 기억하고 있었어요, 라고 아우스터리츠는 말했다. 다른 한편, 아가타는 첫 단계가 행해진 이상 분명히 그녀 자신을 위해서도 곧 탈출구를 찾을 수 있을 것이며, 그런 다음 우리 식구 모두 파리에서 함께 살 수 있을 것이라고 믿었다고 베라는 말했어요. 그래서 그녀는 소망과 뭔가 책임질 수 없는 것, 용서할 수 없는 것을 행한다는 불안감 사이에서 심히 분열되어 있었고, 네가 프라하를 떠나는 날까지 며칠만 더 우리에게 머물러 있었더라면 그녀는 나를 떠나보내지 않았을 것이라고 베라는 내게 말했지요. 윌슨 정거장에서 작별하던 시간에 대해서는 분명치 않고 어느 정도는 희미해진 상만 남아 있다고 베라는 말했고, 한참 동안 생각한 후, 작은 가죽 가방에 내 물건을 넣고 배낭에는 약간의 먹을 것이 들어 있었는데 ― 아우스터리츠는 이것을 *un petit sac à dos avec quelques viatiques*(먹을 것이 든 작은 배낭)라고 프랑스어로 말했는데, 이 말은 그가 그 사이 깨달은 것처럼, 이후의 그의 모든 삶을 요약하는 베라의 정확한 표현이었어요, 라고 아우스터리츠는 말했다. 베라는 그녀가 나를 부탁한 반도네온을 가진 열두 살 난 소녀와, 마지막 순간에 산 채플린 공책, 뒤에 남은 부모가 자기 아이들에게 흔들던 흰 손수건들이 날아오르는 비둘기 떼처럼 나부끼던 것, 끝도 없이 천천히 움직이던 기차는 애당초 떠나는 것이 아니라 일종의 눈속임 기법으로 유리 천장이 있는 홀에서부터 굴러 나와 얼마 떨어지지 않은 곳으로 가라앉는 듯한 그녀가 가지고 있던 기이한 인상을 기억해 내었지요. 그러나 아가타는 그 날부터 달라졌어, 라고 베라는 말을 이었다고 아우스터리츠는 말했다. 모든 어려움에도 불구하고 간직하고 있던 그녀의 명랑함과 신뢰는 자신도 어쩔 수 없는 우울감에 뒤덮여 버렸어. 돈을 주고 빠져 나가려고 한 차례 시도를 했지만, 그 후로는 거의 집 밖으로 나가지 않았고, 창문을 여는 것도 두려워했으며, 몇 시간 동안 꼼짝하지 않고 살롱의 가장 어두운 구석에 놓인 푸른 우단 팔걸이의자에 앉아 있거나 손으로 얼굴을 가린 채 소파에 누워 있었어. 그녀는 이제 무엇이 나타날지 기다리기만 했고, 무엇보다 영국이나 파리에서 오는 우편물을 기다렸어. 막시밀리안으로부터는 여러 차례 주소를 받았는데, 오데옹에 있는 한 호텔, 글라시에르 지하철역 근처에 있는 작은 셋집의 주소, 그리고 세 번째는 내가 더 이상 기억할 수 없는 지역의 주소로, 그녀는 매번 결정적인 순간에 주소가 바뀌자 편지를 열어 보는 것이 그 원인은 아닌가 하는 생각으로 고통을 받았는데, 막시밀리안이 그녀에게 보낸 편지들이 프라하에 배달될 때까지 보안청이 그것을 보관하고 있는 사실 때문에 두려워했단다, 라고 베라는 말했지요. 실제로 아가타가 아직 슈포르코바에서 살고 있던 1941년 겨울까지 우체통은 항상 비어 있어서, 그녀는 한번은 여러 가지 소식들 중에 우리가 마지막 희망을 걸 수 있는 소식이 잘못 배달되었거나 아니면 우리 주변의 공중에서 떠다니는 나쁜 정령들에게 삼켜져 버린 모양이라고 기이한 말을 하는 것이었어. 아가타의 이런 말이 당시에 프라하 시의 밑에 웅크리고 있던 보이지 않는 두려움을 얼마나 정확히 포착했는지, 나중에 독일인들 사이에서 법을 왜곡하는 정도에 대해, 그리고 매일같이 페체 궁전의 지하실과 판크라츠 형무소와 코빌리시 외곽의 처형장에서 그들이 행한 폭력 행위에 대해 들었을 때에야 비로소 깨달을 수 있었지, 라고 베라가 말했지요. 정해진 규칙을 조금만 위반해도 판사 앞에서 자신을 변호할 단 90초의 시간을 준 다음 바로 사형 언도를 내리고 재판정에 연결되어 있는 처형장에서 즉각 교수형에 처할 수 있었는데, 그 처형장에는 천장 아래에 하나의 선로가 지나가서,

그 선로에서 필요에 따라 시신을 조금씩 밀어 내었다는 거야. 이 같은 기이한 절차에 대한 계산서는 매달 분할로 정산한다는 기록과 함께 교수형에 처해진 사람이나 기요틴 형을 받은 사람의 가족에게 넘겨졌지. 당시에는 이런 사실이 밖으로 많이 새어 나오지 않았다 하더라도, 모든 도시마다 독일인에 대한 불안감이 스며 오는 독기처럼 퍼져 갔단다. 아가타는 심지어 창문과 문이 잠겨 있을 때라도 그 독기가 들어와서 목숨을 앗아간다고 말했어. 전쟁이 시작된 다음 2년을 돌이켜 보면, 당시 내게는 모든 것이 하나의 소용돌이 속으로 점점 더 빨리 빨려 들어간 느낌이었단다, 하고 베라는 말했지요. 라디오에서는 기이하게 날카롭고 목젖으로부터 눌리는 목소리를 내는 아나운서가 금세 유럽 전 대륙을 정복한 독일군의 중단 없는 성공에 대한 보도를 쏟아 냈는데, 그들의 선전은 겉보기에도 억지 논리와 함께 조금씩 독일 국민에게 세계 제국의 전망을 열어 주었고, 그 제국에서 그들 모두는 선택받은 민족에 속함으로써 눈부신 발전을 시작할 수 있을 것이라고 했지. 독일인들 가운데 최후까지 의심하던 사람들조차 연속적인 승리를 거둔 그 해에는 고도의 도취감에 사로잡혔고, 반면 완전히 밑바닥까지 짓눌린 우리는 어느 정도는 수면 밑에서 살면서, 온 나라의 경제가 돌격대의 손에 들어가고 한 사업체가 다른 사업체에 이어 독일 신탁청으로 넘어가는 것을 바라만 보아야 했다고 베라가 들려주었다고 아우스터리츠는 말했다. 그들은 심지어 슈테른베르크에 있는 페즈모(帽)와 덧신 공장을 몰수했지. 아가타가 사용할 수 있는 것은 꼭 필요한 것을 위해서도 충분치 않았단다. 그녀가 80

장의 재산 증명서를 수십 장의 법규와 함께 제출한 뒤 은행 잔고는 차단되었어. 그림이나 골동품 같은 실제 귀중품들을 양도하는 것 또한 엄격히 금지되었고, 한번은 그녀가 점령군의 이런 공문 중에 들어 있는 한 대목을 보여주었는데, 그 속에는 불법 거래 시에는 해당 유대인과 그것을 산 사람에게 국가 공권력으로 똑같이 엄중한 조치를 취한다고 적혀 있었던 것이 기억나는구나, 라고 베라는 말했지요. 해당 유대인이라고! 라고 아가타는 부르짖으며, 도대체 이 사람들이 적어 놓은 것들이란! 하고 소리쳤지. 그것은 사람의 눈앞을 캄캄하게 만드는 것이었어. 1941년 늦가을이었다고 생각되는데, 아가타가 몹시 아끼던 레코드판들과 함께 축음기와 망원경, 오페라용 망원경, 악기들과 장신구, 모피, 그리고 막시밀리안이 남겨 놓은 겉옷들을 이른바 의무 제출소로 가져가야 했다고 베라가 말했지요. 그때 그녀가 했던 한 가지 실수 때문에 그녀는 몹시 추운 어느 날—그 해에는 겨울이 유독 빨리 시작되었다고 베라는 말했어요—루지네 공항에서 눈을 치우라는 명령을 받았고, 다음날 아침 세 시경에 더없이 조용한 한밤중에 이미 오래 전부터 예상했던 대로 문화부서에서 나온 두 명의 연락병이 일주일 내에 호송을 준비해야 한다는 전갈을 가지고 왔더구나. 눈에 띌 정도로 비슷했고, 어쩐지 분명하지 않은 꺼져 가는 얼굴을 한 이 심부름꾼들은 여러 개의 주름과 주머니, 단추 다는 단과 벨트가 부착된 재킷을 입고 있었단다. 그들은 잠시 아가타와 말을 나누고 그녀에게 한 꾸러미의 인쇄물을 건네주었는데, 그 속에는 소환되는 사람이 언제 어디에 나타나야 하는지, 어떤 옷가지, 예를 들면 상의와 비옷, 따뜻한 머릿수건, 귀마개, 벙어리장갑, 잠옷, 속옷 등을 가져와야 하고, 바느질 도구와 가죽 방수지, 물 끓이는 알코올 램프와 양초 같은 소모품을 지참하도록 권고하고 있었으며, 짐 꾸러미의 총 무게가 50킬로그램을 초과해서는 안 되며, 손에 드는 것이나 식량으로는 무엇을 가져올 수 있는지, 트렁크에 이름과 이송 목적지, 그리고 나누어진 번호를 어떻게 표기해야 하는지 모든 것이 아주 소상하게 규정되고 기록되어 있었단다. 함께 들어 있는 모든 용지들을 완벽하게 기재하고 서명해야 한다는 것, 소파의 쿠션과 다른 가재도구들을 가져오는 것, 페르시아 양탄자나 겨울 외투, 그 밖의 값비싼 천으로 륙색과 여행 가방을 만드는 것은 허용되지 않는다는 것, 라이터를 가져가는 것이나 소환 장소에서의 흡연은 그때부터 금지되며 어떤 경우라도 관할 기관의 지시를 정확히 따라야 한다고 적혀 있었단다. 아가타는 내가 지금본다 하더라도 정말 구역질나는 언어로 작성된 이 지시들을 제대로 따를 수 없었어, 라고 베라는 말했어요. 오히려 그녀는 한 일주일 걸리는 소풍을 가는 사람처럼 전혀 실질적이지 않은 몇 가지물건을 고르지도 않은 채 가방 하나에 집어넣었는데, 그것은 내게는 말도 안 되는 것처럼 보였고 그로 인해 내가 공범이 된 듯 느껴져 짐 꾸리는 일을 대신하는 동안, 그녀는 등을 돌린 채 창문에 기대어 통행이 끊긴 텅 빈 골목을 내려다보았단다. 정해진 날 이른 아침에 우리는 아직도 어두운 가운데 출발했고, 터보건 썰매에 짐을 동여 묶고는, 서로 한 마디 말도 나누지 않은 채, 우리 주위를 맴돌면서 떨어지는 눈발 사이로 몰다우 왼쪽 강변을 내려가는 긴 길을 따라 걸었고, 나무 정원을 지나 홀레쇼비체를 향해 견본 전시장 건물까지 갔단다. 우리가 이 장소에 가까워질수록 희끄무레함 속으로 무거운 짐을 꾸린 사람들의 무리가 점점 더 많이 나타났는데, 그들은 이제 더 짙어진 눈보라 속에서 같은 목적지를 향해 힘들게 움직이고, 차츰 넓은 간격을 둔 대열이 생겨났고, 그 대열과 더불어 우리는 일곱 시경에 오직 하나의 전깃불만으로 희미하게 밝혀진 입구에 도달했단다. 거기서 우리는 이따금 불안에 차서 중얼거리며 흥분한 소환자들의 무리 속에서 기다렸는데, 그들 가운데는 노인들과 아이들, 신분 높은 사람과 평범한 사람 들이 섞여 있었고, 모두들 지시에 따라 노끈에 달린 호송 번호를 목에 걸고 있었지. 아가타는 곧 내게 돌아가라고 권했어. 작별할 때 그녀는 나를 껴안고는 저 위가 스트로모프카 공원이야. 이따금 나 대신 거기로 산책을 가 줄 수 있겠니? 난 이 아름다운 지역을 매우 좋아했거든. 베라가 연못의 어두운 물을 들여다보면 아마도 날씨가 좋은 날에는 내 얼굴을 볼 수 있을 거야, 라고 내게 말했어. 그러겠다고 하고는 나는 집으로 왔어, 라고 베라는 말했지요. 슈포르코바까지 돌아오는 데 두 시간 이상이 걸렸단다. 나는 아가타가 지금 어디에 있을지, 그녀가 출입문에서 아직도 기다리고 있을지, 아니면 이미 견본 전시장 건물로 들어갔을지 생각해 보려고 애썼단다. 그곳이 어떤 모습이었는지는 나는 몇 해 뒤에 살아남은 어떤 사람에게서 들은 적이 있단다. 호송을 위해 소환당한 사람들은 난방이 되지 않은 목재 간이건물로 들어갔는데, 안은 그 한겨울에 얼음처럼 차가웠다고 하더구나. 그곳은 침침한 불빛 아래 엄청난 혼란이 지배하던 무질서한 장소였다고 하더군. 방금 도착한 많은 사람들은 가져온 짐을 검사받아야 했고, 돈과 시계, 다른 귀중품들은 피들러란 이름의 친위대 하급 관리에게 내놓아야 했는데, 그는 매우 거칠어서 사람들에게 공포감을 주었다는 거야. 탁자에는 여우털과 페르시아 모자, 은제 식사 도구가 산더미처럼 쌓여 있었다고 하더구나. 신원 확인 절차가 이루어지고, 질문지가 분배되었으며, *EVAKUIERT*(철수) 혹은 *GHETTOISIERT*(게토화됨)라는 도장이 찍힌 일종의 신분증이 나누어졌어. 독일인 관리 책임자와 체코와 유대 출신의 보조원들이 여기저기 부산하게 뛰어다니고, 엄청나게 소리를 지르고, 욕을 하고 때리기도 했다는 거야. 출발할 사람들은 자기들에게 정해진 장소에 머물러 있어야 했대. 대부분은 말이 없고, 많은 사람들은 혼자 소리 죽여 울기도 했지만, 절망적인 표현이나 크게 소리를 지르거나 광분 상태에 빠지는 경우도 드물지 않았다고 하더구나. 견본 전시장 근처의 간이 건물에서 여러 날 머물다가, 마침내 길에 거의 사람이 없던 이른 아침 시간에 사람들은 보초들이 따라오는 가운데 가까이 있는 홀레쇼비체 역으로 걸어갔고, 거기서 '열차 탑승'이라고 부르는 것을 위해 다시 거의 세 시간 정도 기다려야 했단다. 나는 훗날 종종 홀레쇼비체로 가는 길에서 나와 스트로모프카 공원과 견본 전시장까지 갔고, 그다음에는 대부분 1960년대에 그곳에 세워진 석비(石碑) 전시관에 들어가 여러 시간 동안 유리 진열장에 든 암석 견본들, 황수정과 짙은 녹색의 시베리아 공작석들, 보헤미아의 운모, 대리석과 크리스털, 칠흑색 현무암, 황갈색 석회석 견본들을 보면서, 우리의 세계가 어떤 기반 위에 서 있는지 스스로에게 묻곤 했단다, 라고 베라가 말했어요. 아가타가 자기 집을 떠나야 했던 바로 그 날, 슈포르코바에는 신탁청에서 온 사람이 압수할 물건을 가지러 나타나 문 앞에 직인을 찍었단다, 라고 베라가 내게 말했어요, 라고 아우스터리츠는 말했다. 그런 다음 크리스마스와 새해 사이에 몹시 미심쩍어 보이는 젊은 사람들의 무리가 왔는데, 이들은 모든 남겨진 물건들, 가구, 램프, 조명, 양탄자와 커튼, 책들과 악보, 상자와 서랍에 든 옷들과 침대 시트, 쿠션, 보료, 이불, 내의, 식기와 부엌 도구, 화분과 우산, 뜯지 않은 식료품들, 심지어 몇 년 동안 창고에서 뒹굴던 쪼그라든 배와 자두, 남은 감자들을 치웠고, 마지막 숟가락 하나까지 남김 없이 50개 이상 되는 창고 중 하나로 싣고 갔는데, 그 안에서 이 주인 없는 물건들은 독일인 특유의 철저함으로 하나씩 하나씩 기록되고, 값이 매겨졌으며, 종류별로 씻기고, 세정되고, 수선되어 마침내 선반에 놓였단다, 하고 베라는 말했어요, 라고 아우스터리츠는 말했다. 마지막에는 슈포르코바에 한 소독관이 나타났어. 이 소독관은 나를 속속들이 뜯어보는 사악한 눈을 가진 대단히 기분 나쁜 사람이었어. 그는 오늘날까지도 내 꿈에 나타나곤 하는데, 꿈속에서 나는 방 안의 해충을 제거하는 독가스처럼 흰 안개에 둘러싸인 그를 본단다, 라고 베라가 말했어요. ─ 베라는 이 이야기를 끝내고 숨을 쉴 때마다 짙어지는 것 같은 슈포르코바 집 안의 고요 속에서 잠시 동안 휴식을 취한 후, 소파 옆에 놓인 작은 탁자에서 9×6센티미터 정도 되는 작은 크기의 사진 두 장을 내게 내밀었는데, 그 사진들은 전날 저녁 그녀가 55권짜리 진홍색 발자크 전집 중 한 권에서 발견한 것으로, 그녀는 그 책이 어떻게 자기 손에 들어왔는지 전혀 알지 못한다는 것이에요, 라고 아우스터리츠는 그 날 올더니 가에서 이야기를 이어 갔다. 베라가 말하기를 자신이 유리문을 열고 여러 다른 책들 사이에서 이 책을 꺼낸 것이 전혀 기억나지 않으며, 단지 이곳 등받이의자에 앉아 잘 알려진 대로 엄청난 부당함에 관한 샤베르 대령의 이야기가 수록된 책의 책장을 넘기는 자신을 볼 뿐이라는 거예요. ─그 당시 이후 처음이었다고 그녀는 직접 강조했지요. 그 두 장의 사진이 어떻게 책갈피 사이에 들어오게 되었는지 자신에게는 수수께끼라고 베라는 말했어요. 아마도 아가타가 아직 이곳 슈포르코바에 있을 때, 독일인들이 진군하기 바로 전 주에 이 책을 빌렸나 봐. 어쨌거나 이 사진들 중 한 장은 아가타가 프라하에 처음 출연하기 전에 종종 등장했던 라이헤나우나 아니면 올뮈츠 혹은 다른 곳에 있는 한 지방 극장의 무대를 보여주는 것이었어. 그것은 너무 작아 잘 알아볼 수 없었고, 처음

에는 왼쪽 아래 구석에 있는 두 사람이 아가타와 막시밀리안일 거라고 생각했지만, 나중에는 그들이 다른 사람들, 즉 매니저들이거나 혹은 마술사와 그의 여자 조수라는 것을 자연스레 알게 되었다고 베라가 말했다고 아우스터리츠는 말했다. 공포감을 자아내는 이 배경 앞에서 당시 어떤 연극이 행해졌는지 스스로에게 질문했고, 배경에 나와 있는 높은 산악들과 황량한 숲의 풍경 때문에 빌헬름 텔이거나 몽유병 환자이거나 아니면 입센의 마지막 작품일 거라고 생각한다고 베라는 말했지요. 머리에 사과를 얹은 스위스 소년이 내게 나타났단다. 나는 나무로 된 다리가 몽유병 환자의 발밑에서 무너지는 공포의 순간을 체험했고, 이 암벽들 사이의 높은 곳에 이미 눈사태가 밀려 내려오는데, 이것은 가엾은 길 잃은 사람들을 곧 심연 속으로 휩쓸어 가 버릴 듯한 예감을 주었단다. (그런데 그들은 어떻게 이 외진 지역까지 오게 되었을까?) 베라가 그처럼 망각에서부터 나타난 사진들의 규명할 수 없는 부분에 대해 이야기를 계속하기까지 몇 분이 지나갔는데, 그 동안 나 역시 계곡으로 내려가는 눈사태를 본 것 같은 생각이 들었어요, 하고 아우스터리츠는 말했다. 마치 절망에 찬 한숨 소리를—그녀는 이것을 *gémissements de désespoir*라는 말로 표현했다—듣는 것처럼 그들 속에서 뭔가가 움직이고 있다는 느낌, 마치 사진 자체가 기억을 가지고 우리를 기억하며, 살아남은 우리와 우리 사이에 더 이상 머무르지 않는 사람들이 이전에는 어떠했는지를 상기시켜 주는 것 같아, 라고 그녀는 말했다고 아우스터리츠는 말했다. 그래, 그리고 다른 사진에 있는 여기 이 아이가 너인데, 네가 프라하를 떠나기 한 반년쯤 전인 1939년 2월이었지 하고 그녀는 잠시 후 말을 이었어요. 너는 아가타를 흠모하는 영향력 있는 사람의 집에서 열린 가면무도회에 따라갔는데, 그때 눈처럼 흰 이 의상을 너를 위해 직접 재단했단다. *Jacquot Austelitz, páže růžové královny*(자크 아우스터리츠, 장미 여왕의 시동)라고 당시에 방문한 너의 할아버지가 뒷면에 직접 적어 놓으셨지. 그 사진은 내 앞에 놓여 있었지만, 나는 감히 그것을 손에 쥘 용기가 나지 않았어요, 라고 아우스터리츠는 말했다. *páže růžové královny, páže růžové královny*라는 말이 계속해서 내 머릿속에서 맴돌았고, 멀리서부터 그것의 의미가 내게 나타났으며, 나는 장미 여왕과 그녀 옆에서 옷의 긴 뒷자락을 잡아 주는 어린 소년

의 살아 있는 그림을 다시 보게 되었지요. 그러나 그 날이나 그 후에도 무척 애를 썼지만 나는 그 역할을 하는 나 자신을 기억해 내지 못했어요. 이마로 비스듬히 흘러내리는 머리카락이 난 특이한 선을 알아보았지만, 그 밖의 모든 것은 과거의 압도적인 기억들에 의해 내 머릿속에서 지워졌지요. 나는 그 후 여러 차례 이 사진을, 어디인지 도무지 생각나지 않는 내가 서 있는 이 황량하고 평평한 들판을 살펴보았지요. 지평선 위의 어둡게 흐릿한 지점, 바깥 가장자리가 유령처럼 환한 소년의 곱슬머리, 내가 한때 생각했던 것처럼 아마도 붕대를 감았거나 혹은 부러졌거나 부목을 댄 팔 위의 만틸라,* 여섯 개의 커다란 진주 단추, 해오라기 깃털이 달린 화려한 모자, 심지어 무릎까지 오는 양말의 주름조차 확대경으로 샅샅이 살펴보았지만 조그만 단서도 찾지 못했어요. 그때마다 나는 자신의 권리를 요구하러 와서 아침 여명 속의 빈 들판에서 도전을 받아들이고 그 앞에 닥친 불행을 물리치기를 기다리는 시동의 살피는 듯한 눈빛에 사로잡힌 것처럼 느꼈어요. 베라가 내게 어린 기사의 사진을 내놓았던 슈포르코바에서의 그 날 저녁 나는 사람들이 생각하는 것처럼 감동을 받았다든가 당혹스러워한 것이 아니라 오히려 말도 생각도 사라지고, 아무것도 떠오르지 않았어요. 나중에 내가 다섯 살짜리 시동에 대해 생각할 때도 오로지 이 맹목적인 공포만이 나를 사로잡았어요. 한번은 내가 오랜 부재 끝에 프라하의 집으로 돌아오는 꿈을 꾸었지요. 가구들은 모두 제자리에 놓여 있었어요. 나는 부모님이 곧 휴가에서 돌아올 것이고, 그 분들에게 중요한 것을 드려야 한다는 것을 알고 있었어요. 그 분들이 오래 전에 돌아가셨다는 것에 대해서는 알지 못했어요. 단지 그 분들이 아직 살아 있다면 실제로 그런 것처럼 이미 90세나 100세 정도로 엄청나게 연세가 많다고만 생각했지요. 그러나 그 분들이 마침내 문 앞에 서 있을 때면 기껏해야 30대 중반이었지요. 그들은 들어와서 방들을 돌아다니며 이것저것을 손에 쥐고는 잠시 살롱에 앉아 농아들의 비밀스러운 말로 이야기를 나누었어요. 그 분들은 나를 알아보지 못했어요. 나는 그들이 지금 사는 집이 있는 산 속 어딘가로 떠날 것이라는 사실을 벌써부터 예감했지요. 우리는 과거로의 회귀가 일어나는 법칙을 알고 있는 것 같지는 않지만, 더 이상 시간은 존재하지 않고, 단지 좀 더 높은 구적법(求積法)에 따라 안에 차곡차곡 들어 있는 공간들만 존재하며, 그 공간들 사이에서 살아 있는 사람들과 죽은 사람들이 자신의 기분에 따라 여기저기 다닐 수 있다는 생각을 점점 더 많이 하게 되고, 내가 그런 생각을 오래 하면 할수록, 아직 살아 있는 우리는 죽은 사

람의 눈에는 비현실적이고 단지 이따금씩 빛의 특정한 상황과 대기 조건에서만 보이는 존재처럼 생각되었지요. 기억할 수 있는 한 나는 현실에는 전혀 존재하지 않는 것처럼 그 어떤 자리도 갖고 있지 않다는 생각이 늘 들었고, 이 같은 느낌이 장미 여왕의 시동의 눈빛이 나를 꿰뚫어 보는 슈포르코바에서의 그 날 저녁처럼 내 속에 강하게 다가온 적은 없었어요. 테레진*으로 가는 다음날에도 내가 누구이며 무엇인지 상상할 수 없었지요. 나는 홀레쇼비체의 황량한 정거장 플랫폼에서 몽롱한 상태로 서 있고, 선로는 양쪽으로 끝없이 이어져서 모든 것을 흐릿하게 인식할 수 있을 뿐이었으며, 그런 뒤 기차 안의 복도 창문에 기대어 바깥에 지나가는 북쪽 교외를, 몰다우 초원과 다른 쪽 강변에 있는 별장들과 정자들을 내려다보았지요. 한번은 강 저편에서 폐쇄된 거대한 채석장을 보았고, 그다음에는 꽃이 피고 있는 많은 자두나무들, 그 밖에는 오로지 텅 빈 보헤미아의 대지만 보일 뿐이었지요. 약 한 시간 후에

로보시체에 내렸을 때, 나는 여러 주 동안 여행을 하는 것처럼 계속해서 동쪽으로, 시간을 계속 거꾸로 가고 있다는 생각을 했지요. 정거장 앞 광장은 옹색하게 만든 가판대 뒤에서 거대한 보루처럼 쌓아 놓은 양배추를 누군가가 사 가기를 기다리는, 여러 겹의 외투를 입은 한 농부의 아낙네를 제외하고는 텅 비었어요. 택시는 어디서도 볼 수 없어서 나는 걸어서 로보시체를 지나 테레진 방향으로 갔지요. 그 광경을 더 이상 기억할 수 없는 그 도시를 뒤로 하자 북쪽으로 넓은 전경이 펼쳐졌어요. 라고 아우스터리츠는 말했다. 앞으로는 청록색 들판과 그 뒤에는 녹이 슬어 절반 정도는 이미 부식한 석유화학 공장이 있었는데, 그것의 냉각탑과 굴뚝에서는 하얀 연기구름이 아마도 오랜 세월이 흐르는 동안 중단되지 않은 채 올라오고 있었어요. 더 멀리에서는 원추형의 보헤미아 산들이 보였는데, 그 산들은 반원으로 된 이른바 보후쇼비체 분지를 둘러싸고, 거기서부터 가장 높은 꼭대기들은 이 차가운 잿빛 아침에는 낮게 가라앉은 하늘로 사라져 버렸지요. 나는 곧게 난 길 가장자리를 따라 걸으면서 한 시간 반 정도 걸으면 도달할 수 있는 요새의 실루엣이 나타나는지 줄곧 앞을 살폈지요. 나는 테레진이 전체 주변으로부터 높이 솟은 거대한 시설일 것이라고 상상했지만, 정반대로 에거와 엘베가 합류하는 곳의 습기진 저지에 깊이 숨어 있어서, 내가 나중에 읽은 바대로, 양조장 굴뚝과 교회탑 외에는 라이트메리츠 주변의 언덕들도, 직접 가까운 곳에서는 도시도 볼 수 없었어요. 확실히 18세기에 별 모양의 기반 위에 힘든 부역으로 쌓아 올렸을 벽돌담은 넓은 해자에서 올라오고, 앞뜰의

높이를 채 넘어서지 못했어요. 시간이 흐르는 동안 한때의 경사면과 풀이 무성하게 자란 댐 위에는 온통 덤불과 관목 들이 자라났는데, 그로 인해 테레진은 확고하다기보다는 위장되고, 대부분 침수 지역의 이미 늪지대가 된 바닥으로 가라앉은 도시라는 인상을

주었어요. 어쨌거나 습기 지고 차가운 아침에 로보시체에서 테레진으로 향하는 큰길로 방향을 잡았을 때, 나는 마지막까지도 목적지에 얼마나 가까이 와 있는지 예상할 수 없었어요. 비처럼 검은 도토리나무와 밤나무 몇 그루가 시야를 가리는 동안, 나는 이전의 주둔지 건물들의 정면 한가운데 서 있었고, 몇 걸음 더 나아가자 나무들이 두 줄로 늘어선 연병장으로 올라섰지요. 이 장소에서 가장 눈에 띄고 오늘까지 이해할 수 없는 것은 처음부터 텅 빈 모습이었어요, 라고 아우스터리츠는 말했다. 나는 테레진이 수년 전부터 다시 정상적인 마을이라는 것을 베라를 통해 알고 있었고, 광장의 다른 쪽에서 지팡이에 의지해 말할 수 없이 천천히 앞으로 걷는 꾸부정한 첫 번째 사람의 형체를 발견할 때까지는 거의 15분가량이 걸렸지만, 내가 한 순간 그녀에게서 눈을 떼자 그녀는 갑자기 사라져 버렸어요. 그 밖에는 오전 내내 이 테레진의 곧고 황량한 길에서 낡아빠진 양복을 입은 정신이상자를 제외하고는 아무도 만나지 못했는데, 이 남자는 분수가 있는 공원의 보리수나무 사이에서 더듬는 독일어로 거칠게 손을 내저으며 내 쪽으로 다가왔지만, 내가 그에게 준 100크론짜리 지폐를 손에 쥐고 달려가는 도중에 말 그대로 땅 속으로 꺼져 버리기까지 무슨 말을 하는지 알 수 없었어요. 캄파넬라가 구상한 이상적인 태양국가처럼 엄격한 기하학적인 배열에 따라 설계된 이 요새 도시는 몹시 음울했는데, 소리 없는 집들의 정면이 자아내는 방어적인 느낌은 더 심했고, 그 집들의 흐릿한 창문에는 아무리 올려다보아도 그 어디서도 커튼 하나 움직이지 않았어요. 나는 누가 이 황량한 건물들 안

에 살고 있는지, 아니면 도대체 사람이 살기라도 하는지 상상할
수 없었지만, 그럼에도 불구하고 다른 한편으로는 뒷마당에 붉은
색으로 거칠게 번호가 매겨진 수많은 쓰레기통이 벽을 따라 열을
이루고 있는 것이 눈에 띄었어요. 그러나 내게는 테레진의 문들과
대문들이 가장 무시무시해 보였는데, 모두들 아직 한 번도 들어가

본 적 없는 어둠으로 향하는 통로를 막고 있는 듯한 느낌을 주었
고, 그 어둠 속에는 벽에서부터 떨어진 석회와 거미줄을 내놓으면
서 작은 걸음을 바삐 옮기며 바닥을 기어가거나 기대감에 차서 거
미줄에 매달려 있는 거미들 외에는 아무런 움직임도 없을 것이라
고 생각했어요, 라고 아우스터리츠는 말했다. 잠시 후 나는 채 정
신이 들기도 전에 그 테레진의 병영 건물 안을 들여다보았지요.
그것은 이 기교적인 곤충의 그물망으로 바닥에서부터 천장까지
층층이 채워져 있었어요. 내가 반쯤 몽롱한 상태에서 종종 이 나

지막한 공기의 흐름 속에 떨리고 있는 화약색 꿈의 이미지를 어떻게 포착하고, 그 안에 숨겨져 있는 것을 어떻게 인식했는지를 아

직 기억하고 있지만, 그것은 점점 더 해체되었고, 동시에 점심때쯤 누군가 나타나 이 기이한 창고를 열리라는 헛된 희망으로 오랫동안 그 앞에 서 있던, 도시 광장의 서쪽에 위치한 Antikos BAZAR라는 쇼윈도의 반짝거리는 글자에 대한 기억과 겹쳐졌어요. 이 안티코스 가게는 협소한 식료품 가게일 뿐 아니라 내가 테레진에서 볼 수 있었던 거의 유일한 가게이기도 했어요, 라고 아우스터리츠는 말했다. 그것은 가장 큰 집들 중 하나의 전면을 차지하고 안으로는 훨씬 깊숙이까지 들어가는 것같이 생각되었어요. 진열대에 놓여 있는 물건들밖에는 볼 수 없었지만, 그것은 상점 내부에 쌓인 얼마 되지 않는 잡동사니들보다 더 많지 않았지요. 그러나 외관상으로는 유리창에 비친, 시 광장 주변에 서 있는 보리수나무의 검은 가지들 안에 자연스럽게 짜 맞춰진 것처럼 보

이는, 완전히 인위적으로 조합된 네 개의 정물화조차 오랫동안 벗어날 수 없는 매력을 발휘했고, 나는 차가운 유리창에 이마를 대고 여러 가지 물건들을 살펴보았는데, 마치 그 중 하나에서 혹은 서로서로의 연관성에서, 나를 사로잡고 있는 다 생각해 낼 수조차 없는 수많은 질문에 대한 명백한 답을 얻어 낼 수 있기라도 한 것처럼 말이지요. 침상 등받이에 걸쳐진 하얀 레이스로 된 축제일 식탁보, 빛바랜 문직 시트가 덮인 거실 소파는 무엇을 의미했을까? 신탁(神託)을 받은 듯한 크기가 서로 다른 세 개의 놋 박격포는 무슨 비밀을 숨기고 있으며, 크리스털 대접, 도자기 화병과 토기 항아리, 테레지엔슈타트의 물이란 글자가 적힌 양철로 된 간판, 바다조개로 된 상자, 모조 오르간, 유리로 된 천구(天球) 안에 기이한 바다꽃이 떠 있는 구형(球形) 서진(書鎭), 모형배, 가볍고

밝은 아마포로 된 여름용 소재의 전통 의상, 사슴뿔 단추, 엄청나게 큰 러시아 장교 모자와 그것과 세트를 이루는 금박 견장이 달린 올리브색의 유니폼 상의, 낚싯대, 사냥 가방, 일본식 부채, 램프 갓 주변에 둥글고 섬세한 붓글씨로 그려진 보헤미아인지, 아니면 브라질인지를 관통해 소리 없이 흐르는 강물 풍경은 무엇을 의미할까? 이어서 신발 상자 크기의 유리 진열장에 나뭇가지 그루터기에 쪼그리고 앉아 있는 부분적으로는 이미 좀이 먹어 흉물스러워진 박제된 다람쥐, 그것의 조그맣고 유리 같은 눈이 가차 없이 나를 향하고 있어 *veverka*(다람쥐)라는 체코어 단어가 오래전에 잊었던 친구의 이름처럼 멀리서부터 다시 떠오르더군요. 어디서 솟아나지도 않고, 어디서도 합쳐지지 않은 채 항상 원위치로 되돌아 흐르는 강물, 항상 같은 자세를 유지하고 있는 다람쥐, 혹은 막 뒷발을 들어올리는 준마(駿馬) 위에서 관람자는 알 수 없지만 의심할 여지 없이 끔찍한 불행에서 마지막 희망마저 버린 여성

인물을 구하기 위해 왼팔로 그녀를 자기 쪽으로 끌어올리려 하는, 몸을 뒤로 향한 말 탄 영웅을 표현한 상아색 도자기 형상과는 무슨 관련이 있을까 하고 자문해 보았지요, 라고 아우스터리츠는 말했다. 테레진의 상점에 들어오게 된 장식품들과 도구들, 헤아릴 수 없는 인연 때문에 본래 소유주보다 오래 살아남았고 파괴의 과

정을 견뎌 낸 기념품들은 모두 이렇게 초시간적이고 영원화한, 항상 지금 일어나는 구원의 순간이었고, 나는 그것들 사이에서 나 자신의 희미한 그림자를 거의 알아볼 수 없었어요. 내가 여전히 가게 앞에서 기다리는 동안 소리 없이 비가 내리기 시작했고, 아우구스틴 네메체크라는 이름을 가진 상점 주인도, 그 밖의 다른 사람도 나타나지 않아 나는 결국 자리를 떠나 계속 걸어서 길을 몇 개 오르락내리락했더니 갑자기 시 광장 북동쪽의 조금 전에는 보지 못했던 게토 박물관 앞에 와 있었어요, 라고 아우스터리츠는

잠시 후 말을 다시 이었다. 계단을 올라가 입구에 들어서자, 자주색 블라우스를 입고 유행이 지난 파마머리를 한, 나이를 알 수 없는 한 여인이 일종의 계산대 앞에 앉아 있었어요. 그녀는 코바늘 뜨개질하던 것을 옆으로 치우고 몸을 약간 숙이며 내게 입장권을 내밀었지요. 내가 오늘의 유일한 방문객인지 묻자 그녀는 이 박물관은 얼마 전에 오픈했으며, 특히나 이런 계절, 이런 날씨에는 외지로부터 오는 사람이 거의 없다고 대답하더군요. 테레진 시 주민들은 어차피 들어오지 않는다고 말하면서, 그녀는 흰 손수건을 다시 손에 쥐었는데, 그 가장자리에 꽃잎 모양과 비슷한 루프*를 대는 중이었어요. 나는 혼자서 전시실로 들어가, 1층과 2층 사이에 있는 전시실과 위층에 있는 공간을 지나 전시된 패널 앞에 섰는데, 회피하고자 했던 나의 전략이 그토록 오랫동안 차단해 준 그 전설들을 한번은 아주 빨리, 한번은 한 자 한 자 읽어 내려가고, 사진으로 재현된 것을 오래 살펴보는 동안, 나는 내 눈을 믿을 수 없었고 이 건물 안에 사방으로 둘러싸인 박해의 역사에 대한 표상과 함께 여러 차례 시선을 돌려 창문 너머 뒤쪽으로 난 정원을 내려다보아야 했어요. 평소에는 고도로 발달한 나의 지형학적 의식 속에서 여전히 공백(空白)의 자리였던 독일제국의 지도와 피보호 국가의 지도를 살펴보고, 그 점들이 지나가는 철도 노선을 좇아 보았으며, 민족사회주의자들의 인구 정책에 대한 기록들과 한편으로는 즉흥적이고 다른 한편으로는 최후까지 철저히 계산된 엄청난 비용을 들인 질서와 청결에 대한 망상의 증거 앞에서 크나큰 충격을 받았고, 중부 유럽 전역에 노예 경제의 건설과 의도적인 노동력의 소모, 그 구간 어딘가로 호송해 간 희생자들의 출신과 사망 장소, 그들 생전의 이름이 무엇이었으며, 모습은 어땠는지, 그리고 그들의 감시자는 어땠는지를 알 수 있었지요. 나는 이제 이 모든 것을 이해하는 동시에 아무것도 이해할 수 없었는데, 내가 두려워했던 것처럼, 자신의 실수로 알지 못한 채 살아온 내게 한 공간에서 다음 공간으로, 그리고 다시 거꾸로 돌아오는 이 박물관 안의 통로는 나의 이해력을 훨씬 능가했기 때문이지요. 나는 프라하, 필젠, 뷔르츠부르크, 그리고 빈과 쿠프슈타인과 카를스바트, 그 외 많은 다른 곳으로부터 테레진으로 보내진 수감자들이 가지고 왔던 짐꾸러미들, 손가방, 혁대, 옷솔과 여러 공장에서 만들어진 머리빗, 정확히 세워 놓은 작업 계획서, 귀리와 마(麻)를 따로 분리해서 어디에 심어야 하는지, 호프와 호박과 옥수수를 심어야 하는지, 누벽 도랑들과 외곽의 엄호되지 않는 지역에 있던 녹지대를 농사에 이용할 계획들을 보았어요. 결산서, 사망자 명단, 생각해 낼 수 있는 모든 종류의 표들과 끝없이 나열된 숫자와 기호 들을 보았고, 관할 담당자들은 자신들의 감시 아래 그 중 하나도 분실하지 않은 것에 안도했을 거예요. 나는 테레진 박물관을 회고할 때마다, 빈에서 이 건물을 짓도록 주문한 오스트리아-헝가리제국의 여제후를 위해 부드러운 녹황색 톤과 외부로 펼쳐진 주변에 맞추어 수채화로 그려진, 아주 사소한 것까지 이성적으로 추론해 낸, 세계의 모델인 별 모양을 한 요새의 기본 구조를 떠올리지요. 이 난공불락의 요새는 한 번도 점령된 적이 없었으며, 심지어 1866년 프로이센에 의해서도 점령당하지 않았고, 그것의 외곽 보루 중 한 포곽에서 합스부르크 제국의 적지 않은 국사범이 죽어 간 것을 제외한다면, 19세기 내내 두세 연대와 약 2천 명 정도의 주민을 위한 조용한 주둔지였고, 노란색이 칠해진 담벽과 내부 마당, 정자의 통로들, 끝이 잘린 나무들과 빵집, 맥주집, 카지노와 사병들의 숙소, 군수품 창고, 간이 음악회장, 작전을 위한 그때그때의 이동 배치, 한없이 지루해하던 장교들의 아내와 흔히 사람들이 생각하듯 영원히 적용되는 업무 규정을 가진 외곽 도시였지요. 마침내 코바늘 뜨개질을 하던 그 여인이 내 옆에 와서 곧 문을 닫아야 한다고 말했을 때, 나는 전시된 패널 중 하나에서 1942년 12월 중순, 그러니까 아가타가 테레진에 왔던 그 시점에 기껏 건평 1제곱킬로미터의 이 게토 안에 6만 명의 사람들이 함께 갇혀 있었다는 사실을 몇 번이나 읽었는지 모르고, 잠시 후 다시 바깥에 나와 황량한 시 광장에 섰을 때, 갑자기 그들이 모두 제거된 것이 아니라 여전히 살아 있으며, 집 안으로, 지하나 다락으로 빽빽이 몰려 들어가 쉬지 않고 계단을 오르락내리락하면서 창밖을 내려다보거나, 무리를 지어 길과 골목을 돌아다니며, 심지어 가는 비로 인해 회색 선영이 그려진 공중의 모든 공간을 채우고 있다는 생각이 분명하게 들었어요. 나는 눈앞의 이 같은 환상과 함께 어디선가에서 나타나 박물관 입구에서 몇 발짝 떨어진 바로 내 앞의 경사진 모퉁이에 멈춰 서 있는, 도대체 어디서 왔는지 알 수 없는 고색창연한 버스에 올라탔어요. 그것은 이 외곽 지역에서 수도(首都)로 들어가는 버스 가운데 하나였어요. 운전기사는 100크론 지폐에 대한 거스름돈을 말없이 건네주었고, 그 잔돈을 프라하까지 손에 꼭 쥐고 있었던 것이 기억나요. 바깥에서는 점점 어두워지는 보헤미아의 숲들과 호프를 받치는 헐벗은 버팀목들, 평평하고 텅 빈 진황색 농지가 계속 이어졌어요. 버스 안은 지나치게 난방이 많이 되어 있었어요. 나는 이마에서 땀방울이 솟고 가슴이 답답해지는 것을 느꼈어요. 내가 한번 고개를 돌려보니 승객들은 예외 없이 잠에 빠져 있더군요. 그들은 뻗은 몸을 좌석에 기대고 거의 매달려 있었지요. 어떤 사람은 머리를 앞으로 숙이고, 다른 사람은 옆이나 목 뒤로 젖혀져 있었지요. 많은 사람들은 나지막이 코를 골기도 했어요. 오로지 운전사만이 빗속에서 반짝거리는 도로를 똑바로 바라보고 있었지요. 차를 타고 남쪽으로 갈 때면 언제나 산을 계속 내려가는 듯한 느낌을 종종 받곤 했는데, 특히 프라하의 교외 도시들에 다다르자, 우리는 일종의 승강장을 지나 아주 서서히 도착해서, 한번은 이쪽으로 다른 한번은 다른 쪽으로 결국은 모든 방향 감각을 잃을 때까지 미로 속으로 굴러 내려가는 것 같은 생각이 들었지요. 그래서 그곳에서 기다리거나 차를 타고 내리는 수천 명의 사람들 사이에서 이 초저녁 시간에 사람들로 넘쳐나는 환승장이 된 프라하의 버스 정류소에 도착했을 때, 나는 그만 엉뚱한 방향으로 가고 말았지요. 길에서 내 쪽으로 몰려오는 사람들이 매우 많았는데, 그들은 대부분 커다란 손가방을 들고 근심에 찬 핏기 없는 얼굴을 하고 있어서 나는 그들이 틀림없이 시내에서 왔을 거라고 생각했어요. 라고 아우스터리츠는 말했다. 그러나 나중에 지도에서 본 것처럼, 나는 처음에 생각한 대로 어느 정도 똑바로 중심가에 도달한 것이 아니라 거의 비셰흐라트에까지 이르는 넓은 반원을 그리며 시내 중심을 돌아갔고, 그런 다음 신시가지를 관통해서 몰다우 강변을 따라 캄파 섬에 있는 내가 묵을 호텔로 갔지요. 오래 걸은 탓에 지친 채 누워 잠을 청했을 때는 이미 늦은 시간이었는데, 창문 앞에서 둑을 넘어 물소리가 들려왔지요. 그러나 눈을 크게 뜨고 있든지 감고 있든지 간에 밤새 테레진과 게토 박물관에서 본 이미지들, 요새 담벽의 기와와 상점의 쇼 윈도, 끝도 없는 이름 목록, 잘츠부르크와 빈에 있는 브리스틀 호텔의 이중 스티커가 붙은 가죽으로 된 여행 가방, 내가 사진을 찍었던 닫힌 대문들과 보도석 틈새에서 자라는 풀들, 지하실 통로 앞에 쌓인 연탄더미들, 다람쥐의 유리 같은 눈, 그리고 눈보라를 맞으며 홀레쇼비체의 전시회장까지 짐을 실은 터보건 썰매를 끌고 가던 아가타와 베라의 그림자를 보았지요. 아침 무렵에야 잠시 잠이 들었지만, 그다음의 깊은 무의식 상태에서조차 그 연속되는 이미지들은 떠나지 않고, 오히려 어디서 왔는지 알 수 없는 악몽으로 변한 것 같았는데, 그 꿈속에서 파괴된 지역 한가운데 있는 보헤미아 북쪽 도시 둑스가 나타났고, 나는 그때까지 그 도시에 대해서는 기껏해야 카사노바가 그곳의 발트슈타인 백작의 성에서 생애 마지막 몇 년을 자신의 회고록과 수많은 수학 관련 논문들과 비의(秘義)적 논문들, 그리고 5부로 된 미래 소설 『이코사메론』을 집필했다는 사실밖에 아는 것이 없었지요. 나는 꿈속에서 4만 권 이상 되는, 금박을 입힌 여러 층의 책들로 둘러싸인 발트슈타인 백작 도서관에서 황량한 11월 오후에 홀로 책상 앞에 몸을 숙인, 나이가 들어 소년의 키만큼 쪼그라든 그 플레이보이를 보았어요.

그는 분칠한 가발을 옆에 놓고, 듬성듬성한 머리카락은 허물어질 것 같은 육신의 징표로, 머리 위의 작고 하얀 구름처럼 떠 있었지요. 왼쪽 어깨가 약간 올라온 자세로 그는 쉬지 않고 글을 써 내려갔어요. 펜이 사각거리는 소리 외에는 아무 소리도 들리지 않았고, 그 소리는 글 쓰는 사람이 잠시 고개를 들고 이미 반쯤은 먼 곳을 알아볼 수 없는, 물기가 축축한 눈을 들어 바깥의 둑스 공원 뒤로 이제 거의 남지 않은 빛을 바라볼 때만 중단되었지요. 울타리가 쳐진 주변 저편에는 테플리체에서부터 모스트와 호무토프로 향하는 지역이 깊은 어둠에 놓여 있었어요. 그 너머 북쪽으로는 지평선 한쪽 끝에서 다른 쪽 끝까지 국경의 산들이 검은 숲처럼, 그리고 그 앞에는 산자락을 따라 끈을 풀어 놓은 듯한 생채기투성이의 대지와 가파른 기슭과 한때 땅 표면 아래까지 넓게 펼쳐진 계단식 언덕이 있었지요. 이전에는 단단한 바닥이 있던 곳, 길들이 이어지는 곳, 사람들이 살았고 여우들이 들판으로 달리고 온갖 새들이 이 수풀에서 저 수풀로 날아가던 곳에는 텅 빈 공간 외에는 아무것도 없었고, 그 바닥에는 돌과 포장용 자갈, 죽은 물이 공기의 흐름에조차 움직이지 않았어요. 배들이 어슴푸레한 상태에서 갈탄이 타고 있는 동력 장치의 실루엣을 돌리는 것처럼, 석회색의 마름돌과 꼭대기가 톱니 모양인 냉각탑, 그리고 높이 솟은 굴뚝 위로 병든 색으로 줄무늬가 난 서쪽 하늘을 향해 연기가 깃발처럼 꼼짝하지 않고 서 있었지요. 단지 창백한 밤하늘에는 별이 몇 개 나타났고, 녹슨 듯한 그을음을 내는 불빛들이 하나씩 하나씩 꺼지고, 항상 지나가는 궤도에 딱지 같은 흔적을 남겨 놓았지요. 남쪽으로는 넓은 반원으로 보헤미아의 원추형 사화산이 솟아 있었는데, 나는 이 악몽 속에서 그 화산이 폭발하여 주변의 모든 것을 검은 재로 뒤덮어 버리기를 바랐지요. 다음날 두 시 반경에 야 비로소 나는 어느 정도 자신을 진정시킨 후, 잠정적으로는 마지막으로 베라를 방문하기 위해 캄파 섬에서부터 슈포르코바로 올라갔어요, 라고 아우스터리츠는 이야기를 계속했다. 나는 베라에게 우선 프라하에서부터 내게는 낯선 독일을 거쳐 런던으로 가는 기차 여행을 하겠다고, 그러나 곧 다시 돌아와 그녀와 가까운 곳에 집을 얻어 한동안 머물겠다고 말해 둔 상태였지요. 그 날은 유리처럼 투명하게 빛나는 봄날이었어요. 베라는 이른 아침부터 눈 안에서 느껴지는 묵직한 고통에 시달린다고 하소연했고, 햇빛이 들어오는 쪽 창문의 커튼을 쳐 달라고 부탁했어요. 그녀는 어슴푸레함 속에서 붉은 우단 안락의자에 앉아 피곤한 눈을 감고는 내가 테레진에서 본 것에 대해 이야기하는 것을 들었지요. 나는 베라에게 다람쥐를 체코어로 뭐라고 부르는지 물어봤고, 그녀의 아름다운 얼굴에 천천히 미소가 퍼지면서 잠시 후에 베베르카라고 대답해 주었지요. 그런 뒤 베라는 우리가 종종 가을이면 쇤보른 정원의 위쪽 경계선 담장에서 자기들의 보물을 파묻고 있는 다람쥐들을 살펴보곤 했다고 말했지요, 라고 아우스터리츠는 말했다. 그러고 나서 우리가 다시 집으로 돌아오면, 나는 항상 네가 가장 좋아하는 계절의 변화에 대한 책을 네가 첫 줄부터 마지막 줄까지 외울 수 있었음에도 소리내어 읽어 주었지, 라고 베라는 말했고, 특히 방금 내린 눈으로 뒤덮인 풍경 속에 토끼와 노루, 자고

가 놀라서 꼼짝하지 않고 서 있는 겨울 그림들을 한 번도 싫증내지 않고 바라보았으며, 눈이 나뭇가지들 사이로 줄곧 떨어져 곧 숲의 바닥 전체를 덮는 장면이 나오는 페이지에 이르면, 나는 그녀를 올려다보고, *Ale když všechno zakryje sníh, jak veverky najdou to místo, kde si schovaly zásoby*(하지만 모든 것이 다 하얗게 되면 다람쥐들은 자기들의 먹이를 숨긴 곳을 어떻게 알아요)? 하고 물었다고 베라는 말했지요, 라고 아우스터리츠는 말했다. 내가 거듭 반복했던, 항상 나를 새삼스레 불안하게 만들었던 질문은 바로 그것이었다고 베라는 말했지요. 그래요, 다람쥐들은 그걸 어떻게 아는지, 그리고 우리는 대체 무엇을 아는지, 우리는 어떻게 기억하고, 결국에 가서는 무엇을 찾지 못하나요? 홀레쇼비체의 전시회장 문 앞에서 작별한 후 6년이 지나자 아가타는 1944년 9월에 테레진에 수감된 1,500명의 다른 사람들과 함께 동쪽으로 보내졌다고 베라는 계속 이야기했지요. 그녀 자신은 그 후 오랫동안 아가타에 대해서도, 그녀에게 일어난 일에 대해서도, 무의미한 미래에 계속된 자신의 삶에 대해서도 거의 아무것도 생각할 수 없었다고 했어요. 그녀는 종종 여러 주일 동안 정신을 차릴 수 없었고, 자신의 몸 바깥에서 세계 잡아당기는 느낌을 받았으며, 끊어진 실마리를 보았고, 모든 것이 실제로 일어났는지 믿을 수 없었다는 거예요. 영국에 머무르던 나와 프랑스에 있는 아버지에 대해 나중에 끝없이 이어졌던 조사는 아무런 결실도 얻지 못했지요. 어떤 식으로 시도하든 간에 항상 모든 흔적은 모래 속에서처럼 사라지고 말았는데, 그 당시에는 검열 부대가 우편 체계를 엉망으로 만들었고, 외국에서 답장을 받는 데 종종 몇 달씩 걸렸기 때문이었겠지요. 그녀 자신이 제대로 된 기관을 찾을 수 있었다면 아마도 달랐겠지만, 그러나 그것을 위한 가능성도 돈도 그녀에게는 없었다고 베라는 말했어요, 라고 아우스터리츠는 말을 계속했다. 그리고 그렇게 아무런 기대도 없이 몇 년이 지났지만, 돌이켜 보면 납덩이처럼 무거운 단 하루처럼 느껴진다는 거예요. 그녀는 학교 업무를 행했고, 스스로의 삶을 유지하기 위해 필요한 것들을 마련했지만, 그 시간 이후 그녀는 무엇을 느끼지도 숨을 쉬지도 못했다는 거예요. 단지 지난 세기 혹은 그 전 세기에 나온 책들 속에서만 그녀는 살아 있는 것이 무엇을 의미하는지 생각할 수 있었다는 거예요. 베라의 그 같은 이야기 뒤에 우리 두 사람은 무슨 말을 해야 좋을지 몰라 종종 긴 침묵이 이어졌고, 슈포르코바의 어두워진 집 안에서 여러 시간이 흘러갔지만 우리는 그것을 깨닫지 못했지요. 저녁 무렵 내가 베라와 작별을 고하자, 그녀는 전혀 무게가 나가지 않는 손으로 내 손을 잡았는데, 그때 그녀는 갑자기 내가 윌슨 정거장에서 떠나는 날, 기차가 눈앞에서 사라지자 아가타가 몸을 돌리고는 지난 여름만 해도 우리가 여기서 마리엔바트로 갔었는데…… 그런데 이제 우리는 어디로 가지? 라고 했던 말을 떠올렸어요. 처음에는 전혀 제대로 이해할 수 없었던 베라의 이 회상은 곧 나를 사로잡아서, 나는 평소에는 거의 전화를 하지 않지만, 그 날 저녁 섬의 호텔에서 베라에게 전화를 했지요. 그녀는 피로감으로 아주 작은 목소리로, 1938년 여름, 아가타, 막시밀리안, 그녀와 내가 다같이 마리엔바트에 갔었다고 말했어요. 그것은 멋진, 거의 황홀한 3주간이었다고요. 이 시설에서 자신들의 물컵을 가지고 기이하게 천천히 움직이는 과체중이거나 너무 마른 요양객들은, 아가타가 한번은 지나가면서 말한 것처럼 그지없이 평화로운 사람들처럼 보였지요. 우리는 팔라스 호텔 바로 뒤에 있는 오스본 발모랄이란 여관에 묵었어요. 아침에는 우리는 대부분 온천을 하고, 오후에는 주변으로 끝없이 긴 산책을 갔지요. 막 네 살이 된 그 여름 휴가에 대해 나는 아무런 기억도 갖고 있지 않아요, 라고 아우스터리츠는 말했고, 아마도 바로 그 때문에 나중에 내가 1972년 8월 말에 바로 그곳 마리엔바트에 당시 내 삶에서 시작하려 했던 더 나은 전환 앞에서 근거 없는 불안을 느끼며 서 있었던 모양입니다. 나는 파리 시절 이후 편지를 주고받았던 마리 드 베르뇌유로부터 보헤미아로 가는 여행에 동행해 달라는 초대를 받았는데, 거기서 그녀는 유럽 온천 휴양지의 발전상에 대한 자신의 건축사 연구 외에도, 내가 오늘은 말해도 된다고 생각하는데, 나를 고립 상태에서 빠져 나오도록 시도해 볼 작정이었지요, 라고 아우스터리츠는 말했다. 그녀는 모든 것을 최고로 준비했어요. 그녀의 사촌 프레데릭 펠릭스는 프라하 주재 프랑스 대사관 수행원이었는데, 그가 으리으리한 타트라 리무진을 공항으로 보내 우리는 그걸 타고 곧장 마리엔바트로 갔지요. 우리가 그 자동차의 푹신한 쿠션이 있는 뒷좌석에 두세 시간 앉아 있는 동안, 차는 한참을 똑바로 뻗은 국도를 지나고 텅 빈 들판을 지나 서쪽으로 달리다가, 한번은 물결치는 듯한 계곡 아래로, 그다음은 다시 넓게 펼쳐진 고원 지대로 올라가, 그 너머로 아주 멀리까지,

그러니까 보헤미아가 발트 해로 이어지는 곳까지 볼 수 있었지요. 우리는 여러 번 푸른 숲 지대로 덮인 낮은 산마루를 따라 달리곤 했는데, 그것들은 색이 고른 회색 하늘에 톱날처럼 날카롭게 드러나 보였지요. 다른 차들은 거의 없었어요. 아주 가끔씩 작은 승용차가 우리 쪽으로 마주 오든가 아니면 우리는 긴 고갯길을 오르며 심한 연기를 내뿜는 트럭들을 앞질러 갔지요. 그러나 우리가 프라하 공항 지역을 떠난 뒤부터 오토바이를 타고 유니폼을 입은 두 사람이 일정한 간격을 두고 우리를 쫓아왔어요. 그들은 자신들의 유니폼에 가죽으로 된 안전 헬멧과 검은색 보호 안경을 썼고, 오른쪽 어깨 위로는 카빈총의 총신이 비스듬히 올라와 있었어요. 청하지도 않은 이 두 동행자가 내게는 몹시 불편했고, 특히나 우리가 산등성이를 넘어 산 밑으로 내려갈 때 그들이 잠시 동안 뒤로 향한 시야에서 사라졌다가 곧 이어 햇빛을 향해 더 위협적으로 윤곽을 드러내며 다시 나타나면 더욱 기분이 좋지 않았어요. 그렇게 쉽게 겁을 먹지 않는 마리는 웃기만 하면서 그림자 같은 이 두 명의 기수는 아마도 체코슬로바키아 사회주의 공화국(ČSSR)이 프랑스에서 온 방문객을 위해 직접 제공하는 명예로운 퍼레이드일 거라고 말했지요. 우리가 숲을 이룬 언덕 사이로 계속 내려가는 길을 통해 마리엔바트에 가까워졌을 때는 날은 어둑해졌고, 집 앞에 바짝 다가서 있는 전나무들 아래를 지나 몇 개의 가로등으로 희미하게 밝혀진 장소로 들어갔을 때, 나는 약간 불안에 휩싸였던 것을 생각해 낼 수 있어요, 라고 아우스터리츠는 말했다. 자동차는 팔라스 호텔 앞에 멈추었어요. 운전사가 우리의 짐을 내리는 동안 마리는 그와 몇 마디를 나누었고, 그런 다음 우리는 늘어선 높은 벽거울들에 의해 거의 두 배로 보이는 텅 비고 조용해서 이미 한밤중처럼 보이는 로비로 들어갔어요. 비좁은 수위실의 데스크 앞에 서 있던 수위가 책을 읽다가 고개를 들어 거의 알아들을 수 없이, *Dobrý večer*(늦은 저녁에)라고 중얼거리며 늦게 찾아온 손님들을 향해 다가올 때까지는 상당한 시간이 걸렸어요. 그 남자에게서 가장 눈에 띈 것은 엄청나게 말랐다는 것인데, 마흔이 채 되지 않았지만 양미간에는 부채살 모양으로 주름이 졌고, 마치 밀집한 대기 중에서 움직이는 것처럼 말 한 마디 없이 아주 천천히 필요한 요식 절차를 해결하고, 우리에게 비자를 보여줄 것을 요구하고는 여권과 거기에 기재된 사항을 뒤적이더니, 줄이 쳐진 공책에 한쪽이 올라가는 글자로 길게 적어 넣고는 내게 질문지를 채우게 하고, 서랍에서 열쇠를 뒤져서는 마침내 벨을 울려 구부정한 종업원을 불렀는데, 무릎까지 내려오는 쥐색 나일론 앞치마를 입은 그 사람은 그 호텔의 객실 종업원으로, 사지 중 한쪽이 마비되는 병적인 피로에 시달리고 있었어요. 그가 우리의 가벼운 가방 두 개를 들고 우리 앞에서 4층으로 올라가는 동안—홀에 들어서자 마리는 내게 곧바로 자동 순환식 엘리베이터를 가리켜 보였는데, 그것은 아마도 오래 전부터 가동되지 않은 모양이었어요—그는 마침내 힘든 능선을 넘어 정상에 다가가는 알피스트처럼 거의 앞으로 나가지 못하고 여러 차례 쉬어야 해서, 우리도 마찬가지로 그보다 몇 계단 아래에서 기다려야 했지요. 우리는 올라가는 동안 두 번째 종업원을 제외하고는 아무도 만나지 못했는데, 자신의 동료나 국가가 운영하는 이 온천 호텔의 모든 직원들과 똑같은 회색 셔츠를 입고, 계단 맨 위 계단참에 놓인 의자에 앉아 머리를 앞으로 숙인 채 자고 있던 그 두 번째 종업원 옆의 바닥에는 깨진 유리를 담은 양철 쟁반이 있었어요. 우리에게 열어 준 방은 38호였는데, 살롱처럼 큰 공간이었어요. 벽은 여러 군데 심하게 낡은 문직 벽걸이 양탄자로 덮여 있더군요. 문간의 커튼과 흰 베개가 기이하게 가파르게 높이 올라가는, 골방에 놓인 침대는 지나간 시대의 것이었어요. 마리는 곧장 짐을 풀기 시작했고, 모든 상자들을 열어 보고 욕실로 들어가 시험 삼아 수도꼭지와 거대한 오래된 샤워기를 돌려 보고는, 사방을 찬찬히 살펴보았어요. 그러고는 마침내 다른 것은 모두 다 정상인데 책상은 수년 동안 먼지를 털지 않은 듯한 인상을 주는 것이 기이하다고 말했어요. 이 특이한 현상에 대해 어떤 설명이 가능할까 하고 그녀는 내게 물었지요, 라고 아우스터리츠는 말했다. 이 책상은 혹시 유령의 장소일까? 내가 그녀에게 무어라고 대답했는지 더 이상 알 수 없지만, 우리는 저녁 늦게 몇 시간 동안 열어 놓은 창가에 앉아 있었고, 마리는 내게 이 온천의 역사에 대해, 19세기 초 이 온천 주변의 계곡 분지에서 행해진 벌목에 대해, 언덕 위에 처음으로 불규칙하게 세워졌던 의고전주의식 주택들과 여관들, 그리고 곧 모든 것을 앗아 버린 비약적인 발전에 대해 많은 이야기를 들려주었지요. 건축 기사, 미장이, 칠장이, 열쇠공과 석고 세공인 들이 프라하와 빈, 그 외 사방에서 몰려왔고, 많은 사람들은 베네토에서 오기도 했지요. 로프코비츠 공의 정원사 중 한 사람이 숲 지대를 영국식 조망 공원으로 바꾸기 시작했고, 토종 나무들과 희귀 품종 나무들을 심고, 관목이 풍성한 잔디 광장과 가로수길, 정자길, 그리고 전망대 들을 만들었지요. 점점 더 당당한 호텔들과 요양 홀, 목욕탕, 독서실, 음악 공연장과 곧 여러 명의 대가들이 등장한 극장이 우후죽순처럼 생겨났지요. 1873년에는 주철로 된 거대한 주랑이 세워졌고, 마리엔바트는 유럽의 온천 가운데 가장 사교적인 장소에 속하게 되었지요. 마리는 광천수 우물과 이른바 아우쇼비츠 샘물에 대해 말했는데, 이 대목에서 그녀는 모든 사물에 대한 자신의 위트 감각을 가미한 채 제대로 된 의학적 용어들을 나열해서, 당시 시민 계층 사이에 널리 퍼져 있던 비만, 위장 불순, 소화기 장애, 하체 울혈, 생리 불순, 간경화, 담즙 분비 장애, 통풍, 비장 우울증, 신장염, 방광과 요도 질환, 갑상선염, 결핵성 종양, 또한 신경과 근육 체계 장애, 긴장, 사지떨림과 마비, 점액 분비선과 혈관, 장기 피부염, 그리고 거의 모든 다른 생각해 낼 수 있는 질환에 이 샘물을 추천했다고 말했지요. 나는 자신들의 사회적 지위의 안전에 대한 걱정을 비대해 가는 몸으로 억누르기 위해 의사의 충고를 무시한 채 당시의 요양소에서도 풍성하게 차려진 식탁의 쾌락에 언제나 빠져 있는 매우 뚱뚱한 남자들의 모습을 상상하고, 창백하거나 이미 약간은 누렇게 뜬 채 자기 속에 깊이 빠져 구불구불한 오솔길을 통해 한 정자에서 다른 정자로 거닐거나, 전망대나 아말리아 언덕이나 미라몬트 성으로부터 애잔한 기분으로 좁은 계곡을 넘어가는 구름의 유희를 좇고 있는 대부분이 여성들인 다른 온천 방문객들을 보는 것 같아, 라고 마리는 말했지요. 나는 이야기를 들려주는 이 여성의 말에 귀를 기울이는 동안, 내 안에서 좀처럼 느끼지 못했던 행복한 감정은 모순되게도 전에 마리엔바트에 머물렀던 손님들과 마찬가지로 나 역시 엄습해 오는 질병에 걸린 것 같다는 생각과 이제 회복 단계에 있는 것 같은 희망이 뒤섞인 느낌을 받았지요. 실제로 내 생애에서 마리와 함께 보낸 이 첫날 밤처럼 잘 자 본 적이 단 한 번도 없었지요. 그녀의 고른 숨소리를 들었지요. 가끔씩 하늘에 지나가는 번갯불 속에서 아주 짧은 순간 내 옆에 있는 그녀의 아름다운 얼굴이 드러났고, 그런 뒤 밖에서는 규칙적으로 비가 떨어지는 소리가 들렸고, 흰 커튼들이 방 안으로 날려 들어와, 나는 잠이 들면서 내 이마를 짓누르던 힘이 약간 약해지면서 마침내는 구원되는 듯한 믿음 혹은 희망을 느꼈지요. 그러나 그것은 실제로 그다음에는 전혀 다르게 나타났어요. 날이 희미하게 밝아오기 전에 엄청난 당혹감과 함께 잠이 깨었는데, 마리는 알아차리지 못했겠지만, 나는 멀미 환자처럼 일어나 침대 가장자리에 앉아야 했어요. 나는 호텔 종업원 중 한 사람에 관한 꿈을 꾸었는데, 그는 아침 식사로 푸른 음료수가 올려진 양철 식판과 1면 기사에 온천 관리 개혁의 필요성을 설명하고 호텔 직원들의 비극적인 운명에 대해 여러 가지 기사를 실은 프랑스 신문을 우리에게 가져왔고, 꿈속의 이 신문에는 *ces longues blouses grieses comme en portant les quincailliers*(마치 싸구려 장신구를 걸친 듯한 이 기다란 회색 작업복들)라고 나와 있었어요. 그 면의 나머지는 거의 우표 크기의 부음(訃音)만으로 이루어졌는데, 그것의 작은 글자는 몹시 애를 써야 겨우 알아볼 수 있었지요. 그것은 프랑스어뿐 아니라 독일어, 폴란드어, 네덜란드어로 된 것도 있었지요, 라고 아우스터리츠는 말했다. 나는 프레드리케 반 빙클만이란 여성에 대해, *kalm en rustig van ons heengegaan*(그녀는 침착하고 편안하게 우리 곁을 떠났다)이라고 쓰인 것과 *rouwkamer*(영안실)라는 기이한 단어를 알아보았고, *De bloemen worden na de crematieplechtigheid neergelegd aan de voet van het Indisch Monument te Den Haag*(헤이그에 있는 인도 기념비의 발치에 놓인 화장터에 화환을 바친다)이라고 기록된 것을 오늘날에도 기억하고 있어요, 라고 아우스터리츠는 말했다. 창가에 다가가서 아직 비에 젖은 큰길을 따라 반원으로 언덕 쪽으로 나열된 발코니들과 구석에 세워진 탑, 그리고 아침 안개로부터 마치 어두운 바다에 대양의 증기선처럼 솟아 있는 지붕 구조물을 가진 퍼시픽 호텔, 애틀랜틱 호텔, 메트로폴 호텔, 폴로니아 호텔, 보헤미아 호텔 같은 커다란 건물들을 보았지요. 나는 과거 어느 때인가 내가 한 가지 잘못을 저질렀고, 현재 잘못된 삶을 살고 있다고 생각했지요. 나중에 사람이 없는 곳을 지나 온천 주랑으로 올라가 산책하는 길에서는 누군가 다른 사람이 내 옆에서 걷고 있거나 뭔가가 나를 스쳐가는 것만 같았어요. 모퉁이를 돌면 펼쳐지는 새로운 전망과 모든 건물 정면, 계단 하나하나가 내게는 익숙한 것 같기도 하고 전혀 낯설기도 했지요. 한때 당당하던 건물의 쇠락한 상태가 느껴졌고, 깨어진 홈통, 빗물로 검어진 벽들, 갈라진 회반죽, 그 밑에 드러난 거친 담벽, 부분적으로 나무판자와 골함석으로 차단해 놓은 창문은 나의 정신 상태에 대한 정확한 표현처럼 생각되었는데, 황량한 공원을 지나가는 우리의 첫 번째 산책에서뿐 아니라 메스토 모스크바의 어둑어둑해지는 카바르나에서 최소한 4평방미터 크기의 장밋빛 수련 그림 아래 앉아 있던 늦은 오후에도, 나는 그것에 대해 나 스스로에게도 마리에게도 설명할 수 없었지요. 우리는 아이스크림, 혹은 아이스크림과 비슷해 보이는 초콜릿을 주문했는데, 그것의 가장 두드러진 특성은 전분 맛이 나는 딱딱한 덩어리로 한 시간이 지나도 녹지 않는다는 것이었어요. 메스토 모스크바에서는 우리를 제외하고는 단 두 명의 나이든 신사가 뒤쪽 탁자에 앉아 장기를 두고 있었지요. 손을 등 뒤에 갖다 댄 채 역시 상념에 젖어 연기에 그을린 망사 커튼 사이로 거리의 다른 쪽에 있는 시베리아 미나리풀이 무성하게 자란 쓰레기장을 내려다보던 웨이터 역시 상당히 나이가 들었지요. 그의 흰 머리와 콧수염의 끝부분은 조심스럽게 손질되어 있었고, 쥐색의 작업복 앞치마를 입고 있었음에도 불구하고, 빳빳하고 초지상적인 순수함으로 빛나는 우단으로 가슴 부분을 댄 셔츠와 커다란 호텔 홀의 등불이 반사되는 반짝거리는 에나멜 구두를 신고 짙은 검정색의 나무랄 데 없이 어울리는 연미복을 입은 그의 모습을 쉽게 상상할 수 있었어요. 그가 한번은 마리에게 작은 접시에 아름다운 야자수 무늬로 장식한 1940년대의 납작한 쿠바 산 담뱃갑을 가져와 완벽한 자세로 불을 붙여 주었을 때, 나는 마리가 그 사람에게 경탄하는 것을 볼 수 있었어요. 쿠바 산 담배 연기는 우리 사이의 허공에 푸른 줄무늬로 걸려 있었고, 그것은 잠시 후 마리가 내게 무슨 생각을 하는지, 왜 그렇게 넋을 놓고 내 속에 빠져 있는지,

그녀가 느꼈던 어제 나의 행복이 왜 그렇게 갑자기 가라앉았는지 물을 때에야 비로소 사라졌어요. 나의 대답은 나도 모르겠다는 것이었지요. 나는 이곳 마리엔바트에서 뭔가 알지 못하는 그 무엇이, 세상에 존재하지 않는 사물이나 사람에 대한 뭔가 아주 중요한 것, 단순한 이름이나 혹은 사람들이 생각해 낼 수 없는 명칭 같은 것이 내 마음을 돌려 놓았다고 설명하려고 애를 썼다고 생각해요, 하고 아우스터리츠는 말했다. 마리엔바트에서의 며칠을 어떻게 보냈는지 세부적인 것을 떠올리는 것은 오늘날 내게는 가능하지 않아요, 라고 아우스터리츠는 말했다. 나는 종종 여러 시간 동안 물이 솟구쳐 오르는 욕탕과 휴식 캐비닛 속에 누워 있었는데, 그것은 한편으로는 아주 좋았지만, 다른 한편으로는 수년 동안 계속해서 떠오르던 회상에 대한 나의 저항을 약화시켰어요. 한번은 고골 극장에서 열린 음악회에 갔지요. 그곳에서는 블로크란 이름의 한 러시아 피아니스트가 대여섯 명의 청중 앞에서 「파피용」과 「어린이 정경」을 연주했어요. 호텔로 돌아오는 길에 마리는 내게 약간은 경고조로 슈만의 내면을 사로잡았던 어둠과 광기에 대해, 그가 나중에 뒤셀도르프 사육제의 혼잡함 속에서 단번에 교각 난간을 넘어 얼음처럼 차가운 라인 강에 뛰어들어, 어부 두 사람이 그를 끌어내야 했던 이야기를 들려주었어요, 라고 아우스터리츠는 말했다. 그는 본이나 바트 고데스베르크에 있는 정신병자들을 위한 사설 기관에서 수년을 더 지냈는데, 클라라는 젊은 브람스와 함께 얼마간의 간격으로 그를 방문했지만, 완전히 세상을 등지고, 엉터리 곡조를 혼자 흥얼거리는 그와 더 이상 말을 할 수 없었기 때문에, 대부분은 문 구멍을 통해 방 안을 들여다보았다고 마리는 이야기했지요. 나는 마리가 하는 말을 들으면서 바트 고데스베르크의 작은 방 안에 있는 불쌍한 슈만을 상상해 보려고 애썼지만, 우리가 쾨니히스바르트로 가는 답사 여행에서 그 옆을 지나갔던 비둘기집의 다른 이미지가 줄곧 눈앞에 떠올랐어요. 메테르니히 시대에 만들어진 그 비둘기집 또한 그것이 속해 있던 농장과 마찬가지로 무너지기 직전의 상태였지요. 미장질을 해 놓은 꼭대기 내부의 흙바닥은 스스로의 무게에 눌리는, 비둘기 똥으로 된 이미 2피트 이상의 끈적끈적한 덩어리로 덮여 있었는데, 그것의 맨 위에는 몹쓸 병에 걸려 집에서 떨어진 새들의 시체가 놓여 있고, 아직 살아 있는 녀석들은 일종의 노인성 정신질환으로 지붕 밑의 어스레함 속에서 잘 보이지도 않은 채 비통하게 나지막이 꾸르륵거렸고, 부드러운 깃털 몇 개가 주변에 작은 원을 그리며 회전하면서 천천히 공중으로 내려왔어요. 이런 마리엔바트의 모든 이미지들, 정신이상이 된 슈만의 이미지와 공포의 장소와 결부된 비둘기의 이미지는 그 속에 새겨진 고통 때문에 나로 하여금 자기 인식의 가장 낮은 단계에조차 이르지 못하게 만들었어요. 우리가 머물렀던 마지막 날 저녁 무렵, 우리는 어느 정도는 작별을 준비하는 의미에서 공원을 지나 이른바 아우쇼비츠 샘으로 내려갔지요. 그곳에는 사방이 거울로 된, 예쁘게 만들어진 우물 정자가 있었는데, 내부는 하얗게 칠해져 있었어요. 지는 태양빛이 관통하고, 규칙적으로 물이 첨벙거리는 소리를 제외하고는 완전한 정적이 지배하는 이 우물 정자 안에서 마리는 내게 다가와 내일이 내 생일인지

아느냐고 물었어요. 내일 눈을 뜨자마자 나는 진심으로 축하를 해 줄 것이고, 그것은 사람들은 그 작동 메커니즘을 알지 못하는 기계가 잘 돌아가기를 바라는 마음과 같은 것이라고 말했어요. 당신에게 다가갈 수 없는 이유를 내게 말해 줄 수 없나요, 라고 그녀는 말했다고 아우스터리츠는 이야기를 이어 갔다. 우리가 여기 온 후 왜 당신은 마치 얼어붙은 연못처럼 보이나요? 하고 그녀는 물었지요. 당신의 입술은 뭔가 말하는 것처럼, 심지어 뭔가 소리치려는 것처럼 열려 있는데 왜 나는 아무것도 들을 수 없을까요? 왜 당신은 도착했을 때도 짐을 풀지 않고 항상 륙색으로만 지내나요? 우리는 무대 위의 배우들처럼 몇 걸음 떨어져 서 있었지요. 마리의 눈 색깔은 점점 줄어드는 빛과 더불어 변해 갔어요. 그리고 나는 이 마지막 며칠 동안 나를 괴롭히는 이해할 수 없는 감정이 무엇인지를 그녀와 나 자신에게 설명하려고 무진 애를 썼어요.

내가 정신병자처럼 끊임없이 생각하는 것은 사방에서 나를 둘러싼 비밀과 표시 들이며, 심지어 이 건물의 말없는 정면조차도 나에 대한 좋지 않은 사실을 알고 있는 것처럼 보인다는 것, 나는 혼자라고 항상 믿어 온 것, 그리고 그것이 지금은 그녀에 대한 나의 갈망에도 불구하고 이전보다 더 크다는 것을 말이지요. 우리가 텅 빈 상태와 고독을 필요로 한다는 것은 사실이 아니에요, 라고 마리는 말했지요. 그건 진실이 아니에요. 스스로를 불안하게 만드는 것은 단지 당신 자신이고, 나는 그것이 무엇에 대한 불안인지 모르겠어요. 당신이 항상 약간 거리를 유지한다는 것을 잘 알지만, 지금의 당신은 문 앞에 서서 감히 넘으려고 시도하지 않는 것처럼 보여요. 나는 그 당시 모든 점에서 마리의 말이 맞다는 사실을 그녀에게 말할 수 없었지만, 오늘날은 누군가가 내게 너무 가까이 다가오면 내가 왜 등을 돌려야 했는지, 그리고 그처럼 등을 돌림으로써 나를 구원할 수 있다는 망상을 가졌고, 동시에 나 자신이 두려움을 일으킬 정도로 추하고 가까이 다가갈 수 없는 사람처럼 느껴졌다는 사실을 알고 있어요, 라고 아우스터리츠는 말했다. 우리가 다시 공원을 지나 돌아올 때 어스름이 내렸어요. 활 모양으로 이어지는 흰 모랫길 양쪽으로 어두운 나무들과 수풀이 서 있었고, 그 후 곧 나의 실책으로 완전히 소식이 끊겨 버린 마리는 낮은 목소리로 뭐라고 혼잣말을 했는데, 나는 지금은 그 말이 *qui se promenaient dans les allées désertes du parc*(공원의 황량한 가로수길을 산책하는) 가련한 연인들에 대한 것임을 알고 있어요. 우리가 거의 되돌아왔을 때, 초원에서 흰 안개가 피어오르는 한 장소에서 아마 보헤미아 기업체거나 아니면 사회주의 형제 국가에서 휴식을 위해 이곳으로 보낸 듯한 열 두어 명 남짓한 사람들의 무리가 마치 땅에서 솟아난 것처럼 나타나서는 우리 앞에서 길을 가로질러 갔어요. 그들은 눈에 띄게 뚱뚱하고 약간은 앞으로 구부정한 모습을 하고 있었지요. 그들은 일렬종대로 줄을 지어 움직였고, 모두들 낡은 플라스틱 컵을 손에 들고, 그 컵으로 마리안스케 라즈네에 있는 샘물을 마셨어요. 그들은 예외 없이 1950년대 서쪽에서 유행하던, 청회색 페를롱으로 된 얇은 우비를 걸치고 있던 것이 생각나요, 하고 아우스터리츠는 덧붙였다. 나는 오늘날까지 종종 그들이 그렇게 느닷없이 길의 한쪽에서 나타났다가 다른 쪽으로 사라질 때 옷깃이 스치면서 나던 바스락거리는 소리를 듣는 것 같아요. 슈포르코바를 마지막으로 방문한 뒤 마리엔바트의 기억이 밤새 나를 사로잡았어요. 바깥이 밝아지기 시작하자마자 나는 물건을 꾸려서 캄파 섬에 있는 호텔을 떠나 아침 안개에 감싸인 카를스 다리를 지나 구도시의 거리를 가로지르고 아직 사람이 없는 벤체슬라스 광장을 지나 빌소노바에 있는 중앙역까지 걸어갔는데, 그 역은 베라의 이야기를 듣고 내가 했던 상상과는 전혀 일치하지 않는 것처럼 보였어요. 한때 프라하를 훨씬 넘어서까지 유명했던 유겐트 양식의 역 건물은 1960년대에는 흉물스러운 유리로 된 정면과 콘크리트로 된 외곽 건물로 둘러싸였고, 지하층으로 이어지는 택시 승강장을 지나 요새 같은 건물 입구를 찾기까지는 한참 걸렸어요. 내가 그때 서 있던 지하의 나지막한 대합실은 그룹이나 가족 단위로 자신들의 짐꾸러미 사이에서 밤을 지새우고 대부분은 아직도 자고 있는 여행하는 무리들로 넘쳐났어요. 그 전체를 전혀 조망할 수 없는 야적장은 꼭 지옥 같은 자주색 불빛에 가라앉아 있었는데, 그것은 약간 높인 족히 10×20미터 크기의 플랫폼에서 시작되었고, 그 플랫폼에는 여러 개의 배터리로 된, 약하게 공회전하며 혼자 소리를 내는 100여 대의 자동 게임기가 서 있었어요. 나는 바닥에 누워 움직이지 않는 사람들 사이를 지나 매우 복잡한 상점들로 이루어진 역의 미로에서 방향을 찾지 못한 채 계단을 올라갔다 내려갔다 했지요. 한번은 내 앞으로 다가오는 유니폼을 입은 사람에게 *Hlavní nádraží? Wilsonovo nádraží?*(중앙역인가요? 윌슨 정거장?) 하고 물었더니, 그는 내가 마치 길 잃은 아이라도 되는 양 소매를 붙잡고 약간 외진 구석을 지나 기념판 앞으로 안내했는데, 그 위에는 이 역이 1919년에 자유를 사랑하는 미국 대통령 윌슨을 기념하기 위해 헌정된 것이라고 적혀 있었어요. 내가 그 기념판을 해독하고 옆에 서 있는 직원에게 고맙다고 고개를 끄덕이자, 그는 몇 개의 다른 모퉁이를 지나 몇 계단을 올라가 1층과 2층 사이의 중간층으로 나를 데려갔는데, 그곳으로부터 이전의 윌슨 정거장의 거대한 원형 돔, 아니면 오히려 그 원형 지붕의 한쪽 절반을 올려다볼 수 있었고, 다른 절반은 말하자면 그 안으로 세워진 새로운 건축물에 의해 잘려 있었어요. 둥근 지붕의 반원을 따라 커피 하우스의 작은 탁자가 놓인 통로가 이어졌어요. 나는 네덜란드 후크로 가는 차표를 산 후 내가 탈 기차가 출발하기까지 반시간 정도 그곳에 앉아 베라가 이야기한 대로, 내가 아가타의 팔을 잡고 어마어마하

게 넓은, 위를 향해 궁형을 이룬 둥근 천장에서 눈을 떼지 않으려고 목을 빼고 있던 모습이 어떠했을지 수십 년이 지나 회상해 보려고 애를 썼지요. 그러나 과거로부터 아가타도 베라도 나 자신도 떠오르지 않았어요. 종종 마치 베일이 갈라지는 것처럼 보였는데, 나는 1초의 몇 분의 1 동안 아가타의 어깨를 느낄 수 있거나 베라가 여행을 위해 내게 사 주었던 채플린 잡지의 표지 그림을 본 것 같은 생각이 들었지만, 이 편린들을 붙들거나 혹은 그렇게 말할 수 있다면 좀 더 선명하게 맞추어 보려고 하면 그것은 내 위에서 회전하고 있는 허공에서 사라져 버렸어요. 그럴수록 그것은 나를 더욱 놀랍고 두렵게 만들더니 얼마 후에 출발하기 직전에 올라탄 7시 13분 기차의 복도 창문을 통해 최소한의 의심도 허용하지 않는 완벽한 기억을 분명하게 떠올렸는데, 그것은 삼각형과 원형 천장, 수평과 수직선과 대각선으로 짜인 이 플랫폼의 유리와 쇠로 된 천장 무늬들을 똑같은 어스름 속에서 이미 한번 본 적이 있었다는 것과 그다음에 기차가 말할 수 없이 천천히 역을 빠져 나가던 모습, 역방향으로 여러 층으로 된 주택들 사이로 난 통로를 지나 신도시 아래를 가로지르는 어두운 터널로 들어갔고, 그런 다음 몰다우 강 위로 규칙적으로 덜커덩거리며 지나갔다는 것으로, 내게는 프라하를 처음 떠나온 후로 정말이지 시간이 정지된 것처럼 보였어요. 어둡고 우울한 아침이었지요. 좀 더 잘 내다보기 위해 내가 자리 잡은 체코의 국영 철도 식당 칸의 흰 천을 덮은 탁자에는 장밋빛 주름 장식으로 둘러싸인, 이전에 벨기에 사창가의 창문 앞에 세워 놓았던 것과 같은 작은 등불이 타고 있었어요. 머리에

창 없는 모자를 비스듬히 쓴 요리사는 담배를 피우며 주방으로 가는 입구에 기대어 노란 나비넥타이에 체크 무늬 조끼를 입은 곱슬머리의 허약하고 키가 작은 웨이터와 담소를 나누었어요. 밖에는 깊이 내려앉은 하늘 아래 농토와 들판이 지나갔고, 잉어 연못과 작은 숲, 강의 만곡과 담쟁이나무, 언덕과 구덩이 그리고 베룬 근처에서는 내가 제대로 기억한다면 1평방마일이나 그 이상의 지역 위에 펼쳐진 석회 공장이 지나갔지요. 굴뚝들과 낮은 구름층 속에서 사라져 버린 탑 높이의 사일로*들, 부스러질 듯한 콘크리트로 이루어진 거대한 마름모꼴 구간, 녹슨 양철판으로 덮인 채 위 아래로 이어지는 컨베이어 벨트, 석회석을 갈기 위한 분쇄기, 산더미처럼 쌓인 자갈들, 간이건물들과 화물열차, 이 모든 것이 아무런 구별 없이 창백한 회색 침전물과 먼지로 덮여 있었어요. 그런 뒤 다시 넓고 탁 트인 대지와 내가 내다보는 한에서는 길거리의 어디서도 차량 하나 보이지 않았고, 홀로웁코프, 흐라스트 혹은 로키차니 같은 아주 작은 역에서조차 이 창백한 4월 아침에 프라하에서 온 급행열차가 지나가는 것을 놓치지 않기 위해 플랫폼에 나와 있는, 머리에 창 없는 붉은 모자를 쓰고 내 기억에는 블론드의 콧수염을 기른 역장들을 제외하고는 단조로움에서인지, 습관에서인지, 혹은 지켜야 하는 규정 때문인지는 몰라도 어디서도 단한 사람 찾아볼 수 없었어요. 잠시 정차한 필젠에서는 플랫폼으로 내려가서 쇠로 주조된 기둥머리를 촬영한 것만 기억나는데, 그것이 내 속에 다시 알아볼 수 있는 반사작용을 불러 일으켰기 때문이지요, 라고 아우스터리츠는 말했다. 내가 1939년 여름에 어린

이 호송차로 필젠에서 왔을 당시, 그것을 바라보았을 때 나를 불안하게 만들었던, 불그스레한 딱지로 뒤덮인 기둥머리의 복잡한 형태들이 실제로 내 기억에 남아 있는지가 중요한 것이 아니라, 그것의 표면에 일어난 비늘 때문에 마치 살아 있는 것처럼 보이는 철 주조 기둥이 나 스스로도 더 이상 알지 못하는 것을 생각나게 하고, 그렇게 말할 수 있다면 그것에 대한 증거를 보여준다는, 그 자체로는 무의미한 상상이 중요한 것으로, 그 생각 자체는 하나의 망상이었지요, 라고 아우스터리츠는 말했다. 필젠 건너편에서 길은 보헤미아와 바이에른 사이로 지나가는 산을 향해 다가갔어요. 곧 어두운 숲 지대가 철도 노반 가까이 다가왔고, 운행 속도가 느려졌어요. 물방울이 떨어지는 전나무 사이에 안개인지 낮게 깔린 구름인지가 걸려 있었고, 그 구간은 한 시간쯤 지난 후 다시 산 밑으로 내달아 계곡은 점점 더 넓어졌고 우리는 밝은 지역으로 빠져나왔어요. 나 스스로가 독일에 대해 무엇을 기대했는지 알지 못하지만, 어디를 바라보든 사방에 깨끗한 부락과 마을들, 정돈된 공장과 농장, 아름답게 가꾸어진 정원, 처마 밑에 가지런히 쌓아 올린 땔감들, 초원을 가로지르는 고르게 타르를 칠한 차량 통행로, 도로, 그 위로 엄청난 속도로 달려가는 세련된 자동차들, 잘 나누어진 숲의 구획들, 정돈된 하천 수로, 그 앞에 역장이 나와 서 있지 않아도 되는 새 정거장 건물들이 있었어요. 하늘은 부분적으로 개어 있었고, 온화하게 해가 비치는 지역이 여기저기서 주변을 환하게 하고, 체코 쪽에서는 종종 힘들게 나아가는 것처럼 보이던 기차가 갑자기 믿을 수 없을 만큼 가볍게 내달렸어요. 점심 무렵에 기차는 뉘른베르크에 도착했고, 한 신호소에서 내게 익숙하지 않은 독일식으로 표기된 이 지명을 보자 베라가 1936년 나치 당 대회에 관해, 당시에 이곳으로 몰려온 민중들의 넘쳐나는 열광에 대해 우리 아버지가 보고한 것을 이야기하던 생각이 다시 떠올랐어요. 애초에는 다음 번 갈아탈 기차를 찾아내려고 했음에도 불구하고, 아무런 사전 계획도 없이 뉘른베르크 정거장에서 나와 낯선 도시로 들어간 것은 아마도 그 때문이었을 거예요, 라고 아우스터리츠는 말했다. 그 전에는 나는 한 번도 독일 땅을 밟아 본 적이 없었고, 독일의 지형이나 독일의 역사, 오늘날의 독일 상황을 경험할 사소한 기회조차 항상 피해 온 까닭에, 독일은 내게는 모든 나라들 중에서 가장 미지의 나라, 심지어 아프가니스탄이나 파라과이보다 더 낯선 나라였지요. 광장 앞 지하도에서 빠져 나오자마자 엄청난 사람들의 무리에 휩싸였는데, 그들은 마치 물침대 속의 물처럼 길의 폭 전체를 차지하며 몰려왔지만, 한쪽 방향이 아니라 양방향으로, 위쪽과 아래쪽으로 동시에 몰려왔어요. 내 생각에 그 날은 토요일이어서 사람들이 시내로 쇼핑을 나와 이 보행자 천국이 넘쳐나는 것처럼 보였는데, 그때부터 나 스스로에게 말해 온 것처럼, 독일의 모든 도시들은 어느 정도 이와 비슷한 형태를 하고 있어요, 라고 아우스터리츠는 말했다. 이 답사 여행에서 엄청난 수의 회색, 갈색, 초록색 외투와 눈까지 눌러쓴 모자, 모두가 얼마나 훌륭하게 그리고 목적에 맞게 옷을 입고 있는지, 뉘른베르크 보행자들의 신발이 얼마나 눈에 띌 만큼 견고한지가 맨 먼저 눈에 들어왔어요. 나는 나를 향해 다가오는 사람들의 얼굴을 오래

처다보기가 쑥스러웠어요. 주변에서 거의 목소리를 들을 수 없다는 것, 이 사람들이 소리 없이 시내를 가로질러 움직이고 있는 것이 기이하게 나를 감동시켰고, 길 양쪽에 선 건물의 정면을 올려다보면, 양식 자체는 상당히 오래된 16세기 혹은 15세기까지 거슬러 올라가는 건물들에서조차 그 어디서도, 구석 모퉁이나 지붕 박공, 창문틀 혹은 몰딩에서도 휘어진 선을 찾아볼 수 없고 그 밖의 지나간 시대의 흔적을 볼 수 없다는 것이 나를 불안하게 만들었어요. 나는 내 발 밑의 도로 표면이 약간 비탈졌다는 것, 한번은 교각 가장자리 너머의 검은 물 위에서 눈처럼 흰 백조 두 마리를 본 것, 그다음에는 지붕들 너머로 높은 곳에 서 있는 성이 어쩐지 축소되어 우표 하나 정도의 크기에 들어 있는 것처럼 보이던 것이 생각나요. 나는 감히 음식점에 들어가거나 수많은 가판점이나 가두 매점에서 물건을 살 수도 없었어요. 한 시간쯤 뒤에 역으로 가는 길로 돌아오려고 했을 때, 나는 그 무리가 산 쪽으로 움직이기 때문이든, 아니면 실제로 더 많은 사람들이 한 방향보다는 다른 방향으로 더 많이 움직이기 때문이든 간에 점점 더 강해지는 흐름에 대항해 싸워야 한다는 느낌이 커져 갔어요. 어쨌거나 나는 매 순간 더 불안해져서, 결국에는 역에서 전혀 멀지 않은 뉘른베르크의 어느 지방 신문사 앞의 붉은 사암으로 된 창문 아치 아래 서서 쇼핑객의 무리가 어느 정도 지나갈 때까지 기다려야 했어요. 내가 멍한 느낌으로 쉴 새 없이 옆을 지나가는 독일 시민들을 바라보며 얼마나 오랫동안 서 있었는지 오늘날에는 분명하게 말할 수 없지만, 낡은 륙색 때문에 나를 노숙객이라 여겼는지, 닭의 깃털을 단 일종의 티롤 식 모자를 쓴 나이든 부인이 내 옆에 서서 통풍이 있는 손가락으로 지갑에서 1마르크짜리 하나를 꺼내 적선하려고 조심스럽게 내밀었을 때는 이미 네다섯 시는 족히 되었을 거라고 생각해요, 라고 아우스터리츠는 말했다. 나는 1956년 아데나워 총리의 두상이 새겨진 동전을 여전히 손에 쥔 채, 오후 늦게야 마침내 쾰른 방향으로 가는 기차를 탔어요, 하고 아우스터리츠는 말했다. 나는 시종 복도에 서서 창밖을 바라보았지요. 뷔르츠부르크와 프랑크푸르트 사이의 구간은 나무가 많은 지역을, 헐벗은 참나무와 너도밤나무, 침엽수림 지역을 몇 마일씩 지나갔어요. 그렇게 내다보는 동안 나는 발라의 설교자 집에서 그리고 나중에 종종 어디로 가는지도 모르고 내가 관통해야 할 경계도 이름도 없는, 완전히 어두운 숲으로 덮인 지역에 관한 꿈을 꾸었던 것, 거기 밖에서 스쳐가는 것을 보는 것은 참으로 오랜 세월 동안 나를 엄습하던 이미지들의 원본이었다는 사실이 어렴풋이 떠올랐어요, 라고 아우스터리츠는 말했다. 내가 오랫동안 가지고 있던 두 번째 강박관념도 이제 다시 생각이 나는데, 그것은 그 끝날 것 같지 않은 여행 동안 나와 함께 갔던 쌍둥이 형제 중 한 명에 관한 것으로, 그 아이는 객실의 창문 구석에 앉아 움직이지 않고 어둠 속을 내다보았어요. 나는 그 아이에 대해 아무것도 알지 못했고, 심지어 이름조차 몰랐으며 그와 한 마디도 나누지 않았지만, 여행이 끝날 무렵 그 아이가 힘이 다 빠져 죽게 되자 짐을 올려놓는 그물망 속에 우리들의 다른 물건과 함께 올려져 있었다는 생각이 끊임없이 나를 괴롭혔어요. 그러다가 프랑크푸르트를 지난 어디선가 나는 생애에서 두 번째로 라인 계곡으로 꺾어 들어갔는데, 이른바 빙엔 암초 지대에 있는 쥐의 탑*의 모습에서 바이러니 저수지에 있던 탑이 왜 내게 그렇게 무시무시하게 보였는지가 분명해졌어요. 나는 황혼 속에 무겁게 흘러가는 강물과 뱃전까지 물에 잠긴 채 움직이지 않는 것처럼 보이는 화물선들, 다른 쪽 강둑에 서 있는 나무와 수풀들, 포도밭의 섬세한 선들, 버팀목의 매우 선명한 대각선, 청회색 바위들과 옆으로 돌아 선사시대의 열리지 않은 제국으로 들어가는 것 같은 좁은 골짜기에서 눈을 뗄 수 없었어요. 실제

로 내가 신화적인 풍경에 여전히 사로잡혀 있는 동안, 지는 해가 구름 사이를 뚫고 전체 계곡을 광채로 채우면서 건너편 언덕을 비추고 그 위로 우리가 막 지나는 지점에 세 개의 거대한 굴뚝들이 하늘로 솟아 있어서, 동쪽 강변 지역은 전체가 텅 빈 것처럼 보였

고, 수 평방마일 이상 펼쳐져 있는 지하의 생산지를 단지 겉으로만 감추고 있는 것 같았어요. 라인 계곡을 지나가다 보면 우리가 대체 몇 세기에 살고 있는지 알 수 없어요, 라고 아우스터리츠는 말했다. 강 위로 높이 서 있는 기이하고도 어쩐지 진짜 같지 않은 라이헨슈타인, 에렌펠스 혹은 슈탈레크 같은 이름의 성들은 기차에서 바라보면 그것이 중세에서 유래한 것인지 아니면 지난 세기의 산업 귀족들에 의해 세워진 것인지 알 수 없어요. 예를 들면 카츠 성과 마우스 성* 같은 몇몇 성들은 전설 속으로 거슬러 올라가는 것 같고, 심지어 폐허조차 첫눈에는 낭만적인 무대 장치처럼 보였지요. 어쨌거나 기차로 라인 계곡을 따라 내려갈 때면 내가 지금 내 생애의 어떤 시간에 있는지 알지 못했어요. 저녁빛 사이로 나는 그 당시 다른 쪽 강변 위로 퍼져 가고 곧 하늘 전체를 관통하는 타오르는 아침 노을을 보았고, 오늘 라인 강 여행을 생각한다 해도, 이 두 번째 여행이 첫 번째보다 덜 끔찍하진 않았으며, 머릿속에는 내가 체험한 것과 책에서 읽은 것, 떠올랐다가 다시 사라지는 기억들, 계속되는 이미지들과 그 속에 전혀 아무것도 존재하지 않는 고통스럽고 눈에 보이지 않는 장소들, 이 모든 것이 뒤섞여 버려요. 나는 이 독일 풍경을, 과거의 여행자들에 의해 기록된 것과 마찬가지로, 크고 정돈되지 않고, 부분적으로는 강변을 넘어온 강물, 물속에서 뛰놀던 연어들, 깨끗한 모래사장으로 기어가던 가재들을 본답니다, 라고 아우스터리츠는 말했다. 나는 빅토르 위고가 라인 강의 성들을 그린 침침한 묵화 스케치를 보고, 조지프 말로드 터너가 살상(殺傷) 도시 바하라흐*에서 멀지 않은 곳에서 접이식 간이의자에 앉아 빠른 손놀림으로 수채화를 그리는 모습도 보았고, 바이러니의 깊은 물과 그 물 속에 가라앉아 버린 레인딘의 주민들을 보았으며, 이 지방의 골칫거리가 되었다고 전해지는 우글거리는 회색 무리의 엄청난 쥐떼가 강물 속으로 곤두박질치고, 물결 위에서 작은 소리로 겨우 꼬르륵거리며, 목숨을 구할 수 있는 섬에 도달하기 위해 필사적으로 헤엄치는 것을 보았어요. 아우스터리츠가 이야기하는 동안 날은 눈에 띄지 않게 저물어 갔고, 마일 엔드 로드에서 시 외곽 쪽으로 햄릿 타워의 거대한 묘지까지 얼마간 산책을 하기 위해 우리가 올더니 가의 집을 나섰을 때는 빛은 이미 줄어들고 있었는데, 아우스터리츠가 이따금 언급한 것에 따르면 그 햄릿 타워는 접해 있는 높고 어두운 벽돌 담장으로 둘러싸인 세인트 클레멘트 병원의 복합 건물과 마찬가지로 이 시기 그의 이야기가 펼쳐지는 무대 중 하나였다. 런던에 황혼이 내렸을 때, 우리는 빅토리아 시대에 고귀한 사자(死者)들을

추념하기 위해 세워진 기념비들과 건물식 묘, 대리석 십자가, 석주 비문과 오벨리스크, 배가 불룩한 유골 단지, 날개가 없거나 아니면 몹시 훼손된 채 땅으로 내려오는 순간에 돌로 변해 버린 것

처럼 보이는 여러 개의 천사상 사이로 난 길을 걸었다. 이 기념비 중 많은 것들은 사방에 솟아 있는 단풍나무 뿌리에 의해 이미 오래 전에 균형을 잃었거나 완전히 넘어져 있었다. 회녹색, 회백색, 황토색과 오렌지색 띠로 덮인 석관들은 부서졌고, 무덤 자체도 부

분적으로는 바닥에서부터 올라와 있거나 땅 속으로 가라앉아서, 지진이 이 죽은 자들의 거처를 뒤흔들었다고 생각할 정도였고, 혹은 이들이 최후의 심판을 위해 부름을 받아 자신들의 거주지를 떠났으며, 그때의 당혹감으로 우리가 그들에게 부여한 아름다운 질서를 깨뜨려 버린 것 같은 생각이 들었다. 보헤미아에서 되돌아온 첫 몇 주 동안 죽은 사람들의 이름과 출생 연도와 사망 연도를 외우고, 자갈과 담쟁이덩굴 잎, 한번은 돌로 된 장미와 부서진 천사상의 손을 집으로 가져갔어요, 라고 아우스터리츠는 걸으면서 자신의 이야기를 이어 갔고, 그러나 낮 동안 햄릿 타워로의 산책이 나를 진정시키면 시킬수록 저녁이면 종종 몇 시간씩 계속되고 점점 더 심해지는 끔찍한 불안감에 휩싸였어요, 라고 말했다. 내가 느끼는 혼란의 근원을 찾아내었고, 모든 지나간 세월을 넘어 스스로에게 익숙한 삶에서 하루아침에 갑자기 나 자신이 고립된 아이임을 분명하게 알게 되었다는 것이 내게는 아무런 도움이 되지 못했어요. 그때 이후 나 자신에 의해 억눌려 왔지만, 이제는 강력하게 몰려오는 쫓겨난 존재와 지워진 존재라는 느낌 앞에서 이성은 속수무책이었어요. 가장 간단한 활동을 할 때, 신발끈을 묶을 때, 찻잔을 씻거나 주전자의 물이 끓기를 기다릴 때, 이 같은 끔찍한 불안이 나를 엄습했지요. 금세 내 혀와 입 안이 말라 버려서 마치 며칠 동안 사막에 누워 있는 것 같았고, 점점 더 숨이 가빠졌고, 심장이 두근거리고 목 아래까지 차올라서 온몸과 심지어 떨리는 손등에까지 식은땀이 솟았으며, 내가 바라보는 모든 것은 검은 선영으로 감싸여 있었어요. 나는 소리를 질러야 한다고 생각했지만 한 마디도 입 밖으로 내지 못했고, 골목으로 나오려 했지만 그 자리에서 꼼짝하지 못했으며, 한번은 실제로 길고 고통스럽게 수축된 뒤 내부로부터 폭발하는 나 자신을 보았으며, 내 몸의 조각들이 어둡고 먼 사방으로 흩어지는 것을 보았어요. 내가 그 당시 그같은 발작 상태를 얼마나 많이 겪었는지 오늘날은 더 이상 말할 수 없지만, 어느 날 올더니 가의 끝에 있는 간이매점으로 가는 도중 쓰러져서 머리를 보도석 모퉁이에 부딪힌 후, 여러 병원과 검사실을 거쳐 세인트 클레멘트 병원으로 이송되었고, 누군가가 나중에 내게 설명한 것에 따르면, 신체적 기능은 마비되지 않았지만, 생각의 전 과정과 감정의 움직임이 마비된 채 거의 3주간에 걸친 실신 상태에서 빠져 나와 다시 정신을 차렸을 때 나는 그곳 남자 병실에서 나 자신을 발견했지요. 처방된 약물 때문에 기이한 상태에 빠져 나는 저기 저 안에서 아무런 위안도, 소망도 없이 온 겨울 내내 정원을 이리저리 산책했고, 침침한 창문을 통해 몇 시간 동안 내가 지금 서 있는 공원 묘지를 내려다보며 머릿속에서 두뇌의 타 버린 네 벽 외에는 아무것도 느끼지 못했어요. 라고 말하면서 왼손으로 담장 뒤에 높이 솟아 있는 벽돌로 된 병원 건물의 정면을 가리켰다. 나중에 어느 정도 회복되었을 때, 나는 간호인 중 한 사람이 빌려준 망원경으로 아침 여명 속에서 공원 묘지 안에 야생 통로를 가지고 있는 여우들, 놀란 듯이 이리저리 뛰어다니다가 나중에는 멈춰 서서 움직이지 않는 다람쥐들, 때때로 나타나는 고독한 사람들의 얼굴, 어둠이 몰려올 때면 규칙적으로 묘비석 위로 넓은 곡선을 그리며 나는 부엉이의 느린 비상을 관

찰했어요. 이따금씩 나는 병원의 이런저런 다른 입원 환자들, 예를 들면 한 지붕 수리공과 대화를 나누었는데, 그는 일하는 도중 이마 뒤의 특정 부위에서 뭔가 팽팽한 것이 끊어지고, 자기 앞의 서까래 중 하나에 세워 놓은 끊길 듯한 트랜지스터 기계에서부터 불운을 고지하는 사람의 목소리를 들었는데, 그 소리는 이후에 그를 끊임없이 쫓아왔으며, 자신은 그 순간을 똑똑히 기억한다고 말했지요. 나는 저 안에서 설교자 일라이어스의 정신착란에 대해서도 종종 생각했고, 그가 그 속에서 몰락해 간 덴바이의 돌로 된 집도 생각했지요. 단지 나 자신, 나 자신의 역사와 지금의 상태에 대해서 생각하는 것만은 가능하지 않았어요. 프라하에서 돌아온 지 1년 뒤인 4월이 막 시작될 무렵 나는 퇴원을 했어요. 나와 마지막 병원 상담을 한 여의사가 내게 예를 들면 정원일 같은 가벼운 신체적인 일거리를 찾으라고 권고해서, 나는 다음 2년 동안 사무실 직원들이 시내로 몰려오는 매일 아침, 역방향인 롬포드로 차를 타고, 마을 공동체에서 운영하는 넓은 공원 가장자리의 정

원 장식일을 하는 새로운 일터로 갔는데, 그곳에는 숙련된 정원사들 외에 신체 장애가 있거나 혹은 정신적인 안정이 필요한 몇 명의 조수들이 일하고 있었지요. 나는 외곽 지역인 롬포드에서 몇 달을 지내는 동안 어떤 이유에서 다소 회복할 수 있었는지, 내가 교제한 사람들이 영혼의 고통이란 특징을 갖고 있지만 부분적으로는 명랑한 사람들인지, 온실 안의 항상 일정한 습하고 따뜻한 분위기, 전체 공기를 채우는 부드러운 이끼 바닥의 냄새, 눈에 들어오는 무늬들의 반듯함, 혹은 일 자체의 지속성, 모종을 조심스럽게 옮겨 심고 분갈이하는 일, 충분히 자란 식물들을 내다놓는 일, 묘판을 돌보는 것과 아마도 모든 일거리 중에 가장 마음에 든 것이 섬세한 장미에 물 주는 일이었는지는 알 수 없어요, 라고 아우스터리츠는 말했다. 롬포드 보조 정원사 시절의 저녁 시간과 주말이면 나는 거의 빽빽하게 인쇄된 800페이지 분량의 책을 읽기 시작했는데, 그것은 그때까지 내가 알지 못하던 H.

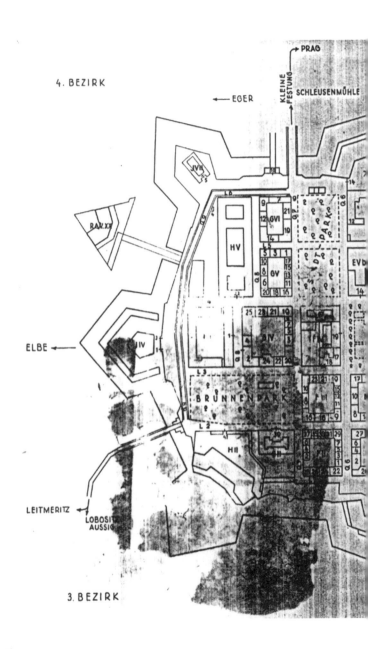

4. BEZIRK

PRAG

KLEINE FESTUNG

SCHLEUSENMÜHLE

EGER

JVM

RAV.XX

HV

GVI

PARK

DT

EVD

BIV

TFM

ELBE

JIV

BRUNNENPARK

HII

HII

LEITMERITZ

LOBOSIT
AUSSIG

3. BEZIRK

‖‖‖‖‖‖‖‖‖‖‖‖‖‖‖‖‖‖‖‖‖‖‖‖‖
∗ 7 0 0 6 1 2 2 8 ∗

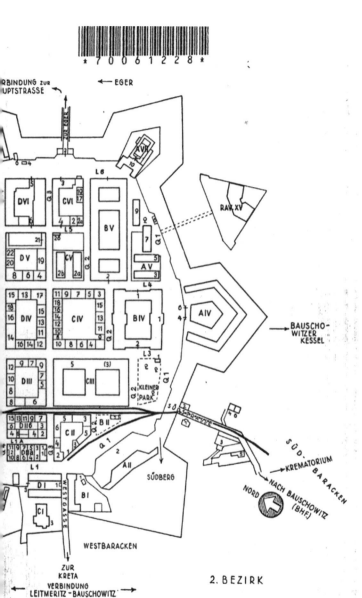

2. BEZIRK

G. 아들러가 1945년에서 1947년 사이에 매우 힘든 조건에서 테레지엔슈타트에 있는 게토의 시설과 변화 그리고 내부 조직에 대해 일부는 프라하에서, 일부는 런던에서 집필한 것으로, 1955년 독일의 한 출판사에서 출판하기까지 여러 차례 개정한 책이었어요. 한 줄 한 줄이 내가 그 요새 도시를 방문했을 때 무지한 상태에서 전혀 상상하지 못했던 것에 대해 통찰력을 열어 주었는데, 독서는 부족한 독일어 실력 때문에 엄청나게 더디게 이루어져서, 내게는 이집트나 바빌론의 설형문자나 상형문자를 해독하는 것만큼이나 어려웠다고 말할 수 있어요, 라고 아우스터리츠는 말했다. 나는 사전에는 나와 있지 않은, 여러 겹의 합성어들을 한 음절씩 해독해야 했는데, 그 합성어들은 테레지엔슈타트의 모든 것을 지배하는 독일인의 전문용어이자 행정용어로 이루어진 것이었어요. 내가 *Barackenbestandteillager*(가건물 부품 창고), *Zusatzkostenberechnungsschein*(추가 비용 계산서), *Bagatellreparaturwerkstätte*(일상용품 수선 작업장), *Menage-*

transportkolonnen(급식 운송조), *Küchenbeschwerdeorgane*
(조리실 불만 접수 기관), *Reinlichkeitsreihenuntersuchung*(청
결조 조사) 혹은 *Entwesungsübersiedlung*(소독 지역)같이 ─ 아
우스터리츠는 놀라울 정도로 막히지 않고 전혀 어색하지 않게 발
음했다 ─ 여러 개로 복합된 독일어 단어들로 이루어진 명칭과 개
념 들을 마침내 파악하게 되면, 나 자신이 재구성하고 추정한 의
미를 모든 단어와 다른 맥락 속에 배열하기 위해 마찬가지로 힘들
게 노력해야 했지만 항상 그 맥락을 놓칠 위험이 있었는데, 그것
은 한편으로는 단 한 장을 읽는 데 밤중까지 걸리는 경우가 드물
지 않았고, 그같이 지나치게 확대되는 가운데 많은 것을 놓쳐 버
렸기 때문이며, 다른 한편으로는 어느 정도는 사회 생활의 미래주
의적인 변형을 보여주는 게토 제도가 내게는 비현실적인 성격을
가진 것처럼 보였음에도 불구하고, 아들러가 지극히 세부적이고
사실적으로 기록했기 때문이었어요, 라고 그는 말을 이어 갔다.
그래서 내가 그렇게 오랜 시간 동안 의도적인 것은 아니었지만 나
의 과거사 조사를 스스로 방해했다는 것과 1988년 여름 사망할
때까지 런던에 살았던 아들러를 찾아가 그와 함께 이 특별 지구에
대해 이야기를 나누지 못했다는 사실이 오늘날 내게는 용서할 수
없는 것처럼 보였고, 이미 한번 말한 것처럼 때로는 1평방킬로미
터도 채 되지 않는 면적에 6만 명을 몰아넣었던 것, 기업가와 공
장주, 변호사와 의사, 랍비와 대학교수, 가수와 작곡가, 은행지점
장, 상인, 속기사, 가정주부, 농부, 노동자와 백만장자, 프라하에
서 온 사람들과 그 밖의 피보호국에서 온 사람들, 슬로바키아, 덴

Verzeichnis der als Sonderweisungen bezeichneten Arbeiten.

1. Dienststelle
2. Kameradschaftsheim
3. SS-Garage
4. Kleine Festung
5. Deutsche Dienstpost
6. Reserve-Lazarett
7. Berliner Dienststelle
8. Gendarmerie
9. Reichssippenforschung
10. Landwirtschaft
11. Torfabladen
12. Schleusenmühle
13. Eisenbahnbau Ing. Figlovský
14. Eisenbahnbau eig. Rechnung
15. Feuerlöschteiche E I, H IV
16. Straßenbau Leitmeritz
17. Straßenbau f. Rechnung Ing. Figlovský (T 321)
18. Uhrenreparaturenwerkstätte
19. Zentralamt f. d. Regelung der Judenfrage in Prag
20. Bau des Wasserwerks (T 423)
    a) Ing. Figlovský   b) Artesia, Prag
    c) Ing. C. Pštross, Prag   d) sonstige Posten
21. Silagenbau Ing. Figlovský
    (Hilfsdienst   )
22. Kanalisationsarbeiten (T 45)
23. Kanalisationsarbeiten für Rechnung Ing. Figlovský
24. Bau der Silagegrube Ing. Figlovský
25. Steinbruch Kamaik
26. Krematoriumbau
27. Hilfsarbeiten und Schießstätte Kamaik-Leitmeritz
28. Kreta-Bauten und deren Erhaltungskosten
29. Chemische Kontrollarbeiten
30. Gruppe Dr. Weidmann [s. 19. Kap.]
31. Bucherfassungsgruppe [s. 19. Kap.]
32. Schutzbrillenerzeugung
33. Uniformkonfektion
34. Rindsledergaloschen
35. Zentralbad (arische Abt.)
36. Glimmerspalten
37. Kaninchenhaarscheren
38. Tintenpulversäckchenfüllen
39. Elektrizitätswerk
40. Kartonagenwerkstätte
41. Lehrspiele
42. Marketenderwarenerzeugung (früher Galanterie)
43. Instandhaltung von Uniformen
44. Jutesäcke-Reparatur
45. Bijouterie
46. Straßenerhaltung und Straßenreinigung
47. Arbeitsgruppe Jungfern-Breschan
48. Projektierte Hydrozentrale
49. NSFK-Flugplatz
50. Schlachthof
51. Schieß-Stand
52. Holzkohleerzeugung

마크, 네덜란드와 빈, 뮌헨, 쾰른과 베를린, 팔츠, 마인프랑켄과 베스트팔렌에서 온 사람들이 어떻게 견딜 수 있을 때까지, 혹은 기차에 태워져 동쪽으로 보내질 때까지 모두가 약 2평방미터의 주거 공간에서 지내야 했고, 아무런 보상도 없이 이윤 창출을 위해 세워진 공장의 국제 무역 분과나 붕대 제조 공장, 가방 공장, 장신구 제조, 나무 구두창 제조나 소가죽 덧신 생산, 숯 제조 공장, 방앗간, 화내지 말고 모자를 잡아라* 같은 보드 게임을 제조하는 일, 운모 쪼개는 일, 토끼털 깎기, 잉크 가루 채워 넣는 일, 돌격대의 누에고치 재배나 무수한 내수 경제 공장, 피복실, 구역의 옷 수선소, 용접소, 고물 창고, 서적 분류조에서, 취사당번조에서, 감자깎기와 뼈 고르는 일, 혹은 매트리스 담당 분과에서, 환자와 노약자 봉사에서, 소독이나 설치류 퇴치, 병영 사무실에서, 중앙 등기소에서, "성"이라고 불리는 BV 막사에 자리 잡고 있는 자체 관리소에서, 아니면 화물 수송 일을 하도록 의무화되어 있었는데, 화물 수송은 담장 내부에 세워진 매우 다양한 잡동사니 수레들과 피보호국의 항복한 지방 단체로부터 테레진 시로 압수해 온, 남자 두 명을 수레 앞에 묶고 네 명에서 여덟 명이 수레 살을 붙들고 밀면서 가득 채워진 골목으로 이동하는 약 마흔 개 정도 되는 구식 장의차로, 곧 검은 칠과 은색 칠이 벗겨지고 훼손된 좌석은 거칠게 톱질한 기이하게 흔들리는 탈것과 높은 마부석과 선반(旋盤)으로 깎인 기둥으로 받쳐진 왕관 모양의 천장을 가진, 회색으로 번호가 매겨지고 글씨가 쓰인 아래 부분이 과거의 목적을 더 이상 드러내지 않았지만, 그 시점에서 기여하는 한 가지 목적이라고는

매일같이 테레진에서 죽은 사람들을 운송해야 하는 것이었는데, 죽은 사람들 가운데 많은 이들은 높은 인구 밀도와 결핍된 영양 상태로 야기된 성홍열, 장염, 디프테리아, 황달, 결핵 같은 감염 질환에 의한 것으로, 제국 전역에서 게토로 압송된 사람들의 평균 나이가 70세 이상이었고, 이곳으로 보내지기 전에 그들은 아름다운 정원과 산책로, 여관과 별장을 가진 테레지아 온천이란 이름의 쾌적한 보헤미아 자연 휴양지로 간다고 기만당했으며, 많은 경우 이른바 8만 제국마르크에 이르는 액면가의 주택 구입 계약서에 서명하도록 설득당하거나 강요당해서, 그 결과 그들이 갖고 있던 환상이 완전히 역으로 작용했고, 최고 좋은 옷과 이 숙소에서는 아무짝에도 쓸모없는 물건들과 기념품들을 가방에 넣은 채 종종 몸과 마음이 이미 황폐해진 채 테레지엔슈타트에 도착해서, 그들의 의식은 더 이상 강하지 못하고 잠꼬대를 하거나, 때로는 자기 이름도 기억하지 못하고 허약해진 상태에서 이른바 감염을 전혀

이겨 내지 못하거나 혹은 겨우 며칠 살아남거나, 삶의 극단적인 심리적 변화 때문에 현실로부터 동떨어진 언어 능력과 행동 능력의 상실과 결부된 일종의 유아 증상으로 인해 곧장 기사단 병영의 장갑실(裝甲室)에 위치한 정신병동으로 보내졌고, 그곳의 끔찍한 상황에서 일반적으로 한 주일 혹은 두 주일이 지나면 죽어 가서, 비록 테레지엔슈타트에는 동료 수감자들을 치료할 의사나 전문의가 부족하지 않았음에도 불구하고, 그리고 한때 양조장의 맥아 건조 가마 위에 있는 증기 소독 솥과 들끓는 이에 대한 대규모 투쟁을 위해 지휘부에 의해 마련된 시안수소가스 방과 다른 위생 시설에도 불구하고 죽은 사람의 숫자는—다른 한편 이것은 철저히 이 게토의 지도부의 마음에 달린 것이지만—1942년 10월부터 1943년 5월의 단 10개월 사이에 2만 명을 훨씬 넘어섰고, 그 결과 한때 기마 학교 안에 있는 목공소가 더 이상 충분히 나무관을 만들어 내지 못하자, 보후쇼비체로 가는 길의 외곽문에 있는 장갑실에 위치한 중앙 시체실에는 때때로 500명 이상의 죽은 사람들이 여러 겹으로 쌓인 채 뉘어 있었고, 매 40분 간격으로 작업하는 밤낮으로 가동되는 화장실(火葬室)의 네 대의 나프타 소각로는 수용 능력이 최고 한계에 이르도록 부담을 받았다고 아우스터리츠는 말했고, 이 모든 것을 포함하는, 결국은 생명을 절멸시키기 위해 마련된 테레지엔슈타트의 기숙 제도와 강제 노동 체계에 관해 아들러가 재구성한 분류표는 망상에 가까운 관리 기술 의욕으로 전반적인 기능과 능력을 조정했다고 그는 말을 이어 갔으며, 보후쇼비체에서 폐쇄된 가톨릭 교회 안의 시계를 가동시키기 위해 개별

종탑들에 이르는 지선을 건설하는 데 전 사단을 투입하는 것부터, 이 체계에 대해 끊임없는 감독이 이루어지고 통계적인 결과를 내놓아야 했으며, 지속적으로 새로 운송되어 왔고, *R. n. e.*(귀송 불가)란 서류 표기와 함께 계속 보내질 목적으로 규칙적으로 판정 작업이 이루어진다는 점을 감안하면, 특히 게토 주민들의 전체 숫자에 관한 것은 말할 수 없이 자세하고 시민적인 요구를 훨씬 넘어서는 일로서—돌아가는 일은 달갑지 않게 여겨졌지요—정확한 숫자가 최고의 원칙에 속하는 친위대의 책임자들 또한 여러 차례 인구 조사를 시도하게 해서, 1943년 11월 10일에 한번은 보후쇼비체 분지 안에서 아침 여명에 이미 숙소 마당에 나와 있던—아이들과 노인들, 반쯤 걷지 못하는 환자들까지도 빼놓지 않고—게토의 전 주민이 담장 밖의 트인 들판으로 행진했고, 그곳에서 무장한 헌병대에 의해 감시를 받으며 정방형으로 번호가 매겨진 나무판자 뒤에 서서, 단 몇 분이라도 대열에서 빠져 나올 수 없이, 습하고 차가운 안개가 자욱한 날 하루 종일 친위대 사람들을 기다려야 했는데, 그들은 세 시경이 되어서야 마침내 모터사이클을 타고 나타나 숫자를 세는 절차를 시작하고, 저녁 식사 시간이 되어 계산한 최종 결과가 담장 안에 남아 있는 몇 사람의 수와 합쳐 실제로 그들이 예상한 4만 145명이란 숫자와 일치할 때까지 두 번을 반복했고, 그런 다음 돌아가라는 명령을 감쪽같이 잊어버린 채 서둘러 그곳을 떠나 버려 수천 명의 무리가 보후쇼비체 분지에서 그 잿빛 나는 11월 10일에 뼛속까지 젖은 채 땅을 휩쓰는 비를 몰고 오는 돌풍 속의 갈대처럼 몸을 숙이고 비틀거리며 어두워질 때까지 서 있다가, 점점 더 흥분하여 결국 혼란의 물결에 밀려 시내로 몰려 들어갔는데, 그들 대부분은 자신들이 호송된 후 그때 딱한 번 그곳에서 빠져 나온 것으로, 테레지엔슈타트는 곧 새해가 시작되자 1944년 초여름에 예정되어 있는, 제국의 표준 심급에 따라 수용 시설을 위장하기 위한 적절한 기회로 간주했던 적십자 위원회의 방문에 맞춰 이른바 미화 작전을 시작했고, 그 같은 상황에서 게토의 주민들은 친위대의 감독 아래 엄청난 개량 작업을 감당해야 해서, 잔디밭 표면, 산책로, 납골당과 함께 유골함 언덕이 마련되었고, 휴식을 위한 벤치가 세워졌으며, 아기자기한 독일식의 목각품과 꽃장식으로 꾸며졌고, 천 그루 이상의 장미가 심겼으며, 장식 타일과 모래상자, 얕은 풀장, 회전목마를 갖춘 유아실과 어린이방이 마련되었고, 그때까지 나이 많은 게토 주민들을 위한 빈민 숙소로 사용되고 어두운 공간 속에 천장에 거대한 샹들리에가 여전히 걸려 있는 한때 오렐(OREL)이라 불린 영화관은 몇 주 만에 음악회장과 극장으로 개조되었으며, 다른 쪽으로는 친위대의 물품 창고에서 나온 물건들로 생필품과 살림도구, 남성복과 여성복, 신발, 속옷, 여행용품, 트렁크를 파는 가게가 열렸고, 이제 휴식처도 만들어졌는데, 기도실, 도서 대출실, 체육관, 우편물과 소포실, 중앙 사무실을 일종의 야전탁자와 클럽 소파 세트로 만들어 놓은 은행, 파라솔과 접이식 의자로 지나가는 사람들을 부르는 듯한 요양소 분위기를 주는 커피점 등, 방문 일정이 다가올 때까지 이 같은 개선 조치와 미화 작업은 끝이 없었고, 톱질하고, 망치질하고, 색을 칠하고, 붓질하고, 사람들이 재차로 이 같은 소동의 한가운데서 상태가 나쁜 7,500명의 인원을 가지치기하기 위해 이른바 동쪽으로 보낸 뒤 테레지엔슈타트는 포템킨 같은, 심지어 수용자들 중 많은 사람들을 기만하거나 희망을 부여한 엘도라도로 변했는데, 그곳은 덴마크 인 두 명과 스위스 인 한 명으로 구성된 위원회가 지휘부에 의해 정확히 짜여진 시간과 공간 계획에 따라 골목을 지나가며 안내를 받았고, 아침 일찍 비눗물로 깨끗하게 청소한 보도를 걸으며, 평화롭고 만족스러운 사람들이 전쟁의 공포로부터 보호받으며 여기 창가에서 내려다보는 모습을 자기 눈으로 직접 확인할 수 있었고, 그들이 얼마나 깔끔하게 옷을 입고 있는지, 얼마 안 되는 환자들이 얼마나 훌륭하게 보살핌을 받고, 제대로 된 음식을 접시에 나누어 주고, 흰 삼베 장갑을 끼고 빵을 나누어 주는지, 구석마다 벽보들이 스포츠 행사와 카바레와 극장 공연, 콘서트로 초대하며, 도시의 주민들은 일이 끝난 저녁 시간이면 수천 명씩 요새의 참호와 보루로 올라가서, 거기서 마치 대양의 증기선을 타고 세계 여행을 하는 것처럼 신선한 공기를 쐬었는데, 독일인들은 이 방문이 끝난 후 프로파간다를 위해서인지 자기들 스스로에게 합리화하기 위해서인지 모두를 안심시키는 이 위장 행위를 필름에 담아 두게 했는데, 유대 민속 음악을 배경으로 깔았고, 아들러가 보고한 바에 따르면 1945년 3월에는 이미 그 영화에 등장한 사람들 대부분은 더 이상 생존하지 않았고, 전쟁이 끝난 후에 영국군 주둔지에서 복사본이 하나 발견되었다고 하지만, 아들러는 이 복사본을 물론 직접 보지는 못했고 이제는 아마 완전히 분실되었을 것이라고 아우스터리츠는 말했다. 나는 몇 달 동안 제국전쟁박물관과 그 밖의 다른 곳에서 이 필름의 존재 여부에 대한 정보를 찾아보았지만 결실을 얻지 못했는데, 프라하를 떠나기 전에 테레지엔슈타트에 가 보았음에도 불구하고, 그리고 그곳의 상황에 대해 아들러가 그렇게 상세하게 기록하고 나 자신이 마지막 주석까지 읽었던 보고서에도 불구하고, 다시 게토로 가거나 우리 어머니 아가타가 당시에 그곳에 있었다는 사실을 상상할 수 없었어요. 그 필름이 다시 나타나기만 한다면, 그것이 실제로 어떠했는지 볼 수 있거나 예감할 수 있을 거라고 항상 생각했고, 나는 나와 비교하면 젊은 여성인 아가타를 예를 들면 가짜 커피하우스 앞에 있는 손님들 가운데서, 서랍에서 예쁜 장갑 한 켤레를 조심스럽게 꺼내는 장신구 가게 안의 점원으로, 혹은 아들러가 보고했듯이 테레지엔슈타트의 미화 작업 동안 공연된 「호프만의 이야기」에서 올림피아로 의심할 여지 없이 알아보는 것을 여러 차례 그려 보았어요. 나는 여름 원피스나 가벼운 개버딘 외투를 입은 그녀를 골목에서 보는 것을 상상하기도 했지요, 라고 아우스터리츠는 말했다. 산보를 하는 게토 주민들의 무리에서 그녀는 혼자 정확히 나를 향해 한 걸음 한 걸음 다가와, 마침내 필름에서 나와 내 안으로 넘어오는 것이었어요. 그 같은 환상 때문에 마침내 베를린 연방 문헌소를 거쳐 제국전쟁박물관에서 내가 찾던 테레지엔슈타트 필름의 복사본을 구하는 데 성공했을 때 나는 엄청난 흥분에 빠졌지요. 내가 그 박물관의 비디오실 중 하나에서 떨리는 손으로 테이프를 비디오 기기의 검은 투입구로 밀어 넣은 것과 그 뒤 그것에서 아무것도 알아보지 못한 채, 모루와 풀무를 버리고,

토기 작업장과 조각 작업장에서, 가방 공장에서, 신발 공장에서 여러 가지 작업 과정이 나오는 것 — 계속되는 무의미한 망치질, 날 세우기, 용접, 절단, 아교질과 접합 — 몇 초 동안 이 낯선 얼굴들이 내 앞에 끊임없이 나타나는 것, 남녀 노동자들이 하루가 끝날 무렵 간이건물에서 나와 텅 빈 들판을 가로질러 꼼짝하지 않는 흰 구름이 가득한 하늘 아래 걸어가는 모습, 평지로 향하는 아케이드와 2층과 3층에 빽빽이 몰려 있는 관중들 앞에서 병영 안 운동장에서 축구하는 모습, 중앙 목욕실에서 남자들이 샤워 시설 밑에 서 있는 모습, 도서관에서 단정한 신사들이 책을 빌리는 모습, 제대로 된 오케스트라 음악회가 열리는 모습, 밖에서는 요새의 담장 앞에 놓인, 여름 햇볕이 비치는 채소밭에 수십 명의 사람들이 비트 뿌리를 캐고, 콩줄기와 토마토 줄기에 물을 주고, 배추벌레 유충을 찾아 약초 잎사귀를 뒤지고, 나중에 일이 끝나는 시간이 다가왔을 때 사람들이 만족스럽게 자기 집 앞의 벤치에 앉아 있는 모습, 아이들이 아직도 약간씩 주변을 뛰어다니는 모습, 어떤 아이는 책을 읽고, 다른 아이는 이웃 아이와 대화를 하고, 많은 아이들은 이전에 여명이 시작될 때 흔히 그랬던 것처럼 창문 안에서 팔짱을 낀 채 그냥 누워 있는 모습을 보았지요. 그러나 이 모든 영상들 중 처음에는 어떤 것도 내 머릿속에 들어오지 않았고, 지속적인 흥분 상태처럼 눈앞에서 깜빡거리기만 해서, "총통께서 유대인에게 도시를 하사하시다"라는 원제목이 적힌 베를린의 테이프가 약 14분 길이의 합성한 작품일 뿐이라는 것, 내가 그 테이프를 자주 쳐다보고, 잠시 스쳐가는 얼굴들 속에서 그녀를 찾으려고 애를 쓸수록 그것은 첫 부분에 불과할 뿐, 그 속에서 내가 기대한 것과는 달리 어디서도 아가타를 볼 수 없다는 사실이 놀랍게도 입증되었을 때 흥분은 더 심해졌어요. 번쩍거리면서 지나가는 영상들을 어느 정도 더 정확히 알아보는 것이 불가능하다는 사실은 마침내 테레지엔슈타트의 이 단편(斷片) 필름을 한 시간으로 늘리는 저속 복사를 할 생각에 이르게 했고, 실제로 네 배로 늘린 이 기록물을 그때부터 여러 차례 반복해서 보았는데, 그러자 그 속에서 그때까지 내게 숨겨져 있던 사물들과 사람들을 알아볼 수 있었어요, 라고 아우스터리츠는 말했다. 이제 작업장에 있는 남자들과 여자들은 마치 자면서 일하는 것 같은 모습을 보여주었고, 그들이 바느질할 때 실이 꿰어진 바늘을 높이 당기기까지 한참이 걸렸으며, 눈썹은 매우 무겁게 내려앉았고, 입술은 아주 천천히 움직이며, 그렇게 천천히 카메라를 올려다보았어요. 그들의 걸음걸이는 발이 더 이상 땅에 닿지 않고 부유하는 것처럼 보였지요. 몸체는 분명하지 않았고, 특히 야외의 태양광 속에서 촬영된 장면에는 가장자리가 흐려져서, 사람 손의 윤곽이 세기 전환기 무렵에 파리에서 루이 드라제가 했던 유체 촬영과 전자 복사처럼 보였어요. 내가 지난번에는 전혀 알아차리지 못했던 이 테이프의 많은 훼손된 부분들이 이제 장면 한가운데 나타나 그 장면을 지워 버리고 밝은 흰색과 검은 반점으로 된 물방울 무늬가 생겨나게 했는데, 이것은 북쪽 지역에서 한 공중 촬영이나 혹은 현미경 밑의 물방울을 통해 보는 것을 생각나게 했어요. 그러나 가장 끔찍한 것은 이렇게 느려진 상태에서 나타나는 소리의 변화였어요, 라고 아우스터리츠

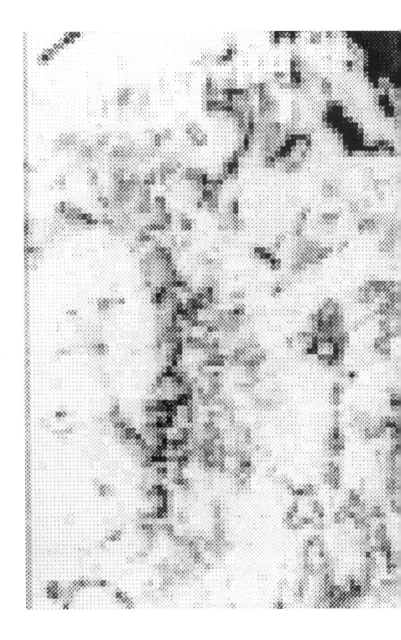

는 말했다. 불에 단 쇠를 가공하고 짐을 끄는 황소에게 편자를 다는 모습이 나오는 도입부의 짧은 장면에서 베를린 복사본의 음향 트랙에서 들려오는 어느 오스트리아 오페레타 작곡가의 흥겨운 폴카는 그로테스크할 정도로 천천히 끌려가는 장송곡이 되었고, 내가 영화에 부가된 그 밖의 음악 가운데 오로지 「파리지앵의 인생」이란 캉캉과 멘델스존의 「한여름 밤의 꿈」에서 나온 스케르초만을 알아차릴 수 있었던 곡들은 말하자면 인간의 목소리가 단 한 번도 도달하지 못한 지하 세계에서, 끔찍이 깊은 곳에서 흘러왔어요, 라고 아우스터리츠는 말했다. 해설하는 말들은 한 마디도 알아들을 수 없었어요. 베를린 복사본에서는 후두에서 억지로 나오는 경직된 음성이 투입 부대와 100인대(隊)에 대해 설명했는데, 그것은 필요에 따라 매우 다양한 작업들을 수행했고, 경우에 따라서는 재교육을 받아서, 노동을 원하는 모든 사람들은 어려움 없이 노동 과정에 편입될 수 있다는 것, 바로 이 부분에서 더 위협적인 천둥 같은 소리가 들렸는데, 나는 그 같은 것을 여러 해 전 엄청나게 더운 메이데이에 파리 식물원에서 갑자기 컨디션이 좋지 않아진 상태에서 야수 우리에서 멀지 않은 대형 새장 근처의 한 벤치에 한참 앉아 있을 때 딱 한 번 들어 본 적이 있었고, 그 야수 우리 안에서는 당시에 내가 앉은 자리에서는 보이지 않았지만, 갇혀 있는 상태에서 건강한 이성을 잃은 사자와 호랑이가 몇 시간이고 멈추지 않고 둔탁하게 울부짖는 소리를 내었지요, 라고 아우스터리츠는 말했다. 끝날 무렵에 테레지엔슈타트에서 작곡한 음악극의 초연에 관한 비교적 길게 연속되는 영상은 내가 착각하지 않았다면 파벨 하스의 「현악 오케스트라를 위한 연습곡」이었어요. 우선 뒤에서부터 홀 안을 비추는데, 홀의 창문은 활짝 열려 있었으며, 그 안에는 많은 청중이 앉아 있었지만, 흔히 음악회에서 그런 것처럼 일렬이 아니라 레스토랑에서처럼 네 명씩 한 탁자에, 아마도 게토의 가구장이가 직접 만든 알프스 식 의자에 앉아 있었는데, 그 의자들의 등받이는 하트 모양으로 오려내져 있었어요, 라고 아우스터리츠는 말을 이어 갔다. 공연이 계속되는 동안 카메라는 근접 촬영으로 몇몇 사람들을 담았는데, 특히 나이든 한 남자를 비추었고, 그의 짧게 깎은 회색 머리가 화면의 오른쪽 절반을 채우는 동안, 왼쪽 절반에는 약간 뒤로 위쪽 가장자리에 가깝게 상당히 젊은 여성의 얼굴이 나타났는데, 그것은 얼굴을 둘러싸고 있는 검은 그림자와 거의 구분되지 않아서 처음에는 전혀 알아차리지 못했어요. 그녀는 목이 높이 올라오는 어두운 원피스와 거의 구분되지 않는 세 줄로 늘어뜨린 섬세한 목걸이를 걸고 머리에는 옆으로 하얀 꽃 한 송이를 달고 있었어요, 라고 아우스터리츠는 말했다. 나의 흐릿한 기억에 따르면, 그리고 아가타라는 여배우가 내게 떠올리는 얼마 되지 않는 이미지에 따르면, 그녀는 꼭 그렇게 보일 것이라고 생각하고, 이 낯선 동시에 친숙한 얼굴을 거듭 쳐다보며, 테이프를 여러 차례 되돌리면서 화면의 상단 왼쪽 구석에 표시된 시간을 보았는데, 그녀의 이마 일부를 가린 그 숫자는 10:53부터 10:57까지를 가리키고, 막 돌아가는 100분의 1초를 나타내는 부분은 너무 빨라서 알아보거나 포착할 수 없었어요. 그해 초, 베라와 마지막으로 만난 후 얼마 되지 않아 나는 두 번째로

프라하로 가서 다시 그녀와의 대화를 이어 갔는데, 은행에서 그녀를 위해 일종의 연금 펀드를 마련하고 그 밖에 그녀의 상황을 개선하기 위해 내가 할 수 있는 최대한의 노력을 했지요, 라고 말하면서 종종 깊은 상념에 빠진 아우스터리츠는 자기 인생의 보고를 마침내 이어 갔다. 밖이 너무 춥지 않을 때는 내가 베라의 그때그때의 용무를 해결해 주도록 부탁해 둔 택시 기사에게 베라가 말한 몇 곳으로 데려다주도록 했는데, 그녀 스스로 표현한 바에 따르면 지금까지 가 보지 않은 곳들이었지요. 우리는 페트르진의 전망대에서 시내를 내려다보고, 몰다우 강의 강둑을 따라 천천히 달리거나 다리 위를 기어가는 자동차와 전차를 내려다보았어요. 우리는 한 수목원에서 창백한 겨울 햇볕을 받으며 얼마간 산책을 했고, 홀레쇼비체의 전시장에 있는 천문대에서 족히 두 시간가량 앉아

아직 알아볼 수 있는 천구도(天球圖)의 이름을 프랑스어와 체코어로 번갈아 가며 말했고, 한번은 리보츠까지 나가 야생공원으로 갔는데, 그 안에는 아름다운 주변 한가운데 티롤의 선제후 페르디난트가 건축한 별 모양의 여름 별장이 서 있었고, 베라는 그것이 아가타와 막시밀리안이 가장 좋아하던 나들이 장소였다고 말했어요. 며칠 동안 계속해서 나는 첼레트나에 있는 프라하 연극 문헌소에서 1938년과 1939년의 상황을 조사했고, 그곳에서 편지와 개인 서류, 프로그램과 누렇게 변한 신문에서 오려낸 단면 사이에서 아무런 문구도 없는 한 여배우의 사진을 접하게 되었는데, 그것은 어머니에 대한 나의 어두운 기억과 일치하는 듯 보였으며, 내가 테레지엔슈타트의 영화에서 복사해 온, 상대방의 말을 듣고 있는 여자의 얼굴을 오래 관찰한 다음 머리를 가로저으며 옆으로 치웠던 베라는 금세 그녀의 말처럼 아무런 의심도 없이 아가타의 당시 모습이 그러했다고 알아보더군요. — 이 모든 것을 이야기하는 동

안 아우스터리츠와 나는 세인트 클레멘트 병원 뒤의 묘지에서 리버풀 가로 가는 길을 뒤로 했다. 우리가 정거장 앞에서 작별했을 때 아우스터리츠는 자기가 가지고 있던 봉투 속에서 프라하 연극 문헌소에서 나온 사진을 그의 말로는 기념으로 내밀면서, 자신은 아버지의 소재를 알아내고, 한편으로는 잘못된 영국 생활에서 벗어나기 위해, 다른 한편으로는 처음에는 그 낯선 도시에, 그리고 그 밖의 어디에도 속하지 않는다는 어두운 느낌에 짓눌린 채 살았던 시간으로 되돌아가기 위해 곧 파리로 갈 생각이라고 말했다.

*

내가 아우스터리츠로부터 새 주소가 적힌 (13구의 디아망 5가 6번지) 안부 엽서를 받은 것은 같은 해 9월로, 그것은 내가 아는 바로는 가능하면 빨리 방문해 달라는 일종의 초대 같은 것이었다. 내가 북부역에 도착했을 때는 이미 두 달 이상 계속된, 온 나라를 완전히 말라 버리게 한 가뭄 뒤에 여전히 한여름 기온이었는데, 이것은 10월이 될 때까지도 가시질 않았다. 이른 아침에도 벌써 온도는 25도를 웃돌았고, 점심 무렵이면 일 드 프랑스 지역에 걸린 거대한 벤진과 납 스모그의 무게 밑에서 도시는 말 그대로 신음소리를 내었다. 숨막히는 청회색 공기는 움직일 줄 몰랐다. 거리의 차들은 아주 더디게 도로 위로 움직였고, 높은 석조 건물 정면은 눈부신 햇빛을 받으며 거울에 비친 상처럼 떨렸으며, 튈리 공원과 뤽상부르 공원에 있는 나무들의 잎사귀는 타 들어갔고, 후

끈후끈한 사막 바람이 지나가는 지하철과 끝없는 지하 통로 속의 사람들은 죽도록 지쳐 있었다. 나는 도착한 날 약속대로 글라시에르 지하철역에서 멀지 않은 오귀스트 블랑키 가에 있는 르 아반이라는 간이술집에서 아우스터리츠를 만났다. 내가 대낮에도 상당히 어둠침침한 술집에 들어갔을 때, 벽에 높이 붙어 있는, 적어도 2평방미터는 됨직한 텔레비전 화면에는 마침 인도네시아에서 몇 주 전부터 마을과 도시의 숨을 막히게 하고, 어떤 이유인지 얼굴에 보호 마스크를 끼고 집 밖으로 나가는 사람들의 머리 위로 회색빛 재를 뿌리는 연기구름의 장면이 나오고 있었다. 잠시 동안 우리 두 사람은 세계의 다른 쪽 끝에서 일어난 대재앙의 화면을 바라보다가, 아우스터리츠가 그의 특유의 방식대로 아무런 서두도 없이 이야기를 시작했다. 1950년대 초였던 파리 시절 초반에 나는 그 흉물스런 콘크리트 덩어리가 요즘도 종종 악몽으로 떠오르곤 하는 미라보 다리에서 얼마 떨어지지 않은 에밀 졸라 가 6번지에 거의 투명한 피부를 가진 아멜리 세르프란 이름의 나이든 부인 집에 방 하나를 얻었지요, 라고 그는 내 쪽으로 향하면서 말했다. 원래는 에밀 졸라 가에 다시 집을 얻을 생각이었지만, 나중에는 바로 가에 마지막 주소를 가지고 있던 우리 아버지 막시밀리안 아이헨발트가 흔적 없이 사라져서 다시는 돌아오지 못하게 되기 전 적어도 한동안은 돌아다니셨을 이곳 13구에 세를 얻기로 작정했지요. 어쨌거나 오늘날은 대부분 비어 있는 바로 가의 그 집에서 내가 한 조사는 아무런 결실이 없었고, 주민 사무소에 한 문의도 그 해의 무더위 때문에 평소보다 더 심했던 파리 공무원들의 소문난 적대감과 내가 생각해도 가망 없는 관심사를 표명하기가 스스로에게도 힘들게 느껴진 까닭에 아무런 성과를 거두지 못했어요. 그래서 나는 오귀스트 블랑키 가에서 이어지는 한쪽으로는 이탈리아 공원으로 올라가고, 다른 한쪽으로는 글라시에르로 다시 내려가는 골목에서 아버지가 불시에 내 쪽으로 다가오거나 어느 대문을 열고 나올지도 모른다는 허황한 희망을 가지고 일정한 계획이나 목적도 없이 거닐었지요. 매시간 나는 이곳에 앉아서 그사이에 훨씬 낡은, 두 줄로 단추가 달린 자두색 양복을 입은 아버지가 커피 하우스의 탁자 위로 몸을 숙인 채 프라하에 있는 사랑하는 사람들에게 한 번도 손에 들어가지 않았던 편지를 쓰는 모습을 떠올리려고 애썼지요. 나는 그가 1941년 8월에 첫 번째 파리 대규모 체포 작전 이후에 이미 드랑시 외곽의 반쯤 완공된 주거 건물에 수감되었는지, 아니면 프랑스 근위대의 무리가 1만 3천 명의 유대인 주민들을 자기 집에서 끌고 가자 100명 이상의 박해자들이 절망감에서 창문에서 뛰어내리거나 다른 방식으로 목숨을 끊었던 이듬해 7월의 이른바 *grande rafle*(대 소탕 작전) 때 수감되었는지를 늘 생각해 보곤 했지요. 나는 창문이 없는 경찰차가 놀라서 굳어 버린 도시를 가로질러 달리는 모습을 여러 번 본 것처럼 생각했고, 자전거 경기장에서 지붕 없는 하늘 밑에 모여 있는 체포된 사람들의 무리와 그 후 곧 이들을 드랑시와 보비니에서부터 태우고 간 호송 열차들을 보는 듯한 생각이 들었지요. 그들이 독일제국을 가로질러 기차를 타고 가는 모습을 보는 듯했으며, 불안으로 가득 찬 사람들 사이에 여전히 멋진 양복과 검은 벨벳

모자를 쓴 채 꼿꼿하고 침착한 아버지의 모습을 보았지요. 그런 다음 나는 아버지가 분명 제때 파리를 떠나 남쪽으로 갔고 걸어서 피레네 산맥을 넘어 도피하던 중 어딘가에서 실종되었다는 생각을 하게 되었지요. 그렇지 않으면 내가 이전에 말한 대로 여전히 파리에 있거나 자신을 드러낼 적절한 때를 기다리고 있을 것만 같았어요, 라고 아우스터리츠는 말했다. 그 같은 느낌은 현재보다는 과거에 속하는 장소들에서는 여지없이 내 머릿속에 떠올랐지요. 예를 들어 내가 시내를 가로지르는 길에 수십 년 동안 전혀 변하지 않은 어느 조용한 마당을 들여다볼 때면 잊어버린 사물의 중력 범위 속에서 시간의 흐름이 얼마나 느려지는지가 거의 몸으로 느껴져요. 그러면 마치 미래의 사건들이 이미 존재하는 것처럼, 그리고 우리가 한번 수락한 초대에 따라 마침내 특정한 집안의 특정한 시간에 있는 것처럼, 그 사건으로 들어가기를 기다리면서 단하나의 공간에 모여 있는 것처럼 보여요. 우리는 과거 속에서, 이미 존재했지만 대부분은 사라져 버린 것 가운데서 약속을 하거나, 거기서 시간의 저편에서 우리와 관련 있는 장소와 사람들을 찾아야 한다고 생각할 수는 없는가요, 하고 아우스터리츠는 말을 이었다. 그래서 나는 기이할 정도로 무더운 아침에 17세기의 자선 수도사들에 의해 호텔 드 디외의 들판에, 오늘날에는 높은 고층 사무실로 둘러싸인 몽파르나스 묘지의 약간 분리된 구석에 세워진 뵐플린, 보름저, 마이어베어, 긴스베르그, 프랑크 그리고 많은 다른 유대인 가족들의 묘비들 사이를 돌아다녔는데, 그럴 때면 자신의 출신에 대해 그렇게 오랫동안 아무것도 몰랐던 내가 그들 사이

에 항상 머물러 있었거나 그들이 나를 여전히 동행하고 있는 것처럼 느껴졌지요. 나는 그들의 멋진 독일식 이름을 읽었고, 그 이름들을 내 마음에 간직했어요. 그 중에는 에밀 졸라 가에 있는 집주인에 대한 기억으로, 1807년 뇌프브리작에서 태어나, 아마도 이전에는 히폴리트 히르슈라고 불렸을 테고, 묘비명에 따르면 프랑크푸르트 출신의 앙투아네트 풀다와 결혼한 뒤 여러 해가 지난 1890년 3월 8일, 5650년 아다르 달〔月〕* 16일에 파리에서 세상을 떠난 어느 이폴리트 세르프란 이름도 들어 있었지요. 독일에서 프랑스의 수도로 이주해 온 선조들의 자녀 중에는 아돌프와 알퐁스, 잔과 폴린도 있었는데, 그들은 랑즈베르그와 옥스 같은 남자들을 사위로 맞이했고, 이렇게 해서 한 세대 후에는 위고와 뤼시 쉬스펠트(처녀 때 성은 옥스)까지 이어졌는데, 이들을 위해 좁은 기념비의 내부에 반쯤은 말라 버린 아스파라거스 줄기로 덮인 기념 현판이 세워져 있었고, 그 위에는 부부가 모두 1944년 강제 호송에서 세상을 떠났다고 적혀 있었어요. 지금은 그때로부터 반세기가량이 지났지만, 내가 1958년 11월에 몇 가지 물건을 가지고 에밀 졸라 가에 있는 아멜리 세르프의 집에 들어갔을 때는 듬성듬성한 아스파라거스 가지들 사이로 *morts en déportation*(강제 호송 중 사망)이란 철자를 해독하면서 아직 십 수년도 채 지나지 않았구나 하고 생각했지요, 라고 아우스터리츠는 말했다. 이런 12, 3년이란 무엇인가? 하고 나 자신에게 질문했지요. 그것은 유일한, 변함없이 고통스러운 점만은 아닌 것일까? 내가 생각한 것처럼 육체적인 인물로는 거의 더 이상 존재하지 않는 아멜리 세르프는 아마도 그녀의 가문에서는 마지막 생존자가 아닐까요? 그렇다면 그녀를 위해서는 가족 기념비에 그 누구도 묘비명을 적어 줄 수 없는 것은 아닐까요? 그녀는 대관절 무덤 안에 눕기라도 했는지, 아니면 위고나 뤼시처럼 그녀도 잿빛 공기로 사라져 버린 걸까요? 나 자신에 관해서라면 나는 당시 최초의 파리 시절에는 이후의 내 인생에서와 마찬가지로 연구하던 대상에서 눈을 떼지 않으려고 노력했지요, 라고 아우스터리츠는 한참 중단했다가 말을 이었다. 나는 주중에는 매일 리슐리외 가에 있는 국립 도서관에 가서, 거기서 수많은 다른 정신 노동자들과의 말없는 연대감 속에서 대부분 저녁때까지 내 자리에 앉아 있었고, 내가 찾아낸 책들의 작게 인쇄된 주석에 빠져 있었으며, 내가 이 노트들에서 언급한 책이나 그 책의 해설에 몰두해 현실에 대한 학문적 기술로부터 점점 후퇴하면서 아주 기이한 세부적인 것까지 가지를 치며 뻗어 나가 곧 조망이 불가능해진 나의 기록물을 적어 가는 데 점점 빠져들었지요. 내 옆 자리에는 조심스럽게 머리를 받치고 토시를 낀 나이든 남자가 앉아 있었는데, 그는 K까지 이르렀지만 아마도 결코 끝내지 못할 교회사 사전 작업을 수십 년째 하고 있었지요. 그는 조심스럽고 깨알 같은 필체로 한 번도 망설이거나 지우는 법 없이 자신의 작은 색인 카드 가운데 하나를 채워서는 정확한 순서에 따라 그것을 나름대로 해석했지요. 그 후 언젠가 한번 나는 국립 도서관의 내부 생활에 대한 짧은 흑백 필름을 본 적이 있는데, 그 필름은 문서 전달관이 열람실에서 서고로, 말하자면 신경 궤도를 따라 움직이는 모습과 도서관 시설과 연결되어 있는 모든 연구자들이 수십억 개의 단어들을 내놓기 위해 수십억 개의 단어를 먹이로 필요로 하는, 지극히 복잡하고 끊임없이 발전하는 존재가 되어 가는 모습을 보여주었지요. 단 한 번 보았을 뿐이지만, 내 머릿속에 점점 더 환상적이고 무시무시해진 그 영화의 제목은 「세상의 모든 기억」이었으며, 알랭 레네가 그 영화를 만들었다고 생각합니다. 그 당시 나는 종종 나지막이 윙윙거리는 소리, 책장 넘기는 소리와 잔기침 소리로 채워진 도서관 열람실에서 죽은 자들의 섬이나, 아니면 반대로 유배지에 와 있는 것은 아닌지 하는 질문을 던지곤 했는데, 그것은 내게 특별히 기억에 남는 날, 내가 2층 문서 보관실의 당시에 자주 앉던 자리에서 천장의 어두운 슬레이트 판들이 비치는 건너편 건물의 높은 창틀과 가느다란 벽돌색 굴뚝, 눈부신 얼음처럼 푸른 하늘과 거기서부터 위를 향해 푸르게 비상하는 제비의 모양을 오려낸 눈처럼 흰 양철 풍향 깃발을 한 시간 정도 올려다보던 날 머릿속에 떠오른 질문이었어요. 낡은 유리창에 비친 그림자들은 약간 구불거리거나 흔들렸고, 그것을 바라보자 이유 없이 눈물이 났지요, 라고 아우스터리츠는 말했다. 그 밖에도 그 날 나와 마찬가지로 문서 보관실에서 작업을 하던 마리 드 베르뇌유가 내 기분이 기이하게 슬프게 변하는 것을 알아차리고는 커피 마시러 가자고 적은 쪽지를 내밀었지요. 내가 처한 상황에서 평소와는 다른 그녀의 행동을 이해할 수 없었지만, 오히려 말없이 고개를 끄덕여 동의를 표하고 거의 고분고분하다고 말할 수 있을 정도로 그녀와 함께 계단을 지나 안마당을 거쳐 도서관에서 나와서는 신선하고 거의 황홀한 그 날 아침에 쾌적한 바람이 부는 골목을 지나 팔레 루아얄로 건너가서, 그곳의 아치형 지붕 밑에 있는 창문 진열대 바로 옆에 앉았는데, 그 안에는 내가 기억하기로 수백 개의 주석 인형들이 나폴레옹 군대의 화려한 유니폼을 입고 행군 대열과 전투 대열을 하고 있었지요. 마리는 이후에도 그랬지만 이 첫 번째 만남에서 자기 자신이나 자신의 삶에 대해 거의 말하지 않았는데, 아마도 그녀가 눈치를 차린 것처럼, 말하자면 아무런 배경도 갖지 못한 나와는 반대로 아주 높은 집안 출신이었기 때문일 거예요. 마리가 박하차와 바닐라 아이스를 교대로 주문한 아치형 지붕 카페에서 나눈 대화는 공동의 관심사를 발견한 뒤부터는 주로 건축사에 관해 이루어졌는데, 무엇보다 내게 아직도 생생하게 남아 있는 것처럼, 마리가 그 얼마 전에 한 사촌과 가 보았다는, 그녀가 가 본 곳 중에 가장 비밀스러운 장소에 속하는 샤랑트*에 있는 종이 풍차에 대한 것이었지요, 라고 아우스터리츠는 말했다. 거대한 참나무 들보로 짜 맞춰진, 종종 자신의 무게에 눌려 한숨을 내쉬는 이 건물은 깊고 푸른 강물의 만곡부 근처에 나무들과 수풀 밑에 반쯤 숨겨져 있었어요, 라고 마리가 말했어요. 그 내부에는 한 사람은 사팔뜨기 눈을 하고, 다른 한 사람은 어깨가 올라간, 모든 것을 완벽하게 손질할 줄 아는 두 형제가 물에 붙은 종이 덩어리와 천 조각을 깨끗하고 빈 종잇장으로 바꾸어 놓았는데, 그 종이는 위층에 있는 커다란 헛간 바닥의 받침대에서 말려졌어요. 그곳은 조용한 어스름으로 둘러싸인 채, 블라인드 틈새로 밖에는 한낮의 햇빛이 보이고, 둑 위로는 물이 나지막이 졸졸 흐르고, 물레방아가 힘겹게 돌며 오로지 영원한 평화를 바라는 것처럼 보였어요, 라고 마리는 말했지요. 그 후 마리가 내게 의미했던 모든 것은 자기 자신에 대해 말하지는 않았지만 자신의 영적 생활을 드러내는 이 종이 물레방아 이야기 속에 이미 나타나 있었어요, 라고 아우스터리츠는 말했다. 이어지는 몇 주 그리고 몇 달 동안 우리는 종종 뤽상부르 공원과 튈리 공원, 식물원을 산책하고, 잔가지를 쳐낸 플라타너스 사이의 산책길을 오르락내리락하면서, 한번은 자연사 박물관의 서쪽 입구를 오른쪽으로, 다른 한번은 왼쪽으로 돌아 야자수 집 안으로, 다시 야자수 집에서 나와 알프스 정원의 뒤엉킨 길을 지나거나, 혹은 한때는 아프리카 식민지에서 가져온 거대한 동물들, 이를테면 코끼리, 얼룩말, 코뿔소, 단봉낙타와 악어 들이 거주했지만, 지금은 수많은 옹색한 자연 부산물인 나무둥치와 인공 바위와 연못으로 장식된 울타리들이 텅 빈 채로 내버려져 있는 삭막한 야외 동물원을 함께 산책했어요, 하고 아우스터리츠는 이야기했다. 우리는 산책길에서 어른들을 따라 동물원으로 들어가는 아이들이, *Mais il est où? Pourquoi il se cache? Pourquoi il ne bouge pas? Est-ce qu'il est mort?*(그런데 그건 어딨어? 왜 숨었지? 왜 움직이지 않아? 죽었어?) 하고 소리치는 것을 드물지 않게 들을 수 있었어요. 풀도 없는 먼지 나는 울타리 안의 건초를 걸어 놓은 시렁 밑에서 사슴 가족이 조화로우면서도 불안하게 서로를 바라보았으며, 마리가 이 무리의 사진을 찍으라고 직접 부탁한 것이 지금 생각나는군요. 내게 잊히지 않는 것은 당시에 그녀가 갇힌 동물들과 우리들, 즉 *à travers une brèche d'incomprehension*(그 동물을 바라보는 관람객이 몰이

해의 틈을 넘어) 서로 마주 본다고 말한 것이에요, 라고 아우스터리츠는 말했다. 마리는 두 번째 주말이나 세 번째 주말이면 부모님 집이나 때로는 콩피에뉴 근처의 숲이 많은 지역이나 때로는 훨씬 더 위쪽의 피카르디 지방에 여러 개의 영지를 소유하고 있는 친척집에서 보냈는데, 그녀가 파리에 있지 않으면 나는 항상 불안한 상태에 빠졌고, 그때마다 나는 규칙적으로 이 도시의 주변 지역을 조사하러 나가, 몽트뢰유, 말라코프, 샤랑통, 보비니, 바뇰레, 르 프레 생 제르맹, 생 드니, 생 망데와 그 밖의 다른 지역으로 가는 지하철을 타고 일요일이라 텅 빈 거리를 지나 내가 나중에 가서야 비로소 이해한 것처럼, 그 공허함이 나의 의지할 데 없는 느낌과 꼭 일치하던 이른바 교외의 풍경 사진을 수백 장 찍었지요, 라고 아우스터리츠는 말머리를 돌려 이야기를 계속했다. 이 교외 탐사 중 한번은 잿빛 비구름이 남서쪽에서부터 몰려오는 기이할 정도로 무더운 9월의 어느 일요일에 외곽 지역인 메종 살포르에서 200년 전에 세워진 수의 학교의 넓은 부지에서 수의학 박물관을 발견했는데, 그것의 존재에 대해서 나는 그때까지 전혀 모

르고 있었지요. 들어가는 입구에는 일종의 두건 달린 외투를 입고 머리에는 천 조각을 쓴 한 나이든 모로코 남자가 앉아 있었어요. 그가 20프랑에 팔았던 입장권을 나는 여전히 지갑에 간직하고 있

지요, 하고 아우스터리츠는 말하면서 그것을 꺼낸 다음 특별한 것이나 되는 양 우리가 앉아 있던 간이술집 탁자 위로 내게 내밀었다. 비율이 잘 맞는 계단과 2층에 세 개의 전시실이 있는 박물관의 내부에서 나는 살아 있는 사람이라고는 단 한 명도 만나지 못했고, 그래서 발밑에서 마룻바닥의 삐걱거리는 소리 때문에 강조되는 적막감은 더욱 으스스했으며, 정적은 18세기 말부터 혹은 19세기 초로 거슬러 올라가는 박제들이 들어 있는 천장까지 닿는 유리장 속에까지 모여 있었지요. 여러 가지 반추동물과 설치동물 치아의 석고본, 서커스 낙타에게서 보는 볼링공만큼 크고 완벽한 구형의 담석, 기관들을 화학 과정을 통해 투명하게 만들어 놓은, 그리고 한 번도 태양빛을 본 적 없는 심해 물고기처럼 액체 속에 떠 있는 태어난 지 불과 몇 시간밖에 되지 않은 새끼 돼지의 단면, 얇은 거죽 아래 좀 더 분명히 대조하기 위해 혈관 속에 주사한 수은이 침투하여 얼음꽃 같은 무늬를 형성하고 있는 말〔馬〕의 연푸른 태아, 각종 피조물의 해골과 뼈대, 포르말린에 들어 있는 전체 장기 시스템, 병적으로 기형이 된 기관들, 수축된 심장과 부풀어

오른 간, 그 중 많은 것은 3피트나 되고 쇳빛 가지가 산호와 비슷하게 보이는 굳어진 기관지, 그리고 기형학 코너에 전시된 모든 생각해 낼 수 있는, 그리고 생각해 낼 수 없는 기형들, 예컨대 야누스 머리와 머리가 두 개 달린 송아지, 초대형 전두골을 가진 애꾸눈 거인, 황제가 헬레나 섬으로 추방되던 날 메종 살포르에서 태어난 두 다리가 함께 붙어 인어 같은 모습을 한 사람 형상, 다리가 열 개 달린 양과 털가죽과 숨겨진 날개와 반쯤 난 발톱으로 이루어진 공포의 산물들이 있었지요. 그러나 이 박물관 뒤쪽으로 난 마지막 방에 있는 전시실에서 볼 수 있던 실물 크기의 기수의 모습, 즉 혁명 후의 시기에 명예의 절정에 달했던 해부학자이자 박제공인 오노레 프라고나르가 예술적으로 피부를 벗겨서 멈춘 핏빛을 하고 있는 기사의 뻗은 근육의 모든 갈래 하나하나와 공포스러운 눈빛으로 앞으로 내달리는 말의 푸른 혈관과 갈참색 근육과 인대를 완벽하게 알아볼 수 있게 해 놓은 것이 훨씬 더 끔찍스러웠어요, 라고 아우스터리츠는 말했다. 프로방스의 유명한 향수 제조업 가문 출신인 프라고나르는 자신이 활동하던 시기에 3천 구 이상의 시체와 신체 부위를 박제했다고 하고, 영혼 불멸을 믿지 않던 불가지론자인 그는 분명 밤이고 낮이고 부패하는 달콤한 냄새에 둘러싸여 죽음 위에 몸을 굽히고, 유리 천장을 만들어서 짧은 기간에 부패하는 물질을 유리 같은 기적으로 바꿈으로써 허약한 육신을 영원한 삶에 참여하게 해 주려는 소망으로 움직였을 거예요, 라고 아우스터리츠는 말했다. 이 수의학 박물관 방문에 이어진 몇 주 동안은 내가 방금 이야기한 것을 기억하는 일이 가능

하지 않았는데, 그것은 내가 메종 살포르에서 돌아오는 길에 지하철에서 처음으로 기절했기 때문으로, 이것은 모든 기억의 흔적을 순간적으로 상실하는 것으로 이어졌고, 이런 기절 상태는 나중에 여러 차례 반복되었으며, 내가 아는 바로는 정신의학 교재에는 히스테리성 간질이란 명칭으로 기술되어 있어요, 라고 아우스터리츠는 바깥 도로 쪽으로 시선을 향한 채 이야기를 이어 갔다. 그 해 9월 어느 일요일에 메종 살포르에서 찍은 사진들을 처음 인화했을 때에야 비로소 나는 이 사진들에 의해, 그리고 마리가 인내심을 가지고 내게 던진 질문에 의해 흩어진 기억들을 재구성할 수 있었어요. 내가 박물관을 떠날 때, 수의학 학교 마당에 오후의 열기가 하얗게 덮여 있던 것과 담장을 따라 걸으면서 가파르고 걷기 힘든 지역에 이르렀던 것이 생각나고, 앉고 싶은 욕구에도 눈부신 태양빛을 향해 계속 걸어서 지하철역에 이르렀고, 거기서 끝도 없는 터널의 끓는 듯한 침침함 속에서 다음 차를 기다려야 했던 것을 기억해 내었어요. 바스티유 방향으로 가는 차 안에는 사람이 별로 없었어요, 라고 아우스터리츠는 말했다. 나는 나중에 아코디언을 연주하던 한 집시와 끔찍할 정도로 마른 얼굴과 움푹 가라앉은 눈을 가진 인도차이나에서 온 매우 검은 여자를 생각해 내었지요. 얼마 되지 않던 다른 승객들에 대해 나는 그들 모두가 옆쪽으로 향한 채 자기들이 앉아 있는 객차의 희미한 그림자 외에는 아무것도 보이지 않는 어둠 속을 내다보고 있었다는 것을 아직도 기억하고 있어요. 내가 지하철을 타고 있는 동안 환영의 공포가 가슴 속으로 퍼져 나가듯 갑자기 몸이 좋지 않아졌다는 것, 그리고 누구로부터인지는 모르지만 물려받은 허약한 심장 때문에 내가 이제 죽는구나 하고 생각했던 것이 점점 기억났어요. 사람들이 나를 싣고 갔던 살페트리에르에서 나는 다시 의식을 되찾았는데, 그곳은 수백 년 동안 말하자면 저절로 커진 것으로, 식물원과 도스테를리츠 역 사이에서 독자적인 세계를 형성하는 복합 건물인데, 그 안은 이전부터 병원인지 형무소인지 경계가 불확실한 곳으로 나는 종종 마흔 명 또는 그 이상의 환자가 누워 있는 남자 병동에 누워 있었어요. 그곳에서 여러 날 동안 반쯤 무의식 상태에 빠져 있던 나는 수 마일 길이의 복도와 둥근 천장, 난간들과 그 안에 캄포 포르미오, 크리메, 엘리제, 이에나, 앵발리데, 오버캄프, 생플롱, 솔페리노, 스탈린그라드 같은 여러 지하철역의 이름이 있는 동굴들과 공중의 변색된 부분이나 반점들이 이곳이 명예의 들판에서 전사하거나 그렇지 않으면 폭력적으로 죽은 사람들의 유배지임을 가르쳐 주는 것처럼 보였어요. 나는 이 구원받지 못한 군대의 행렬이 멀리 저쪽 강변으로 가는 다리 위로 몰리거나 굳은 눈빛을 하고 차갑고 불 꺼진 터널의 통로 안에서 나를 향해 다가오는 것을 보았어요. 때때로 그들은 옆에서도 나타났는데, 낡고 먼지 묻은 깃털 옷을 입고 소리 없이 서로 등지거나 돌바닥에 쪼그리고 앉아 손으로 바닥을 파헤치는 동작을 보여주는 지하 묘지 중의 하나에서 말이지요. 그리고 내가 어느 정도 회복된 뒤에 이 무의식의 상태에서 한번은 나 자신을 보았는데, 내 속에서 뭔가가 과거로부터 빠져 나오려는 고통스러운 느낌으로 가득 찬 채, 터널 담장에 붙어 있는 느슨한 붓질로 그려진 광고판 앞에 서 있었고,

그 광고판에는 샤모니에서 겨울 휴가를 보내는 행복한 가족이 그려져 있었지요. 배경에는 산의 정상이 눈으로 하얗게 솟아 있었고, 그 위로는 경이로울 정도로 파란 하늘이 보였는데, 그 맨 윗부분의 가장자리는 1943년 6월에 나온 파리 시당국의 누렇게 변한 포스터를 얼마간 가리고 있었어요. 살페트리에르에 있던 당시 내가 나 자신도, 나의 과거사도, 그 밖의 어떤 것도 기억하지 못하고, 사람들이 나중에 들려준 것처럼, 여러 언어로 아무런 연관성 없는 말을 하고 있을 때, 진홍색 머리카락과 불안하게 움직이는 눈을 가진 캉탱 키냐르란 이름의 간병인이 마리가 팔레 루아얄 아케이드 카페에서 내가 한 스케치들 사이의 빈 곳에 적어 준, 거의 알아보기 힘든 M. de V.라는 이름 첫 글자와 보주 광장 7번지라는 주소를 내 수첩에서 발견하지 못했더라면 내가 어떻게 되었을지는 아무도 몰라요, 라고 아우스터리츠는 말했다. 그녀는 불려온 후 몇 날, 몇 시간을 내 침대 옆에 앉아 전혀 흥분하지 않고 나와 대화를 나누었고, 나는 처음에는 그녀가 누구인지조차 몰랐지만, 그럼에도 불구하고 그녀를 그리워했으며, 특히나 나를 무겁게 누르는 피로감에 빠져들 때나 마지막 의식의 동요를 느끼며 그녀에게 작별을 위해서나 다시 와 주었으면 하는 바람을 표하기 위해 이불 밑에서 손을 꺼낼 때면 특히 그랬어요. 마리는 살페트리에르의 내 병상을 규칙적으로 방문할 때, 자기 할아버지의 도서관에서 표지에 적힌 대로라면 1755년 디종에서 발간된 모든 종류의 병, 내과, 외과, 중독증, 치료의 어려움 등에 관한 약제 소책자 하나를 갖다 주었는데, 그것은 서적 인쇄술의 진짜 완벽한 본보기로, 그 속에는 장 르세르라는 서적 인쇄공 스스로가 처방전 모음집 앞에 첨부한 서문에서, 높은 신분의 경건하고 부유한 여성들은 자신의 운명을 다스리는 최고의 심판자에 의해 성스러운 자비의 도구로 선택되었으며, 그들의 마음이 비참하게 버려진 사람들과 짐을 진 사람들에게로 향하면, 그것으로 하늘로부터 모든 행운과 평안과 축복이 자신과 다른 가족 구성원에게 내릴 것임을 상기시켰지요. 나는 이 아름다운 서문을 한 줄 한 줄 여러 차례 읽었고, 그와 마찬가지로 병든 신경을 안정시키고 검은 쓸개즙으로부터 피를 깨끗이 하기 위해서나, 우울증을 몰아내기 위해 아로마 오일, 가루, 액즙과 주사액을 만드는 처방전을 읽었는데, 그 속에는 밝은 장미 꽃잎과 어두운 장미꽃잎, 제비꽃, 복숭아꽃, 사프란, 발삼, 좁쌀풀이 거론되었고, 실제로 오늘날까지 모든 구절을 외울 수 있는 이 책을 읽음으로써 나는 잃어버린 자의식과 기억력을 되찾았고, 내가 수의학 박물관을 방문한 후 빠져들었던 마비되어 가는 신체적 허약함을 차츰 제어하게 되어서, 마리의 팔을 붙들고 희미한 회색빛으로 채워진 살페트리에르의 복도를 거닐 수 있게 되었어요, 라고 아우스터리츠는 말했다. 30헥타르의 면적 위에 펼쳐진, 그리고 4천 개의 병상에 누워 있는 환자들이 언제라도 인간에게 가능한 질병의 모든 목록을 대변해 주는 이 요새에서 퇴원한 후 우리는 시내를 가로지르는 산책을 다시 시작했어요, 라고 아우스터리츠는 말을 이었다. 그것에 대해 내 기억에 남아 있는 인상 중에는 뤽상부르 공원의 다져진 석회자갈 광장에서 줄넘기를 하다가 너무 긴 비옷 자락에 걸려 넘어져 오른쪽 무릎이 벗겨진, 머리를 고

294

집스럽게 뒤로 묶고 얼음물처럼 푸른 눈을 가진 소녀도 포함되어 있는데, 마리는 이 장면을 데자뷔로 받아들였고, 그녀의 말에 따르면 자신에게도 20년도 더 전에 바로 그 자리에서 똑같은 일이 일어났으며, 당시에는 수치스러웠던, 자기에게 일어난 불운으로 인해 처음으로 죽음에 대한 예감을 갖게 되었다는 것이었어요. 그후 얼마 지나지 않아 안개 낀 어느 토요일 오후, 우리는 반쯤 내버려진 곳을 지나갔는데, 그 지역은 센 강 좌안에서 도스테를리츠 역과 도스테를리츠 강둑의 선로 사이로 지나가고, 그 안에는 당시에는 하역장과 창고들, 화물 집하지, 세관 창고와 이런저런 창고 외에는 아무것도 없었어요. 정거장 주변에서 멀지 않은 텅 빈 공터에 유랑 서커스 단인 바스티아니가 오렌지색으로 장식한 여러 겹으로 꿰맨 작은 텐트를 쳐 놓았지요. 우리가 서로 상의도 하지 않은 채 그 안에 들어갔을 때는 공연이 막 끝나 갈 무렵이었어요. 수십 명의 여자들과 아이들이 서커스 링 주변의 낮은 의자에 앉아 있었는데, 그 링이란 원래 있던 것이 아니라, 첫 줄에 앉은 관중들의 대열로 이루어진 것으로, 톱밥을 몇 삽 뿌려 만든 라운드여서, 그 안은 작은 말 한 마리가 원을 그리며 속보(速步)를 하기에도 비좁을 정도였어요. 우리가 들어갔을 때 마침 시작된 마지막 공연은 검푸른 망토를 걸친 마술사의 순서였는데, 그는 자신의 실린더 모자에서 까치나 까마귀보다 더 크지 않은, 놀랍도록 알록달록한 깃털을 가진 밴텀닭*을 꺼내었어요. 이 화려한 색깔의 조류는 아주 온순하게 자기가 넘어야 할 상당히 많은 계단과 사다리와 장애물로 이루어진 일종의 미니 코스를 지나서 마술사가 여러 개의 글자가 쓰인 마분지 카드로 보여주는, 예를 들면 2×3 혹은 4-1 같은 셈본 문제의 답에 맞게 부리로 쪼거나, 마술사가 속삭이는 말에 따라 잠을 자려고 땅에 눕기도 했는데, 기이하게도 날개를 옆으로 펼치고 눕더니 마지막에는 실린더 모자 속으로 사라져 버렸어요, 라고 아우스터리츠는 말했다. 마술사가 퇴장한 후 불빛이 서서히 꺼지고, 눈이 어둠에 익숙해지자 우리 위에 있는 천막의 천장에서 천에 그려진 수많은 야광별을 보았는데, 그것은 정말이지 우리가 야외의 트인 들판에 있는 듯한 느낌을 자아내었어요. 생각나는 것은 우리가 아래쪽 가장자리를 거의 손으로 잡을 수 있는 그 인공적인 하늘을 얼마간은 감격해서 올려다보는 동안 전체 단원들이 줄지어 안으로 들어왔는데, 마술사와 매우 아리따운 그의 아내와 마찬가지로 그렇게 아름다운 검은 곱슬머리의 세 아이가 들어왔고, 그 아이들 중 마지막 아이는 등불을 들고 눈처럼 흰 거위 한 마리를 데리고 들어왔어요. 이 서커스 단원들은 각기 악기를 하나씩 들고 있었지요. 내 기억이 옳다면, 그것은 횡적(橫笛), 약간 찌그러진 튜바, 북, 아코디언, 바이올린으로, 그들은 모두 동양적인 옷을 입고 가장자리에 털이 달린 긴 외투를 입었으며, 남자들은 머리에 연녹색 터번을 쓰고 있었지요. 그들이 서로에게 손짓을 하자 수줍어하면서도 동시에 인상적인 방식으로 연주하기 시작했는데, 나는 일생 동안 음악에서 감동을 받은 적이 별로 없었음에도 불구하고, 혹은 아마 바로 그 때문에서인지, 그것은 첫 박자부터 나를 깊이 감동시켰어요. 그 토요일 오후에 도스테를리츠 역 뒤의 서커스 천막 안에서 다섯 명의 마술사들이 어디서 왔는지 아무도 모르는 얼마 되지 않는 관객을 위해 연주한 곡은 아주 먼 곳에서, 동양에서 들려오는 것처럼 느껴졌고, 그것은 내게는 코카서스나 혹은 터키 같은 곳일 거란 생각이 들었어요, 라고 아우스터리츠는 말했다. 분명 악보를 볼 줄 모르는 연주자들이 함께 만들어 내는 그 음들이 무엇을 생각나게 했는지 나는 알지 못해요. 이따금 그들의 연주는 내가 오래 전에 잊고 있던 웨일스의 교회 음악을 듣는 것 같다가 다시 아주 조용하고 거의 어지러울 정도로 왈츠의 회전과 민속 춤곡의 모티프나 혹은 마지막으로 따라가는 사람들이 한 걸음씩 옮길 때마다 발을 딛기 전에 약간 공중에 멈추는 듯한 둔중한 장송곡처럼 들렸어요. 내가 이 서커스 사람들이 약간 음이 맞지 않는 악기로, 말하자면 무에서부터 불러내 온, 완전히 이국적인 야상곡에 귀를 기울이는 동안 내 가슴이 고통으로 죄어 왔는지 아니면 내 삶에서 처음으로 행복감으로 가득 찼는지 아마 당시에도 거의 말할 수 없었을 거예요. 나처럼 철저히 비음악적인 사람은 어느 음색, 톤과 싱커페이션 속의 뉘앙스가 왜 한 사람을 그토록 사로잡는지를 결코 이해할 수 없지만, 오늘날 되돌아보면, 내가 당시에 받았던 감동의 비밀은 그들이 연주하는 동안 움직이지 않고 시선을 고정한 채 배우들 사이에 서 있던 눈처럼 흰 거위의 모습에 간직되어 있었어요, 라고 아우스터리츠는 말했다. 거위는 목을 앞으로 빼고 눈꺼풀을 내리깐 채 그려진 하늘 천막으로 펼쳐진 공간에서 마지막 음들이 사라질 때까지 귀를 기울였는데, 마치 자신의 운명과 자기가 속해 있는 단체 사람들의 운명을 아는 것 같았어요. 내가 아는 바로는 당시에 마리 드 베르뇌유와 함께 잊을 수 없는 그 서커스 공연에 갔던 센 강 좌안의 점점 더 영락해 간 지역에는 그 사이 프랑스 대통령의 이름을 딴 새 국립 도서관이 세워졌어요, 라고 르 아반 선술집에서 우리가 다음에 만났을 때 그는 자신의 이야기를 다시 이어 갔다. 내가 얼마 전에 확신하게 된 것처럼, 리슐리외 가에 있던 옛 도서관은 이미 폐쇄되었는데, 안정감을 주는 불빛을 발하던 녹색 도자기 램프 갓을 갖춘 돔형 홀은 방치되었고, 책들은 원형으로 줄지어 선 서가에서 치워졌으며, 한때 옆에 앉은 사람이나 자신보다 앞서 갔던 사람들과의 말없는 동의 속에서 작은 에나멜 표에 숫자가 쓰여진 책상에 앉아 책을 읽던 사람들은 차가운 공기 속에 해체되어 버린 것처럼 보였어요. 옛날 이용자들 중에서 프랑수아 모리아크 역에 있는 새 도서관으로 옮겨 간 사람은 많지 않을 거라고 생각해요, 라고 아우

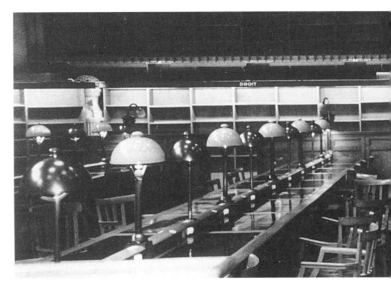

스터리츠는 말했다. 사람들은 안내자도 없이, 유령의 목소리에 의해 통제되는 지하철로 이 황량한 무인 지대에 놓인 도서관역에 이르거나 그렇지 않으면 발위베르 광장에서 버스로 갈아타거나, 대부분은 강변을 따라 바람이 아주 거세게 부는 마지막 구간을 걸어가지 않으면 안 되는데, 그 도서관의 기념비적 특성은 국가 원수의 자기 영속화의 의지에서 영감을 받았고, 나는 처음 방문했을 때부터 모든 규격화된 외형과 내부 구조에서 그것이 사람을 거부하고 모든 진정한 독자들의 요구와는 애초부터 타협의 여지 없이 대립되는 건물임을 곧바로 알아보았어요. 발위베르 광장에서 이새 국립 박물관에 이르는 사람들은 300미터 혹은 150미터 길이로 된 전체 건물의 오른쪽으로 양쪽 도로면에 둘러싸인, 신전 건물의 받침대 같은, 무수히 많은 강력 나무판자로 만들어진 나선형 야외

계단의 발치에 이르게 되지요. 최소한 마흔 개는 되는 좁은 간격의 가파른 계단을 올라가는 것은 젊은 방문객에게조차 상당히 위험한 일로서, 그러고 나면 사람들은 동일한 판자로 나선형 계단처럼 연결해 놓은, 말 그대로 시선을 압도하는 산책로 위에 서게 되는데, 그 산책로는 네 개의 꼭짓점들 사이에 어림잡아 축구장 아홉 개의 면적에 22층으로 솟아 있는 도서관 탑 사이로 펼쳐지지요. 종종 그런 것처럼 바람이 아무런 보호 장치도 없는 이 평지 위로 비를 몰고 오는 날이면, 사람들은 우선 어떤 실수로 인해 베렝가리아나 다른 초대형 원양 기선의 갑판에 올라온 것 같은 생각을 하게 되고, 갑자기 안개 경보 경적이 요란한 가운데 파리 시의 지평선이 탑들의 수위계를 향해 산더미 같은 파도를 가로지르는 증기선과 함께 규칙적으로 올라갔다 내려갔다 하거나, 미련하게도 갑판에 올라오는 것을 시도한 아주 조그맣게 보이는 사람들 가운데 하나가 돌풍에 의해 난간 너머로 휩쓸려 가거나 사막처럼 보이는 대서양의 물 속으로 떠내려간다고 상상한다 해도 전혀 놀라운 일이 아니에요, 라고 아우스터리츠는 말했다. 미래 소설을 연상시키는 자태로 *La tour des lois*(법의 탑), *La tour des temps*(시간의 탑), *La tour des nombres*(숫자의 탑), *La tour des lettres*(문자의 탑)란 이름이 붙여진 유리로 된 네 개의 탑들까지도 정면을 올려다보면서 닫힌 차양 뒤에 아직도 대부분의 공간이 비어 있음을 예감하는 사람들에게는 실제로 바빌론 같은 인상을 주었지요. 내가 처음으로 이 새 국립 도서관의 지붕 산책로 위에 섰을 때 거기서부터 컨베이어 벨트로 실제로는 1층인 지하로 내려가는 지점을 찾을 때까지는 얼마간의 시간이 걸렸어요. 라고 아우스터리츠는 말했다. 방금 힘들게 위층으로 온 후 아래로 이동하는 것이 내게는 곧 무의미하게 보였는데, 다른 설명은 떠오르지 않지만, 분명 이용자들을 불안하고 의기소침하게 만들기 위한 목적으로 생각해 내었으며, 게다가 밑으로 내려가는 것은 내가 처음 방문한 날 임시로 작동한, 연결 커튼으로 닫힌 미닫이문 앞에서 끝났고, 그 문 앞에서 사람들은 반은 유니폼을 입은 안전요원에 의해 수색을 받아야 했어요. 그런 다음 들어서게 되는 커다란 현관의 바닥은 황적색 양탄자가 깔리고, 그 위에는 몇 개의 나지막한 의자가 서로 멀찌감치 떨어져 비치되어 있는데, 그것은 도서관 방문객의 무릎이 대충 머리와 같은 높이로 쪼그리고 앉아야 하는 등받이가 없는 푹신한 긴 소파와 접이식 의자 같은 안락의자들로, 내가 그것을 보았을 때 사하라나 시나이 반도를 지나가는 길 위에 마지막 저녁놀 속에서 흩어지거나 혹은 작은 무리를 이루어 바닥에 웅크리고 있는 형상들과 비슷하다는 생각을 가장 먼저 떠오르게 했지요. 라고 아우스터리츠는 말했다. 사람들이 붉은 시나이 입구에서 아무 어려움 없이 보루와 같은 도서관 내부로 들어갈 수 없다는 것은 자명했어요. 라고 아우스터리츠는 말을 이었다. 우선 대여섯 명 되는 여성들로 이루어진 안내소에서 자신의 용무를 말하고, 이용무가 가장 간단한 경우를 조금이라도 넘어서면, 다른 직원이 분리된 방으로 안내하기까지 세무서에서처럼 번호표를 뽑고 종종 반시간이나 그보다 더 오래 기다려야 했고, 그런 다음 그곳에서 극도로 의심스럽고 어쨌거나 공식적인 협의 아래에서만 해결될

용무라도 되는 듯이 자신의 희망 사항을 알리고 그에 상응하는 지시를 받아야 했어요. 그 같은 통제 조치에도 불구하고 나는 마침내 새로 열린 일반 열람실인 오 드 자르댕에 한 자리를 차지하는 데 성공하고는 거기서 이어지는 시간 동안 몇 시간이고 며칠이고 앉아, 지금 내 방식대로 정신을 놓고 안쪽 마당을, 말하자면 이 기이하고, 산책로 지붕의 표면에서부터 단절된, 2층 혹은 3층 깊이까지 가라앉은 기이한 자연 보호 구역을 내려다보았는데, 사람들이 포레 드 보르에서 어떤 방식으로 이 망명지로 옮겼는지 모르지만 그 안에 100종에 가까운 잣나무들을 옮겨다 심어 놓았어요, 라고 아우스터리츠는 말했다. 위층에서 아마도 자신들의 노르만 고향을 생각할 나무들의 뻗어 있는 회녹색 수관을 내려다보면 고르지 않은 황무지를 보는 것 같은 반면, 열람실에서부터 울긋불긋한 줄기들만 보면 그 줄기들이 비스듬히 세워진 쇠밧줄과 연결되어 있음에도 불구하고 폭풍우가 부는 날에는 이리저리 흔들리며 마치 어항 속에 있는 물풀 같은 느낌을 주었지요. 때때로 그것은 내가 열람실에서 빠져 있는 백일몽 속에서, 마치 땅에서부터 비스듬히 바늘 모양의 지붕으로 올라오는 밧줄 위에서 끝이 흔들리는 균형 막대와 함께 공중에서 한 발 한 발 내딛는 서커스 곡예사들을 보는 것 같거나, 아니면 다람쥐 두 마리가 한번은 여기서 다른 한번은 저기서 항상 보이지 않는 경계를 돌아다니는 것처럼 느껴졌는데, 그 다람쥐들에 대해 내가 들은 미심쩍은 이야기로는, 때때로 책에서 눈을 드는 독자들의 기분 전환을 위해 이 인공적인 잣나무 숲에서 수를 늘리고 종족의 거주지를 마련하라는 취지에서 그 녀석들을 이곳에 풀어 놓았다 하더군요. 도서관 숲에서 길을 잃은 채 열람실의 유리창에 비친 나무들 속으로 날아간 새들이 둔탁한 부딪침과 함께 생명을 잃고 바닥에 떨어진 일도 여러 번 일어났지요, 라고 아우스터리츠는 말했다. 나는 열람실 안의 내 자리에서 그 같은, 아무도 예상할 수 없었던 불행, 즉 자신의 자연스러운 궤도에서 단 한 번 이탈한 이 피조물의 추락사나 국립 도서관의 데카르트적인 전체 플랜을 조종하는 전자 정보 기구에 여러 차례 차단 현상이 일어나는 상황에 대해 많이 생각해 보았는데, 인간이 계획하고 발전시킨 모든 프로젝트에는 그것에 부과한 대규모 차원의 복합적인 정보 시스템과 조정 시스템이 핵심적인 요소들이어서, 그 결과 실제로는 모든 것을 포괄하는 절대적으로 완벽한 아이디어가 완전히 붕괴될 수 있으며, 결국은 지속적인 오작동과 구성적인 불안전으로 무너질 수밖에 없다는 결론에 이르렀지요. 최소한 내 생애의 대부분을 책을 연구하는 데 바쳤고, 보들리언 법학 도서관, 대영 박물관, 그리고 리슐리외 가에서 항상 편안하게 느꼈던 내게는 지금은 늘 사용되는, 추한 개념에 따르면 인간의 모든 저술 유산의 보고라고 불리는 이 새 거대 도서관은 파리에서 실종된 우리 아버지의 흔적을 추적하는 데는 전혀 쓸모가 없다는 것이 입증되었어요. 오로지 방해만 되는, 내 신경을 점점 더 공격하는 도구들과 매일 씨름하면서 나는 내 연구를 한동안 제쳐 두었고, 그 대신 어떤 이유에서인지 슈포르코바의 책장에 있던 55권의 진홍색 전집이 생각나서 그때까지 알지 못했던 발자크 소설을 읽기 시작했고, 그 중에서도 베라가 언급했던 아일라우 전투에서 칼에 맞아 의식을 잃고 안장에서 바닥으로 떨어져 황제를 섬기던 명예로운 출세가도가 끝나 버린 샤베르 대령이란 사람의 이야기를 읽기 시작했지요. 몇 년 후 긴 방랑 끝에 이른바 사자(死者)들 사이에서 부활한 이 대령은 자신의 영지와 그 사이 재혼한 아내 페로 백작부인과 자기 자신의 이름에 대한 권리를 찾기 위해 파리로 돌아왔어요. 이 구절에 따르면 그는 데르빌 변호사의 사무실에서 깡마르고 피골이 상접한 채 유령처럼 우리 앞에 서 있어요, 라고 아우스터리츠는 말했다. 반쯤 먼 눈은 진줏빛 광채로 빛나고 마치 촛불처럼 불안하게 깜박거렸지요. 칼처럼 날카로운 윤곽을 가진 그의 얼굴은 창백하고, 목 주변에는 검은 비단으로 된 초라한 넥타이를 메고 있었어요. *Je suis le Colonel Chabert, celui qui est mort à Eylau*(나는 아일라우에서 죽은 샤베르 대령이요)란 말로 그는 자신을 소개한 다음, 사람들이 전투가 끝난 날 그를 다른 전사자들과 함께 묻었고, 마침내 엄청난 고통을 느끼면서 의식을 되찾았던 집단 무덤(발자크는 *fosse des morts*라고 썼다고 아우스터리츠는 말했다)에 관해 이야기했지요. 아우스터리츠는 *J'entendis, ou crus entendre, des gémissements poussés par le monde des cadavres au milieu duquel je gisais. Et quoique la mémoire de ces moments soit bien ténébreuse, quoique mes souvenirs soient bien confus, malgré les impressions de souffrances encore plus profondes que je devais éprouver et qui ont brouillé mes idées, il y a des nuits où je crois encore entendre ces soupirs étouffés*(선술집의 창문을 통해 오귀스트 블랑키

가를 내려다보며 기억 속에서 나는 들었다. 내가 누워 있던 시체들 사이에서 나오는 신음소리를. 그때 기억이 아무리 희미해도, 내 기억이 아무리 혼란스러워도, 내가 느낀 것 이상으로 훨씬 더 깊은, 내 생각을 뒤흔든 그 고통의 인상들에도 불구하고, 밤이면 그 숨죽인 한숨소리가 계속 들리는 것 같다)라고 인용했다. 바로 그 같은 통속 소설적인 특징 속에서 죽음과 삶의 경계란 우리가 일반적으로 생각하는 것보다 훨씬 유동적이라는 이전부터 내 머릿속에 있던 생각이 강화됨을 느끼면서 나는 이 열람실에서 미국 건축 잡지 하나를 펼치다가—그때는 정확히 저녁 여섯 시였어요—대형 사이즈의 회색 사진 하나를 접하게 되었는데, 그 사진은 오늘날 전사자들의 서류가 이른바 테레진의 작은 요새에 보관되어 있는, 천장까지 닿는 열린 서랍이 있는 공간을 보여주었어요, 라고 아우스터리츠는 말을 이었다. 나는 보헤미아의 이 게토를 처음 방문했을 때 별 모양의 도시 바깥의 엄호되지 않은 지대에 놓인 외곽 보루 안에는 들어가지 않았던 것을 기억했고, 아마도 그래서 이 문헌실을 보았을 때 테레진의 작은 요새의 습기지고 차가운 그곳 장갑실에서 많은 사람들이 죽어 갔다는 사실과 나의 진정한 작업실이 되었으리라는 사실, 그리고 나 자신의 실수로 그런 사실들을 깨닫지 못했다는 강박적인 생각이 몰려왔어요. 이런 생각들로 스스로를 괴롭히며 그로 인해 내 얼굴에 항상 다시 당혹스런 표정이 나타나는 것을 생생하게 느끼고 있는 동안 앙리 르무안이란 한 도서관 직원이 나에게 말을 걸었는데, 그는 내가 매일 리슐리외 가에 있었던 최초의 파리 시절에 사귄 사람이었어요. 그

는 내 책상 옆에 서서 내 쪽으로 몸을 약간 굽힌 채 자크 아우스터
리츠 아닌가요, 하고 물었고, 그렇게 해서 이 시간에 점점 비어 가
는 열람실 오 드 자르댕 안에서 정보 체계의 급증과 더불어 동일
한 정도로 우리 기억 능력이 상실되어 가는 것과 르무안이 표현한
대로라면 국립 박물관의 이미 시작된 붕괴에 대해 속삭이며 상당
히 긴 대화를 주고받았지요, 라고 아우스터리츠는 말했다. 모든
시설과 부조리에 가까운 내부 통제로 독자를 잠정적인 적으로 간
주하고 내쫓으려 하는 이 새 도서관 건물은 아직 생명을 가지고
있는 과거의 모든 것을 끝장내려고 하는 점점 다급해진 욕구를 알
리는 공개적인 표시라고 르무안은 말했어요, 라고 아우스터리츠
는 말했다. 우리 대화의 한 지점에서 르무안은 내가 지나가는 말
로 한 부탁에 따라 남동쪽 탑의 19층으로 나를 안내했는데, 그곳
에서, 이른바 벨베데르에서 우리는 수천 년이 지나는 동안 지금은
완전히 동공화(洞空化)된 지하에서 커져 간 도시의 응집체를 내려
다보았고, 그것은 희미한 석회석 형상으로, 중앙에서 확산되어 가
는 각질화와 함께 다부, 수, 포니아토프스키, 마세나와 켈러만을
넘어 근교 저편의 안개 속에서 부유하는 최외곽 변두리를 바라볼
수 있었지요. 남동쪽으로 몇 마일 길이의 고른 잿빛 속에 창백한
녹색 반점이 보였고, 그 반점에서 일종의 원뿔형이 솟아 있었는
데, 르무안은 그것이 뱅센 숲에 있는 원숭이 산이라고 말했지요.
더 가까운 곳에서는 뒤엉킨 차로를 보았는데, 그 위에는 전차와
자동차가 검은 풍뎅이와 유충처럼 이리저리 기어다녔지요. 위에
서 보면 저 아래에는 항상 소리 없이, 그리고 천천히 삶이 마모되

고, 도시의 몸통이 침침한 지하에서 창궐하는 질병에 사로잡힌 듯한 인상을 받는 것은 기이한 일이에요, 라고 르무안이 1959년 그 겨울에 말했던 것을 기억하고, 그 몇 달 동안 나는 리슐리외 가에서 나 자신의 연구 논문에 방향을 제시해 줄 여섯 권으로 된 작품 『19세기 후반부 파리의 구조와 기능, 그리고 삶』을 연구했는데, 이 책은 기록대로라면 이전에 죽은 사람의 먼지로 이루어진 오리엔트의 사막을 여행한 막심 뒤 캉이 1890년경에 퐁 뇌프 다리에서 환상에 사로잡힌 뒤 쓰기 시작해서 7년 후에 비로소 완성한 것이었지요, 라고 아우스터리츠는 말했다. 벨베데르 층의 다른 쪽으로는 센 강의 비스듬한 띠와 마레 구역과 북쪽으로는 바스티유 너머로 내려다볼 수 있었지요. 잉크색의 소나기 구름층이 이제 그림자 속으로 가라앉는 도시 위로 기울어지고, 도시의 탑들과 궁전들, 기념비들은 곧 사크레 쾨르 둥근 지붕의 흰 윤곽 외에는 아무것도 보여주지 않았어요. 우리는 바닥까지 이르는 판유리에서 단 한 발 뒤에 서 있었어요. 시선을 아래로, 밝은 산책로 지붕과 그것에서 더 어둡게 솟아 있는 나무들의 수관으로 향하면, 심연의 소용돌이가 사람을 사로잡아서 한 걸음 뒤로 물러서지 않을 수 없었지요. 르무안은 여기 이 위에서는 시간의 흐름을 관자놀이와 이마 주변에서 느끼는 것 같다고 말했으며, 그것은 세월이 흐르는 동안 우리 머릿속에 형성되어 간, 저기 아래 도시의 바닥에 차곡차곡 쌓인, 여러 층으로 이루어진 의식의 반사일 뿐이라고 덧붙였어요, 라고 아우스터리츠는 말했다. 오늘날에는 이 도서관이 서 있는 도스테를리츠 역과 톨비악 다리의 조차(操車) 시설 주변 사이의 황량한 땅에 전쟁이 끝나기 전까지는 커다란 창고가 위치해 있었는데, 독일인들은 그 창고에 파리의 유대인들의 집에서 꺼내 온 전리품을 모아 두었지요. 그 전리품들은 당시에 수개월간 계속된 조치로 약탈한 4만 세대에 있던 것으로, 그것을 위해 파리의 가구 운송업자 단체의 차량이 동원되었고 1,500명 이상의 하역 인부들이 투입되었어요. 마지막까지 철저히 조직된 몰수 및 재사용 프로그램에 대하여 사람들은, 즉 점령군의 부분적으로는 서로 경쟁하는 관할 지휘부, 예컨대 재정담당부서와 세무담당부서, 주민사무소와 토지등기사무소, 은행과 보험회사, 경찰과 운송회사, 집주인과 주택 공급자들 모두는 드랑시에 수용자들 중 거의 아무도 돌아오지 않으리라는 것을 의심의 여지 없이 알고 있었어요, 라고 르무안은 말했지요. 당시에 순식간에 자기 소유로 만든 값나가는 물건들, 예금액, 주식과 부동산은 오늘날까지 시 당국이나 국가 당국의 손에 들어 있어요, 라고 르무안은 말했어요. 1942년부터 저 아래 아우스터리츠-톨비악 창고 광장에는 삶을 아름답게 하기 위해서든, 단순히 집에서 사용하기 위해서든 우리 문명이 이룩한 것들이, 예컨대 루이 16세의 서랍장, 마이센 도자기, 페르시아 양탄자와 숱한 책들부터 심지어 식탁용 소금통과 설탕통에 이르기까지 쌓여 갔지요. 창고 안에서 일했던 사람이 최근에 내게 한 말에 따르면 심지어 몰수한 바이올린 케이스에서 손질하기 위해 꺼내 놓은 콜로포늄을 담는 별도의 상자도 있었다고 하더군요, 라고 르무안은 말했어요. 드랑시에서 불려온 500명 이상의 예술사가, 골동품 상인, 보수 전문가, 목수와 시계공, 모피 가공업자와 패션 디자이너 들은 인도차이나 출신의 임시 군인들에 의해 감시를 받으면서 매일 열네 시간씩 들어오는 물건들을 수선하고 은수저는 은수저대로, 취사도구는 취사도구대로, 장난감은 장난감대로, 값어치와 종류에 따라 분류하는 일로 분주했지요. 700대 이상의 열차 차량이 여기서부터 제국의 파괴된 도시로 출발했지요. 죄수들이 도스테를리츠 갤러리라고 부른 이 창고 안에는 독일에서 온 정당 보스들과 파리에 주둔하고 있는 친위대나 독일군의 고위직 요원들이 아내나 혹은 다른 여성들과 함께 그루네발트에 소재한 별장을 위한 살롱 가구나 세브르 도자기 세트, 모피 외투나 플라이엘 피아노를 찾으러 돌아다니는 경우도 드물지 않았어요, 라고 르무안은 말했어요. 당연히 가장 값진 물건들은 대규모 폭격을 받은 도시로는 보내지지 않았어요. 진정한 의미의 역사 전체가 우리의 파라오 같은 대통령 도서관 바닥 밑에 묻혀 버린 것처럼, 그것들이 어디로 갔는지 오늘날은 아무도 알려고 하지 않아요, 라고 르무안은 말했지요. 아래 인적이 드문 산책로에는 마지막 밝은 빛이 사라졌지요. 위에서 보면 초록 이끼 바닥처럼 보이는 잣나무 숲의 꼭대기는 점점 더 균일하게 검은 사각형이 되었어요. 우리는 한동안 말없이 벨베데르 위에 함께 서 있었고, 이제는 불빛 속에서 반짝이는 도시를 내려다보았지요, 라고 아우스터리츠는 말했다.

내가 파리를 떠나기 직전에 모닝 커피를 마시러 오귀스트 블랑키 가에 가서 다시 한 번 아우스터리츠와 만났을 때, 그는 그 전날 조프루아 라스니에 가에 있는 문헌 보관소 직원으로부터 막시밀리안 아이헨발트는 1942년 말 구르스 수용소에 수용되었다는 소식을 들었고, 훨씬 남쪽으로 피레네 산맥이 시작되는 부근에 있는 그곳을 찾아가야 한다고 말했다. 우리가 지난 번 만난 후 몇 시간 뒤에 그가 국립 도서관에서 오는 길에 도스테를리츠 역에서 차를 갈아타려고 했을 때, 기이하게도 자신이 아버지에게 가까이 가고 있다는 예감이 들었다고 아우스터리츠는 말했다. 내가 우연히 알게 된 것처럼, 지난 수요일에 파업으로 철도 교통 일부가 마비되고, 그 때문에 도스테를리츠 역을 둘러싼 침묵 속에서, 우리 아버지가 독일인이 진군해 온 직후 바로 가에 있던 그의 집에서 가장 가까운 역인 이곳에서 파리를 떠났을 것이라는 생각이 들었어요. 그가 출발할 때 열차 창문에 기대어 있는 모습을 보는 듯했고, 둔탁하게 움직이는 기관차에서 흰 증기구름이 올라오는 것을 보았어요, 라고 아우스터리츠는 말했다. 그 후 나는 반쯤 멍하니 미로 같은 지하 통로들과 육교를 지나고 계단을 오르내리며 역 안을 돌아다녔지요. 이 역은 내게는 이전부터 파리의 모든 역 가운데 가장 수수께끼 같은 곳이었어요. 나는 대학 시절에 여러 시간 동안 이 역에 머물면서, 심지어 그것의 시설과 역사에 대해 일종의 기록문을 쓰기도 했지요. 바스티유에서 오는 지하철이 센 강을 건넌 후 철조 고가다리를 지나 이 역의 위층으로 들어오던, 어떤 의미에서는 건물 정면에 의해 삼켜지던 모습이 당시의 내게는 특히 인상적이었어요. 동시에 이 건물 정면 뒤에 놓인, 초라한 불빛만으로 밝혀진 거의 텅 빈 홀 때문에 불안을 느꼈는데, 그 홀에는 들보와 판자로 거칠게 짜 맞춘, 교수대 같은 장비들과 온통 녹슨 철십자가 달린 단(檀)이 솟아 있었고, 그것은 자전거들을 보관하는 데 사용한다고 나중에 들었어요. 내가 휴가 기간 중 일요일 오후에 이 단 위에 처음으로 올라갔지만, 자전거는 단 한 대도 볼 수 없었고, 아마도 그 때문인지 아니면 바닥의 나무판자 위에 사방 흩어진 비둘기 털 때문인지, 나 자신이 처벌되지 않은 범죄 현장에 있는 것 같은 인상에 사로잡혔어요. 그 밖에도 미심쩍은 목재 구조물이 이전과 마찬가지로 여전히 존재했어요. 라고 아우스터리츠는 말했다. 회색 비둘기 털조차 아직 날려 가지 않았더군요. 이 어두운 자취들이 흘러내린 윤활유인지, 카볼리늄인지 아니면 완전

히 다른 것인지 알 수 없지요. 내가 그 일요일 오후 건물 골조 위에 서서 어스름 사이로 건물 북쪽 면의 예술적인 격자를 올려다보았을 때, 그것의 위쪽 가장자리에 아마도 수리 작업을 하고 있는 아주 작은 사람 두 명이 거미줄의 검은 거미처럼 밧줄에서 움직이는 것을 한참 후에 알아차리고는 불편한 느낌을 받았어요. 나는 이 모든 것이 무엇을 의미하는지 알지 못하고, 어쨌거나 계속해서 아버지와 마리 드 베르뇌유를 찾을 거예요, 라고 아우스터리츠는 말했다. 우리가 글라시에르 지하철역 앞에서 작별했을 때는 12시가 가까웠다. 이전에는 여기에 큰 웅덩이가 있었는데, 그 위에서

사람들은 겨울이면 런던의 비숍스게이트 앞에서처럼 스케이트를 탔어요, 라고 아우스터리츠는 마지막으로 말하고, 올더니 가에 있는 자기 집 열쇠를 내주었다. 그는 내가 원한다면 언제든지 숙소를 열고 그의 생에서 유일하게 남은 흑백 사진들을 검토해도 좋다고 말했다. 그리고 그의 집과 연결되는 기와 담장으로 들어가는 대문의 초인종을 눌러 보는 것을 잊지 말라고 당부했는데, 그 담장 뒤에 자기 집의 어떤 창문에서도 볼 수 없는 보리수나무와 라일락 수풀이 무성한 장소가 있기 때문이며, 그곳에 18세기부터 아슈케나지 공동체의 일원들이 묻혀 있고, 특히 랍비 다비드 테벨레 시프와 랍비 사무엘 팔크, 런던 출신의 덴 발 셈이 묻혀 있다고 했다. 그는 런던을 떠나기 바로 며칠 전 그 묘지를 발견했는데, 그 묘지에서 언제나 나방들이 그의 집 안으로 날아왔다고 추측하며, 올더니 가에 살았던 여러 해 만에 처음으로 담장 안으로 난 대문이 열려 있었다고 아우스터리츠는 말했다. 그 안에서 묘지기로 밝

혀진 눈에 띄게 작은 아마 일흔 살쯤 되어 보이는 노파가 실내화를 신은 채 무덤들 사이로 난 길을 걷고 있었어요. 그녀 옆에는 그녀와 키가 비슷한 잿빛 털의 벨기에 산 셰퍼드가 있었는데, 그 개는 빌리라고 부르면 말을 잘 듣고 아주 유순해졌어요. 막 나온 보리수 잎사귀를 관통하는 밝은 봄볕 속에서 사람들은 삶 자체와 마찬가지로 흘러간 시간과 함께 오래된 동화 속에 들어왔다고 생각할 수 있을 거라고 아우스터리츠는 말했다. 올더니 가에 있는 묘지 공간에 관한 이야기와 더불어 그는 내게 작별을 고했는데, 그 이야기는 내게 잊히지 않았고, 아마도 그래서 돌아오는 길에 다시 한 번 녹투라마를 보고 브렌동크로 가기 위해 안트베르펜에서 내렸을 것이다. 나는 아스트리트 광장에 있는 한 호텔의 갈색 벽지를 바른 보잘것없는 방에서 불안한 밤을 보냈는데, 그 방은 뒤쪽으로 방화벽과 환기용 굴뚝과 철사로 서로 분리해 놓은 천장이 낮은 방이었다. 나는 이 도시에 막 민중 축제가 열리고 있었다고 생각한다. 어쨌거나 이른 아침까지 경적 소리와 경찰 사이렌 소리가

들렸다. 불길한 꿈에서 깨어나자 나는 10분에서 12분 간격으로 비행기의 아주 작은 은빛 화살들이 아직도 반쯤 어둠 속에 있는 집들 위의 푸른빛 나는 허공을 가로지르는 것을 보았다. 내가 제대로 기억한다면 여덟 시경에 플라밍고라는 이름의 이 호텔을 떠날 무렵, 사람이 아무도 없는 아래층 안내 데스크 옆에 눈이 옆으로 돌아간 약 마흔 살가량의 잿빛처럼 창백한 여자가 높은 들것 위에 누워 있었다. 바깥의 보도에서는 위생관 두 사람이 대화를 나누고 있었다. 나는 아스트리트 광장을 지나 역으로 건너갔고, 종이컵에 든 커피 한 잔을 사서 메헬렌으로 가는 다음 번 교외 열차를 타고는, 거기서부터 외곽 지역과 대부분은 이미 난개발된 도시의 교외 지역인 빌레브루크까지 10킬로미터 정도를 걸어갔다. 내가 이 길에서 본 것에 대해서는 거의 기억에 남아 있지 않다. 나는 단지 눈에 띄게 가는, 실제로 방 하나 폭도 되지 않는 적벽색 벽돌집을 보았는데, 이 집은 마찬가지로 좁고 측백나무 울타리로 둘러싸인 대지에 서 있었고, 대단히 벨기에적인 인상을 주었다. 바로 이 집 옆에는 운하가 하나 흘렀고, 그 운하에는 내가 그곳을

지나간 바로 그 순간 긴 화물선 하나가 대포알 크기만 한 둥근 양배추를 싣고 안내자도 없이, 물의 검은 표면에 흔적도 남기지 않은 채 지나갔다. 내가 빌레브루크에 도착할 때까지 날씨는 30년 전과 마찬가지로 비정상적으로 더웠다. 요새는 변함없이 청록색 섬에 서 있었지만, 방문객 수는 늘어난 것처럼 보였다. 알록달록한 옷을 입은 학생들의 무리가 매표소 앞과 안내실의 간이매점 앞에 몰려 있는가 하면, 주차장에는 여러 대의 대형 버스들이 기다리고 있었다. 몇 대는 이미 다리를 건너 어두운 아치문까지 앞서가 있었는데, 나는 이번에는 긴 망설임에도 불구하고 이 문을 통해 들어갈 엄두가 나지 않았다. 나는 한참 동안 목조 간이건물에 머물렀는데, 그 안은 친위대 사람들이 여러 가지 공문서와 축하엽서 들을 찍기 위해 인쇄소를 만들어 놓은 곳이었다. 지붕과 벽들은 열기를 받아 삐걱거렸고, 사막을 지나가는 성 율리아누스에게처럼 내 머리카락에 불이 붙은 것 같은 생각이 스쳐갔다. 나중에 나는 요새를 둘러싸고 있는 해자에 앉았다. 유배지 주변 너머로 멀리 울타리와 감시탑 저편으로 훨씬 도시 주변으로 나와 있는 메헬렌의 고층 건물들을 보았다. 어두운 물 위에서 회색 거위 한 마리가 한번은 이쪽으로, 한번은 다시 다른 쪽으로 헤엄치고 있었다. 잠시 후 거위는 강변에 올라가 내게서 멀리 떨어지지 않은 풀밭에 앉았다. 나는 륙색에서 책을 꺼냈는데, 파리에서 처음 만났을 때 아우스터리츠가 준 것이었다. 런던의 문예학자인 댄 제이콥슨의 책으로(여러 해 동안 알지 못했던 자신의 동료라고 아우스터리츠는 말했다), 작가가 헤셸이라고 불리던 자신의 할아버지인

이스마엘 여호수아 멜라메트 랍비를 찾는 것에 관한 내용이었다. 헤셸이 손자에게 남긴 유산은 수첩 하나와 러시아 신분증 하나, 그리고 낡은 안경 케이스였는데, 그 케이스에는 안경알 외에 이미 반쯤 찢어진 빛바랜 비단 조각과 스튜디오에서 찍은 사진 하나가 들어 있었고, 그 사진은 검은 천으로 된 상의와 머리에 검은 우단 실린더 모자를 쓴 헤셸을 보여주었다. 이 책의 표지에서는 그의 한쪽 눈에 약간 그림자가 진 것처럼 보였고, 다른 눈에서는 생명의 빛을 아직 흰 반점으로 알아볼 수 있었는데, 그 빛은 헤셸이 제 1차 세계 대전 직후 53세의 나이로 세상을 떠났을 때 꺼져 갔다. 너무 이른 죽음 때문에 이 랍비의 아내인 메누카는 1920년에 아홉 명의 자녀와 함께 리투아니아에서 남아프리카로 이민을 갔고, 그 결과 제이콥슨 자신은 킴벌리의 다이아몬드 광산 옆에 있는 같은 이름의 도시에서 어린 시절의 대부분을 보냈다. 내가 브렌동크 요새 맞은편에 앉아 읽은 것은 대부분의 광산과 그 중 가장 큰 두 곳인 킴벌리 광산과 드 베어스 광산 역시 당시에 이미 폐쇄되었다는 것, 그리고 주변에 울타리가 쳐져 있지 않아, 원하는 사람은 이 거대한 광산들의 맨 가장자리까지 접근해서 수천 피트 아래쪽을 내려다볼 수 있었다고 적은 대목이었다. 견고한 바닥으로부터 한 발 앞에 그처럼 텅 빈 공간이 열려 있고, 거기는 건너가는 것이란 불가능하며, 한쪽에는 당연한 삶과 다른 한쪽에는 전혀 생각할 수 없이 정반대의 가장자리만 존재한다는 사실을 깨닫는 것은 엄청난 두려움을 불러내었다, 라고 제이콥슨은 적고 있다. 빛이 더 이상 도달하지 않는 심연은 자기 가족과 민족의 몰락한 과거에 대해 제이콥슨이 가지고 있던 이미지였고, 그도 알다시피 그 과거는 더 이상 아래에서부터 끄집어 올려지지 않았던 것이다. 제이콥슨은 리투아니아 여행의 어디서도 자기 선조들의 흔적을 찾지 못한 채, 사방에서 절멸의 표시만을 발견할 뿐이었는데, 헤셸의 병든 심장이 뛰기를 중단했을 때 그것은 이 절멸로부터 자기 식구들을 지켜 주었다. 당시에 헤셸의 사진을 찍은 스튜디오가 있던 카우나스 시에서부터 러시아 인들은 19세기 말에 그 도시 주변에 12개의 요새로 된 띠를 설치했는데, 요새가 세워진 높은 지대에도 불구하고, 그리고 그 후 1914년에는 엄청난 수의 대포와 두꺼운 담벽과 통로의 모서리에도 불구하고 전적으로 무용지물임이 입증되었다고 제이콥슨은 보고한다. 요새 중의 몇 개는 나중에 무너졌고, 다른 것은 리투아니아 인, 그다음에는 다시 러시아 인들의 감옥으로 사용되었다고 제이콥슨은 쓰고 있다. 그것은 1941년 독일인의 손에 들어갔고, 한때 독일군 지휘부가 설치되고 이어진 3년 동안 3만 명이상이 목숨을 잃었던 그 악명 높은 제9 요새였다. 그것의 잔해는 담벽 100미터 밖에 떨어진 귀리밭 밑에 놓여 있다고 제이콥슨은 기록한다. 1944년 5월에 전쟁이 이미 오래 전에 패배로 끝났을 때, 서쪽으로부터 카우나스로 수송이 이루어졌다. 요새의 지하 감옥에 갇혀 있던 사람들의 마지막 메시지가 그것을 입증해 준다. *Nous sommes neuf cents Français*(우리는 900명의 프랑스 인이다)라고 그들 중 누군가가 벙커의 차가운 석회벽에 새겨 놓았다고 제이콥슨은 기록한다. 다른 사람들은 이름과 함께 날짜와 주소만 남겨 놓았다. *Lob, Marcel, de St. Nazaire; Wechsler, Abram, de*

Limoges; Max Stern, Paris, 18. 5. 44(롭, 마르셀, 생 나제르 출신; 벡슬레르, 아브람, 리모주 출신; 막스 스테른, 파리 출신, 44년 5월 18일).* 나는 이 브렌동크 요새의 해자에 앉아『헤셸의 왕국』의 15장을 끝까지 읽고, 메헬렌으로 돌아가기 위해 길을 떠났고, 저녁이 되어서야 그곳에 도착했다.

주

"반도네온" : 손풍금의 일종.

159 "렌트 프리" : 임대료나 집세 없이 산다는 뜻.

164 "마욜리카" : 이탈리아 마욜리카에서 만들어지는 도자기 이름.

176 "디오라마" : 배경을 그린 길고 큰 막 앞에 여러 가지 물건을 배치하고, 그것을 잘 조명하여 실물처럼 보이게 한 장치.

180 "보디스" : 블라우스나 드레스 위에 입는 여성용 조끼.

183 "뵈젠도르퍼", "플라이엘" : 피아노 제조 회사의 이름.

184 "페즈모" : 터키모라고도 함. 붉은색에 검은 술이 달려 있음.

185 "에르츠 산맥" : 독일과 체코 사이에 있는 산맥 이름.

203 "만틸라" : 머리나 어깨를 가리는 레이스 숄.

205 "테레진" : 체코의 도시명으로, 독일어로는 테레지엔슈타트. 이 책에서는 두 가지 명칭이 같이 사용되고 있다.

218 "루프" : 실이나 끈을 고리 모양으로 만들어 겉감과 안감을 고정하거나 단춧구멍, 벨트 꿰기, 속옷 걸이, 장식에 사용한다.

243 "사일로" : 곡식, 마초 등을 저장하는 탑 모양의 건축물.

248 "쥐의 탑" : 라인 강변 빙엔 근처에 있는, 14세기에 세관 경비를 위해 세워진 탑. 전설에 따르면 10세기의 큰 기근 때 엄청난 쥐떼가 출현하였다고 함.

249 "카츠 성과 마우스 성" : 고양이 성과 쥐의 성이란 뜻.
"살상 도시 바하라흐" : 13세기에 유대인 마을을 파괴한 역사에서 유래함.

261 "화내지 말고 모자를 잡아라" : 영어로는 Nine Mens's Morris and Catch the Hat으로, 체스처럼 판 위에서 말을 움직이는 게임.

282 "아다르 달" : 유대 달력에 따르면 여섯 번째 달로, 그레고리안 달력의 2월 중순에 시작된다.

285 "샤랑트" : 프랑스의 도 이름.

295 "밴텀닭" : 당닭이라고도 함.

322 "44년 5월 18일" : 작가 제발트가 태어난 날이기도 하다.

기억의 형식으로서의 문학

안미현(목포대학교 교수)

> 오늘날에도 위대한 문학이 여전히 가능한가?
> 고상한 문학 행위란 과연 어떻게 보일까?
> 독자들은 이에 대한 대답을 W. G. 제발트의 작품
> 에서 찾을 수 있을 것이다.
>
> ― 수전 손택

1. 생애

문학 비평가이자 제2차 세계대전 후 최대의 산문 작가라 불리는 W. G. 제발트(Winfried Georg Sebald)는 오늘날 독문학계에서 가장 활발하게 연구되는 작가 중의 한 사람이다. 제발트의 작품이 위에서 인용한 수전 손택에 의해 미국에서 먼저 각광을 받기 시작했다면, 독일에서는 오히려 뒤늦게 수용된 감이 있지만, 현재

는 어느 작가보다도 활발하게 논의되고 있다. 1944년 알고이 지방의 소도시 베르타흐에서 유리 제조업을 하는 가정에서 태어난 그는 독일 프라이부르크 대학과 프랑스어권 스위스 지방, 이어서 영국에서 공부했고, 그 후 장크트갈렌에서 교사 생활을 거쳐 맨체스터 대학에서 강의를 시작했다. 1970년부터 영국으로 이주하여 2001년 불의의 교통사고로 세상을 떠날 때까지 — 사고의 원인은 운전 도중 심장마비를 일으켰던 것으로 추정된다 — 영국의 노위치 대학에서 유럽 문학을 가르쳤던 그는 스스로를 이민자(Auswanderer)로 자처했다.

제발트는 유럽 문학에 관한 많은 연구 논문들 외에도 1980년부터 직접 작품을 쓰기 시작했는데, 그의 작품들은 기록문과 에세이, 픽션 중 어디에도 분류하기 어려운, 그러면서도 그 모든 요소들을 동시에 지니고 있다. 이를테면 그는 허구적인 요소와 실제 기록들, 가상 인물과 실제 인물, 예술사나 자연사적 사실을 뒤섞어 놓는다. 문학사와 예술사뿐 아니라 다방면에서의 작가의 해박한 지식은 그의 작품에서 중요한 역할을 해서, 오스트리아 작가들에 대한 에세이집 『불행의 기록. 아달베르트 슈티프터에서 페터 한트케까지』(1985)는 문학사적 지식에 바탕을 두고 독특한 전기적 분석 방식을 사용하여 오스트리아 주요 작가들의 작품 세계를 보여준다. 최초의 시집인 『자연에 따라. 근원시』(1988)에서는 이후에도 종종 그런 것처럼, 숨겨진 인용문들로 점철된 상호 텍스트적 작업 방식을 이미 보여준다. 1997년 그는 그때까지의 전 작품에 대해 하인리히 뵐상을 수상했다.

1999년에 발표한『공중전과 문학』은 독일 전후 문학에서 연합군의 공습이란 역사적 사실에 대해 충분히 다루지 않았다는 주장을 펼쳐 적지 않은 반향과 찬반 논의를 불러 일으켰다. 그의 작품 중 가장 완성도가 높은 작품 중의 하나인『이주자들』(1992)에서는 자전적인 요소를 갖춘 1인칭 화자가 고향에서 추방당한, 어둠의 가장자리에서 살아가는 유대인의 인생사와 고통의 역사를 들려준다.『토성의 고리들. 영국 순례』(1995)는 문화 고고학적 여행기로, 탁월하고 독특한 문학적 취향을 가진 작가의 멜랑콜리적 색채가 강한 작품이다.

예기치 않은 작가의 죽음으로 마지막 작품이자 대표작이 된『아우스터리츠』는 자신의 유대적 정체성을 찾는 한 남자의 이야기를 다룬다. 독일 사회에서 가장 예민한 주제라 할 수 있는, 그래서 터부시되거나 침묵되어 온 유대인 문제를 전후 역사상 가장 완성도 높게 다루었다고 평가받는 이 작품에서 제발트는 다시 홀로코스트에 관한 기억과 그것에서 살아남은 자들의 정체성 문제에 천착한다.

이렇게 본다면 W. G. 제발트는 기억을 유지하고자 글을 쓴다고 하겠다. 그는 문헌을 조사하고, 당사자들과 직접 대화를 나누고, 사진과 기록문들을 수집하고, 현장을 찾아가 답사를 한다. 이를 통해 현실과 가상 사이에 놓인 시적인 산문들이 생겨나고, 그의 글쓰기는 때로는 독자들의 접근을 어렵게 만들려는 듯 비밀스럽게 얽히고, 때로는 인위적이고 고의적인 것처럼 보임에도 불구하고, 투명한 논리와 강한 흡인력을 가지고 말하고자 하는 바를 더

없이 분명히 드러낸다.

제발트는 자신의 사적인 부분에 대해서는 거의 기록을 남기지 않아, 인간적인 측면에서 그에게 접근하기란 쉽지 않다. 그 대신 그가 남겨 놓은 수십 상자에 해당하는 기록과 1,200여 권의 개인 소장 도서는 그의 정신적, 지적 궤적을 좇게 한다.

그는 오히려 사후에 더 유명해졌다고 할 수 있는데, 오늘날에도 그를 (재)평가하는 각종 학술 대회와 전시회 등이 독일 뿐 아니라 세계 각국에서 계속해서 열리고 있다. 가장 최근의 것은 2009년 2월 초까지 마바흐 문학 문헌소에서 열린 제발트 특별전 「떠도는 그림자 — 제발트의 지하 세계」였다. 그가 세상을 떠난 후에도 그의 작품들에 대해 많은 상들이 수여되었다.

2. 작품 해설

유작 『아우스터리츠 *Austerlitz*』(2001)에서 제발트는 한 개인의 기억 상실의 과정과 수십 년이 지난 후 그것을 복원하는 과정을 어느 작품보다도 심도 있게 그리고 있다. 유대인 박해가 극에 달해 가던 1939년 가을, 네 살의 나이로 영국 구조 단체의 유대 어린이 호송 작전(Kindertransport)을 통해 프라하에서 영국으로 보내진 아우스터리츠는 웨일스 지방의 칼뱅파 목사의 집에 도착한 후 점차 자신의 이름과 모국어를 상실해 간다.

낯선 환경 속에서 낯선 이름으로 살았던 이 아이의 근본적인 문제는 자신이 누구인지 알지 못하는 데 있다. 줄곧 데이비드 일라이어스라고 불렸던 주인공은 열네 살 때 처음으로 자신의 진짜 이름을 알게 되지만, 양부모의 집안에서는 자신의 과거에 대해서나 전쟁에 대한 이야기를 한 번도 들은 적이 없었다. 그 이후에도 무의식적인 방어 본능으로 독일에 관한 모든 것에서 거리를 두는 그에게 역사는 19세기로 끝났다고 말한다.

이처럼 어느 지점에서 끊어져 버린, 이전의 지점으로는 도무지 돌아갈 수 없는 주인공의 기억은 비범한 감수성이나 탁월한 지적 능력에도 불구하고 그를 어디에도 안주할 수 없는 사람으로 만든다. 일생 동안 이어져 온 학문적 연구나 탐사에도 불구하고 기억의 한 부분은 밝혀지지 않은 채 남아 있고, 그것은 어두운 충동으로 부단히 그를 내몬다. 그가 낯선 거리나 낯선 도시들을 배회할수록 이 소설의 공간 구조 또한 미로처럼 얽히게 된다.

그렇다면 아우스터리츠의 회상 작업은 어떻게 작동하는가? 이 작품의 근간을 이루는, 주인공의 차단되고 상실된 기억을 되찾는 작업은 어린 시절에 경험했던 공간에 대한 힘겨운 추적을 통해 이루어진다. 실타래처럼 얽혀 있는 그의 기억은 마치 현실의 그림자처럼, 혹은 지하 세계처럼 도시의 구석구석에서 출몰하고 또 연결점이 없이 사라진다. 기억의 조각들은 여러 도시의 공간에 여기저기 흩뿌려져 있으며, 주인공은 그 흔적을 쫓아 배회한다. 그 기억의 조각들을 퍼즐을 맞추듯 이어 붙여 어린 시절에 대한 기억을 되찾고 하는 것이다.

"시간의 외부에 있는 존재(Das Außer-der-Zeit-Sein)"는 시간

의 배열이 아닌 공간적 배열 원칙을 따르게 된다. 그가 일생 동안 시계를 소지하지 않았다고 한 데서도 알 수 있듯이, 단절되고 삭제되고 비워져 버린 시간은 그의 기억을 조직하고 활성화시키는 데 도움을 주지 못하며, 구조화되지 않은 기억이나 지식은 현실의 타당성 있는 준거점으로 기능할 수 없다. 이때 기억이나 지식의 내용이 공간 속에서조차 제대로 배치되지 않으면 그것은 결국 혼돈의 상태, 궁극적으로는 망각의 상태에 빠지게 된다.

아우스터리츠의 많은 기록들과 건축사에 대한 연구 작업 또한 그의 기억 작업과 마찬가지로 적절한 공간적 배열과 순서를 갖추지 못했기 때문에 끝없이 늘어나기만 할 뿐, 산처럼 쌓인 종이 뭉치에 불과한 채 아무런 결론에 도달하지 못한다. 그가 결국 뜰에 구덩이를 파서 자신이 수십 년간 써온 원고를 파묻어 버리고 마는 행위는 그의 작업이 연구 논문이란 한정된 공간 속에 배치될 수 있는 한도나 용량을 이미 오래 전에 넘어섰음을 말해 준다.

이렇게 본다면 기억이나 지식을 구성함에 있어 공간이 결정적인 역할을 한다는 것을 알 수 있다. 그의 공간 개념은 종종 시간의 저편에, 시간이 중단되거나 제거된 상태에 처해 있고, 하나의 부스러기처럼 떨어져 나와 독립적으로 존재한다. 그 속에서 시간은 정지되어 있거나 현재화된 혹은 활성화된 찰나적 순간으로 머문다. 거기에는 미래와 과거의 구분, 시간적인 배열의 원칙이 사라진다.

우리는 과거로의 회귀가 일어나는 법칙을 알고 있는 것 같지는 않지만, 더 이상 시간은 존재하지 않고, 단지 좀 더 높은 구적법(求積法)에 따라 안에 차곡차곡 들어 있는 공간들만 존재하며, 그 공간들 사이에서 살아 있는 사람들과 죽은 사람들이 자신의 기분에 따라 여기저기 다닐 수 있다는 생각을 점점 더 많이 하게 되고, [⋯] 나는 현실에는 전혀 존재하지 않는 것처럼 그 어떤 자리도 갖고 있지 않다는 생각이 늘 들었고⋯⋯ (204~205면)

이것을 안냐 K. 요한젠(Anja K. Johannsen)은 상자화된 구조라고 부른다. 이렇게 본다면 아우스터리츠의 극복되지 않은, 혹은 극복될 수 없는 기억의 흔적은 때로는 미로와 같은, 때로는 겹겹이 포개진 상자와 같은 형태를 취한다고 할 수 있다. 다시 말해 그의 기억의 구조는 일부는 미로처럼 뒤엉킨 혼돈 상태 속에, 또 다른 일부는 외부와 차단된 폐쇄 공간 속에 유폐되어 있음을 알 수 있다.

2.1. 『아우스터리츠』에 나타난 기억과 공간의 상관관계

엄밀한 소설 미학적 차원에서 보자면 제발트의 작품에서는 시간 진행을 쫓아 이루어지는 사건이나 줄거리는 상대적으로 빈약하거나 결속력이 떨어진다. 그 반면 제발트의 텍스트에서는 앞서 언급했듯이 오히려 공간의 개념이 부각되는데, 이때 공간을 크게 두 가지 차원에서 논의할 수 있다.

우선 제발트의 주인공들은 한 곳에 안주하지 못하고 여러 장소를 부단히 움직이는 존재라는 점을 들 수 있다. 자신을 정거장 마니아(Bahnhofsmania)라고 부르는 주인공이 알 수 없는 충동에 이끌려 정거장에 나가 그 속으로 들어오고 나가는 기차들이나 유럽의 여러 역사(驛舍)를 관찰하는 행위가 대표적이다. 정거장은 떠남의 장소이고, 집에 도달하지 못한 상태(Unterwegs)에 대한 상징이다. 동시에 "작별의 고통과 낯선 사람에 대한 불안"을 야기하는 공간이기도 하다. 이 소설에서는 또한 유럽의 여러 호텔이 자주 언급되는데, 이 또한 임시로 머무는 곳으로 주인공에게는 '나만을 위한 공간이자 자아를 구성하는 장소인 집'이 존재하지 않음을 의미한다.

그렇다면 아우스터리츠가 움직이는 공간의 궤적은 기억을 매개하기 위한 매체로 작용한다는 점에서 중요하다. 그가 움직이는 큰 궤적만을 쫓아 본다면 어머니가 강제 수용되었던 체코의 테레지엔슈타트(테레진)와 아버지가 실종된 파리, 그리고 네 살 반 된 아이로 프라하에서 독일을 거쳐 후크 판 홀란드에서 배를 타고 영국 하위치에 도달했던 구간이다. 그는 그 구간을 역으로 추적하며 흩어진 기억을 수집한다.

아울러 많은 지면을 차지하는 공간 묘사들, 예컨대 그가 입양되었던 목사관의 가구가 없는 방들, 폐쇄된 창문, 그 안을 지배하는 냉기와 겨울이면 완전히 얼어붙은 주변 풍경에 대한 묘사, 주인공이 경험했던 유일한 행복의 공간이자 천국처럼 이상화되었던 바머스 해안과 피츠패트릭 가(家)의 안드로메다 별장 등에 대한 묘사는 작가가 공간 기술에 얼마나 많은 비중을 두고 있는지를 잘 보여 준다. 그리고 공간의 풍경이 주인공의 기억 속에 얼마나 강하게 각인되어 있는지, 그의 정신이 그 풍경들과 얼마나 긴밀하게 연결되고 영향을 받는지를 말해 준다.

그러나 그의 텍스트에서 나타나는 공간의 중요성은 무엇보다 공간 건축물에 대한 성찰에서 드러난다. 이것은 건축사를 공부했던 주인공 아우스터리츠의 전공 학문과도 무관하지 않고, 도시의 구조나 도시 건축물 등 건축사에 대한 이해와 밀접하게 관련된다. 다시 말해 그에게서 건축사(建築史)는 세계와 역사를 파악하는 주된 방법의 하나인 것이다. 따라서 그는 부단히 여러 도시들을 다니며 스케치하고 사진을 찍고, 박물관, 문헌소, 도서관 등을 방문하고 사료 작업을 한다.

아우스터리츠의 견해에 따르면 산업화 이후 런던이 메트로폴리스로 커져 가던 시기에 근대적 도시 공간이란 겹겹이 쌓인 과거의 폐허와 유골들 위에 발전해 간다. "육신이 먼지와 유골로 용해되어 형성된 지층 위로" 비대해져 가는 도시의 근육과 신경 체계(Muskel- und Nervensystem)를 이루는 철도와 도로의 네트워크는 이전에 그곳에 살았던 개개인의 운명과 역사적 사건들이 겹겹이 쌓인 잔해 위에서 이루어진다. 즉 근대적 도시 공간이란 자연발생적, 전통적 구간을 해체하거나 은폐하고, 그 위에 경제적, 정치적 논리에 따라 새롭게 개편하는 것이다. 이를 통해 예컨대 여러 층의 유골들 위에 버스 정류장이 세워지고, 갖가지 폐기물로 쌓인 빈민 구역 위에 신시가지가 생겨난다. 이처럼 근대적 도시의 생성에 대한 그의 이해는 인간의 역사가 몰락과 파괴의 축적 위에서 이루어진다는 근본적인 역사적 회의주의에서 출발한다.

아우스터리츠는 그 외에도 요새 건물, 법원 건물, 농가, 천문대, 노동자 거주지, 온천 시설, (정신)병원, 지하 벙커, 형무소, 공원 묘지, 동물원 등 도시의 구조물을 부단히 답사하고, 이와 관련된 교통 체계, 위생 시설, 형벌이나 감시 체계, 부역이나 노동력 동원 제도, 심지어는 죽음을 다루는 방식과 살상(殺傷) 메커니즘을 추적한다.

그러나 건축물에 대한 그의 탐구는 인류 역사에서 거듭되는 인간의 헛된 욕망과 오류, 역사적 아이러니를 재차 확인시켜 준다. 그것에 대한 단적인 예로 18세기 유럽 전역에서 유행했던 별 모양의 요새를 들 수 있는데, 이것은 절대 권력과 건축 기술자의 재능이 만들어 낸 황금 분할처럼 보이지만, 거대한 요새들은 점점 더 강력한 외부 세력을 불러들이고 점점 더 깊이 방어하게 하며, 엄청난 노력과 시간을 들여 완성될 즈음에는 그 사이 발달된 신기술 앞에서 완전히 무용지물임이 밝혀진다. 편집증적인 완벽성에 사로잡힌 이 같은 방어술과 점령술에서 제발트는 이성적 존재로서의 인간의 인식 능력이나 합목적적인 역사관에 대한 깊은 회의를 드러낸다. 특히 산업화 이후 통치자의 권력과 커져 가는 부(富)를 과시하고자 하는 욕망에서 사람들은 상식을 뛰어넘는 기형적인 건축물을 짓게 되며, 많은 건물들은 자본주의의 건축 양식, 특히 질서에 대한 강박과 기념비적 욕망을 드러낸다.

도시와 도시의 기억에 대한 그의 탐구는 그를 재차 자신의 어머니가 수용되었던 체코의 테레진으로 향하게 한다. 18세기에 요새로 세워졌던 이 도시는 연병장과 장교들의 숙소, 주민들의 집과 같은 평범한 외형을 지니지만, 그 이면에서 나치 프로파간다를 위한 모범 게토로서의 도시의 역사가 드러난다. 강제수용소로 사용되던 시절의 시체 안치실과 집단 무덤, 그 이후에 세워진 게토 박물관의 내부 구조와 그 속에 진열된 전시품들에서 죽음과 파괴의 공간에 대한 묘사는 절정을 이루고, 그곳에서 어머니의 죽음을 확인함으로써 아우스터리츠의 기억 작업 또한 일단락을 맺는다.

이렇게 공간에 대한 그의 분석은 건축사가의 시선과 고고학적 작업 방식을 동시에 취한다. 이 같은 공간 건축물에 대한 성찰은 그의 텍스트를 공간에 대한 탐구인 동시에 공간 미학을 구현한 작품이라 부를 수 있게 하는 근거를 마련한다.

아우스터리츠는 어느 한 장소도 무심코 지나치지 않고 모든 공간을 기록하면서 더듬어 나간다. 그렇다면 왜 아우스터리츠는 그토록 집요하게 공간을 추적하는가? 이를 통해 그는 궁극적으로는 혼돈에 빠져 버린 자신의 정체성을 찾고자 하기 때문이다. 다시 말해 그가 골목 하나, 기둥 하나, 모퉁이 하나, 심지어는 보도석 하나에까지 집착하는 것은 그 속에 기억의 흔적이 오랜 세월을 이겨내고 희미하게나마 남아 있을 수 있는 까닭이다. 다른 사람들에게서는 사라져 버린 기억의 흔적을 눈에 띄지 않는 사소한 공간들 속에서 다시 찾아내고자 하는 시도는 모자이크나 퍼즐 맞추기처럼 기억의 빈 곳을 하나하나 채워 나가는 과정인 것이다.

예를 들면 새 건물로 개축되어 역사 속으로 사라지기 직전의 리버풀 스트리트 정거장에서 양부모를 만나는 장면을 떠올린 것은 이 내부 공간에 대한 집요한 관찰을 통해서이며, 이때 그 속에 포함되어 있는 아주 사소한, 보잘 것 없는 물건들이 기억을 불러일으키는 단서가 된다.

실제로 내가 미혹당한 사람처럼 한가운데 서 있었던 그 대합실은 마치 내 과거의 모든 시간들과 이전부터 억눌리고 사라져 버린 불안과 소망을 포함하고, 내 발 아래 돌로 된 바닥의 검고 흰 다이아몬드 무늬가 내 생애 마지막 게임을 위한 운동장인 듯한, 시간의 전 차원으로 펼쳐져 있는 듯한 느낌을 받았어요, 라고 아우스터리츠는 말했다. 아마도 그래서 나는 이 홀의 반쯤 침침한 빛 속에서 1930년대 스타일의 차림새를 한 중년 부부를 보았는데 [⋯] 나는 그 사제와 부인뿐 아니라 그들이 데리러 온 남자아이도 보았어요, 라고 아우스터리츠는 말했다. [⋯] 그러나 바로 그 작은 배낭 때문에 나는 그를 알아보았고, 내가 회상할 수 있는 한 처음으로 그 순간에 나 자신을, 반세기도 더 전에 영국에 도착해서 내가 이 대합실에 분명히 와 본 적이 있었다는 사실을 기억해 낼 수 있었어요.(152~153면)

아우스터리츠의 어머니 아가타는 사회운동을 하던 남편이 뒤늦게 파리로 피신하고 난 후 온갖 수단을 동원해 어린 아들을 어린이 호송 열차에 태울 기회를 얻어낸 것이다. 독일을 가로질러 네덜란드 후크를 거쳐 영국에 도착하여 양부모에게 입양되던 순간을 그린 위의 인용문은 이 작품의 근간을 이루는 주인공 아우스터리츠의 사적인 이야기이기도 하지만, 실제로는 1938/39년 영국 구조 단체가 주도한 유대 어린이 호송 작전을 경험했던 모든 사람들의 공통된 기억이기도 하다.

실제로 이 어린이들의 운명과 이어진 삶의 이야기는 트라우마의 흔적을 보여준다. 아우스터리츠와 마찬가지로 많은 아이들은 다시는 부모를 만나지 못했고, 부모가 살아남았다 하더라도 대부분은 그들과 정상적인 관계를 누리지 못했다. 트라우마와 같은 정체성 상실의 결과에 '살아남은 자의 죄책감(Schuldgefühl der Überlebenden)'이 덧붙여져 우울증과 대인 장애, 모든 종류의 불안과 불신 등에 시달렸다는 것은 이들의 공통적인 체험이다. 실제로 어린이 호송 작전을 통해 구조된 많은 아이들이 영국인 가정에 입양되거나 보호시설 등에서 열악한 생활을 유지했다는 사실을 기억한다면 아우스터리츠의 이야기는 허구가 아니라 역사적 실제였음을 알게 된다. 그렇다면 이것은 개인의 차원을 넘어 집단의 기억으로 확대되고, 역으로 집단의 기억은 개인적 기억 작업에 지대한 영향을 미친다. 그것은 정체성을 상실한 한 개인에 관한 기록인 동시에 그가 살았던 시대에 대한 기억을 추적하는 것이며, 사라져 버린 흔적들, 지워진 역사를 되찾는 작업이기도 하다.

이렇게 본다면 제발트의 기억 방식은 기술적 정보처리 방식에 익숙해져 있는 오늘날의 기억술에 완강히 저항한다. 그의 기억은 오히려 구전과 구술에 근거한 구어적 기억, 공간 이미지와 공간의 궤적을 통한 수사학적 기억, 답사와 탐사, 문헌을 통한 고고학적 기억에 근거하고 있다. 이 같은 다양한 기억은 한 개인의 체험일 뿐 아니라 궁극적으로는 집단과 민족, 인류의 문화적, 역사적 전수와 관련된다.

이렇게 『아우스터리츠』에서 기억은 공간 이미지와 연결되어 있고, 개인적 기억과 수많은 자료 수집을 통한 인공적 기억이 결합하여 수십 년 동안 잊고 있던 기억을 재구성한다. 그것은 개인의 정체성, 특히 어린 시절을 다시 구축하는 데서 끝나지 않고, 공식적인 역사 기록에서 빠져 있거나 망각되어 가는 유럽 역사의 특정 부분을 되새기는 데 그 목적이 있다. 이런 작업을 통해 작가는 사라지는 것들, 은폐하거나 지워진 것들을 의식적, 무의식적 망각의 상태에서부터 구하고자 하는 것이다.

2.2. 『아우스터리츠』의 글쓰기

어린 시절에 언어와 이름을 빼앗긴 채 일생 동안 극도로 긴장된 상태에서 살아가는 주인공은 화자에게 자신의 지난날의 이야기를 들려줌으로써 자아의 서사, 나아가서는 망각의 위기에 빠진 독일의 역사를 재구성한다. 이때 사용되는 구문론적 특성이나 수사적 기법은 이 작품의 독특한 글쓰기에 빼놓을 수 없는 역할을 한다.

기억의 공간과 공간에 대한 기억으로 이루어진 그의 텍스트는 실제로 소설적인 완결성을 보여주지는 않는다. 이것은 이리스 라디슈(Iris Radisch)의 말처럼 반은 허구이며, 반은 진실이고, 보고에 대한 보고이며, 역사적 기록들이며 문학적 사생아이다. 또한 때로 무리하게 설정된 우연한 만남들은 소설적 개연성을 떨어뜨린다. 그러나 이는 그의 글쓰기가 허구적 차원의 이야기를 형상화하기보다는 기억 작업을 통해 역사적 실체에 도달하는 데 목적이 있기 때문이다. 이처럼 소설적 형식이나 구속력이 떨어지는 그의 글쓰기 방식은 그가 애초부터 완결된 소설 형식을 취하려 하지 않았을 뿐 아니라 오히려 기존의 소설 형식을 부정함으로써 새로운 글쓰기를 시도하고 있음을 보여준다.

제발트는 자신의 언어를 어떤 독일인도 그렇게 말하지는 않을 인공언어(Kunstsprache)라고 말한다. 이 같은 인공언어를 통해 그는 자연어, 일상어로부터 끊임없이 거리 두기를 시도하는데, 이는 '말할 수 없는 것(das Unsagbare)'을 말해야 할 때 일상어가 가지는 표현의 한계, 그리고 이를 통한 소통과 이해 가능성에 대한 그의 깊은 회의를 보여주는 것이기도 하다. 유연한 독서를 고의적으로 방해하는 듯한 인위적이고 생소한 언어 기법에 의한 거리 두기는 구문론적 차원이나 문체적 차원에서 머물지 않고, 주인공의 인간관계에서도 그대로 반영된다. 몸에 배인 정중함에도 불구하고 아우스터리츠는 어떠한 경우에도 인간적인 거리를 좁히지 못하고, 이는 유일하게 이성으로 느꼈던 마리 앞에서도 극복되지 않는다.

인공언어를 구사하는 대표적인 수사법 중의 하나는 열거법이다. 집단 수용소에서 목숨을 잃은 어머니의 흔적을 찾아 테레지엔 슈타트에 왔을 때 안티코스 바자르(Antikos Bazar) 중고품 가게 안에 전시된 물건들을 일일이 묘사하는 부분은 무수한 예들 중 하나에 불과하다. 이 물건들은 1941년 이전에 서유럽에 살았던 유대인들의 소유물이었으며 아우슈비츠와 더불어 소멸된 그들의 문화적 유산 목록들임이 실제로 확인되었다.

열거는 여러 가지 차원에서 확인되는데, 어휘적 차원에서는 작가가 임의로 만들어 낸 긴 복합명사나 관료주의의 극치를 보여주는 나치 독일어의 관용(官用) 언어 등을 들 수 있다. 이는 작품의 줄거리와는 무관한 다방면의 전문적인 지식의 나열로 이어진다. 건축학 이외에도 역사학, 천문학, 식물학, 광학, 곤충학, 조류학, 회화, 의학 등에 대한 지식의 상세한 나열은 소설적 허구의 세계를 떠나 그의 텍스트 자체가 유럽사, 때로는 자연사 박물관처럼 보이게 만들고, 나아가 제발트를 유럽의 정통적인 학자 시인(poetus doctus)의 대열 속에 놓는 것을 가능하게 한다. 이때 그의 다방면의 지식과 인용은 대체적 혹은 보충적 기억(kompensatorisches Gedächtnis)으로 작동한다.

때로는 몇 페이지씩 이어지는 제발트의 긴 문장들은 생각의 흐름, 혹은 연상 과정을 나타내기 위한 의도적인 글쓰기이다. 극단적으로 긴 문장들이 보여주는 구문론적 특징은 지금까지 조각조각 끊겨졌던 기억들을 이어 붙이고자 하는 주인공의 의도를 그대로 반영한다. 이때 제발트의 글쓰기는 자체적인 의미로 끝나지 않고, 표현 층위를 넘어 끊임없이 다른 의미 층을 연상시키고 지시하며, 결국은 공통의 역사적 차원으로 합류된다. 이렇게 이어지는 기억들의 접목 부분은 어떻게 하나의 기억이 형성되어 가고 되살려지는지, 어떻게 다른 기억과 서로 연결되는지를 단적으로 보여준다.

그의 연상 기법은 1950년대 독일 전후 사회를 지배했던 과거에 대한 침묵을 관통하며, 그 침묵 속에 숨겨진 비밀들을 하나하나 드러내 보인다. 예를 들면 아우스터리츠라는 주인공의 이름이나 마리엔바트의 아우쇼비츠(Auschowitz) 샘물, 테레지엔슈타트의 바우쇼비츠(Bauschowitz) 분지, 아우스터리츠 정거장(gare d'Austerlitz) 등은 단 한 번도 언급하지 않은 아우슈비츠(Auschwitz)를 연상시킨다.

　또한 『아우스터리츠』에서 가장 눈에 띄는 수사적 특징 중의 하나는 시종일관되는 구술체이다. 화자 역시 글 쓰는 직업을 가진 사람임이 암시적으로 드러나지만, 자신의 느낌이나 견해를 최소화하고 대신 아우스터리츠가 전하는 말들을 그대로 옮기는 데 주력한다. 이는 어떤 의미에서는 극히 적은 예외를 제외하고는 이 소설 전체가 아우스터리츠가 보고하는 말이나 그가 보고하는 다른 사람들의 말, 즉 보고의 보고로 구성되어 있음을 말해 준다.

　실종된 부모의 이웃이자 자신의 보모였던 베라의 진술은 나치 치하에서 프라하의 유대인들이 어떻게 취급되었는지를 상세히 묘사한다. 베라의 진술은 이미 아우스터리츠의 부모에 대한 기술을 넘어서 프라하 유대인 전체에 대한 역사적 기록으로 간주될 수 있다. 또한 체코인이었던 그녀가 직접, 간접적으로 체험한 것을 들려줌으로써 아우스터리츠의 기억의 반경은 확대되고 집단적, 역사적 차원을 얻게 된다.

　다시 말해 주인공의 기억은 개인적 차원에서 완결되는 것이 아니라 제3자의 구술, 혹은 문헌소에 보관되어 있는 사진이나 기록물을 통해 보완되고, 이로써 개인적 기억의 빈 공간을 채우게 된다. 이는 가장 사적인 기억이라 할지라도 사회 집단과의 상호적인 행위를 통해 이루어짐을 확인시켜 주며, 스스로 체험한 것뿐 아니라 다른 사람이 이야기한 것, 그들이 중요하다고 인정한 것을 덧붙여 공동의 기억, 집단적 기억이 형성되는 것을 보여준다. 이 같은 인용과 보고, 구술에 의한 글쓰기는 작가야말로 구전되어 오는 문화적 기억을 포착하고 세계에 대한 지식을 관리하고 전수하는 역할에 충실해야 한다는 수사학적 전통을 따르는 것이기도 하다.

이렇게 말무늬의 차원에서 제발트는 누구와도 비교할 수 없는 독특하고 자의적인 방식으로, 독창적인 글쓰기를 구사한다. 자연스러움(Natürlichkeit)이라는 문체 원칙이나 허구적 개연성이나 인과성의 원칙과는 거리가 먼 인위적이고 작위적인 그의 수사 방식은 우리가 기억 속에 지워 버렸던 것, 잊고 싶은 부분들을 되살려 내고, 독자의 영혼에 즐거움과 안식을 주기보다는 오히려 불편하게 만들고 이를 통해 역사에 대한 숙고와 각성을 촉구한다. 고대 그리스의 기억의 대가 시모니데스가 붕괴된 연회장에서 앉아 있던 손님들의 위치를 기억하여 죽은 사람들의 신원을 밝혀내었던 것처럼 제발트는 말끔하게 복구된 전후 독일 도시들에서 때로는 건축사가처럼, 때로는 고고학자처럼 파괴와 몰락과 죽음의 흔적들을 일일이 발굴해 낸다. 단지 고대의 기억의 대가가 자연적 기억, 천부적 기억에 의존하고 있다면, 제발트는 수집가의 손길로, 모든 가능한 문헌과 자료들의 도움을 받아 기억을 재구성한다는 점에서 차이가 난다. 또한 수사학에서 기억 작업이 공간 구조나 공간 이미지를 통해 용이해진다고 보았듯이, 제발트 역시 공간의 관찰과 분석을 통해 기억을 재구성해 내며, 나아가 기억된 내용을 다양한 수사적 무늬들로 엮어 내고 있다.

뿐만 아니라 그의 텍스트에 등장하는 천구와 성좌, 풍경과 도시계획, 건물(궁전, 극장, 탑, 집), 나무, 모든 종류의 세부적 도구(시계의 글자판, 필기도구, 전쟁 및 살해 도구)와 같은 기억의 대상들은 수사학에서 말하는 기억의 전통적 아이콘과 대단히 밀접한 유사성을 보여준다.

이렇게 본다면 제발트는 문학이야말로 기억의 가장 중요한 매체이자 형식이라고 여겼던 기억술의 전통을 우리 시대에 다시 실현하며, 집단적 기억을 저장하고 관리하는 일을 작가의 사명으로 인식했던 수사학적 기억술의 전통을 이어간다. 그러나 이때의 기억이란 단순히 보관하는 것만을 의미하는 것이 아닌 다시 쓰기이자 되살려 내는 작업이다. 이를 통해 그는 망각의 위기 앞에 놓인 유럽과 유대인의 역사를 재구성하고자 하는 것이다.

작가 특유의 긴 문장들을 우리말로 옮기면서 '번역 불가능성'이란 단어가 줄곧 머릿속에서 떠나지 않았다. 긴 문장을 여러 개로 나누라는 충고도 있었지만, 문장의 길이란 곧 그 글의 호흡이고 숨결을 의미하는 것이기에 그대로 이어가는 편을 택했다. 평소 같으면 독자들이 좀 더 편안히 읽을 수 있도록 얼마간의 윤문도 마다하지 않았을 테지만, 이 책의 경우는 작가의 단어 하나도 놓치지 않는다는 원칙을 지키려고 애썼다.

이 책이 을유문화사 세계문학전집에 포함될 수 있도록 애써 주신 서울대학교 최윤영 교수님과, 원고를 오랜 시간 기다려 주고 한 권의 책으로 나올 수 있도록 도움을 준 을유문화사에 감사의 마음을 전한다.

판본 소개

    번역의 대본은 W. G. Sebald, *Austerlitz* (München: Carl Hanser Verlag, 2001) 초판이다.

1944	5월 18일 독일 알고이 지방의 베르타흐(Wertach)에서 태어남.
1963	독일 프라이부르크와 프랑스어권 스위스에서 독문학과 일반 문예학을 공부(~1966).
1966	학사 학위 취득.
1968	맨체스터 대학에서 석사과정 마침.
1968	장크트갈렌에서 교사로 일함(~1969). 그 후 1970년까지 맨체스터에서 강사로 활동.
1969	논문 「빌헬름 시대의 비평가이자 희생자 칼 슈테른하임 Carl Sternheim: Kritiker und Opfer der Wilhelminischen Ära」을 발표.
1970	영국 노위치 소재 이스트 앵글리아 대학에서 강의 (~1975).
1973	알프레트 되블린에 관한 논문으로 박사 학위를 받음.

1975 뮌헨 괴테 문화원에서 강의.

1976 이후 다시 노위치 대학에서 강의.

1980 『되블린의 작품에 나타난 파괴의 신화 *Der Mythus der Zerstörung im Werk Döblins*』를 발표.

1985 에세이집 『불행에 대한 기술. 슈티프터에서 한트케까지의 오스트리아 문학에 관하여 *Die Beschreibung des Unglücks. Zur österreichischen Literatur von Stifter bis Handke*』를 출판.

1986 함부르크 대학에 교수 자격 논문을 제출.

1988 이스트 앵글리아 대학에서 독일 현대문학 교수직을 취득. 『과격한 무대: 1979, 80년대 독일 극장 *A Radical Stage: Theatre in Germany in the 1970s and 1980s*』을 편집. 첫 시집 『자연에 따라. 근원시 *Nach der Natur. Ein Elementargedicht*』를 출간.

1990 산문집 『현기증. 감정 *Schwindel. Gefühle*』을 출간.

1991 『무서운 고향. 오스트리아 문학에 관한 에세이들 *Unheimliche Heimat. Essays zur österreichischen Literatur*』을 출간.

1992 중편 소설집 『이민자들 *Die Ausgewanderten. Vier lange Erzählungen*』을 출간.

1994 베를린 문학상과 요하네스 보브로프스키 메달 수상.

1994 노르트 문학상 수상.

1995 『토성의 고리들. 영국 순례 *Die Ringe des Saturn. Eine*

englische Wallfahrt』를 출간.

1997 뫼리케상 수상.

1997 윈게이트 픽션상 수상.

1997 하인리히 뵐상 수상.

1998 『어느 시골집의 숙소. 고트프리트 켈러, 요한 페터 헤벨, 로베르트 발저 등, 작가들의 초상 *Logis in einem Landhaus. Autorenportraits über Gottfried Keller, Johann Peter Hebbel, Robert Walser u.a.*』을 출간.

1999 『공중전과 문학 *Luftkrieg und Literatur*』을 출간.

2000 뒤셀도르프 시가 수여하는 하이네 상을 수상.

2000 요제프 브라이트바흐상 수상.

2001 영문 시집 『최근 몇 년 *For years now*』을 출간.

2001 『아우스터리츠 *Austerlitz*』가 출간됨. 국제적인 호평을 받음. 12월 14일 노위치 부근에서 교통사고로 세상을 떠남.

2002 한자 도시 브레멘 문학상이 수여됨.

2002 『아우스터리츠』에 대해 전미 비평가 협회상이 수여됨.

2003 『못다 이야기한 것, 33개의 텍스트 *Unerzählt, 33 Texte*』, 산문과 에세이 『캄포 산토 *Campo Santo, Prosa, Essays*』가 출간됨.

2008 시선집(詩選集) 『대지와 물에 관하여 *Über das Land und das Wasser. Ausgewählte Gedichte 1964-2001*』가 출간됨.

새롭게 을유세계문학전집을 펴내며

을유문화사는 이미 지난 1959년부터 국내 최초로 세계문학전집을 출간한 바 있습니다. 이번에 을유세계문학전집을 완전히 새롭게 마련하게 된 것은 우리가 직면한 문화적 상황에 적극적으로 대응하기 위해서입니다. 새로운 을유세계문학전집은 세계문학의 역할이 그 어느 때보다 중요해졌다는 인식에서 출발했습니다. 오늘날 세계에서 타자에 대한 이해는 우리의 안전과 행복에 직결되고 있습니다. 세계문학은 지구상의 다양한 문화들이 평등하게 소통하고, 이질적인 구성원들이 평화롭게 공존할 수 있는 문화적인 힘을 길러 줍니다.

을유세계문학전집은 세계문학을 통해 우리가 이런 힘을 길러 나가야 한다는 믿음으로 만들어졌습니다. 지난 5년간 이를 준비하기 위해 많은 노력을 기울였습니다. 세계 각국의 다양한 삶의 방식과 문화적 성취가 살아 있는 작품들, 새로운 번역이 필요한 고전들과 새롭게 소개해야 할 우리 시대의 작품들을 선정했습니다. 우리나라 최고의 역자들이 이들 작품 속 한 문장 한 문장의 숨결을 생생히 전하기 위해 심혈을 기울였습니다. 또한 역자들은 단순히 번역만 한 것이 아니라 다른 작품의 번역을 꼼꼼히 검토해 주었습니다. 을유세계문학전집은 번역된 작품 하나하나가 정본(定本)으로 인정받고 대우받을 수 있도록 최선을 다했습니다. 세계문학이 여러 경계를 넘어 우리 사회 안에서 주어진 소임을 하게 되기를 바라며 을유세계문학전집을 내놓습니다.

을유세계문학전집 편집위원단(가나다 순)
김월회(서울대 중문과 교수)
박종소(서울대 노문과 교수)
손영주(서울대 영문과 교수)
신정환(한국외대 스페인어통번역학과 교수)
정지용(성균관대 프랑스어문학과 교수)
최윤영(서울대 독문과 교수)

을유세계문학전집

을유세계문학전집은 계속 출간됩니다.

을유세계문학전집 연표